八月里的光

[美]威廉·福克纳 著

张道振 译

中国大百科全书出版社

图书在版编目（CIP）数据

八月里的光 /（美）威廉·福克纳著；张道振译 .
北京：中国大百科全书出版社，2025. -- ISBN 978-7
-5202-1625-8

Ⅰ. Ⅰ712.45

中国国家版本馆 CIP 数据核字第 20245LS036 号

八月里的光
BAYUE LI DE GUANG

出 版 人　刘祚臣
策 划 人　程　园
责任编辑　程　园　常　川
责任校对　齐　芳
责任印制　李宝丰
封面设计　C 点冰橘子
封面绘画　张　玉
出版发行　中国大百科全书出版社
地　　址　北京市西城区阜成门北大街 17 号
邮政编码　100037
电　　话　010-88390635
网　　址　www.ecph.com.cn
印　　刷　北京天工印刷有限公司
开　　本　880 毫米 × 1230 毫米　1/32
印　　张　14
字　　数　325 千字
版　　次　2025 年 1 月第 1 版
印　　次　2025 年 1 月第 1 次印刷
书　　号　ISBN 978-7-5202-1625-8
定　　价　88.00 元

目录

一 …… *001*

二 …… *024*

三 …… *047*

四 …… *064*

五 …… *085*

六 …… *100*

七 …… *123*

八 …… *144*

九 …… *171*

十 …… *188*

十一 …… *199*

十二 …… *221*

十三 …… *247*

十四 …… *276*

十五 …… *294*

十六 …… *312*

十七 …… *339*

十八 …… *359*

十九 …… *383*

二十 …… *403*

二十一 …… *427*

译者后记 …… *438*

一

　　她坐在路边，看着那辆马车爬上小山朝她迎面驶来，莉娜想："我从阿拉巴马州过来，可真远呢。一路从阿拉巴马过来，全靠步行。唉，可真远呢。"她回想，**虽然我在路上还不到一个月，却已经到了密西西比州，比我以往任何时候离家都远。我现在走的路，比我十二岁时，从家走到多恩厂的路还远呢。**

　　她爸妈去世之前，她从来没有去过多恩厂。虽然一年中每逢周六，她去镇上的时间总有六到八次的样子，坐着马车，穿着邮购来的裙子，把光着的脚丫放在马车的底板上，却总是把自己的鞋子用纸包好放在身边的座位上。她总是在马车快到达小镇的时候，提前把鞋子穿好。当她大一点的时候，她会叫父亲在小镇边上停下马车，然后从车上下来，开始自己步行走着。她不想告诉父亲她不愿意坐车而选择步行的原因。在父亲看来，可能是因为她喜欢平坦的街道和路边的人行道。然而，真正的原因却是她想让别人看到她，以及想让她步行时遇见的人们以为她也是住在这个镇上的人。

　　她十二岁那年，她的父亲、母亲在同一个夏天死了，他们死在了一个三室一厅的木屋里，屋里没有间隔的屏风，里面蚊虫萦绕，点着煤油灯的房间里，光秃秃的地板已经被赤脚踩得像破银器一样光滑。莉娜是活下来的最小的孩子。她母亲先死的，临死的时候说："照顾好你的父亲。"莉娜就一直照顾她的父亲。然后有一天，她的父亲说："你和麦金利去多恩厂吧。先收拾好，他一来，你就走吧。"然后父亲死了。哥哥麦金利是坐着马车回来的。一天下午，他们在村里教堂旁边的小树林里埋葬了父亲，还立了一块松木的墓碑。第二天，她就永远离开了家，虽然当她和哥哥坐在去多恩厂的马车上时，她可能还不知道这次离开就是永别。马车是借来的，哥哥许诺说天黑之前还要还给人家。

哥哥就在这个厂里打工。村子里几乎所有人都在这个厂里打工，或者在这里工作。工作的内容是切松木。这个厂已经开了七年了，在这七年多的时间里，它几乎破坏了周围所有的树木。然后，经营这个厂以及为这个厂而存在的一些机械，开始被装上货车的车厢，运走了。绝大部分的员工也离开了。因为总能以分期付款的方式买到一些新的设备，总有一些旧的设备要留下来，一动不动——荒凉、破旧、引人注目的机器轮子，从杂草丛生的瓦砾堆中裸露出来，格外引人注目，触目惊心；已经烧坏的锅炉高举着锈迹斑斑、不再冒烟的烟囱，神情显得固执、沮丧、茫然，面对着一片布满树桩坑的深沉安静的荒凉景象，土地没有翻过，也没有耕作过，历经长期的秋雨静悄悄的浸泡和春分时节雨水的肆虐，已经变成了高低不平的红色沟壑。然后，这个村子即使在最兴盛的时期，都无法在邮局的名录上找到它的名字，现在，甚至连那些饱受钩虫病肆虐的村子的所有继承人也不会记起它，是他们推倒了那些屋子，然后把木材当作柴火，在煮饭的炉灶和寒冬的壁炉里烧掉了。

莉娜来的时候，这里大约只有五户人家。一条铁路和一个车站，每天都有一趟客货两用的火车呼啸而过。人们摇动着红色的旗子，能让火车停下来，但是通常火车总是从颓败的山丛中幽灵般地突然出现，呜咽着像个女妖，横着穿过这个小得不像村子的村子，看上去就像一串从断线上脱落的珠子。哥哥比她年长二十岁，当她来和他一起生活的时候，几乎已经记不起还有这个哥哥。他住的房子有四个房间，没用油漆漆过，里面住着他待产且饱受孩子肆虐的妻子。每一年，嫂子几乎都有一半的时间，要么躺在床上待产，要么休养恢复。在这些时间里，莉娜包揽了所有的家务，并承担起照看其他孩子的任务。后来，她自己说："我看这也是我自己这么着急要有孩子的原因吧。"

她住在房子后部的偏房里。偏房有一个窗子，她学会了在黑暗中打开和关闭，而且不会弄出任何声响，即使里面开始还住着她的大侄子，然后就是两个侄子，又然后是三个。在她第一次打开这个窗子之前，她已经住在那里八年了。刚刚打开窗子也就十来次，她就很快发现她根本不应该打开这个窗子。她心里想："该我霉气。"

嫂子告诉了哥哥。然后他就注意到了她体形的变化，他本该早点就留意到的。他是个粗人。他身上的细腻、温柔还有青春（他才刚刚四十岁），所有这一切都随着汗水流走了，除了一种固执得绝望的坚韧，还有他对高贵血统的惨淡继承。他骂她下贱，他说出了那个浪子（这里的年轻光棍，或者说浑身沾满锯末的混混），但是她却不承认，虽然那个人已经离开六个多月了。她固执地重复着："他会过来接我。他说了他会过来接我的。"不可置疑，绵羊一般，已经利用了自己的耐心和坚贞不渝的忠诚，这种品质正是卢卡斯·伯奇之流所依靠和信赖的，但实际上这种人并不会再出现了，即使到了迫切需要他出现的时候，他也不会出现了。两个星期之后，她又一次爬出了窗子。这一次，就没那么顺利了。"如果原来也像这么难爬，我想我就不会爬了。"她想。她本可以在白天通过门口进出的，没有人会阻拦她。也许她知道这一点。但她还是选择了在夜里出走，通过窗子爬出去。她带着一支棕榈叶和一个用班丹纳印花手帕包起来的小包，里面装着约莫三十五美分的硬币，还有一点其他的东西。她的鞋子是自己的，那是她哥哥送给她的，还新着呢，因为在夏天他们都不穿鞋子。她走在路上，感觉到脚下有尘土的时候，就把鞋子脱下来，拿在了手里。

将近四个星期了，她一直在路上走着。在她身后，在对**远方**的追忆中，是一条永不屈服的由安静信念铺就的道路，路上回响着好多叫不出名字的善良的声音：**什么？卢卡斯·伯奇？我不知道。不知道这个地方有叫这个名字的人。这条路？是通往波卡洪塔斯的，他也许在那边。有可能。这儿有辆马车可以搭你走一段。可以带你走到那里。**在她身后走过的道路，漫长、单调、没有任何意外的变化，从白天到晚上，再从晚上到白天，在这条路上，她一次又一次地坐着一模一样的、不知道名字的、慢腾腾的马车，好像是通过一道道嘎吱作响的、模糊的幻影，感觉一直在往前走，却始终越不过巴掌大的一个地方。

马车爬上了小山，正朝她走来。她走过这辆马车，又大约往前走了约莫一英里的路程。马车停在路边，拉车的骡子戴着缰绳睡着了，头正朝着她前进的方向。她看到了这辆马车，两个男人正蹲在篱笆外边的牲口棚旁边。她打量了一下这辆马车和两个男人：一瞥足以洞察一切，迅速、坦诚、深邃。她没有停下来，很可能的是坐在篱笆边上的男人并没有发现她朝马车看，而且还看了他们一眼。

她也没有再回头。她走出了他们的视野，走得很慢，脚踝上的鞋带也没有系，过了山顶又大约走了一英里的光景。然后她在一个水沟的边上坐下来，把脚放在浅水沟里，鞋子脱了下来。不一会儿，她听见马车的声音。她听了一会儿，然后马车就出现了，正从下往山上爬呢。

久经岁月侵蚀的马车，由于久未上油，木质框架和金属之间的摩擦发出尖利刺耳的咔嗒哐啷的声音，缓慢而刺激：已经有半英里路程了，透过这炎热、停滞、散发着松香的八月下午的寂静，传送着一连串枯燥懒散的声响。虽然几匹骡子拖着坚定的毫不松懈的步伐，催眠一般地行进，车子却似乎停滞不前。它似乎永远悬停在路的中央，不能前进，也不能后退，它走得太慢了，好像是一粒破旧的珠子挂在这条微红色的路上。真的很像，以至于眼睛看到它，当图像和意义融合在一起的时候，又很快变得模糊，就像这条路一样，在黑暗和白昼之间有安静单调的变化，就像已经量好的线绳，再一次被缠绕到线轴上。于是在最后，就像从一个等距离的微不足道、名不见经传的地方，终于听见了它的声音：缓慢、刺激、了无意义，像一个精灵在自己的身体前面游走了半英里。"那么远我只能听见，却看不见。"莉娜想着。她想象着自己已经开始动身了，再次坐上了马车，**想着坐上马车之前我已经走了半英里路了，甚至在马车到达我等待的地方，我已经走了半英里的路程了，还有当这辆马车不再载我的时候，我还会坐在里面走半英里。**她等着，甚至现在不再看那辆马车，思维慵懒、迅速、平滑，充满了叫不出名字的善良面孔和声音：**卢卡斯·伯奇？你说你到波卡洪塔斯找过了？这条路？是通往斯普林维尔的。你在这儿等着。很快就会有马车过来，它走多远，你就可以走多远。**"如果他要是去了杰佛生镇，我就会在他见到我之前，听到人们说起他。他会听到马车的声音，但是他不会知道是我。因而他在见到我之前，会先听到我说话。然后他就会看到我，之后他就会很激动。然后他就会在想起之前，看到我已经是两个人了。"她这样想着。

其实，当阿姆斯特德和温特巴登蹲在那堵背阳的马厩墙边时，他们已经看见了她从路上走过来。他们看到她很年轻，怀着孕，还是一个陌生人。"我不知道她的肚子是在哪里被搞大的。"温特巴登说道。

"我不知道她托着大肚子走了多长时间。"阿姆斯特德说。

"我估计，大概是去找什么人吧，然后是在回去的路上。"温特巴登说。

"我看不是。不然，我应该听说过。我一路上没有遇见过什么人。如果是的话，我会听人说的。"

"我想她知道她要去哪里吧。"温特巴登说道，"她走路的样子倒是很像是知道去哪里呀。"

"再走不多远，她就有伴了。"阿姆斯特德说。那个女人现在已经又开始前进了，很慢，挺着她那明显臃肿的肚子。她路过时，他们两个也只是对她瞥了一眼，她穿着褪色的不成型的蓝罩裙，带着一个棕叶扇和一个小布包。"她来的地方一定远着呢。"阿姆斯特德说道，"她走得慢腾腾的，而且好像还要走很长的路。"

"她准是去附近的什么地方。"温特巴登说。

"我好像听说过。"阿姆斯特德说。那个女人继续走着。她没有再回头望回来。那身影沿着路慢慢从他们的视野中消失了：臃肿、缓慢、从容、悠闲、坚韧，如同这逐渐延长的下午。她慢慢地也淡出他们的谈话，也许他们也不再想到她了。因为过了那么一会儿，阿姆斯特德又捡起他原来说到的话题。他今天已经跑了两趟路，驾着自己的马车赶了五英里路才到这里，在温特巴登阴凉的马厩墙下蹲着，一边吐着唾沫，不慌不忙，漫无目标，一蹲就是三个小时，目的就是谈这个事。原来，他想卖给温特巴登一个耕地机的，最后，阿姆斯特德看了看太阳，决定开出一个三天前他躺在床上就想好的价格。"我知道杰佛生镇上有一个这样的机器，我可以给你出这个价买下来。"他说道。

"我觉得你应该买下来。"温特巴登说，"这听起来可是桩好生意。"

"没错。"阿姆斯特德说，他往地上啐了一口，又看了看太阳，站起身来又说，"唉，我看我该回家了。"

他登上马车，把骡子弄醒。也就是说，他还要让骡子先活动一下，因为只有黑奴才知道骡子什么时候是醒着的，什么时候又是睡着的。温特巴登跟他到了篱笆边上，肩膀靠在篱笆顶端的横杆上。"是的，老兄。"他说，"这样的价钱，我应该把那个耕地机买下来。如果你不买，我一定把它买下来，这样的价格，不买才是傻子。我想机器的主人不会以五美元的价格来卖他仅有的几匹骡子吧？"

"那当然。"阿姆斯特德说道。他开始赶路了，马车又开始了缓慢的爬行，发出压路机般的嘎吱声。他没有回头看。很显然，他也没有往前看，因为他快到小山顶的时候，才看见坐在路旁水沟边的那个女人。瞬间，他就认出了她穿的蓝裙子，不过他不能确定她是不是看见了他的马车。也没有人知道他是否看了她，他们谁也没有做出什么反应，但随着马车蜗牛般地爬上山顶朝她走来，他们之间的距离却是越来越近，车子缓慢地爬着，像被睡着一般的困倦笼罩着，骡子梦游一般地在红色的尘土中走着，脖子上的套具上不时响起零星的铃铛声，骡子的耳朵轻轻地摆动着，当他让它们停下来的时候，骡子仍然是半醒半睡的样子。

她戴着蓝色的软布帽，帽子的颜色已经褪去了不少，不过这是由于风刮日晒的结果，而不是由于肥皂水的洗刷而褪色的。她抬起头，平静而温和地看着他：年轻、娴静、真诚、友好，而又带着几分警惕。她还没有动。在她褪色的蓝裙子下面是她那笨拙、臃肿得没有形状的身体。扇子和那个小布包放在她的腿上。她没有穿袜子。双脚并排放在浅水沟里。那双沾满尘土、沉甸甸的、有点像男人穿的鞋子，看起来垂头丧气。在停下来的马车上坐着阿姆斯特德，他弓着身子，有些诧异。他看见扇子的边缘是用蓝色的布边缝起来了，是用和她的软布帽和裙子一样的布料。

"多远，你还要走？"他问。

"我正要赶路呢，在天黑前还要走好长一段。"她说道。她起身，拿起鞋子，慢慢地爬起来，稳稳地走向马路，朝马车走过来。阿姆斯特德并没有下车帮她。他只是稳住了牲口，让她踩着车轮爬上来，并把鞋子放在了座位上。车子又开始走了。"我真的要谢谢你。"她说，"走着真的很累。"

很明显，阿姆斯特德并没有真正地打量她。不过，他已经发现她没有戴婚戒。他这时候并没有看她。马车又一次陷入了嘎吱声中。"你是从多远的地方过来的？"他说。

她吐了一口气。这不是叹气，应该是放松，像是有些震惊。"应该有大老远了，到现在。我从阿拉巴马州来的。"

"阿拉巴马州？你一直是这个样子？你的亲戚呢？"

她也没有看他："这一路上我一直在找他。或许你可能认识他。他的名字叫卢卡斯·伯奇。有人告诉我在前面远一点的地方，他在杰佛生镇的刨木厂做工呢。"

"卢卡斯·伯奇。"阿姆斯特德和她的调门一样高。他们并排坐在马车上的坐垫上，垫子是一个塞满草的袋子，有的地方已经磨破了，软软的从座位上耷拉了下来。他能看见她的手放在腿上，也能看见她软布帽下面大致的模样。斜着眼瞥过去，他能看见这些。她好像在一直盯着顺着骡子耳朵看到的往前延伸的路。"你是一直这样，走着过来的，你一个人，一直在找他？"

有那么一会儿，她没有回答。然后她说："人们都很好。他们真的很好。"

"女人都是这样吗？"他斜着眼瞥过去，看见了她的模样，**我不知道玛莎会怎么想**，"但我觉得我确实知道玛莎会说什么。我想女人们虽然心地善良，但不一定会很热心。男人呢，倒有可能会很热心的。但坏女人也有可能对另外一个需要帮助的女人表现得非常热心。**好，我就这么做。我能清楚地知道玛莎会说什么。**"

她坐得稍微靠前一点，她的表情很平静，她的双颊很平静。"这真的很奇怪。"她说。

"人们会怎么看一个陌生的姑娘走在路上，大着肚子，而且她的丈夫也不在她身边？"她没有反应。马车现在走起来似乎有一种节奏感，尤其是那很久没有上油的走起来嘎吱作响的木头。这是一个缓慢的下午，这条路，还有这炎热。"你打算在那儿找他？"

她没有反应，显然是在盯着骡子两耳之间的慢慢延伸开来的路，距离也许是已经在路上刻下了标记，很快就到了。"我想我一定会找到他的。不会太难。他会在很多人一起干活的地方，那里有很多笑声，还有开玩笑的，他很在行这个的。"

阿姆斯特德哼了一声，这一声很大，很突然。"驾！驾！"他吆喝道。他一边心里暗想，一边说："我想她会的。我觉得那个家伙肯定会发现自己留在阿肯色州这边，甚至得克萨斯州这边是个严重的错误。"

夕阳西斜，离地平线还有大约一小时的时间，很快夏天的夜晚就要降临了。马路边岔开一条小道，比大路更加安静。"我们到了。"阿姆斯特德说道。

莉娜很快开始行动。她伸手找鞋子，显然她不想因为穿鞋，让马车停太久。"真谢谢你了，"她说，"你帮了我一个大忙。"

马车又停了下来。莉娜准备下车。阿姆斯特德说道："就算你天黑前，能到瓦尔纳商店，离杰佛生镇还有十二英里呢。"

她把鞋子、布包和扇子笨拙地拿在一只手里，另一只手空着以便下车。"我看我可以继续再走一段。"她说道。

阿姆斯特德没有碰她。"你来这里，住我家吧，"他说道，"在这里，女的——在这里，女的可以……如果你来的话——你来吧。明天一早我就把你送到瓦尔纳商店那里，然后你就能再坐车去到镇上。在礼拜六会有人过去的。他不会一夜之间跑掉的。如果他在杰佛生镇上的话，那明天他肯定还会在那里。"

她静静地坐在那里，她的行李攥在手里，准备下车。她正往前看，在看路拐弯的地方，以及更远的地方，那里的岔路口阴影婆娑，"我看我还可以走几天呢。"

"当然，你还有很多时间。只是从现在起如果你不能走路的话，应该有个伴。你来我家吧。"他还没有等到确定的回答，就又开始催骡子启动了。马车拐进了小道，光线已经有些昏暗。女人坐在后面，虽然她仍然拿着那把扇子、布包和鞋子。

"我不想被人瞧见，"她说，"我不想麻烦别人。"

"不会的。"阿姆斯特德说，"你跟我一起。"这一次，这些骡子主动塔塔地往前走了。"闻见玉米的味道了。"阿姆斯特德说，然后心里想道，"女人就是这个样子。她的内心总是会和自己的姐妹分开来，一个人走在外面，毫无羞耻感，因为她知道人们，男人，会照顾她。她对女人们毫不在乎。任何女人都不能使她们陷入麻烦的，她甚至不认为那是麻烦。是的，先生。你可以让他们中的一个结婚或者不结婚，然后她就会从女人这个物种中退出，尽力和男人这个物种建立联系以保持生活的平衡。这也是她们为什么要用鼻烟、吸烟草，还要参与选举的原因。"

当马车经过房子，驶向谷仓边上的空地时，他的妻子玛莎正从前门向这边看着。他没朝她那里看，他不需要看，就知道她在那儿，总是在那儿。"是的。"他带着嘲笑似的同情，把骡子赶进开着的大门，"我知道她要说什么。我很清楚。"他把马车停下来，他不用看就知道玛莎现在进了厨房，她已经不再看他了，在等他。他已经下来了，车上的莉娜也在慢慢地爬下来，带着那种腼腆和随时听他讲话的从容。"你要见到的人，就是玛莎。我去给牲口喂些草料就过去。"他并没有看莉娜走过空地，走向厨房。他不需要看。一步一步地，莉娜走进厨房的门，见到那位正看着厨房门的女人，这神态和她看着马车从前门经过的时候一模一样。"我觉得我很清楚她要说什么。"他想。

他给骡子卸了套，给它们喂了水和饲料，然后把它们赶进牲口棚，又把奶牛从草场牵回来。然后他就去了厨房。他的妻子还在那儿，那位神情阴郁的女人，有着一张冰冷、严厉、易怒的面孔，六年的时间里，她生育了五个孩子，然后把他们抚养成人。她不是个懒惰的人。他没有看她。他走到水池边，从桶里舀了一些水添在了锅里，把袖子挽了起来。"她姓伯奇。"他说，"至少她说的那个家伙是姓这个姓，她正在找他。卢卡斯·伯奇。有人告诉她，从后面的这条路上走下去，他就在杰佛生镇上。"他开始洗东西，背对着她。然后又补充说道，"她从阿拉巴马州一个人走着过来的，她自己说的。"

玛莎没有抬头。她正在餐桌上忙活着。"她再回到阿拉巴马州之前，很快就不会独自一个人了。"她说。

"姓伯奇的那家伙很快也不会光棍一个人了，我觉得。"他在水池边忙活着，用肥皂和水洗着东西。他能感觉到她正看着他，看着他的脑袋后面，看着他那由于出汗褪色的蓝衬衫里的肩膀。"她说萨姆森那边有人告诉她，杰佛生镇上的刨木厂里有个姓伯奇的家伙，在那里上班。"

"然后她就希望去那儿找他。他在那儿等她呢。把房屋家具全部都准备好了。"

他现在已经不能从声音判断出玛莎是否还在看他。他用一条撕开的面粉袋当毛巾，擦着手。"她应该会的。如果当初他为了躲避她才跑开的，我想他很快会发现自己犯了一个很严重的错误，他就不应该过了密西西比河就停下来。"现在，他知道玛莎在看着他：这位阴郁的女人既不胖也不瘦，和男人一般壮实，很能干，穿着一件结实的灰色罩裙，看起来有些粗犷冒失，她的手放在大腿上，她的脸就像在战争中被打败将军的面孔一样。

"你们这些男人。"她说。

"你打算怎么办？把她赶出去，还是让她在谷仓睡一觉？"他说。

"你们这些男人。"她说，"该死的男人。"

他们一起走进了厨房，玛莎走在前面。她径直走向炉子。莉娜只是站在门里面。她已经把头巾取下来了，她的头发梳得很平滑。

她穿的蓝裙子甚至变得很新，像是新做的一样。当阿姆斯特德的老婆忙碌的时候，她只是在旁边看着她摆弄铁盖子和木棍，那动作像男人一样粗犷有力。"我能帮帮忙吗？"莉娜问。

阿姆斯特德的老婆头也没抬，继续在灶上用力地忙活着。"你还是别动了。先歇着吧，可能你还要躺更长一点时间。"

"如果您能让我帮忙，我会很感激的。"

"你还是别动了。这个活儿俺一天就要干三次，到现在已经做了三十年了。我需要帮手的年头都早已过去了。"她在灶边，头也不回一下。"阿姆斯特德说你姓伯奇。"

"是的。"莉娜说。她现在的声音很庄重，很安静。她坐着一动不动，手静静地放在腿上。阿姆斯特德的老婆也没有抬头。她仍然在灶上忙活着。似乎给炉子生火这样的小事需要她付出所有的精力，似乎需要占用她所有的注意力，就像修理一只昂贵的手表一样。

"你是说你现在姓伯奇吗？"阿姆斯特德的老婆问。

这位年轻的女人并没有立即回答。阿姆斯特德的老婆现在开始捣鼓灶火了，虽然她仍然背对着这个年轻的女人。然后她转过身来。她们互相看着对方，眼睁睁地直视着，互相打量着：年轻的女人坐在椅子上，头发梳得整整齐齐，手安静地放在腿上，年长的女人站在灶火边上，现在也一动不动，灰白的头发在脑后扎了一个粗大的发髻，面孔像是刻进花岗岩的雕像一般。然后，年轻的女人先开了腔。

"我刚刚跟你说错了。我现在还不姓伯奇。我叫莉娜·格罗夫。"

她们互相看了一下。阿姆斯特德的老婆的声音既不冷淡也不热情，完全听不出什么态度。"所以你就想追上他，然后你的名字马上就可以变成伯奇了，是不是？"

莉娜这会儿正低着头，好像在看着自己放在腿上的手。她说话的声音很低，很固执，但很平静。"我想我不需要卢卡斯给我什么承诺。只是这事发生有点不是那么凑巧，然后他又必须要走了。他安排不出来时间，没办法像他原来计划的那样回来接我。我觉得我们俩之间不需要发什么誓。当他那天夜里发现的时候，他就必须要走了，他……"

"哪天晚上发现的？你对他说你怀上的那个晚上吗？"

有那么一会儿，莉娜没有说话。她的脸现在像石头一样平静，但并不沉重。固执中带着一种温和的气质，这似乎是一种开明的平和，沉稳的冒险和超脱。阿姆斯特德的老婆打量着她。莉娜说话的时候并没有看她："他说，在那之前他就可能必须要离开很长一段时间了。他之所以没有早点和她说，是因为怕她担心。当他第一次听说自己必须要走的时候，他就知道自己最好是离开。找一个好和同事相处的地方，然后那里的工头能看得起他。但他总是一推再推。但是当这个事出来的时候，我们觉得不能再推了。工头对卢卡斯不好是因为工头不喜欢他。卢卡斯年轻，总是干劲十足，但工头想把卢卡斯的工作给他一个堂弟。但他过去没有告诉我，因为怕我担心。但当这事真的要来的时候，我们不能再等了。我就告诉他走吧。他说如果我说让他留下，他会留下的，不管工头怎么对待他。但是我说让他走。他从来都不想走，即使在那个时候。但是我说让他走的。等他安顿好后，给我捎个信，我就过去。只是他一直没有腾出时间，做他该做的事情，所以没有及时来接我。在一群陌生人中间工作，一个年纪轻轻的小伙子总是需要时间融入。他离开的时候没有计划好，他安顿下来用的时间要比他计划的时间还要长。尤其一个充满活力的年轻人，像卢卡斯，活跃欢快，他喜欢周围的人，他们也喜欢他。他不知道这会比他原先计划的要用更长的时间，还是年轻吧，周围的人总是喜欢和他在一起，因为他善于说笑逗乐，殊不知这影响了他的工作，但是他也不在乎，因为他不想伤害周围人的感情。而且我也想让他最后乐一乐，因为婚姻对于年轻人，一个欢快的小伙子和女人来说是不一样的。在欢快的小伙子那里，婚姻是能够持续很久的。你难道不是这样想的吗？"

阿姆斯特德的老婆没有回答。她看着正坐在椅子上的莉娜，她那光滑的头发，她那放在大腿上的安静的手，她那若有所思的温柔面孔。"也有可能，他已经给我寄信了，可能信在途中弄丢了。要知道，从这里到阿拉巴马州要走很远很远的路呢，我还没到杰佛生镇呢。我告诉过他，我不想让他写信，因为他根本不会写。'你那边如果准备好了，你给我捎个口信就行，'我告诉他说，'我会等的。'一开始的时候，我有点担心，他离开后，因为我还不姓伯奇，我哥哥他们，还有周围的人，都不像我那么了解卢卡斯。他们怎么能了解呢？"在她的脸上慢慢出现一种柔和、明亮的惊喜，好像她刚刚想起了某些她不知道，甚至也意识不到的东西。"你想，你怎么可能让他们了解呢？但是他要先安顿下来，在一群陌生人中间安顿下来，麻烦多着呢。我也没有什么事，除了等待，他不得不处理所有的麻烦和烦恼。但是后来我想，等到这小家伙出生，我会和他一样忙，我会担心我姓什么，邻居们会怎么想。但是我和卢卡斯之间是不需要山盟海誓的。肯定是有意外的事情发生，或者他给我捎了信，结果弄丢了。因此有一天我就想干脆自己直接来找他，不再等了。"

"你出发的时候，怎么知道走哪条路呢？"

莉娜正看着自己的手。它们正不停地移动着，全神贯注地叠着她裙子上的一个褶子。这不是胆怯，是害羞。显然这双手只是某种无意识的反应。"我只是一直在打听。卢卡斯这个小伙子，他总是既快又容易与周围的人打成一片，我知道他无论到哪里，都会有人认识他。因此在路上，我就一直在问。路上的人们都很好。确定的是，两天前在路上我听到他在杰佛生镇，在一家刨木厂上班。"

阿姆斯特德的老婆打量着那张低下去的脸，她的手放在腿上，她脸上正带着一种冷漠鄙视的表情，看着眼前这位年轻的女人。"那你认为你到那里，他就会在那里，即使他曾经在那里？当他听说你也来到了这个小镇，你还确定太阳落山的时候他还仍然在那里吗？"

莉娜低下去的面孔很严肃，也很安静。她一直摆弄裙子的手现在不动了，安静地放在她的腿上，好像被什么东西固定住了一样。她的声音安静、平稳、固执。"我感觉要是小孩出生的时候，一家人应该待在一起，尤其是第一个小孩出生的时候，我觉得上帝会帮忙的。"

"那我看上帝必须要帮忙了。"阿姆斯特德的老婆说，她的语气粗鲁又刺耳。阿姆斯特德已经躺在床上了，他的头稍微往上探着，隔着床上的竖板看着她，她还没有脱衣服，正低下头，在梳妆台上的油灯下，用力地在抽屉里找东西。她拿出一个金属盒子，用悬挂在她脖子上的钥匙打开，拿出了一个布包，打开，从里面取出了一个小公鸡瓷雕，瓷雕的后面有一个狭槽。当她在梳妆台上移动它，颠倒过来、使劲摇它的时候，里面的硬币叮当作响。随着摇动，硬币从槽缝里稀稀拉拉地掉了下来。阿姆斯特德在床上一直看着她。

"深更半夜的，把这些鸡蛋钱拿出来做什么？"他问。

"这是我的钱，我想干啥就干啥。"她又在灯光中低下头去，她的脸难看、懊恼。"上帝知道，这是我辛苦流汗才攒起来的。你从来没有动过吧？"

"当然咯。"他说，"我想这个国家里的任何一个人都不会和他们的母鸡过不去，除非他是蛇和黄鼠狼。你那个公鸡瓷雕储钱罐，肯定也没有人去动的。"突然，她弯下腰，拿起一只鞋重重地打了瓷雕罐一下，瓷罐烂成了碎片。阿姆斯特德正斜倚在床上，看着她把瓷片中剩下的硬币捡起来，连同其他的，一起放进了布袋，然后在袋口打了个结，又打了个结，用力打了三四个结才罢休。

"你把这个给她。"她说，"明天一早你把牲口弄出来，就把她从这儿带走。把她一直送到杰佛生镇去，如果你想送她去的话。"

"我看，她可以在瓦尔纳的商店那里坐车去镇上的。"他说。

天还没亮，阿姆斯特德的老婆就起床做早饭了。当阿姆斯特德挤完奶进来，早饭已经摆好放在桌上了。"去叫她过来吃饭。"他老婆说。当他和莉娜走进厨房的时候，他老婆已经不在那里了。莉娜往房间打量了一下，眼睛在门口稍微停留了一下，她脸上带着一种微笑的表情，她要说话，已经准备好要说话的表情，阿姆斯特德知道。但是她什么也没有说，停顿也就那么一瞬间的工夫。

"我们赶快吃饭吧，吃了饭就上路，"阿姆斯特德说，"你还有一段很长的路要走呢。"他看着她吃饭，还是昨晚那副娴静、开心的模样，虽然现在更加礼貌，甚至还掺杂着近乎小心翼翼的矜持。然后，他把那系好的布袋给了她。她接过来，她的脸上洋溢着开心、温暖，虽然看起来并不是非常惊奇。

"哎呀，她人太好了！"她说，"但我可能不需要这个钱，我现在已经离那里很近了。"

"我建议你最好还是拿着吧。我觉得你应该注意到，玛莎会不高兴的，如果她想做的事没有做成。"

"她真是太好了。"莉娜说道。她把钱放进那个印花大手帕布袋里，戴上了帽子。马车正在等她。当他们顺着小路路过阿姆斯特德的房子时，莉娜回过头来。"你们真是太好了。"她说。

"真的是太好了，真的。你要代我向她告别一下。我本来希望我能碰到她，可是……"

"那当然，"阿姆斯特德说道，"可能她在忙活吧。我会告诉她的。"

他们伴着初升的太阳早早地就到了那个商店，附近有一群男人，蹲在门廊里面，正朝外面吐着唾沫，门廊的根基已经腐蚀得不成样子。他们看着她拿着小布袋和扇子，小心翼翼地从马车的座位上下来。这次阿姆斯特德也没去扶她。他坐在座位上，朝那群人说道："这位是伯奇太太。她想去杰佛生镇。如果有人今天去那边的话，她会很感谢有人陪同她一起过去的。"

她的脚已经落了地，穿着那双沉重、满是尘土的拖鞋。她抬头望着他，安详平静。"你真是太好了。"她说。

"别客气了。"阿姆斯特德说道，"我看你现在可以去镇上了。"他往下望了她一眼。然后他竟然发现这似乎是一个漫长的时刻，他觉得自己的舌头在结结巴巴地找话说，心里在安静而迅速地想着，思绪却飞离了自己的脑壳。**一个男人，或者说所有的男人，为了一次并不需要管的闲事而错过一百次做好事的机会，他将会错过，也将看不到发财、出名、善举的机会和机遇了，甚至有时候连作恶的机会和机遇也不会有了。可是他不会错过管闲事的机会。**然后，他的舌头又找到词了，她在听，也许就像她感到的震惊一样在听着："只是，我不会这么抱有希望……抱有希望……"他想**她没有在听他的话。如果她能听到，或许她就不会下车了，挺着那么大的肚子，还有那把扇子和那个小布包，孤身一人，去一个她以前从来没有去**

过的地方，找一个她永远也见不到的人，事实上是一个她一度见过很多次的人。"……任何时间，你如果沿着这条路返回的话，明天甚至今天夜里就会……"

"我想我现在可以了。"她说道，"他们告诉我他就在那里。"

他把马车掉过头来，就往家赶，佝偻着身子坐在座位上，眼神一片茫然，看着那耷拉下来的草袋坐垫，并想道："我根本就没做什么好事。她不应该再听信人们说的话了，她周围现在发生的事情却是千真万确的……她说过，已经四个星期了到现在。她现在不应该琢磨这个事，更不应该相信了。莉娜坐在最高的那个台阶上，双手放在腿中间，那群人蹲着，当着她的面，继续往路上吐着唾沫。她甚至没等到他们开口问她，她就自己先说话了，告诉他们关于她和那个混账男人的事情，好像她没有什么特别的事情可以隐瞒或要说的，甚至连当乔迪·瓦尔纳或者别的什么人告诉她，那个在杰佛生镇的刨木厂做工的家伙叫庞奇不叫伯奇的时候，她仍在不停地说着，她连这都不在乎。我觉得，她可能比玛莎知道的甚至还要多，就像昨天夜里她告诉玛莎上帝会让人把正确的事情做好的。"

现在只要有人问起一两个问题，随后，莉娜就会重新讲起她的故事。她坐在最高的那一级台阶上，把扇子和布袋放在腿上，用一种善于讲谎话的孩子惯有的耐心，毫无隐晦地讲起她的故事。那群穿着工装的男人，蹲在那儿，静悄悄地听着。

"那家伙的名字叫庞奇，"瓦尔纳说，"他已经在厂里工作七年了。你怎么知道伯奇也在那里呢？"

她的眼睛移开了，顺着路往远处看，顺着杰佛生镇的方向。她的脸沉静，等待着，有些不太在乎，但并不茫然。"我想他会在那儿。

在那个刨木厂，一定会的。卢卡斯总是喜欢热闹。他不喜欢静悄悄的生活。这也是多恩厂为啥不适合他的原因。也是他——我们决定要改变一下的原因：为了挣钱和热闹。"

"为了挣钱和热闹？"瓦尔纳说，"卢卡斯可不是第一个扔下该干这活儿的年轻人，扔下还需要他一起干活的人，然后就是为了钱和热闹而一走了之的。"

但是她显然并没有听他说话。她静静地坐在那个最高的台阶上，望着道路往前面拐弯的远处，空旷攀升的道路，那条路通向杰佛生镇。这群在墙边蹲着的男人静静地看着她和那张沉静的面孔，他们与阿姆斯特德和瓦尔纳想的一样：她在想念一个抛弃了她，并让她陷入麻烦的混蛋，不过或许她还能看一眼他逃跑时留下的衣服，他们认为她永远也不会再找到他了。"或许她想找的是斯洛恩厂或者波恩厂，"瓦尔纳嘀咕道，"我觉得即使一个女孩，再傻也不至于从大老远的地方跑到密西西比州或者其他的什么地方，何况这地方不见得比她原来待的地方好，即使原来的那个地方有个哥哥反对她夜里偷偷摸摸地干蠢事。"我想我也会和她的哥哥一样反对她的。她的父亲，出于爱和自尊，肯定非常痛恨这件事，而做母亲的，虽然痛恨，可还是出于爱女儿的原因，会允许她与他同居。

她根本不是在想这件事。她想的是她手下放进小布袋里的硬币。她在回忆吃过的早餐，想着她这会儿怎么才能进入商店，买一些奶酪和饼干，如果喜欢的话，甚至还想买点沙丁鱼罐头。在阿姆斯特德的家里，她仅仅喝了一杯咖啡，吃了一片玉米面包，她知道这些藏起来的硬币，想起了那一杯咖啡，还有吃过的那一小口怪味的面包，心里涌起一种尊贵的骄傲："俺吃起饭来，像个高贵的女士，像一位体面的女士在旅行。现在我要是想买沙丁鱼罐头的话，我照样能买。"

因此，在当她对着那段爬升的路面若有所思的时候，那群蹲着不停吐唾沫的男人在暗暗观察她，他们认为她在思考那个男人以及即将到来的危机。然而实际上，她正和自己生存于其间、依赖并与之共存的古老土地赐予的谨慎，进行着一场温和的斗争。这一次她大获全胜。她站起身来，有点笨拙地、小心谨慎地穿过男人们交错的目光，走进了商店，店员跟着她。"我就是要买，"她想，她要了奶酪和饼干，"我就是要买，"她大声说道，"来一盒**虾丁鱼**。"她把沙丁鱼说成**虾丁鱼**了，"五美分一盒的。"

"这里没有五美分一盒的虾丁鱼，"店员说，"虾丁鱼都是十五美分一盒的。"他被她带到坑里了，也把沙丁鱼叫虾丁鱼了。

她有点迟疑："那五美分一盒的，都是有些什么呀？"

"里面除了鞋油，啥也没有。我想你不会要那个的。不能吃的，不要买。"

"那我想我就买十五美分一盒的吧。"她解开布袋和系着口的小包。需要一些时间来解开这些绳结。但她很耐心，一个结一个结地解开，付了钱，又把小包系上，然后再把布袋系好，才拿起了她买的东西。当她出现在门廊里的时候，一辆马车正站在台阶前面。一个男人坐在座位上。

"这儿有一辆马车要去镇上，"他们告诉她，"他可以把你带到镇上去。"

她的脸色一亮，庄重、缓慢、温暖。"哦，你们真好！"她说。

马车缓缓地移动，很稳，好像它独立存在于这阳光明媚的广袤土地的孤独之外，超越了所有的时间、所有的匆忙。从瓦尔纳的商店到杰佛生镇有十二英里。"我们会在晚饭之前到那里吗？"她问道。

赶车人往地上吐了一下。"应该能到。"他回答。

很明显，他从来没有正面看她一下，甚至在她上马车时也没有看她一下。

很明显，她也没有正面看他一下。她现在也没有看。"我想你经常去杰佛生镇吧。"

他说，"还行。"马车嘎吱嘎吱地走着。田野和树林好像在不远的地方凝滞了一般，时而变得静止，时而又飞快地流动起来，像海市蜃楼。然而，马车还是超越了它们。

"我看你不认识杰佛生镇一个名叫卢卡斯·伯奇的人吧。"

"伯奇？"

"我正去那里找他呢。他在刨木厂干活呢。"

"这个，"赶车人答道，"我想我不认识他。但是在杰佛生镇上，有好多人，我也都不认识。他可能在那儿。"

"我得说，我希望他在那儿。这样走着真的很累人。"

赶车人并没有看她。"你走了多远了？就是为了找他？"

"从阿拉巴马州来的。很远的路啊。"

赶车人没有看她。他的声音很随和。"你的家人怎么让你一个人这样子出去走这么远呢？"

"我的父母都死了。我和我哥哥生活在一起。是我自己决定要来的。"

"我明白了，是他捎话让你过来找他的吧？"

她没有说话。他能够看见她的软布帽下平静的面容。马车还在走着，缓慢，冗长。从容不迫的红色路面在拉车的骡子的脚下延伸，在嘎吱叮当作响的车轮下延伸。现在的太阳正高高地挂在头顶上方，软布帽落下的阴影正好落在她的腿上。她抬头看了看太阳。"我想应该是吃饭的时间了。"她说。他用眼睛斜瞟过去，看见她打开奶酪和饼干还有沙丁鱼，并请他一起吃。

"我可一点也不想吃。"他说道。

"如果你能一起吃是最好的。"

"我不想吃。你就自己吃吧。"

她开始吃了起来。她吃得很慢，一点一点地，津津有味地吮吸着手指间的沙丁鱼油。然后，她停下来了，不是突然停下，而是完全彻底地停下，她的嘴里还有东西没有咽下去，一片咬过的饼干还在手里，她的脸低下了一点，她的眼睛凝滞，似乎在听着很远地方的什么东西，或者近得就在她的身体里。她的脸色已经失去正常的颜色，失去了充盈、饱满的血液，她静悄悄地坐着，听着、感受着难以平息的远古大地的回声，但她没有恐惧，也没有惊异。"至少是对双胞胎。"她自己想道，嘴没有说出声来。然后，这一阵痉挛就过去了。她又开始吃了。马车没有停，时间也没有停。马车爬上了小山的顶部，他们看到了烟。

"杰佛生镇。"赶车人说。

"嗯，我说呢，"她说道，"我们快到了，对吗？"

这一次，是男人没有听到。他正望着前方，望着对面峡谷那边山脊上的镇子。顺着他鞭子的方向，她看到了两股升起的烟柱：一股是高耸的烟囱上冒出的燃煤产生的浓烟，另一股是升得很高的黄色烟雾，明显是从密集的树林中冒出来的，离镇子还有一段距离。"那是房子着火了，"赶车人说道，"看到了吗？"

这次轮到她听不到了，她似乎也没有听到他讲话。"俺，俺，"她说，"俺在路上仅仅才走了四个星期，现在竟然已经到杰佛生镇了。上，上帝。像俺这样的人，竟然还能走这么远。"

二

　　拜伦·庞奇心里记得这件事：那是三年前一个星期五的早晨。当那群在刨木厂工棚里做工的男人抬起头，发现不远处站着一个陌生人，正打量着他们。他们不知道他在那里站了多久。他看起来像个流浪汉，可是又不太像。他的鞋子沾满了尘土，裤子上也满是尘土，但裤子看起来却是很好的毛料做成的，有明显熨过的折痕。衬衫也沾满了泥土，但确实是一件白色的衬衫。他戴着一条领带和一顶很新的硬边草帽，草帽的一角似乎在他冷峻的面孔的上方，翘了上去，显得傲慢而又满是恶意。从他的装束来看，他又不像一个职业的流浪汉，但他身上却有一种说不出的漂泊感，好像他不属于任何一个城镇或城市，没有哪条街道、哪面墙，也没有哪片土地是他家的。他似乎总是带着自己的想法，给人的感觉他就像一面旗子，标示着一种残忍和孤独，几乎是傲慢的气质。"就像，"这里的工人后来回忆道，"他似乎不走运已经很长一段时间了，很明显他又不打算一直倒霉下去，但是他又丝毫没表现出他打算什么时候重新努力崛起。"他是个年轻人。拜伦看着他站在那里，他正打量着他们这群穿着汗渍斑斑工装的工人，嘴角叼着一根香烟，他的脸色暗淡，流露出蔑视般的冷静。由于叼烟的缘故，他的面部微微地歪向了一侧。过了一会儿，他啪的一下吐掉嘴里的烟头，转身走向刨木厂的办公室，身后那群穿着褪了色的沾满尘土的工装的男人，有些迷惑和恼怒地盯着他的背影。"我们应该把他塞进刨木机，"工头说，"这样可能就会搞掉他脸上的那股晦气。"

他们不知道他是谁。他们谁也没有见过他。"除了那副挂在脸上、在公开场合可能会招惹麻烦的表情之外，"其中一个说道，"他或许忘记了有些地方可能有人根本不喜欢他的那张脸。"然后，不管好赖，人们从谈话中慢慢把他打发了。他们又开始在刺耳的嗖嗖作响的皮带传动的噪音中干活了。但是十分钟不到，刨木厂的主管进来了，身后跟着那个陌生人。

"留下这个人，"主管对工头说，"他说各种铲斗都会用，你可以让他去干清理锯末堆的活儿。"

其他的工人还没有停下手头的工作，但是没有一个人不再次打量这个穿着城里人衣服的陌生人，衣服上沾满尘土，那张面孔让他们无法忍受，还有他那整个冷漠、安静的鄙视的神态。工头看了看他，他的目光和陌生人一样冷漠。"他要穿着那身衣服干活吗？"

"这是他的事，"主管说，"我雇的又不是他的衣服。"

"好吧，他无论穿什么，只要你喜欢，他喜欢，我就喜欢，"工头说，"没问题，先生，"他说，"去那边拿把铲斗，帮他们去清理那堆锯末吧。"

这位新来的一句话都没说，转身就去了。其他人看着他向锯末堆走过去，然后消失，再次拿着铁铲出现，然后去做工。工头和主管在门口说着话。他们分开后，工头就回来了。"他的名字叫克里斯

默斯 [1]，"他说道。

"他叫什么名字？"一个人问。

"克里斯默斯。"

"是外国人吗？"

"你听说过有白人的名字叫克里斯默斯吗？"工头说。

"我可从来没有听说过还有人叫这样的名字。"另一个人说。

那是拜伦记得他第一次曾经专门思考过一个人的名字，名字可能是代表一个人的称呼，还可能会成为他以后要做什么的兆头，如果别人能及时领会他名字的含义的话，将会对他另眼看待的。对他来说，他们似乎直到他们听到他的名字后，才开始以一种特殊的眼光看待这个陌生人的。但是，一旦他们听到他的名字，好像在这个称呼中有一种东西，在试图暗示着要有什么事情发生，他身上似乎有一种无法逃脱的警示，就像一朵花散发它的香气或一条毒蛇发出嘶嘶的响声。只是他们中间没有足够敏感的人意识到这一点。他们只是想，他是一个外国人，他们在星期五那天剩下的时间里就看着他干活，他戴着领带和草帽，穿着那条有折痕的裤子，他们说这人干活的样子就是他们这里人干活的模样。当然，也有人说，"他今晚会换衣服的。他明天早晨不会再穿着这么好的衣服来干活了。"

第二天就是星期六的早晨，在上工的号子吹响之前，晚到的人也都来齐了，他们已经在问："他，他——在哪儿——"其他的人则伸手指着。那个新来的正一个人站在那堆锯末跟前。他的铲子就在他跟前，他穿的还是昨天的衣服，戴着那顶傲慢的帽子，嘴里叼着香烟。"我们来的时候，他就在那儿了，"先来的人说道，"只是站在

1　这个名字的英语原名是 Christmas，意为"圣诞（节）"，此处为音译。

那儿，就那个模样，好像他甚至从没有去睡觉。"

他没有和他们任何人说话。他们中间也没有人想和他搭讪。但是他们都能感觉到他的存在，意识到他那稳健的背影（他的活儿干得很好，有一种恶意克制的稳重）和手臂。中午到了，除了拜伦，他们今天都没有带午饭，于是他们都开始收拾自己的东西准备收工，到下周一再来上班。拜伦一个人拿着自己的饭盒去了他们经常吃饭的水房，坐了下来。然后有声音让他抬起了头。不远处，那个陌生人正倚着柱子抽烟呢。拜伦知道自己进来的时候，他已经在那里了，而且丝毫没有离开的意思。或许更糟的是：他是故意去到那里的，有意不理会拜伦的存在，好像他就是另一根柱子。"你难道不想歇一下吗？"拜伦问。

对方吐了一口烟雾。然后，他看着拜伦，脸色看起来憔悴，脸上的肌肉平整，像死灰的羊皮纸的颜色。这不是他的皮肤：是他脸上的肌肉本来就是这样，好像他的头颅经过静止方正的塑形，然后在炙热的烤炉中烘烤过似的。"他们对加班是怎么给钱的？"他问。然后拜伦知道，他开始知道对方为什么穿着礼服干活，以及他为什么昨天或今天都没有和他们一起吃午饭，还有他为什么不像其他人那样在中午放工。他也知道好像这个人已经告诉了别人自己身无分文，很可能的是他除了吸烟已经两三天没有吃饭了。几乎是带着这种想法，拜伦主动把自己的饭盒向他递过去，这个动作和他的想法一样，几乎是条件反射。因为在这个动作完成之前，这个人，根本没有改变他那懒洋洋的傲慢，他把脸转了过去，瞟了一眼那飘散的烟雾中送来的饭盒。"我不饿。留着你自己吃吧。"

星期一的早上他来了，拜伦证明了自己判断的正确。这个人来上班的时候，穿着崭新的工装，还带着一纸袋的食物。但是他仍然没有和他们蹲在水房一起吃午饭，他脸上还是那个表情。"让那头动物就待那儿吧。"工头说，"西姆斯让他在这儿干活并不在乎他的脸色，也不在乎他穿的什么衣服。"

西姆斯才不在乎他的舌头呢，拜伦心想。至少克里斯默斯似乎并不这么想，也不这么做。他仍然对任何人都无话可说，甚至在六个月之后也是这样。没有人知道他在上班之外的时间做什么。偶尔有工友晚饭后在镇后面的广场上见到过他，可是克里斯默斯好像从来没有见过对方一样。他那时戴着一顶新帽子，穿着熨过的裤子，嘴角叼着香烟，烟雾萦绕，从他那面带轻蔑的脸上掠过。没有人知道他住哪里，晚上在哪里过夜，除了偶尔有人看到他走入一条延伸进树林的小路，树林在镇子的边上，好像他可能就住在那条路边的某个地方。

这不是拜伦现在对他的了解。这只是他那时候知道的，是他那时候耳朵听到的，从眼睛能够看到的。那时候，克里斯默斯在刨木厂干着只有黑奴才干的又脏又累的活儿，在这层面纱和幌子的背后，没有人知道他住在哪里，他到底是干什么的。也许永远不会有人知道这些东西，如果不是因为另外一个名叫布朗的陌生人的出现。但是当布朗讲出来的时候，有十多个人立刻就承认他们从克里斯默斯那里买过威士忌，已经有两年多的时间了，他们通常是在夜间和他一个人会面，地点是在离镇子有两英里远的殖民地种植园里房子后面的树林里，那里住着一个名叫伯顿的独身的中年女人。但是即使那些曾经买过威士忌的人，事实上也并不知道克里斯默斯就住在伯顿小姐家的附近，一个破败的给黑奴住的小屋里，而且他在里面已经住了两年多了。

然后大约距现在六个月前的一天，布朗像克里斯默斯一样出现了，他也找活干。他也很年轻，高高的个子，身着工装，好像他已经穿了好长时间了，看样子他也好像是轻装出行。他有一种警觉，还算英俊的脸上，靠近嘴部的地方有一小道白色伤疤，看起来似乎在镜子中已经被凝视了很久一样，他扭头的动作飞快，像骡子在路上遇到汽车往肩后一瞥的动作，拜伦心里这样想。但这不仅仅是扭头看的警觉，对于拜伦来说，这似乎还有一种镇定、无畏的意味，好像这个人一直在坚持强调，在他身后无论什么东西或不测可能接近他，他都无所畏惧。当穆尼，他的工头，看见这位新手时，拜伦相信他和穆尼的想法不谋而合。穆尼说："唉，西姆斯把这个家伙放到这里，绝对安全。他甚至从来没有想过要雇一个像样的人来。"

"确实如此。"拜伦说，"他让我想到了在街上跑的一辆汽车，里面放着收音机。你却听不清收音机播的是什么，也看不出汽车要去哪儿，当你从近处看它时，发现里面连人都没有。"

"是啊。"穆尼说道，"他让我想到一匹马，不是一般的马，而是一匹没用的马。在草场的时候，它看起来活蹦乱跳。但一旦要出去干活，它总会一只马蹄疼得要命。""但是我看要是母马，也许会喜欢他。"拜伦说道。

"哈。"穆尼说道，"我觉得他对付不了母马的。"

这位新来的人就到了前面的锯末堆边和克里斯默斯一起干活。他用了很多动作，告诉每一个人他是谁，他曾经在哪里待过，那种语调和方式，就完全是他这个人自己的翻版，他的话常常似是而非，闪烁其词。以至于拜伦想，他谈起自己过去做过的事情，还有他告诉人们自己的名字时，大伙儿都半信半疑。完全有理由认为，他根本不叫这个名字。看着他，你可能会想到，在他生活中的某个时间由于愚蠢而遭遇了人生的危机，于是他就会改名换姓，把自己的名字改成布朗也是一件喜不自胜的事情，就好像这名字是他自己发明出来的。事实上，他根本没有理由需要一个名字。没有人在乎，正如拜伦所认为的那样，没有人（大脑正常的人）会关心他从哪里来，他去过哪个地方，或者他要待多久。因为，不管他来自哪里，他曾经在哪里待过，人们总是知道他就生活在农村，就像一个蚂蚱要生活在田地里一样。好像他的这种状态已经很久了，以至于浑身上下已经变得凌乱松散，在他身上的那副透明的、可能随时被风吹散的躯壳，无足轻重，漫无目的，除此之外，再也没有任何其他的东西了。

然而，他还是照例干了一些活。拜伦觉得他没有什么底气敢于偷懒耍滑，如果想耍滑，他必须善于巧妙地装病，干任何事情都需要有两下子——甚至连偷窃和谋杀也不例外。为了达到这样的目的，必须瞄准具体明确的目标，然后付出足够的努力。拜伦认为布朗不是这样的人。他们听说他来这里后，第一个周六的夜里，就把刚刚挣到的整个一周的工资都赔在了一个赌博游戏上。拜伦告诉穆尼："我觉得很奇怪。我本来觉得干其他的活不行，掷个骰子总该行吧。"

"他？"穆尼说道，"要知道他连铲锯末这样容易的事都做不好，你还指望他擅长做坏事吗？连一个铲子都对付不了的人，还能对付得了一对骰子糊弄别人吗？"然后他说，"但是，我想不会有人因为他干活比不过别人而遗憾的，因为他至少比那个克里斯默斯还要强一些。"

"当然。"拜伦说道，"我看这个世界上，对懒人来说，当个老好人是再容易不过的事了。"

"我想他会很快变坏的，"穆尼说，"如果有人教他怎么做。"

"是啊，他会跟着那小子学坏的，迟早的事。"拜伦说道。他们两个都转身低头看着锯末堆，布朗和克里斯默斯两个人一起干活的地方，一个阴郁凶狠沉着，另一个手臂高高举着，摆弄出的动作，甚至连自己都糊弄不了。

"对。"拜伦说，"但是即使我想学坏，我肯定也不想让他做我的搭档。"

布朗来上班的时候，像克里斯默斯一样，在街上穿的也是一样的衣服。但是他和克里斯默斯不同的是，他已经好久没有换过衣服了。"某个周六的夜里，他可能会用从那个骰子游戏中赢来的几个钱买一件新西装，而且还可以让剩下来的五十美分钢镚，留在口袋里叮当作响。"穆尼说，"然后第二天我们可能就又见不到他了。"这时候，布朗还继续穿着同样的工装和衬衫来上班，他曾经穿着同样的衣服去过杰佛生镇，在周六的骰子游戏中输光了整整一周的工资，或许可能赢了一点点，见了人，不停地打招呼，浅薄地大声笑着，和那些十有八九骗他钱的人在一起打趣嬉闹。于是有一天，他们听说他赢了六十美元。"不过，那可是我们最后一次见他了。"一个人说道。

"我不太清楚。"穆尼说，"可能不是六十美元。如果说是十美元或者五百美元，我想你可能是对的。六十美元，他不至于这么做。他可能感觉到他已经在这里安定下来了，觉得总算可以抽身度个周末的假了。"然后在周一的时候，他却真的又回来做工了，穿着工装。他们看到他俩，布朗和克里斯默斯，就在下面的锯末堆边上。从布朗回来上班，他们就已经开始盯上他俩了：克里斯默斯把铁锹慢慢地用力插进锯末堆，好像他在铲断埋在里面的一条蛇（"或者是一个人"，穆尼补充说），而布朗的身体靠在他自己的铁锹上，他显然是在给克里斯默斯讲故事，一个好笑的奇闻逸事。因为他立刻就笑了，大声地笑着，头向后仰着，在他身旁，另一个人只是默默地、丝毫不为所动地继续用力铲着锯末。然后，布朗开始动手干活了，一度和克里斯默斯干得一样快，不过铲到铲斗里的锯末越来越少，最后他的铁锹抢成瘪瘪的弧形却根本不碰锯末。然后他又靠在铁锹的手柄上，很明显，他刚刚讲给克里斯默斯的事情，他的听众似乎根本没有听到。好像另一个人在一英里开外的地方，或者说着一种和他完全不同的语言，拜伦这样想着。有时候，人们看见他俩在星期六的晚上一起去镇上：克里斯默斯穿着干净的哔叽西装、冷静庄重的白衬衫，戴着草帽，而布朗穿着他的新西服（黄褐色的，有红色的十字花纹，里面穿着花衬衫，戴着一顶和克里斯默斯差不多的草帽，但是边上却多了一条彩色的环状带子），他说着笑着，他的声音穿过广场的另一边还能听得到，后面还有不绝的回音，有点像从教堂的四面八方传来的毫无意义的嗡嗡声。好像他想让大家故意看一下他和克里斯默斯是多么好的伙计，拜伦这样想。然后，克里斯默斯就会转过身去，他还是板着那张冷静、阴沉的脸，走出布朗那空洞的声音形成的包围，布朗跟在他的后面，仍然大声笑着，说着。每次见到这些，其他的工人就会说："你看，他周一不会再回来上班了。"但是每个周一，他还是会回来。最后竟然还是克里斯默斯先辞工的。

克里斯默斯是在一个周六的夜里，没有任何征兆地辞去了刨木厂的工作，他已经在这里工作了几乎三年的时间。是布朗告诉他们克里斯默斯辞工了。这些工人当中，有些人已经成了家，其他人还有单身的，他们的年龄都不一样，他们过着天主教徒般的丰富多样的生活，但是他们在星期一的早晨都会赶过来做工，他们对待工作的态度是严肃的，几乎把它当成了一种礼仪。他们中间有一些年轻人，会在周六的夜里喝酒、赌博，甚至偶尔还会去孟菲斯寻欢作乐。但是，在星期一的早上，他们庄重地、静悄悄地又回来上班，穿着干净的工装、干净的衬衫，静静地等着上工的哨子，然后再静悄悄地开始工作，好像刨木厂荡漾的空气中还滞留着安息日的味道，这种氛围似乎确立了一种教义，那就是，不管一个人在安息日做了什么，在星期一的早上都应该静悄悄地、穿着干干净净的衣服过来上班，而且这是最得体不过的事情了。

这也是他们经常谈论布朗的内容。星期一的早晨，他多半会穿着上周沾满泥巴的衣服，满脸的黑胡茬似乎也没有刮过。然而，他会比原来更加喧闹，大声地叫着，玩着十多岁孩子才玩的恶作剧。对于冷眼旁观的其他人来说，这似乎有点不太正常。对他们来说，他好像是光着身子过来的，或者是他喝醉了。因此，这个星期一的早晨，是布朗告诉他们克里斯默斯辞工的消息。他来晚了，但问题不在这。他也没有刮胡子，但问题也不在这。他变得安静了。有那么一阵子，他们甚至都不知道他来了，于是他让一半的人诅咒他，其中的一些人骂得咬牙切齿。哨子吹响的时候，他就出现了，径直走向锯末堆，和任何人都没说一句话，甚至当有人和他说话时，他也没有搭理。然后，他们看见他一个人在那里，克里斯默斯，他的搭档，没有出现。当工头进来的时候，有个人说："瞧，我看你已经失去了一个学徒消防员。"

穆尼看着布朗铲锯末的地方，看见他好像在铲鸡蛋一样，随即往地上吐了一口唾沫："是啊。他发财发得太快了。这个破差事已经吸引不了他了。"

"发财？"另外一个人问。

"他们中间的一个人发财了，"穆尼仍然打量着布朗说，"我昨天看见他们开着一辆新车，"——他把头朝布朗扭了一下，"他开的。我对这一点儿也不感到奇怪。不过我感到奇怪的是，他们俩居然还有人过来上班。"

"唉，我觉得西姆斯会很容易再找一个人顶替他，"另一个人说道，"他任何时候找人都是很容易的。"穆尼说道。

"我倒觉得他干得挺好的。"

"哦。"穆尼说，"我知道。你是说克里斯默斯。"

"你在说谁？布朗也说他要辞工吗？"

"你觉得他会待在那里干活吗，而另外那个家伙整天开着他的汽车在镇上逛来逛去？"

"哦。"另外一个人也看着布朗说，"我奇怪他们在哪里搞到的那辆车。"

"我不奇怪。"穆尼说，"我想知道的是布朗会不会在中午辞工，或者他能不能干到下午六点钟。"

"哈。"拜伦接过话茬，"如果我能挣足够多的钱，买一辆新汽车的话，我也会辞工的。"

其他的几个人看着拜伦。他们微微笑了一下。"他们在这儿永远都不会发财的。"其中一个说道，拜伦看了他一眼。"我想拜伦在这儿和其他人远离是非，"另外一个人说道。他们看了一下拜伦。"布朗是你可能会称呼的勤快人。克里斯默斯过去经常让他在夜里跑到伯顿小姐房子后面的森林里，然后布朗就帮忙把那玩意儿径直带到镇上。我听说只要你知道暗号，在星期六的夜里，他会从衣衫里掏出来，然后你就可以买到一品脱[1]的威士忌。"[2]

1　美式度量单位，1 品脱 = 0.5506 公升。

2　1920 年 1 月，美国国会颁布了宪法第十八条修正案，俗称"禁酒法案"。根据这项法律规定，凡是制造、售卖乃至于运输酒精含量超过 0.5% 以上的饮料皆属违法。禁酒造成私酒泛滥，很多人通过贩卖私酒大肆攫取暴利。1933 年国会颁布宪法第二十一条修正案废止了禁酒令。

"暗号是啥?"另外一个人问,"六比特¹吗?"

拜伦打量了一下其他人。"确有此事吗?他们就干这事吗?"

"那是布朗干的。我不知道克里斯默斯怎么样。我不敢确定他做没做。不过,布朗住得可是和克里斯默斯没多远。就像俗话说的那样:物以类聚,人以群分。"

"这可是件实事。"另外一个人说,"无论克里斯默斯是否参与,我想咱不会知道的。他不会像布朗一样,不穿裤子就到处乱跑的。"

"他根本不需要。"穆尼说道,然后往布朗的方向看了过去。

穆尼说对了。他们盯着布朗一直盯到中午,他就一个人待在下面的锯末堆旁。然后,哨子响了,他们带着自己的午饭,蹲在水房里开始吃饭了。布朗进来了,没有说话,脸是沉着的,一副受伤的样子,像孩子的脸一样,他坐在他们中间,手耷拉在两个膝盖中间。他今天没带饭。

"你今天不吃饭了?"一个人问他。

"让我捧着脏兮兮的猪油桶,吃乱七八糟的东西?"布朗说,"天不亮就起床,整天像黑奴一样一天到晚地干活,中午仅有一个小时的工夫,吃铁桶里乱七八糟的冷饭。"

"噢,也许有人像他们老家的黑奴一样做工。"穆尼说道,"但是黑奴做工一般不会持续到中午放工的哨子响,这儿的人工作都像白人一样到点才下工。"

不过,布朗似乎并没有听到他的话,也没有听他讲话,而是蹲在那里阴沉着脸,耷拉着手。他好像没有听任何人说话,除了他自己:"傻子,这样干活的人真是傻子。"

---

1 Bit 在美国和加拿大的口语中使用,表示 12.5 美分,常与偶数连用。

"谁也没有把你拴到铁锹上。"穆尼说。

"我当然没有。"布朗说。

然后,哨子响了。他们开始上工干活了。他们又盯着锯末堆旁边的布朗了。他挖了一会儿,然后动作就慢了下来,直到最后他攥着铁锹,就好像攥着一条赶马用的鞭子,他们能够看见他对自己喃喃自语。"因为那儿没人可以跟他说话了。"一个人说。

"不是这回事,"穆尼说,"他还没有说服自己。他还没有完全下定决心。"

"下定决心做什么?"

"下定决心做一个,我认为,比他现在更傻的傻瓜。"穆尼说道。

第二天,他没有出现。"他的地址从现在起已经换成了理发店。"一个人说。

"或者理发店后面的小胡同。"另一个人说。

"我想我们还会见到他的,"穆尼说,"他还会来的,就是因为昨天在这里花费的时间。"

果然是这样。大约十一点的时候,他来了。他现在穿着新西装,戴着草帽,在棚子那里停了下来,站在那里看着大伙儿,就像克里斯默斯三年前的那天看着他们一样,好像他主子的消逝的那副神态,又在他身上死灰复燃,不知不觉中,激活了这位信徒主动迎合的肌肉,他学得很快而且到位。但是布朗只是看起来有些散漫、狐假虎威地摆出一副趾高气扬的架势,而他的主子看起来却是阴沉、冷静,而且像蛇一样阴毒。

"加油干吧,你们这帮婊子养的兔崽子!"布朗大声说,声音中不无得意,随着他的大嗓门叫喊还露出了牙齿。

穆尼看了一下布朗。布朗的牙齿马上就不见了。"你不是在那样说我吧。"穆尼问道，"是吗？"

布朗那随机应变的面孔可以随时表演他们所悟到的瞬间变化。他那松弛的面孔、轻率的构造，以至于对他来说，想让表情变化完全没有任何麻烦，拜伦这样想道。"我不是对你说的。"布朗说。

"哦，那我知道了。"穆尼的语调很愉快，放松。"那你在说其他人是婊子养的。"

立刻就有第二个人问："你在说我是婊子养的吗？"

"我只是跟我自己说的。"布朗说。

"啊哈，这辈子你终于讲出了上帝要讲的真话，"穆尼说，"不过你只讲出了一半。想不想让我接着把另一半也小声告诉你？"

那是他们最后一次在厂里看见布朗了，虽然拜伦知道，现在仍然记得那辆游逛在镇上的新车（现在挡泥板已经有一两个地方变形了），隔三岔五地经常可以看到布朗吊儿郎当、漫无目标、懒洋洋地坐在方向盘的后面，那副放荡慵懒的神态，并不招人羡慕。有时候，克里斯默斯会和他在一起，但不是那么经常。现在他们所做的勾当已经不是什么秘密了。在年轻人，甚至在小孩子中间都有人知道，人们几乎可以公开地从布朗那里买到威士忌，整个镇上的人都在等着他被抓，等着他把酒从雨衣里拿出来，卖给等着抓他的便衣警察。不过他们不能确定，到底克里斯默斯和这件事是否有牵连，不过没有人相信布朗独自一个人会有什么能耐贩卖私酒，有人知道克里斯默斯和布朗住在伯顿小姐房子附近的木屋里。但是甚至就是这些人也都不知道伯顿小姐是否知道此事，如果他们知道她蒙在鼓里的话，他们就会告诉她的。她一个人住在那个大房子里，已经是中年的女人了。她从一出生就一直住在那个房子里，但她在这里仍然是个陌生人、外地人，她的家人是在南北战争之后的重建时期搬过来的。

她是一个北方佬，喜欢黑人，关于她，镇里镇外还有一些关于她和黑奴各种古怪关系的传闻，虽然她的爷爷和哥哥在一次州选举中，讨论有关黑人参加选举的问题时，被一个前奴隶主枪杀了，到现在已经过去六十年了。但是事到如今，在她和她的住处还笼罩在一种阴森、古怪和某种威胁的气氛中，虽然她是个女人，却是镇里人的先辈们曾有理由（或者认为他们有理由）相信她是他们憎恨和恐惧的人的后代。但是关系就在那里：他们都是各自祖先鬼魂之间关系的后人，这种关系中不仅有老一辈溅血的幽灵，还有那里面的惊魂、愤怒和恐惧。

如果确实有爱情的话，男人或女人肯定会说拜伦·庞奇已经忘记了她（意思是爱情），或者说她忘记了他，这更像——这位个子不高的男人，永远不可能再回到三十岁了，他在这个刨木厂日复一日地把木板填入机器的嘴里，每周工作六天，一干就是七个年头。星期六的下午，他仍然会留下来，单独留下来，其他的工友都穿着干净的衣服，打着领带，去镇里了，那里是他们干活之外可以找到的刺激、骚动、慵懒和漫无目标状态的地方。

这些星期六的下午，由于一个人不能操作刨木机，他会把刨好的木板装上货车，一直干到想象中吹哨放工的最后一刻。其他的工友，镇上的人们，或者镇上认识他或者知道他的人，都认为他这样做是因为想多挣加班费的缘故。也许就是这么个缘故，人们对于自己的工友总是了解得太少。在他的眼里，所有的男人或女人都是遵照他所认为的内心动机的驱使，才去做自己正在做的事情，除非是疯了才会去做其他男女做的事情。事实上，在镇里只有一个人对庞奇有一定的了解，他和这个人的交往，镇上的人们都知之甚少，因为他俩仅仅在晚上才会见面交谈。这个人的名字叫海德华。二十五年前，他是当地一座大教堂，也许是当地其中的一个大教堂的牧师。只有这个人知道每到星期六的晚上，当他估摸着放工的哨子吹响的时候（或者当庞奇那块硕大的银表显示吹哨子的时间），庞奇要去的地方。庞奇寄宿的女房东，彼尔德太太，只是知道每个星期六的下午六点之后不久，庞奇就会回来洗澡，换上一件便宜的哔叽布料的西装，衣服看上去已经不新了。然后吃晚饭，再给骡子套上鞍具，这匹骡子是他在屋后的棚子里养起来的，棚子是庞奇自己修补搭建的，装好鞍具后，庞奇就骑着骡子离开了。她不知道他去了哪里。只有海德华牧师知道，庞奇骑着骡子在乡间行了三十多英里，在一个乡村教堂的唱诗班领唱，然后度过整个礼拜天的时间——这个仪式持续整整一天。大约在午夜的时候，他又套上骡子花上一夜的时间安稳、轻快地回到杰佛生镇。星期一上班，他就穿着干净的工装和衬衫，当哨子吹响的时候，他就出现在刨木厂里了。彼尔德太太只知道每周从星期六的晚饭到星期一早餐的这段时间，他的房间和那间他自己改造的马厩是空着的。只有海德华一个人知道他去了哪里，以及他在那里做了什么，因为每周都有两三个晚上，庞奇会去海德华住的小房子，这是这位前牧师独自居住的地方，也是被镇里人鄙视的地方——房屋没有油漆、空间狭小、环境破旧、光线昏暗、散发着男人的腥臭味。这两个人坐在牧师的书房里，静悄悄地说着话：庞奇这位身形单薄、普通得不能再普通的男人全然不知自己是工友中的神秘人物，而另外一位五十来岁的海德华，是一个被他所在的教堂抛弃的彻底不受欢迎的人物。

然后拜伦坠入了爱河。他坠入爱河的这种爱情与他那淳朴、喜欢嫉妒的乡人习俗恰好相反，即要求对方的身体充满神圣和纯洁。

那是发生在一个星期六的下午，他一个人在刨木厂做工。两英里之外的那个房子熊熊燃烧，黄色的烟雾在地平线上好像一座纪念碑直直地立在地平线上。他们在中午之前已经看到了，那时候烟先是从树丛冒出来的，上工的哨子还没有吹响，工人们还没有离开。"我认为拜伦今天也不会来上工了。"他们说，"今天有场免费的烟火可以观看。"

"真是场大火。"另一个人说，"怎么回事啊？我记不起那里还有什么东西，可以烧这么大的火，除了伯顿的房子。"

"也许就是那座房子。"又有一个人说道，"我爸爸说他能记得五十年前，人们就说这座房子应该烧掉，而且用人身上的一小点肥肉就可以点着火。"

"也许是你爸爸溜到那儿放的火吧。"第三个人说。他们都大声笑了起来。然后他们就开始回去干活了，等着哨子响，时不时地会停下来看一眼那升起来的黄烟。过了一会儿，一辆装着圆木的卡车开进来了，他们就问起了这位从镇里经过的司机。

"就是伯顿。"司机说，"是啊。就是那个名字。镇上有人说治安官也已经去了。"

"哦，我看瓦特·肯尼迪是个喜欢看大火的人，虽然他必须要戴上那块警长的袖章。"一个人说道。

"从广场上的情况来看，"司机说道，"他在那儿找到想要找到被逮捕的人似乎不会太费劲。"

中午放工的哨子响了。其他的人都离开了。拜伦吃起了午餐，打开的那块银表放在身边。银表报出一点钟的时候，他就重新开始干活了。现在工棚里就他一个人，独自在工棚和汽车之间来回不停地穿梭着，肩上垫着一条折叠的麻袋，麻袋上压着一捆木材，在其他人的眼里，他是不可能扛起来这么重的东西的。这时候，莉娜·格罗夫从他的后面走了过来，她笑容可掬，嘴巴已经变成了要喊出名字的形状。他听到了她，转过身去，看见她脸的表情已经慢慢地褪去，像一颗石子丢进了一池清水，激起的涟漪正慢慢散去。

"你不是他。"她说。她带着孩子般的震惊，抹去了脸上的微笑。

"是的，夫人。"拜伦说。他停了下来，转过身来，肩上的木材也跟着转了过去，"我看我不是你要找的人，你说我不是谁啊？"

"卢卡斯·伯奇。他们告诉我的……"

"卢卡斯·伯奇？"

"他们告诉我可以在这儿找到他。"她说着，语气中带着一种安静的怀疑，目不转睛地打量着他，好像觉得他是在捉弄她。"我快到镇上的时候，他们说有个叫庞奇的人，没有说伯奇。但是我当时觉得他们可能说错了，或者也许是我听错了。"

"是的，夫人。"他说，"确实是这么回事：庞奇。拜伦·庞奇。"肩上仍然扛着那捆木材，他看着她，看着她那臃肿的身体，笨重的骨盆架，她脚上还穿着一双笨重的男人的拖鞋，鞋上沾满了红色的泥土。"你是伯奇夫人？"

莉娜没有立刻回答。她站在门里，认真地打量着他，并没有表现出害怕，那双眼睛清纯安静，微微地有些疲惫，有些疑惑。她的眼睛很蓝，但是能从她的眼里看得出，她相信他正在欺骗她。"在我来这儿的路上，他们告诉我卢卡斯就在杰佛生镇上的这个刨木厂上班。好多人都这样告诉我。我到镇上的时候，他们又告诉我这个刨木厂的位置，到镇里我还打听卢卡斯·伯奇，他们说，'也许你是说庞奇吧'。我当时想他们可能把名字弄错了，如果弄错了名字也没关系。即使当他们告诉我，他们说的这个人长得并不黑。你不会告诉我，在这儿你不认识一个叫卢卡斯·伯奇的人吧？"

拜伦把那捆木材放了下来，整整齐齐的一捆，以便随时再扛起来。"是的，夫人。这儿没有。这儿没有人叫卢卡斯·伯奇。这儿干活的人我都认识。他可能是在镇上其他地方干活吧。或许在另外一个厂。"

"还有另外一个刨木厂吗？"

"没有了，夫人。还有几个锯木厂，不过那几个都有点远。"

莉娜盯着他。"他们在路上告诉我，他是在刨木厂上班的。"

"在这儿我没有听说有谁叫这个名字，"拜伦说道，"我也记不起有人叫过伯奇，我的名字叫庞奇。"

莉娜继续打量着他，那种表情与其说担忧将来，还不如说是怀疑现在。然后她呼了口气。这不是叹气：她只是深深地静静地吸了口气。"嗯。"她说道。她侧了一下身，往外瞥了一眼，看了一下那些锯好的木板，还有那堆垛好的木材。"我想我要稍微坐一会儿。真的有点累了，从镇上硬是一直走过来的。从镇上走来，感觉比从阿拉巴马州一路走来还要累。"她朝一摞堆得矮一些的木板走过去。

"等一下。"拜伦说道。他几乎是向前跳了过去，从自己的肩上取下那条叠起来的麻袋。女人正要坐下，拜伦把那条麻袋铺开放在了木板上。"这样你坐着会舒服一些。"

"嗯，你真是太好了。"于是她坐了下来。

"我觉着这样你坐着会舒服一些。"拜伦说。他从口袋里拿出那块银表，看了看，然后在这摞木板的另外一头，也坐了下来。"我想五分钟就行了。"

"五分钟休息？"她问道。

"从你进来的时候算起，五分钟。好像从你进来的时候，我已经开始休息了。星期六的晚上我是自己算时间的。"他说道。

"每次你停下一分钟,你都要记下它吗?他们怎么知道你停了下来?歇几分钟有啥关系嘛,不是吗?"

"我觉得休息是不应该拿工资的。"他接着问,"你是说你从阿拉巴马州过来的吗?"

轮到她说话了,坐在那条麻袋垫子上,撑着那沉重的身子,她的面容沉静安详,他也安静地看着她。她告诉了他很多,多得她自己都不知道说了多少,就像她四个星期以来,一直不断地向那些在旅行中遇到的陌生面孔讲述的一样,跟着季节的平静交替,不慌不忙,不紧不慢。拜伦这边脑子里就得出了结论,面前的这位年轻的女人已经遭到了背叛和遗弃,甚至她还没有意识到自己被遗弃了,还有,自己的名字也还不叫伯奇。

"不,我看我不认识他。"拜伦最后说道,"不过今晚在这儿就我一个人,其他人可能都去看那个大火了。"他给她指着树丛的上方,那股浓密的黄色烟柱已经冲到了半空中。

"我们来的路上也看到了,"莉娜说,"真是场大火。"

"也是座很大很老的宅子了,有很多年了,里面除了一个独身的中年女人,什么人也没有。我想镇上的人都会觉得这是罪有应得。她是个北方佬。她的家人是在重建时期[1]来到这儿的,就是来煽动这边的黑鬼。她的两个家人都是因为这事死的。他们说她现在还是和

---

1 重建时期指的是美国历史上 1863 至 1877 年这段时间,当南方邦联与奴隶制度一并被摧毁时,美国政府试图解决南北战争的遗留问题。"重建"提出了南方分离各州如何重返联邦,以及黑人自由民的法律地位等问题的解决办法。这些问题的处理引发了激烈的争论。但到了 19 世纪 70 年代晚期,重建并没有将黑人平等等问题整合于法律、政治、经济、社会体系之中。

黑鬼搅在一起，黑鬼生病的时候，她还去探望他们，就好像这些黑鬼也是白人一样。因为没有厨子，她想要个黑鬼做厨子。人们说，她经常声称黑人和白人是一模一样的。那也是人们不愿意去她那里的原因。有一个人是例外。"莉娜看着拜伦，静静地听着。现在他没有看她，视线移开了一些。"或者也许是俩人，我听说。我希望他俩在那儿能及时地帮帮忙，帮她把她的家具搬出来。或许他俩都在那儿。"

"或许谁俩啊？"

"两个名字都叫乔的家伙，都在那个方向住着。乔·克里斯默斯和乔·布朗。"

"乔·克里斯默斯？好像很奇怪的名字。"

"乔·克里斯默斯是个很怪的家伙。"拜伦又一次把目光从莉娜那好奇的脸上移开了。"他的同伴乔·布朗也算是个奇葩。他也是在这里上班的。可现在他们都辞工了，他俩都辞了。我看对任何人都不是坏事。"

莉娜坐在那条铺开的麻袋垫子上，兴趣盎然，一动不动。

"那两个人好像是都穿着体面的衣服，在安息日的下午，坐在乡村农舍前面的藤椅里，椅子下面是绿油油的草坪。"

"他的同伴也叫乔吗？"

"是的，夫人。乔·布朗。但是我看他叫这个名字很合适。因为你一旦想起一个叫乔·布朗的家伙，你就会想到一个大嘴乱说的家伙，总是大声地笑着、讲着。因此，我想这个名字对他挺合适，即使乔·布朗这两个词作为一般的姓名来说，听起来也有点太短太简单。但我想这名字适合他，挺合适的。因为如果他花在嘴上的工夫也算工时的话，这会儿他已经是这个刨木厂的主人了。不过人们好像都还是喜欢他。他和克里斯默斯相处得也不错。"

莉娜还看着拜伦。她的面孔仍然还是安静的，但现在已经变得很严肃，眼神也犀利起来，而且很急切。"克里斯默斯和布朗干啥工作？"

"我感觉他们什么都没做。至少，没人看见他们干什么工作。布朗过去在这儿干过一段时间，那段时间他不停地嬉笑，还经常开别人的玩笑。但是，克里斯默斯辞工了。他们一起住在远处的一个地方，那个地方大概就是那座着火的房子附近吧。而且我还听说他们靠什么挣钱呢，但是首先这事儿跟我没有什么关系，再者人们在谈论其他人的事时往往不准确。所以我想我说的不一定比别人准。"

莉娜盯着拜伦，甚至眼睛都没眨一下。"他是说他的名字叫布朗？"这应该是个问题，但是她没有等他回答，又继续问道，"关于他们干的事儿，你还听人们说过什么？"

"我不想伤害别人，"拜伦说，"我看我不应该说太多。事实上，好像他是那么一个人，如果他辞工的话，肯定会去干坏事的。"

"大伙儿是怎么说的？"她问道，她现在一动不动。她的语调很平静，但拜伦已经陷入了爱恋，虽然他自己还没有意识到。他没有看她，但能感觉到她严肃专注的目光停留在他的脸上、他的嘴上。

"有些人说他们贩卖威士忌，把酒藏在那里，就是着火的房子附近。有人说布朗在一个星期六的晚上在镇上喝醉了酒，他几乎把不该对别人讲的事情都讲出去了，是一个晚上他和克里斯默斯在孟菲斯干的什么事，或者是在靠近孟菲斯市的一条路上，带着一支枪，或许是两支吧。因为克里斯默斯很快进来了，让布朗闭上了嘴，然后把他带走了。不管怎样，这事克里斯默斯是不想说出来的，即使是布朗，如果不是喝醉的话，也不会轻易说出来的。这是我听别人说的。我自己没在那儿。"当他抬起头时，他发现自己甚至在注视她的眼睛之前又低下了头。他似乎现在已经有了一种预感，一种不能改变、无法挽回的预感。这与他本来的想法大相径庭，因为他本来相信在星期六的下午，独自一个人在这个刨木厂里做工，伤害别人的机会是不会降临到他头上的。

"他长什么样？"莉娜问道。

"克里斯默斯？为啥……"

"我没说克里斯默斯。"

"哦，布朗。是的。个子高高的，年轻。皮肤黑黑的。女人说他帅气，我听说是有一些人这样说。很善于说笑、嬉闹，爱和别人开玩笑。但我……"他停了下来。他不能看她，他已经感觉到她执拗抽泣的目光在盯着他的脸。

"乔·布朗，"她说，"他的嘴角这边是不是有一小块白色的伤疤？"

他不能看她，他坐在那摞木板上。已经太晚了，他后悔没有提前把自己的舌头咬成两截儿。

三

从海德华书房的窗户可以看见街道。距离不算太远，因为草坪上的草长得并不深。这块草坪不大，里面长着五六棵低矮的枫树。房子是黄褐色的，没有油漆，是座不起眼的平房，很小；外面围满了郁郁葱葱的紫薇、丁香和木槿花，从书房的窗户看过去，通过一个空隙，可以看见外面的街道，房子几乎是隐蔽的，以至于街道拐角路灯的灯光几乎都触摸不到它。

从那扇窗户望去，海德华还可以看见那块牌子，他把这块招牌叫作他的纪念碑。牌子竖在院子的角落里，低低的，对着街道。有三英尺宽，十八英寸高——一块长方形的牌子，面对着路人，背对着他的窗户。但是他不需要看牌子，就知道上面写的内容，因为是他亲手用锤子和锯制成的，方方正正，上面镌刻的文字也是他亲手油漆上去的，整整齐齐，却冗长乏味，这时候他意识到他必须要开始筹钱，操心面包、柴火和衣服的事情了。当他离开神学院的时候，从父亲那里继承了一小笔收入，一到教会任职后，他就会把每季度收到的支票转到孟菲斯的一家不良少女教导机构。后来，他丢掉了在教会的职位，也失去了和教会的一切联系。他认为这是他一生中最痛苦最难以面对的事情——甚至比他丧失亲人以及由此带来的伤痛更为难过——然后他给那个教导机构写信说，从今往后，他只能寄给他们原来金额的一半了。

于是，他继续把自己一半的收入寄给他们，而整笔收入事实上也仅够他勉强度日而已。"幸运的是，有一些事情，我还可以做。"他那时说。因此，这块由他亲自精心制作、亲手刻字的牌子，在镌刻的油漆字缝中巧妙地嵌进了玻璃碴，以至于当晚上街角的路灯灯光飘到上面时，还能闪烁出圣诞节日的效果：

尊敬的盖尔·海德华牧师，神学博士

艺术课程

手绘圣诞和周年卡片

冲洗照片

但那是多年之前的事了，海德华没有招到学习艺术的学生，也没有多少人找他制作圣诞卡片或者冲洗照片，由于风吹日晒，牌子上的油漆和玻璃碴也慢慢从那些褪色的文字中剥离出来。文字仍然可以辨认，然而像海德华本人一样，镇上已经几乎没人需要再去辨认它们。偶尔会有黑人女仆带着她照管的白人孩子，闲逛到那里，傻傻地大声拼读着那些文字，声音中透露出懒散和无知；偶尔，还有陌生人路过那安静、偏僻、没有铺砌、少有人光顾的街道上，就会停下来，读一下那些文字，然后看一眼那黄褐色的狭小的，几乎被完全隐匿的房子，然后就过去了；偶尔，路过的陌生人还会向镇上的熟人提起那块牌子。"哦，是啊。"他的朋友就会说，"海德华。就他一个人住在那里。他来这里的时候是长老会的牧师，但是他的妻子给他带来的影响不太好。她经常隔三岔五地溜去孟菲斯寻欢作乐。大约二十五年前，也就是说，他刚刚来这里之后。有些人说他知道这件事，是因为他不能满足她或者也许他不愿意满足她，他知道她在外面干的事。后来，一个星期六的下午，她被人杀了，是在孟菲斯的一个房子里或者什么地方，报纸满是这样的报道。他被迫从教会辞职，但是不知道什么原因，他不愿意离开杰佛生镇。他们试图让他离开，一方面是为他好，另一方面也是为这个小镇和教会好。这件事给教会带来的影响太不好了，你知道的。但是他不愿意离开。从那时开始，他就一直住在那儿，过去那儿挨着主街呢，就他一个人住。至少那条路现在已经不是主街了。这可是挺重要的事呢。但是他也不再让其他人担心了，我看，大部分人也把他忘了。他做自己的家务。我看在二十五年里没有人去过他那所房子。我们不知道他为什么待在那儿。但是每天傍晚或夜幕降临的时候，你如果路过那里，就能看到他坐在窗户旁。就坐在那儿。其余的时间，除了偶尔能看到他在花园里忙活，人们几乎在附近看不到他的身影。"

因此这块他亲手制作并刻字的牌子，对他的意义还没有对镇上其他人的意义大，他几乎已经意识不到牌子的存在，以及它所传达的信息。要不是每天傍晚前，坐在书房的窗户前，他根本就把这块牌子给忘了。那只是块长方形的形状而已，没有任何意义，低低地插在草坪尽头的街道边上，像是独自从悲伤又无法逃脱的土地中长出来似的，连同那些铺开的低矮枫树，都没有得到过他的帮助，也没有受到他的阻碍。他现在看都不再看它一眼，事实上，他根本也不看窗户下面的树丛，只是透过树丛打量着那边的街道，等待着夜幕的降临，漆黑的夜的到来。这座房子，这个书房，在他身后漆黑一片，他等待着那一刻的来临，当所有的光线都从空中消失，夜就来了，除了那昏暗的灯光，照出了树叶和草叶不由自主的叹息，还有一点光线斑驳地洒在了地上，虽然黑夜已来临。**现在，快了，他想；快了，现在**。他甚至没有开口，只是默默地想着："生活中总还有一些事情值得骄傲和自豪。"

当拜伦·庞奇第一次来到杰佛生镇，看到那块小牌子上写着"尊敬的盖尔·海德华牧师，神学博士／艺术课程／手绘圣诞和周年卡片／冲洗照片"的时候，他想，神学博士？神学博士是什么？然后他就问，人们告诉他神学博士就是神经病的意思。他们告诉他盖尔·海德华在杰佛生镇就是个神经病。他们还告诉拜伦海德华当初是如何从神学院毕业直接来到杰佛生镇，拒绝接受任何其他的派遣，以及他如何费了九牛二虎之力才被派到杰佛生镇的。还有，他来的时候，如何带着他年轻的妻子，从火车上下来，兴高采烈，告诉那些经常光顾教会的老头儿和老太太们，他是如何从开始决定做牧师以来，就对杰佛生镇情有独钟；还告诉他们为了能被派到这儿，他如何欣喜地写信，又谈到他如何焦虑地等待，以及为了被派遣到这里又如何利用自己的关系去活动。对于镇上的人们来说，他的话听起来就像马贩子做了一笔赚钱的交易，抑制不住内心的神采飞扬。也许这也是那些老年人对他的感受。因为他们听他说话的时候，总是表现出冷漠、震惊和半信半疑的表情，这是因为他说话的时候就是给人这种感觉，他想来这里的目的就是想住在这个镇上，而不是想为这里的教会和这个教会上的人们服务。好像他根本不关心这里的人们，不关心这里活着的人们，也不关心他们是否需要他。他也还年轻，那些老头儿、老太太们，试图讲一些有关教会中严肃的事情、教会的责任以及他自己的责任等，想压一压他的那股兴奋劲儿。他们告诉拜伦这位年轻的牧师如何在六个月之后还在激动不已，仍然谈论着内战和他的祖父，他的祖父是个骑兵，在内战中死了；还在一直谈论着内战中格兰特将军的军需储备在杰佛生镇被烧毁的事情，直到后来人们听得不想再听了。他们告诉拜伦，他讲起话来如何像教会讲坛上的布道，在教会的讲坛上，他好像也是这么张狂，好像把宗教当作一场梦。不是噩梦，而是比《圣经》里面的词语飞得更快的东西：一种旋风，似乎不用接触地面就刮走了。年纪大的老头儿老太太们可不喜欢他这一套。

好像他总是把宗教和飞驰的骑兵，以及他那在飞奔的马背上被射杀死去的祖父搅成一团，即使在教堂的讲坛上，也是这样。而且他在自己的私人生活中，也不能把它们区分开来，在自己的家里，可能也是这样。也许他在家里甚至就不想把这些东西分开，拜伦想，这就是男人经常对属于他们自己的女人所做的事情，这也是女人自己必须坚强的原因，她们不应该因为和男人一起做事，或者为男人做事，或者因男人做事，而受到责备，因为上帝知道，做任何男人的妻子都是一件让人无法捉摸的事情。他们告诉拜伦，他的妻子是一位身材娇小、文静的女孩，以至于开始的时候，镇上的人们都以为她是好得没法再好了。但是人们觉得海德华如果是位可靠的男人，就是那种像一个真正牧师的男人，而不是活了三十年，却似乎只在三十年前的某一天——他的祖父从飞驰的马背上被射杀的那一天——生活过的男人，他的妻子也不会出什么问题。但他不是，邻居会经常在下午或夜里很晚的时候，听到她在牧师的住所里哭泣，邻居们还听说这位丈夫不知道该做什么，因为他不知道是哪里出了问题。人们还告诉拜伦她甚至常常不去她自己丈夫布道的教堂，甚至在星期日的时候也不去，他们会看着他，很想知道他到底是否知道她不在这里，他是否忘记了他曾经还有妻子，在那布道的讲坛上，他的双手在胸前飞舞，他宣扬的教理中充满了飞驰的骑兵、奋勇的追击和无上的荣耀，这和他在大街上试图告诉人们的飞驰的骑兵一模一样，同样他把这一切和宗教中罪行的赦免以及六翼天使[1]的唱诗班统统搅和在一起，久而久之，人们就自然而然地认为在上帝的圣殿上，在敬拜上帝复活的日子里，他的布道简直就是在亵渎神明。

他们还告诉拜伦，海德华夫妇如何在杰佛生镇生活了大约一年之后，他的妻子的脸上开始带上了那种僵硬的表情，当教会的女士们来探访时，海德华总是独自出来接待她们，穿着短袖衬衫，衬衫连个领子也没有，他手忙脚乱，似乎一时想不起她们过来造访的目的，以及他应该做些什么。然后，他就邀她们进去，然后再找个借口走了出去。然后她们在屋里就听不到任何声响了，干坐在那里，身着干净体面的节日服装，面面相觑，环顾房间，听不到任何一点动静。然后，他就回来了，身着外套，戴着领圈，坐下来和她们谈论教会的事情和生病的教友，她们也轻快平静地应和着，但仍然在悄悄地听着屋内的动静，也许打量着门边，也许在想他是否知道她们认为她们已经听说的事情。

后来，女人们都不再去他家了。很快她们甚至在街上也看不到他的妻子了。他呢，仍表现得像若无其事的样子。然后，他的妻子偶尔就会消失一两天。她们看到她登上早班的火车，面容开始消瘦憔悴，好像她从来没有吃饱过饭，脸上那僵硬的表情好像是她对眼前的一切统统视而不见。然后他就会告诉她们，她是到州南部的一

---

1 《圣经·旧约》中的角色，在语源上有"传热者""造热者"的意思，故又译为"炽天使"。在《启示录》有类似描述：四活物各有六个翅膀，遍体内外都满布了眼睛。

个地方，去看她的亲戚了，直到有一天，她离开后，一个杰佛生镇的女人，在孟菲斯购物时，看到她快步走进了一家宾馆。那是在一个星期六，这位妇女回家后就对人讲了这件事。但是第二天，海德华还是站到了讲坛上，又开始云山雾罩地扯着宗教和飞驰的骑兵，这位妻子星期一回来了，接下来的星期日她一个人坐在了教堂里的后排。自那之后，她似乎每个星期日都会来教堂待一会儿。然后，就又消失了，这次是在星期三（七月，天气很热），海德华说她又去看亲戚了，住在乡下比较凉快的地方。那些年老的男人，教会长老们，还有那些年老的女人都在打量他，想知道他本人是否相信自己说的话，而年轻人则在他背后议论纷纷。

　　但是人们不能确定海德华本人是否相信自己经常讲给他们的那些话，不知道他是否真的在乎，整天把宗教和他那位从马背上射下来的祖父扯在一起，就好像他祖父传给他的那颗种子，那天夜里也从马背上被射杀了，时光仍然停留在那个时刻，然后对于那颗种子来说，在以后的时间里，其他的什么事都没有发生过，甚至他本人好像也根本没有存在过似的。

　　那位妻子星期日之前就回来了。天气炎热，老年人说那是有史以来这个小镇遭遇的最热的天气。那个星期日她来到了教堂，在后排找了一条凳子坐了下来，一个人。当布道进展到一半的时候，她突然从凳子上蹿了起来，大声惊叫，摇着手，往讲坛上大声嚷嚷着什么，她的丈夫已经停下了讲话，他身体前倾，手举了起来，又中途停下悬在半空。有些人在旁边试图拉住她，但是她厮打他们。他们告诉拜伦她是如何站在那儿，站在现在是门廊的地方，朝讲坛挥舞着手臂，尖叫着，讲坛上她的丈夫身体向前倾，手仍然举着，他那极度紧张的面孔，已经僵成了指点江山和旁征博引的样子，话是无法讲下去了。他们不知道她挥舞的手臂是指向他还是向着上帝。然后，他走下讲坛，走了过来，她停止了厮打，然后他把她领了出去，他们经过的时候，人们都扭头看着，后来教长叫风琴手开始弹奏。那天下午，教会的长老们召开了一次闭门会议，人们不知道里面发生了什么，除了看到海德华回来进了教堂的法衣室，随手也关上了身后那扇门。

但是人们并不知道发生了什么事。他们只知道教会筹了一笔钱把这位妻子送到一个机构，一个疗养院，海德华把她送到那里之后才回来，然后接下来的星期天就继续像往常一样继续布道。那些女人们，邻居们，其中有一些人好几个月都没有去过牧师的住处了，对于海德华，她很关心，偶尔给他带一些吃的，回来后就互相传着说，告诉她们的丈夫，牧师的住所里乱七八糟，牧师吃东西就像动物一样——只在他饿的时候吃，找到什么就吃什么。每隔一个星期，他就去探望他在疗养院的妻子一次，但是他总是一两天之后就回来。在星期日这天，他又回到了讲坛上，好像一切都没有发生过一样。人们就会好奇而且善意地问起他妻子的身体，他就会表示感谢。然后星期日，他又再次站到讲坛上，激情地挥着手，声音狂放急切，就像幽灵、上帝和救赎者、飞驰的马匹和他那死去的祖父发出的怒吼，在下面坐着的长老、教众等，满脸的困惑和愤怒。秋天的时候，他的妻子回来了。她看起来好多了，胖了一点。她甚至变化的还不仅仅是这点。也许是因为她现在受到了惩戒，但至少是清醒的。不管怎样，她现在是她周围的女人们所希望成为的那个样子，她们也认为牧师的妻子就应该总是这个样子。她定期去教堂守礼拜，参加祷告会，女人们会探访她，她也会回访她们，总是安静谦恭地坐着，甚至在她自己的家里也是这样，而她们告诉她如何持家，该穿什么衣服，以及应该给丈夫准备什么样的东西吃。

甚至可以说，她们原谅了她。事实上，谁也没有对她说过她犯过什么罪或有过什么僭越之举，也没有人给过她什么惩罚。但是，镇上的人们相信，那些女人们不会忘记她原来那些去往孟菲斯的神秘行程，所有人都对这些行程的目的深信不疑，虽然没有人把它们形成语言，大声说出来，因为镇上的人们相信德行良好的女人不会那么容易健忘，无论是好的还是坏的，以免在良心的味蕾上失去对宽恕的品味。因为镇上的人们相信女人知道真相，因为人们相信坏女人总是容易受到恶行的愚弄，这是因为她们必须要花一些时间不让自己多疑。但是好女人却不会受到恶行的愚弄，因为品行高尚，她们就不会担心恶行的侵入，因此也有足够的时间鉴别恶行。这也使他们相信高尚的品行却可以随时愚弄她，使她视之如仇，但恶行本身却无法愚弄她。于是，大约四五个月之后，这位妻子就又一次出去了，她的丈夫就又一次说她出去探访自己的亲人了。不管怎样，她回来了，他每个星期日继续布道，好像任何事都没有发生过，继续拜访教友，探访病人，和他们谈论着教会的事情。但是妻子不再来教堂了，很快女人们也不再去找她了，不再去牧师的住所了。甚至附近的邻居也看不到她在家里了。很快，人们好像感觉她不曾在家，好像大家都一直认为她不在家，甚至还觉得牧师从未有过妻子。他在星期日布道的时候，甚至都不再向他们提起她是否又去看望她的亲戚了。也许这样不声不响，正是他喜欢的。也许他为不需要再向人撒谎而感到高兴。

当然，没有人看见她那个星期五去坐了火车，也许是星期六，就是那么一天。他们看到的是星期日早上的报纸，说那个星期六的夜里，她如何从孟菲斯一家宾馆的窗户里跳了下来，或者不小心从楼上跌了下来，然后就死了。在房间里，跟她在一起的还有一个喝醉了的男人，他被捕了。他们在那里登记的是夫妻，使用的是假名字。警察在垃圾篓里发现了她的真名，那是一个她写着自己名字的纸条，然后撕碎后扔进了垃圾篓。报纸印上了这个纸条，并报道了这个故事：海德华教士的妻子，住在密西西比州的杰佛生镇。报道讲述了报社如何在凌晨两点给那位丈夫打电话，以及那位丈夫说他无可奉告。当他们星期日的早上到达教堂的时候，院子里已经满是来自孟菲斯的记者，正在给教堂和牧师的住所拍照。然后海德华来了。记者们试图拦住他，但是他径直从他们中间穿了过去，进了教堂，走上了讲坛。那些老年女人，还有一些老年男人已经坐在了教堂里，这让他们感到既恐惧又愤慨，给他们造成这种感觉的，与其说是发生在孟菲斯的那件事，还不如说是在满院子出现的记者。但是当海德华进来，并走上讲坛的时候，他们甚至忘记在场的还有记者。女士们站了起来，开始离开教堂。然后男人们也站了起来，然后整个教堂变得空荡荡的，除了站在讲坛上的牧师，身体微微向前倾着，面前的《圣经》已经打开，他的两只手分别放在书的两侧，他的头并没有低下，孟菲斯的记者（他们已经跟着他进入了教堂）在教堂后排的座位上坐成了一排。他们说他当时并没有看向离开他的信众，说他什么也没看。

他们把这一切都告诉了拜伦，以及他最后如何小心翼翼地合上《圣经》，从讲坛上走下来，步入空荡荡的教堂，沿着中间的过道走着，看也不看坐在后面的记者，像他的信众一样，径直走出了大门等，也告诉了拜伦。外面等着的还有一些摄影记者，相机已经在前面架子上支好了，摄影记者的头已经钻到了黑布的下面。牧师显然已经想到了这一点，因为他从教堂出来的时候，脸部挡着一本打开的赞美诗的书。但是摄影记者也明显预料到了这一点。实际上他们是在捉弄他。很可能，他也不习惯这些，因此很容易受到愚弄，他们告诉拜伦说。其中的一位摄影记者把他的机器架在了路边，牧师根本没有看见他，或者看到的时候已经太晚了。他当时遮着脸挡住了正前面的那部相机，第二天出来的照片是从侧面照的，牧师站在一个台阶的中间，把那本赞美诗书本置于面部的正前方。在书本的后面，他的嘴唇上扬，好像是在微笑。但是他却牙齿紧咬，他的脸像旧时画里的撒旦一样可怕。第二天，他把他妻子的尸体运回来安葬。镇上的人们都来参加了安葬仪式。这不是一场葬礼，他根本没有把尸体带到教堂。他直接把它带到了墓地，他准备亲自朗读《圣经》的词句，这时候另外一名牧师上前把《圣经》从他手里抢走了。很多人，尤其是年轻人，在他和其他的人们走了之后，还留下来观望着那座坟。

然后，其他教堂的人甚至也都知道教堂已经要求他辞职，然而他拒绝了。接下来的这个星期日，很多从其他教堂来的人们都跑来他的教堂看热闹，他们想看看到底会发生什么事。他来了，走进教堂。信众中有一个人站了起来，然后就都走了出去，只留下牧师和那些从其他教堂赶来的好像是要看演出的人们。于是，他向他们讲了起来，还是他一直以来布道的风格：那种早已被他们认为是亵渎神明的狂热，这些从外面教堂赶来的人也认为他有些神经错乱。

他不愿意辞职。长老们请求教会把他召回。但是出了这事之后，还有因为报纸上的照片以及所有的一切，其他镇上的教堂也都不愿意要他。就他个人来说，也没有什么不好，他们都坚持这样认为。他只是时运不济。于是，人们不再来教堂了，甚至那些一度由于好奇来看热闹的人也不来了。他甚至现在已经激不起人们的兴趣，他现在已经成了恶行的化身。但是，他仍然在每个星期日上午按时到达教堂，走上讲坛，台下的听众就会站起来走出去，那些流浪汉之类的人就会聚在街道上，向空荡荡的教堂里望着，听他在那里布道和祈祷。那次之后的一个星期日，当他到达教堂的时候，门被锁上了，街上的那些懒汉们则看见他开始尝试着开门，然后打不开，干站在那里，仰着的脸仍然没有低下，沿街站着些从不进教堂的男人，还有一些小孩子，虽然他们不知道到底发生了什么，但是知道一定会有事情发生。他们停下来，瞪着圆圆的眼睛望着那位站在紧锁大门边的男人。第二天，镇上的人们就听说他是如何去了长老们那里，辞去了自己在教会的职位，这也是为了教堂的利益。

然后，镇上的人们在欣慰之余，又觉得有些歉意，就像人们有时候强迫他人终于做成了一件他们想要他做的事情而感到歉意一样。他们想当然地认为他会立即走掉，教堂还为他筹集了一笔钱，作为路上的盘缠和在另外的地方安家的费用。然而，他却拒绝离开。他们告诉拜伦他们感到的惊愕，更让他们感到愤怒的是，他们得知他已经在后街，就是他现在住的地方买下了一座小房子，从那时起就一直住了下来。长老们就又召开了一次会议，因为他们说给了他那笔钱是为了让他做路费，现在他却把它花在了其他地方，他这样做是以欺骗的手段获取了不当之财。他们去找他，把这个问题告诉了他。他请求他们宽恕他。他回到屋里，把给他的那笔钱拿了出来，一分也不少，连面额和原来钱币的样子都是一样的，他执意让他们收回去。但是他们拒绝了，他也不说自己从哪里弄的钱买的房子。他们告诉拜伦说，有些人第二天就说他给自己的妻子买了意外身故保险，然后又雇人谋杀了她。但是每个人都知道事情本来不是这样的，包括那些讲这话并一直重复它的人，还有那些在旁边听话的人们，也都不相信。

然而，他就是不愿意离开这个镇。后来，有一天他们看见了那块他亲手制作、亲自油漆、立在他院子里的小牌子，他们知道他是打算留下来了。他仍然留下了他的厨师，一位黑人妇女。他从一开始就雇了她。可是他们告诉拜伦说自从他的妻子死了之后，人们是如何立刻意识到那个黑奴是个女人，以及他在家里和那位黑奴女人整天独处一屋。还有，他的妻子是如何在寒碜的墓穴里尸骨未寒，而现在却已流言四起。这些流言是关于他如何让妻子变坏，以至于最终自杀的，因为他不是一个正常的丈夫，不是一个正常的男人，那个黑奴女人就是原因。关键就在这个地方，所有的讨论都没有提到这个问题。拜伦静静地听着，暗自想着大概所有地方的人都一样，但是好像在一个小镇上，做件坏事可真是不容易，因为人们之间很难有隐私，人们可以用其他人的名义凭空编造。因为这个东西不需要太多理由：只要有个想法，无聊的语言就会口口相传。有一天，他的厨师辞工了。他们听说一天夜里，一群粗略装扮的蒙面人如何去了牧师的家里，命令他解雇她。然后他们听说第二天这个女人如何说她是自己主动辞职的，因为她的雇主想要做，按她说的，一些违背上帝或者违背人性的事情。也有传说是那群蒙面人恐吓她辞工的，因为她是众所周知的高等一些的棕褐色女人，就是所谓的混血儿，大家都知道镇里有两三个男人总是反对她做任何她认为的有悖于上帝和人性的事情，因为，就如一些年轻人说的，如果连一个黑奴女人都说有悖于上帝和人性，那一定是非常糟糕的。不管怎样，牧师再也未能——或者再也没有找到其他的厨师。可能的是那天夜里，那群人恐吓了镇上所有其他的黑奴女人。于是有一段时间他就自己做饭吃，直到他们有一天听说他雇了一位黑奴男人为他做饭。这次他可是捅了马蜂窝了，确定无疑。因为那天晚上一些人，连面具也没戴，直接把那个黑奴男人拉了出去，抽了一顿鞭子。当海德华第二天醒来的时候，他书房的窗户被砸破了，房间的地板上还躺着一块砖头，上面系着一个纸条，命令他天黑之前必须滚出小镇，落款是"三K党"[1]三个字。但他还是没有走，第二天的早晨，有人在离镇子约莫一英里远的小树林里发现了他。他被绑到了一棵树上，已经被打得不省人事。

他拒绝说出这事是谁干的。镇上的人们也都知道这事是不对的，其中一些人过来找他，试图再次劝他离开杰佛生镇，说这也是为了他好，还说他们下次可能会杀了他。但是他还是拒绝离开，甚至当他们主动提出要起诉那些施暴者时，他甚至都不愿意谈论那次殴打。他什么都不愿意做，既不愿意开口说话，也不愿意离开。然后，整件事情好像突然消失了，就像被一股邪恶的风吹走了。好像镇上的人们也都终于意识到他将是小镇生活的一部分，一直到他死，而且他们也有可能将最终和解。拜伦想，这整个事件就好像有很多人参演了一部戏，现在和最后，他们都演完了自己被分配角色的戏份，然后就要相互安静地生活了。他们不再理会牧师。他们会看到他在院子或花园里忙碌，有时候在街上或店铺里看见他胳膊上挎个篮子，他们还会同他寒暄一番。他们知道他现在是自己做饭，收拾家务，

1　三K党（Ku Klux Klan，缩写为 K. K. K.），是美国历史上奉行白人至上主义的民间组织，也是美国种族主义的代表性组织。美国历史上有两个所谓的"三K党"：一个成立于南北战争后不久，到 19 世纪 70 年代消失；另一个创立于 1915 年的乔治亚州亚特兰大城，至今仍然存在。此处的三K党于 1866 年由南北战争中被击败的南方邦联军队的退伍老兵组成。在其发展初期，目标是在美国南部恢复民主党的势力，并反对由联邦军队在南方强制实行的改善黑人奴隶待遇的政策。这个组织经常通过暴力手段来达到目的。三K党的宗旨虽随时代改变而不尽一致，但基本上都是反黑人和天主教徒及犹太人的，并以恐怖暴力活动著称。

过了一段时间，邻居们又开始送给他饭菜了，虽然都是那种送给贫穷工人家的饭菜。但是总归是些食物，是一片好意。正如拜伦所想，因为在二十年里人们会忘记很多东西。他想："是的，我看在杰佛生镇没有人知道，他是否每天从日落到天黑一直都是坐在窗户前的，或者那屋子里什么样，除了我。他们都不知道我现在知道的东西，或者他们也许会把我们两个人都拉出去再抽一顿鞭子，因为对于镇上的人们来说，他们忘记的时间似乎总是比记住的时间长。"自从拜伦来到这个镇上居住之后，根据他一段时间的观察和了解，使他置于目前境地的原因还有另外一件事。

海德华读了很多书。拜伦知道这一点，他惊愕地看到他书房的墙上摆满了一排排的书籍，有宗教的、历史的，还有科学的。这些书，拜伦从来都没有听说过，他不禁若有所思，肃然起敬。大概四年前的一天，从杰佛生镇边上牧师家后面的木屋里跑来了一个黑奴男人，他来到牧师的家里，告诉牧师，说他的妻子要生了。海德华没有电话，他告诉那个黑奴跑到隔壁借电话叫医生。他目送着这个黑人走到隔壁邻居的大门前。但是黑奴没有进去，在门前站了一会儿，然后就往镇上的方向走去，他是步行的。海德华知道他没有找白人女人替他打电话，而是准备走到镇上找医生，看他走路磨磨蹭蹭毫无时间观念的样子，等找到医生至少也需要三十多分钟。然后，他到了厨房门边，能听见不太远处的木屋里女人的哀号。他不能再等了。他一路跑到木屋，发现那个女人已经下床，是什么原因他也不知道，只见她四肢趴在地上，正试图爬回到床上，尖叫着、哀号着。他把她弄回到床上，告诉她躺着别动，吓唬她要听话，然后他就飞奔回家，从他书房的书架上拿回了一本书，还有刀片和绷带，又飞奔回到木屋，把孩子接生了下来，但是孩子已经死了。医生到了之后，说她下床时，也就在海德华发现她的时候，她显然伤着了孩子。他同时对海德华的行为表示赞许，那位丈夫也没什么可说的了。

"但是这和另外一桩事离得太近了，"拜伦想道，"即使中间隔了十五年之久。"因为在两天的时间里，就有人说那孩子是海德华的，是他故意让那孩子死掉的。但是拜伦认为，甚至那些说这话的人也不相信这是真的。他认为镇上的人们已经形成了给这位声名扫地的牧师添油加醋的习惯，就连他们自己都不相信自己已有很长时间了，但他们还是陷入这种习惯中，无法自拔。"因为每当事情一旦形成习惯，"拜伦想道，"人们的行为就会设法远离真相和事实。"他记得有一天晚上，他和海德华一起聊天，海德华说："他们都是好人。他们必须相信他们必须相信的东西，尤其是我有一段时间既当他们信仰的主人，又当他们信仰的仆人。因此，不应该是我来怨恨他们的信仰，当然也不应该是拜伦·庞奇来告诉他们是不对的。因为每个人所能希望的一切，就是能被允许安静地生活在他的乡邻之中。"那是发生在拜伦听到这个故事不久，也是他开始晚上拜访海德华书房之后的时间里，拜伦不理解对方为什么一直留在杰佛生镇，留在那个他能够看见、听见的教堂附近，留在这个已经放弃他、驱逐他的地方。一天晚上，拜伦就问了他这个问题。

"那你为什么把星期六的时间花在了刨木厂的工作上，而不是像其他人那样到街上寻快活？"海德华问道。

"我不知道，"拜伦说，"我觉得这是我的生活。"

"我觉得这也是我的生活，"海德华说道，"但是我现在知道为什么会是这样。"拜伦心想："这是因为一个人相比于业已遇到的麻烦，他可能更害怕那些未知的麻烦。他往往宁愿忍受已经习惯的麻烦，而不愿意冒险改变。没错，人们都会谈论他们是如何希望逃离活着的人们，但带给他们伤害的却往往是那些死去的乡邻。是那些死去的人，静静地躺在一个地方，丝毫不去招惹他们，但是人们却无法摆脱他们。"

白天的喧闹都轰隆隆地过去了，现在悄无声息闯入的是黄昏。夜幕已经降临，但是海德华仍然坐在窗前，身后的房间漆黑一片。拐角的路灯闪烁扎眼，以至于那些舒展的枫树映出的魅影在八月的夜幕中微弱地摇曳着。远处，隐隐约约，而又非常清晰，他能听到教堂里传来响亮的声浪：庄严而又丰富，凄凉而又自豪，在这安静的夏夜里，就像一股和谐的潮汐喷涌而来，而又悄然落去。

然后，海德华看到街道上走来一个人。要是在平时工作日的夜晚，他就可以认出这个人来，认出他的体型、举止和步态。但这次是在礼拜天的晚上，幽灵般的铁蹄还正悄无声息地回荡在昏暗的书房里，他静静地打量着那个瘦小、并未骑马的身影，动物所特有的脆弱及俗气的聪明平衡着他的后肢往前移动；这种聪明，在人这种动物身上，表现得如此的愚蠢自大，然而自然的规律，诸如引力和结冰，那些人类自己发明的新异物件，诸如汽车和黑暗中的家具，还有他自己落在地板和过道上吃饭剩下的垃圾，都不断地昭示出人类的无知和脆弱；他暗自想着，祖先让马匹成为武士和国王的属性和象征，是多么的英明，这时候他看到街上走着的那个人越过那块低矮的牌子，拐进他的大门，往房子走来。他往前坐了坐，打量着这位闯过黑暗的道路，来到黑漆漆门口的人；他听到这人踏上门口台阶蹒跚的沉重脚步。"拜伦·庞奇，"他说道，"星期日的晚上，拜伦·庞奇竟然还留在镇上。"

四

　　他们隔着桌子相视而坐。书房现在已经被立在桌上的一盏罩着绿色灯罩的阅读灯照亮了。海德华在书桌后面坐着，那是一把老式的转椅，拜伦坐在他对面的一把直背椅子上。他们两个人的面孔都能避开灯罩下面灯光的直射。从开着的窗户外面，传来了教堂里歌唱的声音。拜伦用一种平静沉稳的声音开始说话。

　　"这真是一件怪事。我原本想着，在这么一个地方，一个人根本就不可能有什么机会伤害别人，而它却偏偏发生在刨木厂里，在星期六的下午。你可能还会说，那边的房子还在着火，而且就在我的面前。我当时好像一直只顾着吃饭，偶尔抬头看一下那冒出来的烟雾，我想，'嘿，不管怎样，今晚我可能连一个人影都见不到了。至少谁也不会打扰我了。'然后，我又一抬头，就发现她就站在那儿，当她发现我不是她要找的人时，满脸的笑容一下僵住了，然后一直提到她要找的人的名字。我从来没把事说得这么糟过。"他微微露出一脸苦相，不过这可不是微笑。他的上嘴唇刚翘了一下，这个动作，甚至表层的皮肤才刚刚皱了一下，还没来得及放开，就立刻消失了。

"我甚至从来都没有料到，我所知道的还不算是一件最坏的事情。"

"能在星期日把拜伦·庞奇留在杰佛生镇，那一定是件稀奇古怪的事情。"海德华说，"但是她正找他。然后你帮她找到了他。难道你做的不是她想要的吗，不是她从阿拉巴马州一路走来一直要找的吗？"

"我想我告诉了她，是啊。我觉得这没任何问题。她看着我，坐在那儿，腆着个大肚子，看我的那种眼神，让一个想撒谎的男人也无法对她说谎。我一直说，远处的烟柱那么清楚，就像在那儿警告我，要我不许乱讲，只是我当时蠢得没能明白这一点。"

"哦。"海德华说道，"昨天着火的那座房子。但是我没看出他们之间有什么联系——那是谁的房子？我也看到烟了，我自己看到的，我还问了一个路过的黑奴，但是他也不知道。"

"老伯顿的那座房子。"拜伦说。他对着对方，互相看了一下。海德华是个高个子，他一度很瘦。但是他现在不瘦了。他的皮肤是面粉袋的颜色，上身的形状就像一个装得不太满的袋子从瘦削的肩膀上耷拉下来，把重量压在了他的大腿上。然后拜伦说："你还没有听说过呢。"对方望着他，他若有沉思地说道："那也是我说的话吧。两天的时间我告诉两个人他们本不想听到的东西，他们根本也不应该听到的东西。"

"是什么事你认为我不想听？是什么事我还没有听到？"

"不是着火的事，"拜伦说，"他们都从火里安全地出来了。"

"他们？我知道只有伯顿小姐一个人住在那里。"

拜伦又一次盯着对方看了一会儿。但是海德华的面孔只是表现出严肃和好奇。"还有布朗和克里斯默斯，"拜伦说道。海德华脸上的表情仍然没有变化。"你甚至连他们都没有听说过，"拜伦接着说道,"他们过去住在那儿。"

"住在那儿?他们也住在那座房子里?"

"不是,他们住在房子后面的一间黑奴住的木屋里。克里斯默斯三年前把房子修葺了一下。此后他就一直在里面住着,人们当时还一直好奇他在夜里住在哪儿呢。然后当他和布朗混到一起之后,他把布朗也带了过去。"

"哦。"海德华说道,"但是我不明白……如果他们住得舒服,伯顿小姐不会……"

"我看他们相处得还可以吧。他们偷卖威士忌,把那个老宅子作为据点,作为掩护。不管怎样,人们不知道她是否清楚那个事。他们说是克里斯默斯三年前开的这个头,只是卖给几个互不认识的常客。但是当他把布朗拉来入伙之后,我看应该是布朗想把生意做大一点。他把酒藏在怀里,在任何地方都可以一次半品脱地卖给任何人。他卖酒但自己从来不喝,真是的。我看他们搞威士忌的来路和买酒的办法,都是经不起盘问的。因为大概就在布朗从刨木厂辞工时,整天坐着那辆新汽车到处瞎逛,然后两个星期之后的一个星期六的晚上,他在街上喝醉了,在一个理发店里,向一群人吹嘘他和克里斯默斯一天夜里在孟菲斯干的事情,好像是在靠近孟菲斯的一条路上。感觉好像是他们把汽车藏在路边的灌木丛里,克里斯默斯拿着一支枪,还说了好多什么卡车之类的,还说有一百多加仑的什么东西,后来克里斯默斯跑进来了,直接走到他跟前,把他从椅子上揪了起来。克里斯默斯说话还是那种冷静的声音,既不好听,也不生气:'你喝这么多杰佛生镇的护发油,应该小心了。它会上头的。首先你应该知道你的头发会断的。'他一只手扶着布朗,伸出另一只手往他的脸上扇去。看起来打得并不狠,但是当克里斯默斯的手移开的瞬间，他们仍然能透过布朗的络腮胡子看见那被打红的痕迹。'你出来，换一下新鲜的空气，'克里斯默斯说道，'你净是耽误老乡们干活。'"

拜伦沉思了一下，又说道："莉娜就在那儿，坐在那儿的圆木上面，看着我，我呱呱地把整个事都讲出来了，她还看着我。然后她就问我，'他嘴角这边有一小块白色的伤疤吗？'"

"就是布朗。"海德华说。

他坐着一动不动，打量着拜伦，目光中带着一种微微的震惊。没有冲动，也没有道德的愤怒。就好像他听的是另外一个物种里发生的事情。"她的丈夫是个私酒贩子。哦，哦，哦。"但是拜伦能从海德华的脸上看出某种潜伏的东西，也就是即将苏醒，这一点连海德华自己都没有意识到，好像这个男人身上的某种东西正给他警示或者让他有所准备。但是拜伦认为，这只是他自己了解到这事的反应，而且很快就会说出来。

"于是，我不知不觉中把整个事情都告诉了她。甚至那时候，甚至在我想想我已经把整个事情都讲出来的时候，我真后悔没早把自己的舌头咬成两截儿。"他现在已经不再盯着海德华了。窗外，微弱而又清晰地传来远处教堂的乐器伴奏的歌声，穿过这宁静的夜晚。**我不知道他是不是听到了**，拜伦想象着，**或者他也许已经听了很多，听了很久，以至于再也感觉不到了。甚至不必再听了。**"她整个晚上都蹲在那儿，我就在那儿做工，那边的烟柱已经慢慢地消失了，我就想我要给她讲什么呢，要做什么呢。她想要走过去，叫我告诉她怎么走。当我告诉她有两英里的时候，她好像是笑了，好像我是个孩子似的。'我一路从阿拉巴马州走来，'她说，'我想我不怕走两英里路程的。'然后，我就告诉她……"他的声音停止了。他似乎在凝视着脚下的地板，然后又抬起头。"我说了谎话，我想。只有一种情况，才不是谎话。因为我知道那边有人看热闹，她也去了，想去找他。我自己不知道他那时候在不在那儿。还有剩下的，都是最糟糕的了。于是我告诉她，他正忙一个工作，要找他，最好就是下午六点钟之后，然后去街上找他。这倒没有说谎。因为我想他做的行当总该叫工作吧，怀里揣着那些冰冷的小瓶瓶，一直揣到胸口，如果他不在广场上，就是走开了或者去了某个胡同还没有回来。于是我说服她再等等，然后她就坐在那儿，我就继续干活，想着下一步该怎么办。现在想想，我那时真担心自己知道得太少了，现在我知道了全部真相，感觉就没什么可担心的了。这一整天我都在想，如果要再回到昨天，没有什么事情担心，该有多轻松啊。"

"我仍然看不出来你有什么事情一定要担心，"海德华说，"那男人那个样子，女人目前的境况，和你也没有什么关系。而且你也已经尽了力，做了一个陌生人力所能及的事。除非……"他的声音也停了下来。然后，在这个节点上消失了，好像无聊的思考已经变成了沉思，然后又变成了诚挚的关心。在他对面，拜伦一动不动地坐着，他低着头，脸色变得很严肃。拜伦的对面，海德华还没有想到这是爱情。他只是记得拜伦还年轻就已经过上了独身和劳苦的生活，从拜伦的嘴里，海德华能感觉到他所讲述的这个女人，他虽然没有见过她，但至少她具有某种令人心神不宁的品质，即使拜伦仍然认为这可能仅仅是怜悯而已。于是，他稍微仔细地打量了一下拜伦，他既不冷淡，也不热情，声音依然很平淡：说的是关于他如何在六点钟还没有做出任何决定；当他和莉娜到了广场，他还在犹豫不决。拜伦平静地讲着他到了广场之后，如何决定带着莉娜到了彼尔德太太家里，这时候，海德华困惑的表情里开始出现畏缩和一种预感。

拜伦静悄悄地讲着，想着，回忆着：就好像有什么穿越了空气、夜晚，使得熟悉的面孔变得陌生，他还没有听说全部的真相，也不必知道已经发生的那些让他左右为难的事情，但他在知道这一切之前已经明白，一定不能让莉娜知道里面的事情。他甚至都不用别人告诉他，他已经发现了溜跑的卢卡斯·伯奇；在他看来，似乎只有最鲁莽的傻子和笨蛋才会真的无法察觉。在他看来，命运和环境似乎一整天都在那上升到天空的烟柱中发出警示，只是他太傻读不懂它。所以他也不愿意让人们告诉她这些事——那些路过的人们，周围的空气中弥漫着这样的议论——也要防止莉娜听到。也许他那时候知道她迟早要知道、听到这件事；从某种意义上说，她有权利知道。只是对他来说，如果他带她穿过那个广场，进入一个房子，他身上的担子也就解除了。使他尽力而为的不是他对发生的罪恶负有什么责任，而是因为他和她一起度过了那个罪恶发生的下午，由于环境的选择，使他成了杰佛生镇的代表，负责接待这位身无分文、徒步三十天才找到这里的客人。他不想，也不希望躲避这份责任。只是这事给了他和她一起体验震惊和好奇的机会。他静静地说着，低着头，有些结结巴巴的，语调平淡无奇，他对面坐着的海德华，看着他，脸上带着退缩和无法相信的表情。

拜伦和莉娜终于走进了拜伦租住的房子，进去了。好像她也预感到了什么，看着他，他们站在大厅里，她第一次开口说话："那些人怎么给你说的？那着火的房子是怎么回事？"

"没什么，"他说，他的声音听起来干巴巴、轻飘飘的。"只是说伯顿小姐在大火中受伤了。"

"咋受伤的？伤得厉害吗？"

"我想应该不厉害吧。也许是根本就没有伤着。十有八九，人们只是在讨论这个事而已。"他不能看她，不能看她的眼睛。但是他能感觉到她在盯着他看，他好像听到一片嘈杂声：说话声，是人们正压低嗓门谈论镇上发生的事情，是他匆匆带她穿过广场时人们的议论声，人们在安全熟悉的灯光下议论着。房子也似乎充满了熟悉的声音，但更多的是沉闷，糟糕的等待、拖延，他看了看昏暗的大厅，心里则想着**为什么她还不出来，为什么她还不出来**。然后彼尔德太太真的出来了：一位性格平和的女人，手臂红红的，花白的头发有点散乱。"这位是伯奇太太。"他介绍说。他的表情几乎是生气的：固执又急切。"她刚从阿拉巴马州来到这儿。她来这儿找她的丈夫。她的丈夫还没来。所以我就把她带到这儿来了，她可以稍微休息一下，然后再让她掺和到镇上的事情去吧。她还没有去镇上，也没有和任何人说过话呢，所以我想你也许可以给她安排个地方休息，然后就有可能听到人们说，还有……"他不说了，声音消失了，又退缩了，急切又固执。然后他相信她已经领会他的意思了。后来他才了解到，根本不是因为他不想让她讲他已经知道而且她也已经听说的事情，而是因为她注意到她腆着这么大的肚子，她才有意对这个事情隐而不谈。她看着莉娜，仔仔细细地打量她，就像四个星期以来遇到的所有陌生女人打量她一样。

"她打算待多久？"彼尔德太太问道。

"最多一两个晚上吧，"拜伦说，"也许就今晚。她来这儿找她的丈夫。刚到，还没时间去打听……"他的声音低了下去，话没说完。彼尔德太太现在看着他。他想她仍然在试图理解他的意思。但是她只是看着他欲言又止的样子，相信（或者将要相信）他支支吾吾的神态可能另有原因或者意义。然后她又开始打量莉娜，她的眼睛虽然说不上冷漠，但也并不友好。

"我看她现在没事就不要出去了。"她说。

"我也是这样想的，"拜伦说道，语速快而急切。"那么多议论和刺激，她可能要听着，在经历这些议论和刺激之前……如果你那儿太挤，我想就让她先住我的房间吧。"

"好啊，"彼尔德太太立即答道，"反正你马上就要出去的。你想让她住你的房间，一直住到星期一早上你回来的时候吗？"

"我今晚不走了。"拜伦说。他的眼睛没有移开。"我这次就不能走了。"他直视着那双冷漠，已经产生怀疑的眼睛，看到她已经反过来打量他的眼睛，他觉得她明白了自己的意思，而不是她猜想的意思。人们说只有训练有素的骗子才善于欺骗。但是那些长期训练有素的谎言最终骗到的却是骗子自己，而那种毕生诚实的人说了谎，却能马上赢取人们的信任。

"哦。"彼尔德太太说道。她又一次看向莉娜。"她难道在杰佛生镇没啥熟人吗？"

"她在这儿没有啥认识的人，"拜伦说道，"她从阿拉巴马州过来，这边没啥熟人。说不定，伯奇先生明天早上就来了……"

"哦，"彼尔德太太说道，"你让她住你的房间，那你去哪儿睡觉？"然而，她没有等着他回答，就说道，"我看今晚我可以在我的房间帮她支个简易床。如果她不介意的话。"

"那好啊，"拜伦说，"好啊。"

当晚饭的铃声响起时，他已经完全准备好了。他找了一个和彼尔德太太说话的机会。他从没有如此花费时间去编造一个谎言。然后，这个谎言却是没用的，他试图隐藏的东西本身就是一种掩护。"他们这些人在茶余饭后会唠这些东西的，"彼尔德太太说道。"我看像她腆着这么笨的肚子（**同时还要寻找一个叫伯奇的丈夫**，她想道，心里满是讽刺）已经没办法来再听男人的鬼事了。你稍晚点带她进去，等他们吃完再去吧。"拜伦照着做了。莉娜依旧吃了很多，脸上还是那副严肃而诚挚礼貌的神情，饭还没吃完，人好像已经在盘子边快要睡着了。

"真的很累，走路走的。"她解释道。

"你去那边睡吧，我给你把床支起来。"彼尔德太太说道。

"我来帮忙吧。"莉娜说。但是拜伦能看出来，她根本不能帮，她困得要死。

"你就在客厅休息吧，"彼尔德太太说，"我想庞奇先生应该不会介意陪你一会儿的。"

"我不敢让她一个人待着。"拜伦说。桌子对面，海德华一动不动地听着。"俺俩就在那儿坐着，就在那个时候所有的消息都从治安官办公室里放了出来，布朗也已经交了底：关于他和克里斯默斯以及威士忌，还有其他所有的一切。只是威士忌对人们来说算不上什么新闻，自从布朗入伙之后就已经不算什么新闻了。我感觉人们唯一感到好奇的就是，为什么克里斯默斯会拉布朗入伙。也许不仅是因为个性相近、臭味相投的原因，这样的话想躲也躲不掉。即使他们个性相投，他们也有不同的地方。克里斯默斯为了赚钱敢以身试法，而布朗以身试法却是因为他根本不明白自己做的事情和法律有什么关系。就像那天晚上在理发店里，他喝得酩酊大醉，大声吹嘘，直到克里斯默斯鬼使神差地跑进来把他给拖走。马克西先生曾说：'你觉得，他是不是正要把他和另外一个人的事情讲出来？'麦克兰登船长说，'我看不一定，'马克西先生又说，'你觉得他们是不是劫持了人家运酒的卡车？'麦克兰登说，'如果没有听说过，克里斯默斯那个家伙一生中竟然没有干过这样的坏事，你不会感到

惊奇吗？'

　　"那是布朗昨天晚上讲的。但是每个人都知道。他们还一直说应该有人告诉伯顿小姐的。但是我感觉应该没人愿意跑到那里告诉她吧，因为没有人知道如果告诉她，会发生什么事呢。我感觉一些本地人都不一定见过她，除非坐着马车路过她家门口的时候，会偶尔看见她站在院子里，她身上穿着一条裙子，头上戴着遮阳帽，衣服的样式以及看起来的模样，在我所认识的一些黑奴女人中，都很少有人像她那样。也许她知道这一点。作为一个北方佬，也许她根本不在乎。那么谁会知道发生什么事呢。

　　"于是，我就没敢离开，一直到她上床睡觉。我本来打算昨天晚上就立即出来见你的。但我真的不敢离开她。他们那些房客在大厅里进进出出的，我不知道会有哪个人一不小心走进去，然后把整个事情和盘托出；我能听到他们已经在门廊上议论那个事，她呢，还是在看着我，全神贯注地再一次问我大火的事情。因此我不敢离开她。我们两个坐在客厅那儿，她几乎已经睁不开眼睛。我呢，就告诉她我会如何帮她找到他，只是我想出去一下，要找一位我认识的牧师聊聊，能否帮她联系上他。她坐在那儿，已经闭上了眼睛，而我和她说话，她不知道我本来就知道她和那家伙还没有结婚。她觉得愚弄了大家。然后她就问，我给她说的牧师是什么样的人，我就告诉了她，她就坐在那儿，眼睛闭着，于是我就说，'你一句话也没有听到我说吧？'她似乎有点惊醒，但是眼睛还是没有睁开，说道，'他仍然能帮人主持婚礼吗？'我说，'什么？他仍然能什么？'她说，'他是牧师，他仍然能帮人主持婚礼吗？'"

　　海德华一动不动。他笔直地在桌子后面坐着，他的手臂平行地搭在椅子的扶手上。他既没有戴领饰，也没有穿外套。他的脸显得憔悴松沓，好像他有两张脸，一张脸叠在另一张脸的上面，苍白、秃顶的头颅被一圈灰白的头发包围着，头颅下面的一双眼睛，一动不动，从两片闪着刺眼光亮的镜片后面向外张望。那副暴露于桌面以上的躯干，已经走了模样，几乎是怪兽一般的形状，肌肉松软、久坐不动导致的肥胖。他僵硬地坐在那里，现在他的脸上那种难以置信以及退缩的表情变得确定无疑。"拜伦，"他说道，"拜伦。你究竟要告诉我什么呢？"

拜伦不说了。他静静地看着对方，脸上带着同情和遗憾的表情。"我知道你还没有听说这些。我觉得我应该告诉你。"

他们互相看了一眼。"是什么我还没有听说呢？"

"是关于克里斯默斯的事，主要是关于他过去的事。克里斯默斯有黑奴的混血。还有他和布朗以及昨天的事。"

"黑奴的混血？"海德华问道。他的声音依旧听起来很低、很轻，像一把蓟草扫帚落入静寂之中，没有激起任何声响，没有任何重量。他没有动。有那么一会儿，他没有动。然后他的整个身体好像瘫痪了，身体的某些部分似乎还能活动，譬如面部的特征，那种退缩和难以置信，拜伦看到他那静止的松弛的大脸突然变得汗光闪烁。但是他的声音还是轻微而镇定。"克里斯默斯和布朗，还有昨天有什么事？"他问道。

远处教堂的音乐声早已经停了下来。现在，房间里除了昆虫发出的刺耳的嗡嗡声，以及拜伦单调的说话声，已经没有别的声响。桌子的对面，海德华笔直地坐着。灯光照着他的上半身，他那平行放着的手臂以及向上的手掌，而桌面隐去了他的下半部分的身体，看上去就像一尊东方的神像。

"昨天早上的事。有一个乡下男人和他家人坐着马车来镇上，就是他发现房子着火的。不，他是第二个去到那里的人，因为他说当他破门而入的时候，发现已经有一个家伙已经在那儿了。他讲了他是如何看到那烟的，以及他当时还告诉他老婆说那肯定是厨房烧火的烟，还有他还说他的马车继续向前走，然后他的妻子说，'房子着火了。'我估计，然后他可能就停下马车，然后在马车上还坐了一会儿，看着那冒出的烟，我估计大概过了一会儿他才说，'看来确实是房子着火了。'然后，我估计可能是他老婆让他下车，过去看看的。'他们不知道着火了，'她说，我是这样想的。'你去看看，告诉他们。'然后他就下了马车，走进那个门廊，站在那儿，大声叫着'有人吗，有人吗'，叫了一会儿。他说他是如何开始听到大火的声音的，在房子的里面，然后他用肩膀撞开了门，进去了，然后他发现里面有个人，就是他说的第一个发现着火的那个人，是布朗。但是那个乡下人不知道。他只是说他喝醉了在大厅里，他好像是刚刚从梯子上摔下来，乡下人说，'你的房子着火了，先生。'这时候他才意识到这个人已经喝得酩酊大醉。他只记得那位喝醉的人如何一直说楼上没人，反正楼上已经全部着火了，已经没必要再上去抢救什么东西了。

"但是这个乡下人知道楼上是不可能有那么大火的，因为火是在后面厨房的方向烧起来的。还有，那个人喝了太多酒，已经不省人事了。然后他还说自己如何开始怀疑起来这个醉酒的家伙，因为他试图一直拦住他上楼。于是他就坚持往楼上走，那个醉酒的家伙就上前拦他，他就把他推开了，继续往楼上走，他还讲那个人是如何跟着他，嘴里嘟嘟囔囔地说楼上什么也没有之类的话，他说当他又下楼的时候，心里还想着那喝醉的家伙，却发现他不见了。但是我想，他应该是花了一会儿时间，才想起布朗的。因为当他再次回到楼上，大声喊着，一个接一个打开房门，然后当他打开那扇门的时候，他就发现了她。"

他停了下来。房间里除了昆虫发出的嗡嗡声，没有任何声响。窗外是昆虫振翅飞舞的嗡鸣声，使人昏昏欲睡，眼花缭乱。"发现了谁？"海德华问，"伯顿小姐？"他没有动，拜伦也没有看他，他似乎对着自己放在大腿上的手陷入了沉思。

"她躺在地板上。她的头差点已经被割断了，一位头上才刚刚出现灰白头发的女士。乡下人说他是如何站在那儿，他能听到大火噼噼啪啪燃烧的声音，房间里开始有了烟雾，像是尾随他进来的。然后他谈到他是如何心惊胆战地把她搬出去的，因为他担心她的头可能会和她的身体彻底分开。然后他谈到他是如何又飞跑到楼下，跑了出去，甚至没有注意到那个喝醉的家伙已经不见了，他跑到路边，叫他的妻子快点赶车到最近的电话亭，赶紧把这事打电话报告给治安官。然后他又如何跑回来绕着房子，找到一个水池，他说他已经取了一桶水，然后才意识到自己这样做是多么愚蠢，整栋房子后部已经着火那么久了。于是他又跑进屋里，跑上楼，进了房间，从床上拿起一条被子，把她包进被子里，把被子的四个角系起来，抡起放在背上，像是背着一包食物，然后把它背了出去，放在了外面的一棵树下。然后他说他害怕的事情发生了。被子散开了，她侧躺着，身体朝向一边，而她的头则是完全朝向另外一边，好像她在往后张望。他还说假如她活着的时候，如果这样张望的话，现在她或许就不是这个结果了。"

拜伦停了下来，抬眼瞥了一眼坐在桌子对面的海德华。海德华还是一动不动。他的脸部，在那两片刺眼的镜片周围，不停地流着汗。"治安官来了，消防队也来了。但是他们也无能为力，因为消防栓阀里根本没有水。那大火烧了整整一个晚上，我在刨木厂就能看到那冒出来的烟雾，莉娜来的时候，我还把那烟雾指给她看，因为那时候我还不知道。他们把伯顿小姐还带到了镇上，银行里有一份文件，是她的遗嘱，里面讲的是关于她死后的安排。上面说在她北方的老家，还有一个侄子，她的亲人也都是从那里来的。他们就给她的侄子发了封电报，两个小时后，他们就收到了回电，那位侄子愿意悬赏一千美元缉拿凶手。

"克里斯默斯和布朗都不见了。治安官发现那个小屋里一直有人住，然后大家就谈起了克里斯默斯和布朗，说这事肯定是蓄谋已久，一定是他们中间的一个或者两个都参与了这桩谋杀案。但是直到昨天才有人发现他们。那位乡下人不知道，他在房子里看到的那个喝得醉醺醺的人就是布朗，人们想着他们两个可能已经逃跑了。然而，昨天夜里，布朗出现了：他当时没醉酒，在约莫八点钟的时候到了广场上，兴奋地大声叫着，讲着克里斯默斯是如何杀死了伯顿小姐，并声称要领取那一千美元的赏金。人们叫来了警官，把他带到了治安官的办公室，他们告诉他，赏金就是他的，只要他们能捉到克里斯默斯，并证明是他杀的。反正布朗是这样说的。他的供词显示克里斯默斯如何和伯顿小姐像夫妻一样，一起生活了三年，然后布朗才和他结成一伙。开始，当他搬来和克里斯默斯住在小木屋里，布朗说克里斯默斯告诉他，他是一直在小木屋睡的。然后他说有一天夜里，他还没睡着，就听到克里斯默斯起来了，在布朗的床前站了一会儿，好像他在听他是不是睡着了，然后才蹑手蹑脚走到门边，轻轻地打开门，就出去了。布朗讲了他是如何跟在克里斯默斯的后面，看见他走进了那座房子，然后通过后门进去了，门好像是专门为他留着的，或者他手里有钥匙。然后布朗就回到了木屋，上了床。但是他说自己无法入睡，还忍不住嘲笑克里斯默斯自作聪明。然后他躺在那里，大约一个小时之后克里斯默斯回来了。然后他对克里斯默斯说：'你个王八蛋。'然后他说克里斯默斯如何在黑暗中站着一动不动，然后他躺在那儿大笑，并告诉克里斯默斯，自己毕竟不是傻蛋，并嘲笑克里斯默斯跟一个灰白头发的女人纠缠在一起，还有，如果克里斯默斯想让他也去的话，他就会和他按周轮班，支付房租。

"然后，他就讲起他如何在那天夜里发现克里斯默斯迟早会杀了伯顿小姐，或者其他的什么人。他说他躺在那儿，笑着，心想克里斯默斯也会上床睡觉，而这时他却划了一根火柴。然后布朗说他就不笑了，他躺在那儿，看着克里斯默斯点着灯，并把它放在了布朗床跟前的盒子上。然后布朗说他是如何没有再笑，他躺在那儿，克里斯默斯就在床前站着，向下看着他。'你现在有了一个很好的笑料，'克里斯默斯说，'你可以好好笑一下，明天晚上可以在理发店讲给那帮人听了。'布朗说他不明白克里斯默斯为什么生气，他好像又给克里斯默斯说了些话，不想让他生气的话，克里斯默斯说，仍然是那种冷静的口吻：'你没有睡够觉。你清醒的时间太多了。也许你应该再多睡一会儿。'然后布朗说，'多少算多？'克里斯默斯说，'也许从现在起一直睡下去。'然后布朗说他才意识到克里斯默斯生气了，不能再开他的玩笑了，然后他说，'我们难道不是兄弟吗？我为什么要告诉别人和我没有任何关系的事情呢。你难道不相信我吗？'克里斯默斯说道，'我不知道。我也不在乎。但是你可以相信我。'他看了一眼布朗。'难道你不相信我吗？'布朗说他'相信'。

"然后他还讲了有一天夜里他是如何担心克里斯默斯会杀害伯顿小姐的，治安官问他为什么从来不向他们报告他的恐惧呢，布朗说他想也许什么也不说，自己就可以待在那里，阻止事情的发生，而不用惊扰到警官们；治安官咕哝了一声，说布朗想得周到，伯顿小姐肯定也会感谢他，如果她能早点知道的话。然后我看可能布朗也意识到自己和这事也有说不清的干系，因为他开始讲伯顿小姐如何给克里斯默斯买了那辆汽车，以及他如何试图说服克里斯默斯不要卖威士忌，以免他们两个都陷入麻烦。警官们打量着他，他越讲越快，越讲越多，还说他如何星期六一大早醒来，天刚蒙蒙亮，就看见克里斯默斯起了床，出去了。布朗知道克里斯默斯去了哪里，大约七点钟的时候，克里斯默斯又回到了木屋，站在那儿，看着布朗。'我干了那事。'克里斯默斯说道。'干了什么事？'布朗问。'去房子那儿看看就知道了。'克里斯默斯说道。布朗说，他那时候是如何害怕，但是他从没有怀疑过事实。他只是说，从外表看，他感觉的是克里斯默斯只是打了她。而且他说克里斯默斯是如何又一次出去，然后他就起来，穿好衣服，生起火，开始做早餐，这时候他碰巧往门外看了一下，他说才发现那座大房子的整个厨房已经着火了。

"'这发生在什么时间？'治安官问道。

"'大约是八点钟吧，我估计，'布朗说道，'也就是一个人自然起床的时间，如果他不是那种富人的话。上帝知道，我可不是富人。'

"'那大火，直到十一点才有人报警，'治安官说道，'而且那座房子到下午三点钟还在着火，你是说一座老木头房子，就算很大，需要六个小时才能烧完？'

"布朗坐在那儿，一会儿看看这边，一会儿看看那边，他们在周围坐着看他，把他围在里面。'我只是想告诉你们事实，'布朗说道，'这也是你们想让我说的。'他一会儿看看这边，又一会儿看看那边，不停地扭着头。然后，他有些失声地喊道：'我怎么知道那是什么时

间？你们觉得一个在刨木厂干着那种黑奴才干的活计的人，还能富到有钱买块表吗？'

"'最近的这六个星期，你没在其他刨木厂、锯木厂或者什么地方工作过，'狱长说道，'一个能坐得起新汽车到处兜风的人，当然也能富到走趟法庭，看一下钟表的模样，跟时间同步的。'

"'那又不是我的车，我告诉你们！'布朗说道。'是他的车。她买的，然后给了他；他杀的那个女人给他的。'

"'这个不重要，'治安官说，'让他把剩下的讲完。'

"于是布朗继续讲下去，声音越来越大，速度越来越快，好像他在尽力把乔·布朗隐藏在他嘴上说的克里斯默斯的后面，直到他能够有机会捞到那一千美元。一些人认为挣钱或者捞钱是一种没有规则的游戏，这真的是出人意料。他甚至说当他看见着火的时候，他从来没有想过她仍然会在房子里，更不用说她会死在那里了。他说他是如何从没有想过要检查一下房子，他当时只是在盘算着如何才能把大火扑灭。

"'大约是在早上八点钟，'治安官说，'或者正像你所说的那样。汉普·沃勒的老婆接近十一点钟才报告那场大火。这样说，你可是花了不少时间才发现自己光用手是不能把大火扑灭的。'布朗坐在他们中间（他们已经把门锁上了，但是可以看到窗户的玻璃上，挤满了镇上人们好奇的面孔），他的眼睛转来转去，他的嘴唇向上噘起，离开了他的牙齿。'汉普说他破门而入的时候，房子里面已经有一个人，'治安官说道，'而且那个人还试图阻止他上楼。'他坐在他们中间，眼珠转来转去。

"我看，他那时候开始有点儿绝望。我看他不仅眼睁睁地看着那一千美元离自己越来越远，而且他似乎还看到，可能别人要捞到它。

就好像他能够看到自己马上到手的一千美元，结果却让别人拿走了。因为他们说他心里一直盘算着这个事，专门等到这样的时机才来告诉他们的。好像他已经知道，在关键时刻这个可以救他，虽然对于一个白人来说，承认不得不承认的事情比被指控谋杀更加糟糕。'没错，'他说，'继续吧。检举我吧。检举这个试图用他知道的真相帮助你们的白人。检举这个白人吧，就让那个黑鬼逍遥法外。控告白人吧，让黑鬼逃跑吧。'

"'黑鬼？'治安官说，'什么黑鬼？'

"这下他就好像明白了他们想要知道的东西是什么了。好像他们能够相信他做的任何事情，没有一件比他告发别人更坏的。'你们真聪明，'他说道，'人们，这个镇上的人很聪明。但已经被愚弄了三年。三年来一直说他是外国人，而我只观察了他三天，就知道他和我一样，根本就不是什么外国人。我了解他，在他告诉我之前，我就了解他。'他们现在打量着他，时不时地互相看看。

"'你最好说话小心一点，如果你说的是个白人，'狱长说，'我可不管他是不是凶手。'

"'我说的是克里斯默斯，'布朗说道，'就是那个杀死那个白种女人的人，就是他，在全镇人的众目睽睽之下和她一起像夫妻一样生活，你们所有人都是让他逍遥法外的人，让他越跑越远的人，而在这里审讯一个能够帮助你们找到他的人，而且你们完全知道他的所作所为。他身上有黑鬼的血液。我一开始见他时，就知道。但是你们，你们这些治安官，你们。有一段时间，他甚至承认了，告诉我他是个黑鬼的混血。也许那时他喝醉了才这样说的，我不知道。不管怎样，第二天早上，就是他告诉我之后，他来找我，他说（布朗这会儿说得很快，好像他的眼睛和牙齿都闪着刺眼的光，向周围一个接一个地打量着），他对我说，'我昨天晚上犯了一个错误。难道你不犯同样的错误吗？'我说，'你说错误是什么意思？'他说，'你想一下，'于是我就想到有一天我和他在孟菲斯经历的事，我知道如果得罪了他，我的这条命一文不值，于是我就说，'我想我知道你的意思了。我不会掺和跟我没有任何关系的事情。我从来没有那样干过，从来不会。''你们也应该是那样说的，'布朗说道，'在那个地方，单独和他住在那个小木屋里，即使你大声喊叫，也没有人能够听见。你肯定也会感到害怕，直到你要寻求帮助的人们都过来了，控告你杀了人，而你却没有干过那事。'他在那儿坐着，眼珠翻来转去，房间里的他们打量着他，外面窗户的玻璃上，紧紧贴着一张张面孔。

"'一个黑鬼，'狱长说道，'我一直感觉那个家伙有点怪怪的。'

"然后治安官又开始和布朗说话了。'这就是你直到今晚才告诉我们那儿发生事情的原因吗？'

"布朗坐在他们中间，他的嘴唇向后咧着，他嘴角的那块小疤白得像颗爆米花。'你们指给我看看，看哪个人还有其他什么办法。'他说道，'这是我的全部要求。给我找一下这个人，和他一起生活这么久，像我这么了解他，能够找出其他的办法。'

"'好了，'治安官说道，'我相信你算终于讲了实话。你先和巴克走吧，休息一下。我要去看一下克里斯默斯了。'

"'我看这就意味着我要坐牢吧，'布朗说，'我看你们是想把我关起来，而你们却去拿那个赏金。'

"'闭上你的嘴吧，'治安官说，并不生气。'如果那个赏金是你的，我会保证你拿到它。把他带走，巴克。'

"狱长走过来，碰了一下布朗的肩膀，他站了起来。当他们出门的时候，在外面围观的人们聚集了过来：'审问出来了吗，巴克？是

他干的吗？'

"'不是，'巴克说，'你们都回家睡觉去吧，现在。'"

拜伦的声音停了下来。那平淡无奇、乡下人特有的乏味的声音陷入了沉寂。他现在看着海德华，脸上带着同情和烦扰的表情，看着坐在桌子对面的这个人，只见海德华闭着眼，汗水从他的脸上流下来，像是眼泪一样。海德华问道："这一点确定吗，被证明过吗，克里斯默斯是黑奴的混血？想一下，拜伦，这将会意味着什么，当人们——如果他们捉着……可怜的人呢。可怜的人类。"

"布朗也这样说，"拜伦说道，他的语调平静、固执，深信不疑。"即使是一个说谎成性的人，也能被吓得说实话，就像一个诚实的人也能被摧残得说谎话一样。"

"是的，"海德华说道。他坐着，两眼闭着，笔直地坐着。"但是他们还没有抓到克里斯默斯。他们还没有抓到他，拜伦。"

拜伦没看对方。"还没有。我知道的时候还没有抓到。他们今天出去带了一些警犬。但是在我最近得到消息的时候，他们还没有抓到他。"

"布朗呢？"

"布朗，"拜伦说，"布朗和他们一起出去了。他也许帮助克里斯默斯干了那事。但是我不这样认为。我看最多布朗会往房子那边放放火。那他为什么这样做，如果是他做的，我看他自己都不知道原因。如果不是这样的话，也许他认为如果整个房子烧个精光，那么就什么问题都不会有了，然后他和克里斯默斯就可以乘着那辆新车到处闲逛了。我看布朗认为克里斯默斯做的事与其说是个罪恶，还不如说是个错误。"拜伦的脸朝下低着，正在沉思。然后，又突然弱弱地蹦出话来了，语气中带着一种讥讽的疲惫。"我想布朗是足够安全的。我看莉娜现在可以找到他了，任何时候她只要想找他，如果他不和治安官带着侦探犬出去的话。他并不打算逃跑——你可以说，那一千美元还吊在他的头上，他才不会跑。我看他比其他任何人都想抓到克里斯默斯。布朗和他们一起去。他们把布朗从监狱里带出来，然后和他们一起出去，然后他们又一起回到镇上，再把布朗关起来。真是奇怪，这有点像一名谋杀犯一直试图捉拿他自己，然后再拿他自己许下的赏金。不过，他看起来好像并不介意，只是对他们有时候不到外面追捕他，却坐在那儿，感到不满，他认为这是浪费时间。是啊，我明天就要告诉莉娜，我要告诉她，布朗目前还关在牢房，他和两只狗都关在一起。也许我要带她去镇上，她可以看见他，他和两只狗拴在一起，由其他人牵着，锁链叮当作响，狗就汪汪乱叫。"

"你还没有告诉她？"海德华问道。

"还没有告诉她。也没有告诉布朗。因为他可能还会跑，不管有没有赏金。也许如果他能抓到克里斯默斯，拿到那份赏金，他就会和她及时地结婚。但是她还不知道，自从昨天她从广场那辆马车上下来，什么都还没听说呢。腆着肚子，从一个陌生人的马车上慢腾腾地下来，周围都是陌生的面孔，用平静惊讶的语气给自己讲着一遍又一遍的话，只有我看不出这有什么可以惊讶的，因为她一路走来都是慢腾腾地步行，讲这些话从来没有让她感到麻烦：'我，我。我是从阿拉巴马州一路走到这里的，现在我终于到了杰佛生镇，千真万确。'"

五

　　已经过了午夜。克里斯默斯躺床上已经两个小时了，但他还是没有睡着。他听见布朗进来的声音，虽然他没看到布朗。他听到布朗走到门边，跌跌撞撞地进了门，把自己的影子直直地映在了门上。布朗沉重地呼吸着。他站在那儿，两只手扶着门框，开始用带着鼻音的悦耳声音唱了起来。他那拖长的音调中似乎散发着威士忌的味道。"闭嘴。"克里斯默斯说。他没动，声音也不高。布朗立即停了下来。他站在门里有那么一会儿，直直地站着。然后，他松开了扶着门框的手，克里斯默斯听到他踉踉跄跄地进来了。很快，他又撞到了什么东西上。然后，就在这个间歇里，伴着沉重而费劲的呼吸，扑通一声，布朗倒在了地上，又撞到克里斯默斯的那张床上，屋里顿时充满了响亮的傻子一般的笑声。

　　克里斯默斯从床上起来。布朗躺在地上，大声地笑着，丝毫没有站起来的意思。"闭嘴！"克里斯默斯说。布朗仍然笑着。克里斯默斯从布朗的身上迈过去，把手伸向那个做桌台用的木箱，原来上面放着油灯和火柴。但是他没有摸到那只箱子，然后他就想起布朗摔倒的时候碰倒油灯的声音。他弯下腰来，两腿跨在布朗身上，抓住他的领子，顺手把他从床下拖了出来，对准了他的头，开始用另一只手啪啪地打了起来，打得又快、又狠、又重，一直打到布朗止住了笑声。

布朗怂了下来。克里斯默斯托着他的头，不动声色，用耳语一般的声音骂着他。他把布朗拖到另一张床边，顺势把他仰面扔到了床上，布朗又开始大笑。克里斯默斯用左手去捂他的嘴和鼻子，合上了他的嘴，用右手去打他，拳头很重、又慢、又有节奏，好像在数着打了多少下。布朗止住了笑声。他挣扎着，克里斯默斯用手按着他，布朗开始发出窒息的呼噜声，仍然在挣扎。克里斯默斯一直按住他，直到他不再笑，安静下来。然后克里斯默斯稍微松了手。"你现在该消停了吧？"他说道，"还要闹吗？"

布朗又挣扎着动弹起来。"把你的黑手拿开，你这个狗日的混血黑鬼……"那只手立刻又收紧了。克里斯默斯开始又用另一只手往他脸上打去。布朗停止了挣扎，又开始静静地躺着。克里斯默斯松开了他的一只手。过了一会儿，布朗开始说话，语调中带着狡猾，嗓门不大："你个黑鬼，知道吗？是你自己说的。你告诉我的。我是白人。我是个白……"那只手又按下去了。在那只手的下面，布朗一边挣扎，一边发出窒息式的呜咽声，口水都流到了手指上。当他停止了挣扎，那只手才松开。然后，他安静地躺着，沉重地喘着气。

"现在老实了吧？"克里斯默斯说道。

"是啊，"布朗说道。他沉重地呼吸着。"让我喘口气。我就会静下来。让我喘下气。"克里斯默斯松了手，但是他还是没有把手移开。他的手下面，布朗呼吸稍微顺畅了一些，他的气息呼来吸去的容易了一些，没有那么沉重了。但是克里斯默斯还是没有移开他的手。他站在黑暗中，俯视着布朗躺倒的身体，手指感受着布朗气息的一冷一热的交替，他悄悄地想，**我要出事了。我要干点事了。**他的左手仍然按在布朗的脸上，他仍然能够用右手越过他的简易床够到他的枕头，那下面放着他的刮胡刀，上面的刀片有五英寸长。不过他没有去够。也许这种想法现在已经走远了，看不见了，使他感觉**这不是正确的做法。**不管怎样，他没有去够那把刮胡刀。过了一会儿，他的手从布朗脸上移开了。但是他并没有走开。他仍然俯视着他的床，他自己的呼吸倒很平静，镇定、没有任何声响，甚至他自己都感觉不到任何动静。也看不到他的模样，布朗现在这会儿安静多了，过了一会儿，克里斯默斯把手收了回去，坐在了自己的小床上，从挂在墙上的裤子里摸出一根烟。在擦着火柴的那一刹那，他看见了布朗。在点烟之前，克里斯默斯举着火柴，照了一下布朗。布朗仰面躺着，四肢张开，一只手耷拉到地上。他的嘴张着。克里斯默斯看他的时候，他开始打起了呼噜。

克里斯默斯点着了烟，然后"啪"地一下把火柴根儿弹到了敞开的门外，望着那火星儿在半空中消失。然后他试着听那微光的声音，熄灭的火柴根儿接触地面的微小的声音，他似乎听到了那个声音。然后他似乎在黑暗的房间里坐在那张简易床上，又在倾听着天籁之声，音量并不高——各种声音，喃喃嘀咕、喃喃耳语：这是树木的声音、黑暗的声音、土地的声音；人发出的声音：他自己的声音，其他的能想起名字、时间和地点等触景生情发出的声音——他一生中能够随时意识到，却没有认识的声音，这就是他的生活，想着**上帝兴许也不知道那是什么，**他能看到那就像一行印出来的句子，活生生地出现，然后却又已经死亡，**上帝也爱我，**就像去年的布告牌上那行风刮日晒的褪色文字一样，**上帝也爱我。**

他一直把烟噙在嘴里吸着，一次也没有用手碰它。吸完，就用手指把烟头弹到了门外。不过，烟头的火星儿，不像那根火柴，并没有在飞出的过程中熄灭。他望着它那不停地闪烁着星点的微光，重新躺回到那张床上，双手枕在了头下，似乎并没有打算入睡，想着**他十点已经睡下了，现在还没有睡着。他不知道是什么时间了，但是一定是过了后半夜了，而且他现在还没有睡着。**"是因为伯顿在为我祷告，"他说，"一定是的。因为她在为我祷告。"他大声说着，在黑暗的房间里他的声音突兀而又响亮，旁边是布朗醉醺醺的大声呼吸。

他从床上起来了。光着双脚，没有弄出一点声响。在黑暗中站着，身上只穿着件衬衣。另一张小床上布朗鼾声如雷。有那么一会儿，克里斯默斯站着，把头转向了那声响。然后他开始往门那边走去。仍然没穿外套、光着脚，他离开了木屋。外边已经有了一点点光亮。头顶上空的群星慢慢地移动着，这些星星在他的意识里已经有三十年了，不过他还不知道任何一颗星的名字，也不知道它们在形状上、亮度或位置上代表的是什么意思。前面，从一片茂密的树丛中，他能看到一个烟囱高耸出来，还露出一面房子的山墙。房子隐藏在黑压压的树丛中，无法看到。没有光，也没有声音传过来，他走过去，站在伯顿小姐卧室房间的窗户下，想象着**如果她也睡着了。如果她也睡着了，**房门从来没有锁过，过去从夜里到黎明的这段时间的任何时刻，欲望都可能把他带到这里，他会进入房子，朝着她的卧室走去，信步穿过黑暗来到她的床边。有时候，他会用那只结实粗鲁的手弄醒她，有时候在她完全清醒之前，他会不由分说粗鲁地占有她的身体。

那是两年之前的事了，到现在已经有两年的时间了，想象着**也许那就是愤怒的原因所在。也许我相信我被欺骗，被愚弄了。她对**

我撒了谎，是关于她的年龄，关于有一年发生在她身上的故事。他的话语在黑漆漆窗户下的黑暗中，声音很大，孤独地回响着："她根本不该为我祈祷。如果不为我祈祷的话，她根本就不会有事。她的年龄已经老到一无是处，这当然也不是她的错。但是她不该糊涂到为我祈祷。"他开始诅咒她。他站在黑漆漆的窗户下面，骂她，用低俗的语言一句一句地骂她。他没有看窗户。在晦暗的夜色中，他似乎是在看着自己的身体，好像是在观察它，在喃喃低语的阴沟污秽中慢慢地移动着，激起丝丝的情欲，像一具在静止而黏稠的黑水池里溺死的尸体。他用自己扁平的双手抚摸自己，硬硬的，从衬衣下面把手移到腹部和胸部，硬硬的。衬衣上边只扣着唯一的一颗纽扣。他曾经拥有完好纽扣的外套，是一个女人帮他缝上的。只是那一段时间，也就是在那个时间。然后时间就过去了。之后，他总会赶在她拿到洗好的衣服并补上那几颗纽扣之前，从里面拿走自己的衣服。当她阻止他的时候，他会故意记住哪些纽扣是弄丢后重新补上的，然后用自己随身带的小刀，以外科医生的冷漠和残忍，割掉她刚刚换上的纽扣。

他的右手轻快平稳地滑上去，像刀锋割纽扣一样，已经到达衬衣的领口。紧挨着边缘，它给剩下的那颗纽扣轻快的一击。黑色的空气抚在他身上，呼吸的平滑，就好像衬衣顺着他的腿滑落的感觉，夜色凉凉的唇，还有温柔凉爽的舌。又动了，他能感觉到黑色的空气像水一样；他能感觉到脚下的露珠，过去他从没有感受过这些露珠。他穿过破败的大门，停在了路边。八月里的杂草有大腿那么高。路边的草叶和茎秆上，落满了一个月来路过的马车荡起的灰尘。马路在他面前延伸开去，看起来比树木和黑色的土地更加苍白。在一个方向上，坐落着一个小镇，另一个方向上，这条路起伏上去是一座小山。有那么一会儿，在小山的方向，开始亮起一束光，向他照来。然后，他还能听到汽车的声音。他没有动。他站着，双手放在臀部，裸着身子，沐在大腿高的沾满灰尘的草叶中，当汽车翻过小山、越来越近的时候，灯光全部照在了他的身上。他看着自己的身体从黑色变成了白色，就像从液体里刚刚浮现的柯达底片。他直视着汽车的头灯，直到它"嗖"地一下冲了过去。车上传来一个女人尖利的叫声。"白杂种！"他喊道，"这可不是你们这些婊子第一次见到……"但是车已经看不见了。没有人听见，也没有人去听。走远了，还卷走了尘土和车上以及车后的光亮，也卷走了那个白种女人慢慢消失的回声。他现在感觉冷了起来。好像他到这里仅仅是为了出席一个结束的仪式，现在仪式已经结束了，他自由了。他又回到房子那里。在黑漆漆的窗户下面，他停了下来，摸索着，找到了自己的衬衣，穿上了它。现在衣服上已经没有了纽扣，在回木屋的路上他必须用手攥着。他已经听到了布朗的鼾声。他在门口站了一会儿，默不作声、一动不动，发现他的呼吸冗长、粗重、凌乱，在每次呼吸的末尾都会哽咽似的"汩"一声。"我一定是伤到了他的鼻子，"他想道，"这个婊子养的。"他进了屋，走到自己的床边，准备躺下来。就在那倾下身子的瞬间，他停了下来，身子还在半倾着。也许是想到这样躺到天亮，让一个醉鬼躺在身边鼾声如雷，又掺杂着其他各种声音，他有点受不了。于是他坐了起来，在床下静静地摸索着，找到自己的鞋子，穿到了脚上，然后又从床上拿起那条半棉毯子，这是他床上所有的寝具了，离开了小木屋。大概三百来米的地方有一个马厩，已经破败不堪，这里面已经三十年没有养过马了，但是他是往那个方向走的。他走得很快。他现在想，不由得骂出声来："妈的，我为什么想要来闻马的味道？"然后，他就又吱吱唔唔地说道，"因为他们不是女人，即使母马也有点像男人。"

克里斯默斯睡了不到两个小时。醒来的时候，新的一天已经开始了。看着自己躺在那松松垮垮的木地板上，身上裹着那条唯一的毯子，呼吸着洞穴里才有的尖酸刺鼻的气味，高低不平的地板上落满了薄薄一层干草移开后留下的灰尘，还散发着令人无法呼吸的废弃马厩所特有的化学氨的味道，透过东边墙上没带百叶帘的窗子，他可以望见樱草色的天空，还有那颗悬在盛夏高空的苍白色的启明星。

他感觉睡得很过瘾，好像他已经连续睡了八个小时。这是一个他没有预料到的睡眠，因为他根本没有想到要睡觉。当他的脚再次踏进那双没系鞋带的鞋子，把叠好的毯子夹在胳膊下面时，他用一只手扶着垂梯，用脚试探着下面看不见的梯阶，一阶一阶地爬下那些已经腐蚀的梯子。然后，他出现在灰白和金黄交织的清晨，清新寒凉，他深深地呼吸着。

现在的木屋，在东方渐渐发亮的光照下，显得格外显眼，同样显眼的还有隐匿那栋房子的树丛，只留下一个烟囱耸入林子的上空。高高的杂草上还停留着沉甸甸的露珠。他的鞋子很快就湿了。他的脚能感到接触皮革的冰凉，在湿漉漉的草叶中穿行的时候，光着的双腿好像能感到柔软冰条的抽打。布朗的鼾声已经停止了。当克里斯默斯进来的时候，他能借着东面窗户进来的光线看到布朗。他现在的呼吸平静多了。"也正经起来了，"克里斯默斯想，"正经，不知道是不是。这个杂种。"他看了一眼布朗。"这个可怜的杂种。如果他醒来发现自己又正经起来，一定会发疯的。也许又会出去个把小时，然后再醉醺醺地回来。"他把毯子放下来，开始穿衣服，穿上那条哔叽料的裤子，那件白色的衬衣已经沾上一些泥巴的颜色，又打上领结。他抽上一支烟。墙上钉着一面破损的镜子，在打领结时，通过这片镜子，他可以看到自己模糊的面孔。那圆顶的硬礼帽挂在墙上的一个钉子上。他没把它取下来，而是从另外一个钉子上拿下一顶软布帽，又从床下的地板上摸出一本杂志，就是那种封面上要么刊登只穿内衣的年轻女郎，要么就是持枪互相射击的男人的杂志。从床上的枕头下面，他又拿出刮胡刀、一把牙刷和一块香皂，把它们放入了口袋。

当他离开木屋的时候，天已经大亮了。鸟儿叽叽喳喳地叫着。这次，他是朝房子相反的方向走的。他经过了马厩，又走到了后面的草地上。很快，他的鞋子和裤腿就再次被露水浸湿了。他停了下来，小心翼翼地把裤腿卷到膝盖的位置，继续往前走。草地的边缘就是树林。这里的露水没有那么多，于是他又把裤腿放了下来。不一会儿，他就来到了一个小溪的旁边，这里有泉水涌出。他把杂志放下，随手捡了一些树枝、枯叶之类的东西，生起一堆火，然后坐了下来，背靠着树，脚靠近火焰。很快他的鞋子就开始散发出缭绕的蒸汽，然后他能感觉到热气顺着他的腿袭了上来，突然他猛地睁开眼睛，看到太阳已经高高升起，生起的篝火已经完全烧尽了，这时他才知道刚刚是睡着了。"妈的，如果我没有睡着就好了，"他想，"妈的，要是我没有再睡着就好了。"

他这次睡了不止两个小时，因为太阳正照在泉水上面，潺潺的溪水，偶尔闪耀着晶莹斑斓的亮光。他站了起来，伸展了一下僵硬酸痛的后背，唤醒刺痛的肌肉，从口袋里拿出了刮胡刀、牙刷和香皂。跪在泉水边上，他开始刮胡子，把水面当作镜子，刮完胡子，他把又长又亮的刀片磨了一下。

他把刮胡子用的这套东西和那本杂志藏在一堆灌木丛里，又打上领结。离开泉水这里的时候，他已经和那栋房子有相当远的一段距离了。走到路边的时候，那栋房子已经在半英里开外了。前面不太远的地方，有个带加油泵的小商店。他走进商店，里面有个女人，他从她那里买了一点麦芽饼干和一小盒罐装的肉酱。然后又回到了泉水旁边，那熄灭的火堆旁。

背靠着树，他就吃起了早餐，一边吃还一边读着那本杂志。他已经先读完了一个故事，现在开始读第二个，阅读的顺序是从前向后，好像那是一本小说。偶尔，他会抬起头来，嘴里还嚼着东西，看向笼罩在水沟上被阳光照耀的树叶。"也许我已经干过了，"他想，"也许现在这件事没必要再等了。"他似乎能够看到那黄色的天空，在面前安静地延展开去，就像一条走廊，一条花毯，延展开去，不紧不慢，一直伸到明暗交错的远方。他坐在那里，黄色的天空，像一只慵懒的黄猫，俯卧在地上，好像在懒洋洋地端详着他。然后，他又开始读了起来。他有节奏地翻着杂志，虽然偶尔会在某一页、某一行，甚或某一个词上停留一下。然后他就不再抬头了。他也不再动了，很显然是被什么吸引了，被一个词攥住了，一动不动，一个从未如此影响他的一个词，在这安静充满阳光的空间里，他的整个存在都被悬在了半空，以至于挂在那里，没有重量，他好像在看着下面时间的飞逝，想着**他所有的东西就是安静了**，想着："她不应该为我祈祷。"

当他读到最后一个故事的时候，停住了，数了一下剩下的页数。然后抬头看了一下太阳，又开始阅读。他现在读起来，像一个人走在街头，数着路面的裂缝，一直数到最后一页，最后一个单词。然后他就站了起来，划了一根火柴，点燃了这本杂志，耐心地看着火苗咬着它，直到化为灰烬。口袋里装着刮胡子的东西，他开始沿着水沟往下走。

　　不一会儿，前面变得开阔起来：一片平坦、沙白色的平地出现在面前，嵌在两侧略微倾斜的峭壁中间，岩壁的侧面和顶上都长满了荆棘和灌木丛。平地上也有树荫覆盖，一侧的峭壁上有一个凹形的洞穴，里面填着一堆枯死的树枝。他把这些树枝拖到了一边，开始清理起洞穴来，里面露出了一把带手柄的铁铲。他开始用这把铁铲，在原来被树枝掩盖的沙子里挖了起来，依次挖出六个带螺旋盖的金属桶。他并没有打开盖子。他把这些金属桶推到了一边，用锋利的铲刃刺破了金属桶，当里面的威士忌喷涌而出的时候，下面的沙子的颜色变得越来越黑，在这个阳光照不到的荒僻之处，这里的空气，充满了酒的芳香。他把里面的酒倒得干干净净，不慌不忙，他的面孔完全是冷漠的，没有表情，好像戴着面具一般。当所有的桶都被倒空后，他又把它们弄到了洞穴里，草草地填了些沙子，然后又把树枝填了过去。然后又把铁铲藏了起来。树枝能掩盖洞穴的痕迹，却不能掩盖酒的芳香，那种气味无法掩藏。他又看了一下太阳，现在已经是下午了。

　　那天晚上七点，他是待在镇上的，在一条小巷的餐馆里，坐在一个没有靠背的凳子上，趴在一张磨得光滑的木台上，吃着他的晚饭。

　　九点，克里斯默斯正站在理发店的外面，透过窗户看着里面那个被他一直视作伙伴的人。他静静地站着，双手插在裤子的口袋里，雪茄的烟雾绕过他冷峻的面孔和戴在头上的布帽，就像戴的那个硬礼帽一样，还是那个边角，神气、恶毒。如此冰冷、如此恶毒，他站在那里，店里面有灯光，空气中弥漫着洗涤剂和热香皂的味道，布朗正比画着，粗声粗气地说着什么，穿着脏兮兮的红条纹裤子和脏兮兮的彩色衬衣，醉眼蒙眬中他抬眼看出去，正好撞上了玻璃外面的那双眼睛。如此静谧、恶毒，以至于旁边吹着口哨遛街的黑奴小伙儿看到克里斯默斯的表情，立刻止住口哨，马上靠向了路边，从他身后悄悄地溜了过去，许久才扭头看了他一眼。但是克里斯默斯现在开始移动了，好像他刚刚站在那里就是等着布朗看到他。

他继续往前走，速度并不快，已经离开了广场。这条街道一向安静，这个时刻更是没人光顾了。这里一直通到黑人居住区佛雷曼镇，然后可以到达火车站。七点，他就会碰到一些人，白人、黑人，都是在去广场或者画展的路上；九点半，他们就要赶回家了。但是画展还没有结束，现在整条街道都是他一个人的了。他继续走着，穿过街道两边白人的房子，从一个路灯走到下一个路灯，路旁，橡树沉重的影子和枫树的叶子，就像一片片黑色的天鹅绒掠过他白色的衬衫。再也没有任何东西，能像一个大男人走过一条空荡荡的街道，那么孤独。然而，他并不大，个子也不高，好像他刻意地要让自己看起来孤独，要比沙漠中孤独的电线杆还要孤独。在这宽阔、空荡、笼罩着影子的街道上，他看起来像鬼魂、像幽灵，已经游离出他自己的世界，他迷了路。

然后他发现自己走错了路。开始，他并没有意识到这条路走的是下坡，当他意识到的时候，已经明白他已经走在佛雷曼镇上了，处在入夏的气味和隐匿的黑奴所特有的夏季声音的包围中。它们包围着他，好像尽是些看不到躯体的声音，喃喃低语、谈论着、笑着，这不是他的语言。好像从一个漆黑的陷阱底部，他看到自己被关在一间小屋里，只有昏暗的煤油灯的亮光，以至于街上的路灯看起来更加遥远，好像黑色的生命、黑色的呼吸，和呼吸的本质混到了一起，不仅那些声音，还有那些移动的躯体，以及光线本身都变成了液体，一点一点地随着整个沉甸甸的黑夜，慢慢地流动起来。

他仍然一动不动地站着，费劲地呼吸着，瞪大眼睛看看这边，又看看那边。他的周围，黑暗中，那些小屋被煤油灯的婆娑迷离的微光塑成了黑色的形状。在四面八方，甚至在他体内，都涌动着看不见身体的黑色女人柔美而燥热的喃喃低语。好像他，还有周围其他雄性形状的生命，都退回到那个没有光的炙热潮湿的女人本源之处。他开始跑起来，瞪着眼睛，咬着牙，呼出的气体吹在他干燥的牙齿和嘴唇上，感觉冷冷的，他跑向下一个街灯。下面，一条狭窄且有车辙的小道转弯了，连着一条平行的街道，离开了这片空荡荡的黑色的地方。他转头跑进那条街道，猛地一下就向上攀跑，他的心脏咚咚地跳着，一直进入地势逐渐上坡的街道。他停在了那里，喘着粗气，瞪着眼睛，他的心脏仍然发出"砰砰砰"的声音，好像无法或者仍然不愿相信，他现在已经来到了冰冷坚硬的白人的空气中。

然后他冷静了下来。黑人的气味、黑人的声音，都已经抛在他的身后，抛在他的脚下。他的左边坐落着广场，成簇的路灯像身体透亮的小鸟，战栗地展翅、低低地悬在空中。右边，街灯继续向前排列，路灯之间错落有致，偶尔会有一两个修剪的树枝伸进来。他继续走着，脚步又慢了下来，他背对着广场，再次经过那条两边都是白人住宅的街道。在房子前面的门廊里也有人，草坪上的椅子上坐的也有人，但是他能在这里静悄悄地走路。偶尔，他能看到他们：他们头的轮廓，一种白色的模糊的形状；在灯光照着的阳台上，有四个人围坐在一张牌桌前，他们白色的面孔在昏暗的灯光下看起来聚精会神、非常清晰，女人们光着的白皙手臂，在那些单薄的纸牌上方晃来晃去，看起来光滑发亮。"那些都是我想要的，"他想道，"俺这要求似乎不太高吧。"

从这条街道走出去，就开始下坡。但是坡度平稳。他那件纯白色的衬衫和踱着步子的黑色双腿，在八月夜晚的星空中，淹没在一堆长长的逐渐膨胀的巨大阴影中：一个装棉花的仓库，一个横放的圆柱形油罐，就像一具被砍掉头颅的大象躯干，还有一列货车。他跨过铁路，铁道上的岔路指示灯瞬间变成了两个绿灯，然后又暗了下来。穿过铁路，有一片树林。他找到了一条路，就在里面，一条上坡的路，隔着铁路越过山谷，现在镇上的灯光再次进入他的视野。但直到他走到山顶的时候，才往后看了一眼。那时他能看到整个小镇有白光，还有那一个个从广场发散出来的街灯。他能看到来时走过的街道，还有另一条街道，那个差点背叛他的街道；更远的地方，转角处，就是小镇发亮的城墙，以及那个他绷着牙关、仓皇逃离的黑色暗坑。那里没有灯光，在这儿也闻不到那里的呼吸和气味。它就在那儿静静地躺卧着，漆黑一片，密不透风，它的周围环绕着八月里灯光的花环，战栗着。那也许应该是最初的采石场，本身是一片山谷。

他确信他走的方向是对的，虽然周围有树，天也黑了。虽然他没有走过这条路，但他一次也没有迷过路。在树林里大约走了一英里的距离，他就出现在一条路上，脚下沾满了泥土。他现在能够看到前面模糊铺开的世界，地平线上，昏暗的窗户上闪烁着微弱的光亮。但是，那些小木屋里却是黑漆漆的。然而，他的血液又开始骚动了，嘴里开始说着什么。他走得很快，合着这个节拍，他好像意识到前面有几个黑人，虽然他还没有看见他们或者听到他们说话，甚至他们还没有透过荡起的阴沉沉的灰尘，进入他的视野，但他已经意识到他们的存在。大概有五六个，有男有女，似乎一起松散地走着；他又一次听到了透过他血液中声音的骚动而传来的女人们丰富的喃喃低语的声音。他径直朝他们走了过去，走得很快。他们看到了他，给他让开了路的一边，那些喃喃低语的声音停止了。他也改变了方向，朝着他们穿过去，好像要把他们踩在脚下。好像有一个声音发出命令，女人们都退后让开道，给他留出了一个很大的地方。其中的一个男人跟着她们，好像是在后面驱赶她们，克里斯默斯走过的时候扭头看了他们一眼。另外两个人在路中间停了下来，正面朝向他。克里斯默斯也停了下来。好像谁也没有动，然而他们都靠近了对方，身影慢慢清楚起来，好像是两团影子在漂移。他能感觉这黑人的气味，他能够闻到他们廉价衣服的味道和汗味。那黑人的头，比他的头高，似乎正从空中，俯视下去，背靠着天空。"是个白人，"他说道，没有扭头，语气平静。"你想干啥，白人伙计？你要找谁吗？"他的声音没有威胁的味道，也没有谦恭的感觉。

"过这边来吧，丘普。"那个跟在女人后面的黑人喊道。

"你找谁呢，老兄？"黑人问道。

"丘普。"其中的一个女人喊道，她的声音有点高，"你过来，快点。"

有那么一会儿，两个头颅，一浅一黑，似乎悬在了黑暗中，彼此都能感觉到对方的呼吸。然后黑人的头部似乎飘走了。从什么地方吹来了一阵凉风。克里斯默斯慢慢地转过头去，看着他们飘散，并再次消失在灰白的路上，他发现他的手里握着那把刮胡刀。刀片没有打开。这不是出于恐惧。"婊子，"他说道，声音很高，"一群婊子养的！"

风吹来了黑暗和凉爽，灌进他鞋子的尘土，甚至也是凉凉的。"我他妈的到底怎么了？"他想道。他把刮胡刀放进口袋，停了下来，点着了一支烟。他不得不几次润湿自己的嘴唇，才能叼着那支烟。在火柴的光亮中，他能看到自己的手在发抖。"这一切的麻烦，"他想道，"这一切，真他妈的麻烦。"他又开始走起路来。他抬头看了一下星星和天空。"现在一定快十点了。"他想。然后几乎在他想着的这个时候，他听到两英里之外的法庭上空，传来报时的钟声。缓慢均匀地正好响了十下。他数着钟敲响的次数，在孤独空荡荡的路中间停了下来。"十点了，"他想道，"我昨天晚上也是听到响了十下。还听到响十一下，十二下。但是我没有听到后面响一下的钟声。也许是因为风向变了。"

今晚，当他听到钟声响十一下的时候，他正依着树，坐在那个破败的大门里，他后面的那座房子仍然是黑漆一片，隐匿在乱蓬蓬的树丛之中。这次他没有想**也许她今晚也没有睡觉**，他现在什么都没想，思想现在还没开始活跃，血液中的声音也没有骚动。他只是坐在那里，一动不动，一直到他听到远处两英里外的钟声响了十二下。然后他站了起来，往房了那里移动。他走得不快，他甚至那时候也没有想，**有事要发生了，有事要在我身上发生了。**

六

　　记忆在了解之前已经开始相信。相信的东西比回忆来得更为持久，比了解想要知道的还要长久。曾经的记忆中相信有这么一条走廊，在一座很大很长模糊寒冷的有回音的楼房里，暗红色的砖墙被很多烟囱冒出的油烟熏成了黑乎乎的颜色，楼房嵌在一个没有草的铺满煤渣的院子里，被冒烟的工厂包围着，四周围着铁丝网的栅栏，有点像是一个罪犯教养所或动物园。这里偶尔也会不定期地响起孩子们像麻雀一样的蜂拥喧哗，孤儿们穿着相同的蓝色粗棉布制服。记忆来了又去，但是却始终知道，顺着那阴冷的墙壁、阴冷的窗户，被附近烟囱经年熏积的油污在雨中慢慢地流淌下来，留下一条条纹痕，像是黑色的眼泪。

　　在那个安静的空荡荡的走廊里，在那正午刚过的静悄悄的时刻，克里斯默斯就像一个影子，虽然已经五岁了，但体型仍然很小，严肃安静得像只影子。在走廊里，还有另外一个人，却说不出他什么时候，消失在了哪里，进入了哪扇门，或者什么房间。反正这会儿走廊里已经没人了。他知道这个。他这样做已经快一年了，自从他在一次偶然的机会发现女营养师使用的牙膏之后。

有一次，在房间里，他光着脚丫悄悄地径直走到脸盆架旁，发现了那管牙膏。他观察着那粉色的虫子一样的线条冒出来，滑顺、凉爽，慢慢地弄到了他牛皮纸颜色的手指上，这时他听到走廊里有脚步声，然后就在门外的不远处，还有说话的声音。也许他听出那是女营养师的声音。不管怎样，他不能等着看他们是否要从门口过去。他手里仍然拿着那管牙膏，像影子一样悄悄地光脚穿过房间，溜到了被窗帘遮挡的墙角里。他在那儿蹲了下来，蹲在一堆精致的鞋子和挂起来的柔软的女人衣服中间。他蜷缩在那里，然后他听到营养师和她的同伴进了房间。

女营养师对他来说还没有什么特别的意义，无非就是跟吃饭、食物、餐厅以及发生在木制桌椅上、机械的就餐仪式有关的附属人物而已，她只是偶尔才进入他的视野，除了能在他心里产生一些愉快的联想以及她本身好看——年轻、有些丰满，光滑、白里透粉，使他心里会想起餐厅，嘴里能感觉到甜甜的、黏黏的能吃的东西，还有粉红色的有些神秘的东西。第一天当他在她房间发现牙膏的时候，他就直接走到那里，原来他从来没有听说过牙膏；好像他事先知道她会有这种东西，然后他就过来找了。他也能听出她这个同伴的声音：他是从乡下医院过来的实习医生，是这里教区医生的助手，也是这间房子的常客，还没有成为他的敌人。

他现在安全了，躲在了帘子的后面。等他们走了，他就可以把牙膏放在那里，然后走开。于是他就蹲在帘子后面，不在意地听见女人紧张地低声说着："不要！不要！这儿不行。现在不行。他们会发现的。有人会发现的——不行，查理！求求你了！"男人的话他根本听不懂。声音也压得很低。似乎听起来很残忍，就像所有男人对他说话的那种声音。他然后听到他不明白的其他声音：脚擦地的声音、转动的声音，门上的钥匙扭转的声音。"不要，查理！查理，求求你！求求你，查理！"女人低声地央求。他听到了其他的声音，拉链的声音、低声的呻吟声，不是说话的声音。他没有听，他只是在等待，心不在焉地想着，这个时候上床真是个奇怪的时间。女人微弱的耳语声又隔着窗帘传了过来："我害怕！快点！快点！"

他蹲在那堆柔软的散发着女人气味的衣服和鞋子中间。他单凭感觉，就看见那本来圆圆的一管牙膏，现在已经被他弄得瘪得不成样子。由于看不清，他只能凭着它的味道，感受着那弄到他手指上凉凉的虫子一般的线条条，甜甜的像虫子一样自动爬进他的嘴里。要是平时，他只会吃下一口就会把那东西放回原处，然后离开房间。虽然只有五岁，他也知道一定不能多于那个量。也许是他身上动物的本能警告他，如果吃多了会让他生病的；也许是他身上人类的理智警告他，如果他吃得超过那个量，她就会发现的。这是他第一次吃了那么多。现在，他一直躲在那里等待着，他已经吃了很多。凭感觉，他能看出它瘪下去的形状。他开始流汗。然后，他发现自己已经好久一会儿都在流汗了，现在还一直在出汗。他现在什么也听不见了。很可能的是，他甚至不会听到帘子外边的"炮击"声。他似乎把注意力已经转移到自己的身上了，看着自己出汗，看着自己又把另外一条虫子般的糨糊倒腾到自己的嘴里，而他的胃却受不了了。果然，它拒绝往下走了。现在一动不动，彻底的一副沉思的模样，他似乎像是在实验室里俯身工作的化学家，等待着。他没有等太长。很快，他吞下去的糨糊开始在他的身体里翻滚，试图要重新出来，进入空气中，恢复它凉爽的状态。它不再是甜甜的味道。帘子后面，在那弥漫着粉脂女人气味的晦暗中，他蹲着，嘴边冒着粉红色的泡沫，听着身体中的翻腾，恐惧地等待着，注定要发生在自己身上的风暴。然后就发生了。他完全是彻底被动地屈服了，想道："完了，我在这儿呢。"

当帘子被猛地拉开时，他没有往上看。有手把他猛地从他的呕吐中拉了起来，他没有抵抗。他从那双手上夺拉下来，松软疲沓，目瞪口呆，像是痴呆了一样，他看到的不再是一张光滑粉红白嫩的面孔，它现在布满了恼怒，还有乱蓬蓬的头发散在周围，过去女营养师那头发扎起的发卷还经常让他想起过糖果。"你这个小耗子！"她那尖细狂怒的声音嘶嘶地叫着，"你这个小耗子！还偷着监视我！你这个黑鬼小杂种！"

这个女营养师已经二十七岁了——从年龄上说，完全可以尝试一些感情上的冒险了，但是还没有到为了做爱可以不怕被别人逮到的年龄。她甚至蠢到相信一个五岁的孩子不仅能从他听到的声音中推理出事实，而且还能像成年人那样把它讲出去。于是，随后的两天里，她无论看到哪里，走到哪里，似乎都会感觉到那孩子带着一种意味深长的动物一般的窥探欲在打量着她，她把很多成人才有的特征投射到他的身上：她相信他不仅会讲出去，而且还故意拖延着，目的就是让她饱受煎熬。她从来没有想到他认为自己才是犯下罪过的那个人，迟迟不来的惩罚使他一直备受煎熬，以至于他会故意出现在她的面前，目的就是想接受她的鞭打，将罚抵过，从此就可以互不相欠，一笔勾销。

第二天，她近乎绝望。彻夜无眠。她整个夜晚躺在床上，紧张得咬牙握拳、长吁短叹、又气又怕，最要命的是，后悔不已：那时盲目的暴怒如果能把时间倒转一小时、一秒钟该多好啊。这样就可以把当时的做爱躲掉了。现在那个年轻的医生，甚至和那个孩子没有什么两样，都只是给她带来灾难的工具，却无法让她得到救赎。她没法说出更恨哪一个。她甚至不能讲出自己到底是睡着了还是清醒的。因为挨着她的眼皮，或者在她的眼前，总是有那张严肃的、执拗的、牛皮纸颜色的面孔，站在那里静静地打量她。

第三天，她从昏迷的状态中走了出来，昏昏欲睡，在外面的光线和其他面孔中间，她托着自己的那张脸，像戴着一具固定在脸上的面具，让脸灼热发痛，却掩饰着不敢声张的痛苦表情。这天她开始行动了。她毫不费力地找到了他，是在空荡荡的走廊里，在正餐之后，那静悄悄的一个小时里。他就在那儿，什么也没干。也许他在跟踪她。没人能说出他是否就在那儿故意等着她。但是她发现他没有感到奇怪，他听到她的声音，转过头，看到她没有感到奇怪：两张脸，一张不再光滑红润白嫩，另外一张严肃庄重，冷静的眼睛里，除了等待，完全看不出任何东西。"现在我就能以罚抵过了。"他想道。

"听着。"她说。然后她停住了，看着他。好像她不知道下面该说什么。那孩子等待着，静静地，一动不动。慢慢地，一点一点地，他后背的肌肉变得扁平、僵硬、紧张，像块木板一样。"你要讲出去吗？"她说。

他没有回答。他相信任何人都会知道他绝不会把牙膏，还有呕吐的事情讲出去。他没有看她的脸。他看着她的手，等待着。其中的一只手攥在衬衣口袋里。通过衣服，他可以看出那拳头是握得紧紧的。他从来没有被拳头打过，但是他也从没有为了得到一个惩罚要等待三天。当他看到那只手从口袋里出来的时候，他相信她要动手打他了。但是她没有动手，那只手只是在他面前打开了，手里放着一枚银币。她的声音纤细、急切，声音很低，虽然走廊里空无一人。"你可以用这个买很多东西。整整一美元呢。"他从没有见过一美元是什么样子，虽然他知道那是什么。他看了看它。他想要，就像他想要啤酒瓶上明晃晃的瓶盖一样。但是他相信她不会给他这个，因为这个银币如果是他的，他是不会给她的。他不知道她想让他干什么。他等着挨鞭子，然后被放开。她的声音继续说着，急切，紧张，语速很快："一个美元呢。明白吗？你能买好多东西呢。一个星期每天都有好吃的东西。下个月我可能还会给你一个。"

他没有动也没有说话。他也许像雕刻出来的一般，一个很大的玩具：瘦小、安静、圆头圆脑、圆眼睛，穿着罩衣。他一动不动，带着震惊、惊讶、气愤。看着那个银币，他好像看到成堆的牙膏像是捆起来的木头，无穷无尽，很是恐怖；他整个人都被绕入了那丰富而激烈的抽搐中。"俺不想要了，"他说，"俺再要不了啦。"他想道。

然后他甚至不敢抬头看她的脸。他能感觉到她、听到她，她发抖的呼吸。**现在就要来了**，他瞬间想道。但是她甚至没有去摇他一下。她只是抱住了他，很紧，没有摇他，好像她的手不知道下面要干什么。她的面孔这么近，以至于他能感觉到她在他面颊上的呼吸。他甚至不用抬头看，就知道面部的表情。"讲吧！"她说道，"讲吧，你就讲吧！你这个小黑鬼！你这个黑杂种！"

那是第三天。第四天她变得相当冷静，而且彻底地愤怒了。她不再做什么谋划。她随后的行动就是要对未来做好预测，好像那些白天和彻夜未眠的黑夜，培育了她那副冷静面具后面的恐惧和愤怒，改变了她的灵魂以及她那天然的女性纯洁对邪恶的自发理解。

她现在非常地冷静。她已经暂时脱离了惊慌失措的时刻。好像现在她有时间进行观望和谋划。打量了一下环境，她的注意、她的心思、她的想法，立刻全部直接集中到锅炉房门口的看门人身上了。没有推理，也没有算计。她似乎只是往外看了一眼，就像坐在车里，抬眼就毫不惊奇地看见那个瘦小邋遢的男人，正坐在沾满油污的门廊中的藤椅上，隔着钢架的眼镜读着膝盖上的一本书——这个人，几乎像一件设备一样，在那儿已经五年了，她几乎从没有真正看过他一眼。如在街上，她不会认识他的面孔的。虽然他是一个男人，他也不会认出她就匆匆走过。现在，她的生活似乎通过一条走廊和坐在走廊尽头的他，直接而简单地连了起来。她立刻朝他走了过去，在意识到迈开步子的那当儿，她已经踏上了那条肮脏的小路。

　　看门人正坐在门口的藤椅上，膝盖上放着那本打开的书。当她靠近的时候，才发现那是本《圣经》。但她只注意到这些，就像她注意到他的腿上还趴着一只苍蝇。"你也不喜欢他吧，"她说道，"你也一直在观察他。我看到你了。不要说你不是。"他抬头看着她的脸，那钢架的眼镜抬到了眉毛上面。他不是一个老头儿。他现在的职业，对他来说，不太符合。他是个很严肃的人，正值壮年，应该过那种正经有趣的生活，可是由于时间、环境或者其他的什么事情，不太顺利，把这位有着四十五岁灵活思维的强壮躯体扔进了这个停滞不前的污垢之地，一个只适合六十岁或六十五岁男人才待的地方。"你知道，"她说，"你在其他孩子喊他**黑鬼**之前，就知道他。你们是同一个时间来到这里的。圣诞节的那天夜里，查理在门口前面的台阶上发现他的时候，你才在这儿工作一个月。是这样吧。"看门人是圆脸，皮肤有点松弛，非常肮脏，胡子拉碴。他的眼睛很有神，暗灰色，冷冷的，似乎相当生气。但是女人没有注意到这个，或者她看不出来他们生气的模样。于是，他们在被煤烟熏黑的走廊里互相看着对方，发怒的目光对视着发怒的目光，发怒的声音和发怒的声音交流着，语气中透出冷静、不动声色、简洁扼要，像是两人在密谋着什么。"我已经观察你五年了。"他相信她说的是实话，"你就是坐在这张椅子上，一直在观察他。只有孩子们去户外的时候，你才不坐在这儿。但是一旦他们回来，你就会把椅子搬出来，坐在上面，看着他们。观察他，听其他的孩子喊他黑鬼。这就是你做的事情。我知道这个。你来这儿就是干这事的，观察他，恨他。他来之前，你已经在这儿了。也许是你把他带到这儿的，并亲手把他放在门口的台阶上。但是不管怎样，你知道。而且我必须知道。他什么时候说出来，我就会被解雇的。查理也可能——会的——告诉我吧。说吧，现在。"

"嗯，"看门人说，"俺就知道，如果上帝有空的话，他会在那儿逮着你们的。俺就知道。我还知道是谁把他放在那儿的，这是对犯贱的标识和诅咒。"

"是的，他就在那个帘子后面，就像你离我一样近。你告诉我，现在。我已经看见你打量他的眼神了。过去就发现了，五年了。"

"我知道，"他说道，"我知道罪恶。难道不是俺让罪恶站起来，在上帝的世界里行走吗？这是俺在上帝脸上弄出来的会行走的污点。通过小孩子的嘴巴，**他**就把罪恶展露无遗。你听过他们那样喊。我从来没有教过他们那样说话，从来没叫他们照他的本性来喊他的名字，喊他那个挨千刀的名字。我从来没有告诉他们，他们都明白。有人告诉他们，但不是俺。我只是在等，等着**他**安排的好时机，也就是**他**认为比较适合的时间，以便向**他**的生灵世界透露的时机。现在这个时机来了。这就是信号，它会在女人罪恶和下贱方面记下一笔的。"

"是的。但是我该怎么办？告诉我。"

"等着吧。就像我曾经等待的那样。俺等上帝显灵已经五年了。你看他现在不是已经显灵了！你也要等待。当**他**准备好的时候，**他**就会把**他**的意志赋予他们，让他们拿下那个主意的。"

"是的。那个主意。"他们互相瞪着眼看着对方，安静、平和地呼吸着。

"那位女舍监太太。当**他**做好准备时，**他**会把那个事透露给她的。"

"你的意思是，如果她知道了，会赶他走吗？是啊。但我等不及了。"

"你不能催促我们的主。难道我没有等五年吗？"

她开始把两只手一起轻轻地拍打着。"但是难道你没有看到吗？这是主做事的方式。你告诉我的。因为你知道。也许是他让你告诉我，然后让我再告诉太太的。"她目光凶狠而冷静，她发怒的声音也充满耐心和冷静：只是她的手在不停地拍打着。

"你要等待，就像我一样等待，"他说，"你也许已经有三天感受到主的悔恨之手的重量。我在这只手下已经生活五年了，观察并等待着**他**本人给予的好时机，因为我犯下的罪比你大。"虽然他是直接朝着她的脸说话，但是他好像并没有看她，他的眼睛没有看。它们看起来好像是瞎了，虽然眼睛睁得很大，却冰冷、偏执。"相比我的罪过还有我赎罪的遭遇，你犯下的罪，以及所受的折磨和一把腐烂的污泥没什么区别。我已经受了五年多的罪，你算老几，难道想以自己那么点女人的淫秽去催促万能的上帝吗？"

她立刻转过身去。"好吧。你不必告诉我。我知道，不管怎样。

我一直知道这个，他一半是个黑鬼。"她向房子走去。这次她走的速度并不快，打了一个哈欠，看起来有些可怕。"我现在能做的就是想出一个办法让那太太相信这个事。他不愿意告诉她，不愿意支持我。"她又打了一个哈欠，打的很大，现在她的脸上除了哈欠什么都没有了，很快甚至哈欠也没有了。她好像又想起了什么。她原来没有想到这个，不过她相信她已经知道，已经一直知道这个，因为这看起来毫无疑问：他不仅仅会被赶走，还会因为给她带来恐惧和焦虑而受到惩罚。"他们会把他送到黑鬼才待的孤儿院，"她这样想着，"当然。他们必须这样做。"

她甚至并没有立刻去找女舍监。她开始是往那儿走的，但她走到跟前的时候却发现自己并没有走进办公室的门，而是直接走了过去，径直走向楼梯，上楼了。好像她说跟着自己，看看自己是往哪儿走的。在走廊里，现在是静悄悄的，空无一人，她又打起了哈欠，如释重负。她走进自己的房间，锁上门，把衣服脱下来，就上床了。帘子已经拉下来了，她静静地仰面躺着，屋内的光线乍明乍暗。她的眼睛合上了，她的脸空虚平滑。一会儿，她开始张开她的双腿，然后又慢慢地合上了，感觉上面的被子凉爽光滑地从双腿掠了过去，然后又从双腿上温暖光滑地折了过来。思维似乎在悬停了，她到现在已经三天没有合眼的睡眠和她马上要进入的睡眠之间，她的身体张开了，准备接受睡眠，睡眠好像是个男人。"我要让老太太相信。"她想道。然后她又想道，**放在满是黑咖啡豆的锅里，他准会像个豌豆一样。**

那是在下午。那晚九点，她正在又一次脱下衣服，这时听到看门人沿着走廊走了过来，是朝她的门口走过来的。她不知道，也不可能知道他是谁，然后不知怎么回事，从那稳健的脚步和那敲门的声音，她确实知道他是谁，门已经开始打开了，她赶忙跳过去以自己全身的力气顶住了门。"我在脱衣服！"她小声说，声音中有些懊恼，她知道他是谁。他没有回答，他的力量很大、很稳，重重地推着已经缓慢敞开的门。"你不能进来！"她喊道，她的声音几乎还是和耳语没有什么区别。"你难道不知道他们……"她有点气喘吁吁，马上要昏迷的感觉，几近绝望。他仍然没有说话。她试图阻止，并止住门不再向内移动。"让我穿上衣服，然后我就出来。你觉得可以吗？"她的声音几乎微弱得几乎听不见，语调轻柔，无关痛痒，像是对着一个捉摸不定的孩子或狂躁症患者，语气中带着抚慰和引诱："你现在等着。听我说话了吗？你能等下吗，现在？"他没有说话。那扇门仍然缓慢、不可抵挡地移动着。她靠着门，除了内裤，什么都没有穿，她有点像滑稽戏里被掠劫的绝望木偶。靠着门，低着头看着，动弹不得，她看上去陷入了深深的沉思，好像剧中的木偶走了神。然后她转了身，松开了门，跳回到了床边，看也不看地猛地抓起一件衣服，旋即转而面朝门口，衣服攥在胸前，身体缩作一团。他已经进来了。很显然，在她手忙脚乱的摸索和漫无止境的慌乱中，他一直在盯着她。

他仍然穿着那件工装，现在还戴着帽子。他没有摘下帽子。他那冷漠发怒的灰色眼睛好像没有看她，只是朝她的方向看着。"如果**女舍监**进入你们某个人的房间，"他说，"你会相信**她**进来是了解奸情的。"他说道，"你告诉她了吗？"

那女人坐在床上。她似乎从床上慢慢地沉了下去，攥着衣服，盯着他，她脸色发白。"告诉她？"

"她打算怎么处理他？"

"处理？"她看着他：那明亮沉着的眼睛好像并没有朝她看，而是把她全身都包裹了起来。她的嘴张在那儿，像个傻瓜的嘴一样。

"他们要把他送到哪儿？"她没有回答。"不要对我撒谎，不要对上帝撒谎。他们要把他送到一个黑鬼的孤儿院。"她的嘴合上了，好像现在她才终于发现他在讲什么。"啊，我已经想到了。他们会把他送到一个黑孩子待的孤儿院。"她没有回答，但是她现在正在打量他，她的眼睛仍然有一点害怕，但是还有一些说不出的秘密，正在想着什么。现在他朝她看过来，他的眼睛集中在了她的身型和整个身体上。"说，贱货！"他吼了起来。

"嘘……嘘……"她说，"是的。他们必须这样做，当他们发现的时候……"

"啊。"他说道。他逼来的目光慢慢地消退了，那目光释放了她，却又一次把她包裹了起来。看着他的眼睛，她似乎感觉到她在他的眼里什么都不是，微不足道，像条漂浮在池塘里水面上的枝丫。然后，他的眼睛变得温和起来。他开始打量起女人房间的布置，好像从没有见过一样：封闭的房间，暖和，地上凌乱地丢着东西，整个房间散发着女人脂粉的味道。"女人的邋遢，"他说道，"上帝都看到了。"他转身走了出去。过了一会儿，女人才起来。她站了好一会儿，攥着那件衣服，一动不动，傻子一般，盯着空落落的门口，好像想不出该做什么。然后她跑了。她跳到门边，纵身扑到门上，压过去，把它锁上了，然后抵在门上，喘着气，双手攥着那把旋过去的钥匙。

第二天早饭的时间，没有看见看门人和那个孩子。也没有找到他们的任何踪影。他们便立刻报了警。发现旁边的侧门没有上锁，而看门人带的就是这个侧门的钥匙。

"因为他知道。"女营养师告诉了女舍监。

"知道什么？"

"那个孩子，那个圣诞节的孩子，是个黑鬼。"

"啊！什么？"女舍监说。她往椅背上猛地一靠，睁大了眼睛，瞪着她面前的比她年轻的女人。"我——我不相信！"她高声说，"我不相信！"

"你可以不相信，"另一个说，"但是他知道。他把他偷走就是因为这个。"

女舍监已经五十出头，脸上的皮肤松弛，眼睛软弱、善良、沮丧。"我不相信！"她说道。但是第三天，她把女营养师派出去了。她好像有些时间没有睡觉。相反，女营养师容光焕发，镇定自若。甚至当女舍监告诉她那个男人和孩子已经找到的消息时，她还泰然自若。"在小石镇，"女舍监说，"他想把那孩子送到那边的孤儿院里。他们都觉得他有问题，便扣留了他，然后叫来了警察。"她看了看年轻的女人。"你告诉我……前天你说的那个……你是怎么知道的？"

女营养师的眼睛没有移开。"我不知道。我根本不知道。当然我也知道，当其他的孩子叫他黑鬼的时候，那也说明不了什么意思的——"

"黑鬼？"女舍监说道，"其他的孩子？"

"他们这样叫他几年了。有时候我觉得孩子们了解事情的办法，和你我这样年龄的人不一样。孩子，还有像他那样的老年人，那个老头儿。所以每当那些孩子在院子里玩耍的时候，他总是坐在外边的门口：观察那个孩子。也许他从其他孩子喊他黑鬼的过程中发现了什么。但是也有可能他事先就知道。如果你记得的话，他们大概是同一个时间来到这里的。就是在那天夜里——圣诞节的那天，他来这儿还几乎不到一个月，你难道不记得了？当查理——他们发现了门口台阶上的婴儿时？"她流利地讲着，面对眼前这位年龄比她大的女人，迎着她眯起来的全部落在她身上的目光，好像她没法从她的目光中摆脱似的。女营养师的目光看起来清白无辜。"因此，前天我们一起聊天的时候，他试图要讲一些关于孩子的事情。他想告诉我一些事情，告诉某个人，结果后来没有了勇气，就不说了，于是我就没有再理他了。我就再也没有考虑这个事。我完全就没有把这事放在心上，结果……"她的声音止住了。她盯着女舍监，发现她的脸上出现了一种得到某种启示的表情，似乎突然恍然大悟，谁也说不出那是不是假装出来的。"那就是，就是那个原因……在他们失踪前。我在走廊里，去我房间的那天，就在那天，我碰巧和他聊天，他拒绝再告诉我他原来想说的事情，当时他突然走过来，拦住我。我那时想有些滑稽，因为我从来没有在这座楼里见过他。然后他说——他听起来有些怒气冲冲的，看起来也有点怒气冲冲。我有些害怕，太害怕了，以至于不敢走开，他挡着那个走廊——他说，'你已经告诉她了吗？'然后，我说，'告诉谁？告诉谁什么啊？'然后我就意识到他指的是你；问我是否已经告诉你，他原来想告诉我的是有关那个孩子的事儿。不过我不知道他想让我告诉你，我当时想叫喊，然后他就说，'如果她发现了，她会怎么做？'然后我就不知道该怎么回答他，也不知道该怎么躲开他，于是他接着就说，'你不用告诉我。我知道她会怎么做。她会把他送到一个全是黑人孩子才待的孤儿院。'"

"黑人？"

"我不明白我们怎么一直没有看出来。你可以看他的脸，现在，他的眼睛和头发。当然很糟糕。但是那儿是他必须要去的地方，我是这样想的。"

在她的眼镜后面，女舍监那双软弱、困扰的眼睛有一种备受折磨的胶着表情，好像她正试图强迫它们透过这些事情表层的物理联系，发现一些端倪。"但是他为什么想把那个孩子带走呢？"

"这个，如果你想知道我的想法的话，我觉得他是个傻子。如果你在走廊看到他的话，那个夜里——那天，你也像我一样看到他的话。当然把这个孩子送到一个黑鬼的孤儿院肯定是不好的，因为他已经在这里和白人的孩子一起长这么大了。他目前的状态也不是他的错，但是这也不是我们的错……"她止住了说话，看着女舍监。在那副眼镜的后面，这位年长女人的眼睛依然是困扰、软弱，看不出希望；当她用嘴唇组织话语的时候，能看出她的嘴唇在发抖。她说出来的话也是毫无希望，但是已经足够果断，足够坚决。

"我们给他找个地方。我们必须立即给他找个地方。我们可以申请到什么地方？你把那个文件夹给我拿过来……"

当孩子醒来的时候，他正被人背着。天又黑又冷，正有人背着他下楼，默不作声，非常小心。在他和那只托着他的手臂之间塞着一团软软的东西，他知道这是他的衣服。他没有大声哭喊，也没有发出任何声响。凭着气味和空气的味道，他知道他在哪儿，这是从后面下去通向侧门的楼梯，他已经离开了自己的房间，从他记事的时候起，那个房间里有四十多张床，他的床也在其中。凭着气味，他还知道背着他的这个人是个男的。但是他没有出声，静静地趴在那人的背上，和睡着的时候一样放松，高高地坐在那双他看不到的手臂上，晃动着，慢慢地走下去，朝着侧门的方向，出去就是操场。

他不知道是谁背着他。他也不想知道，因为他相信这个人知道他要去哪里。或者这就是原因。他也暂时不想知道他会往哪里去。他又回到了两年之前，就在他三岁的时候。有一天，他们中间突然少了一个叫娅利思的十二岁女孩。他一直喜欢她，感觉她有点像妈妈的感觉，也就是因为这个，对他来说，她和那些整天命令他吃饭、洗衣、睡觉的成年女人一样成熟，个头也差不多，不过不同的是，她不是他的敌人，而且永远也不是。一天夜里，她叫醒了他。她在跟他说告别的话，但是他完全没有听懂。他昏昏沉沉的，有些懊恼，并没有完全清醒过来，这让她感到难过，因为她一直对他好。他不知道她在哭，因为他不知道长大的人还会哭泣，当他了解到这一点的时候，记忆已经把她忘了。他很快就又睡着了，留下她在他一旁伤心，第二天早上她不见了。消失了，没有留下任何踪迹，甚至连件衣服都没有留下，她曾经睡过的那张床已经被一个新来的男孩给占了。他从来不知道她去了哪里。那天，他听到几个曾送她离开的大一点的姑娘小声地聊天，说她走的时候也是悄无声息，有五六个女孩张罗着帮这里的第七位要结婚的女孩离开，她们还谈到了新裙子、新鞋子，还有接她离开的那辆马车。现在他才知道，她找到了一个好的归宿，已经从铁栅栏围着的铁门跳了出去。他似乎又看见，她消失在压抑的大铁门外边的那一瞬间变得英姿飒爽，她高大的身材并没有随着走远而变得渺小，而是逐渐形成难以名状的存在，就像落日的余晖，高大而辉煌。又过了一年多的时间，他才知道从这里离开的，她不是第一个也不是最后一个。除了娅利思，其他人也会在那扇密不透风的大铁门外边消失，穿着新衣服或新制服，有时候还带着跟鞋盒一样大小的一小捆行李。他相信现在轮到他了。他相信现在他才明白为什么他们在离开的时候，都没有留下任何痕迹。他相信其他人也是像他这样被带出去的，也是在沉睡的黑夜里。

现在他能感觉他们已经到了门的位置。离门很近了。从现在开始到背着他的这个人把他悄无声息、小心翼翼地放下来，他能知道还剩下多少看不见的步数。他能感觉到自己的面颊正好碰到这个人的沉静、急速和暖暖的呼吸。在他下面，他能感觉到他绷紧僵硬的手臂，他知道是他衣服的一团东西，在黑暗中他感觉还夹在那里。这个人停了下来。当他弯下腰的时候，孩子摆动的双脚触到了地板，他的脚趾头勾住那铁板一般冰凉的木板。这个男人说话了，第一次说话。"站起来。"他说道。然后孩子知道他是谁了。

他立刻认出了这个人，毫不奇怪。奇怪的应该是女舍监，如果她事先知道他是多么了解这个男人。他不知道这个人的名字，自从他记事以来，已经三年了，他们之间没有说过几句话。但是这个人比他生活中见过的任何人都要果断，当然没有娅利思果断。虽然只有三岁的年龄，孩子就知道他们之间有着某种不需要说明的关系。他知道只要自己在那操场上，他就无时无刻地不坐在从锅炉房门口的椅子上观察他，这个人观察他的时候总是带着一种深邃的毫不松懈的目光。如果孩子年龄再大一点的话，他可能会想，**他恨我害怕我。害怕得从来不敢让我离开他的视线**。如果用更多的词汇，而不是年龄更大一些的话，他也许会这样想，**那就是我和别人不一样的地方：因为他总是不停地观察我**。他接受了这一点。因此当他认出这个人是谁，这个人从沉睡中把他背起来，背下楼，并在寒冷漆黑的夜里，一边让他站在门边，一边给他穿鞋子的时候，他并没有感到奇怪，他也许应该这样想，**他太恨我了，甚至要阻止马上在我身上发生，而我其实可以安然度过的什么事情**。

他有点发抖，顺从地穿着衣服，以尽可能快的速度，两个人在那个小衣服里摸索着，最终还是穿在了孩子的身上。"你的鞋呢，"那个人说道，声音几乎低得听不见。"这儿。"孩子坐在冰冷的地板上，开始穿鞋子。这个人现在没有碰他，但是孩子能听到、感觉到，这个人也在弯下腰，做着什么事。"他也在穿他的鞋子。"他想道。这个人又摸他了，摸索着，把他抱起了一下。他的鞋带没有系上。他还没有学会自己系鞋带。他没有告诉这个人他的鞋带没系。他一点也没作声。他只是站在那里，然后一件大点的衣服把他严严实实地包了起来——凭着气味，他知道衣服是这个人的，他又被抱了起来。门开了，是向内开的。外面清新寒冷的空气迎面扑来，还有沿街路灯飘来的灯光。他能看见路灯和发白的工厂围墙，还有那没有冒烟的烟囱，高的似乎挨到了星星。和灯光相接的是那些铁栅栏，像排着一列饥饿的士兵。当他们穿过空荡荡操场的时候，他垂下来的脚合着这个人的步伐有节奏地摆动着，两只没有系鞋带的鞋子在他的脚踝上摆动着。他们到了大铁门前，然后穿了过去。

　　没多久，他们就等来了有轨电车。如果他年龄再大一点的话，他会说这个人太会安排时间了。但他既没有想，也没有注意到这一点。他只是坐在这个人身旁的墙角处，脚上的鞋带还是没系好，身上裹着这个人的衣服，一直奔拉到脚跟。他的眼睛睁得又圆又大，他的小脸沉静、清醒。电车来了，一排排的窗户，停下的时候发出刺耳的声响，他们上车后，又发出嗡嗡的声音。车厢几乎是空的，因为现在才两点多一点。现在这个人才注意到孩子脚上的鞋带没有系上，于是就把它们给系上了，孩子只是看着，静悄悄地坐在座位上，他的腿在他面前直直地伸着。车站还有很远的距离，他原来曾经坐着电车去过那里，所以当他们到达车站的时候，他已经睡着了。待他醒来的时候，已经是白天了，他们在火车上已经坐了一些时间了。他从来没有坐过火车，但是也没人告诉过他有关火车的事情。他安静地坐着，就像刚才坐在电车里的时候那样，除了伸出来的腿，还有他的头，其他全被裹在这个人的外套里，一路望着窗外的乡村——小山、树木、奶牛等——这些他从来没有见过的景物，从窗外向后飞驰而过。这个人看到他醒了，就从一片报纸中拿出了食物。是面包，中间有火腿。"给。"男人说道。他拿起就吃，继续看着窗外。

他没有说话，也没有表现出任何惊奇的感觉，第三天，甚至连警察都来了，把他和这个人一起带走的时候，他仍然是这样。他们现在待的地方和那天夜里离开的地方没有什么两样——同样是一群孩子，只是名字不同；同样有大人，只不过散发着的气味不同：相比于他离开的第一个地方，他对待在这儿也实在看不出有更多的理由。但是当他们来到这里，再次告诉他起床穿衣服的时候，他也没有感到奇怪，虽然他们忘记告诉他原因了，也没告诉他现在要去哪里。也许他知道他要回去了，也许以一个孩子所特有的敏感，他一直能感觉到那个人不知道的：在这儿不会也不可能长久。他再次坐上火车，再次看到那些同样的小山，那些树木，那些奶牛，只不过是从另外一个方向，看到的是它们的另外一边。警察递给他食物，是面包，中间有火腿，不过这次不是从报纸里面拿出来的。他注意到了这个，但他没有说话，也许什么也没想。

然后，他就又回到了家。也许他心里想着回来会受到惩罚，因为啥呢，确切地说，是犯了什么罪，他不想知道，因为他已经学会接受：孩子能把大人当作大人来接受，而大人从来都没把孩子当作大人来接受。他已经忘记了牙膏的那件事。他现在躲着营养师，就像一个月前，他刻意让自己出现在她的视线内。他现在如此忙着躲她，以至于他很快忘记了躲她的原因；很快他也忘记了那次出行，因为他从来也不会知道这些事情之间的关系。他偶尔想起了这件事，朦朦胧胧，模模糊糊。但是这也只是他朝锅炉房望过去，才会记起那个过去经常坐在门口观察他的那个人，现在已经不见了，完全看不见了，没有留下任何踪迹，甚至连门口放着的那把藤椅也不见了，和所有离开这里的人一样，都没有留下任何踪迹。他到底去了哪里，这个孩子没有想过，甚至也不想知道。

一天晚上他们来到学校的教室找到了他。那是圣诞节两周前的事情。是两个年轻的女人——中间没有女营养师，把他带到了浴室，给他洗了个澡，把他湿漉漉的头发梳了一下，给他穿好了干净的制服，然后把他带到了女舍监的办公室。办公室里坐着一个男人，一个他不认识的男人。他看了看这个人，在女舍监说话前他已经明白了。也许记忆知道，知道开始记忆生长；也许即使欲望，因为五岁的年龄依然太小，还没有学会足够的绝望而停止希望。也许他突然记起了那次乘火车的旅程，还有吃过的面包，因为即使是记忆也不会比那追溯得更加久远。"约瑟夫，"女舍监说，"要是到乡下，跟着一个不错的人家一起生活，你觉得怎么样？"

他站在那儿，他的耳朵和面孔红得发烫，因为刚刚用粗糙的肥皂洗过，粗糙的毛巾擦过，穿着僵硬崭新的制服，听那个陌生人说话。他看了一眼，是个身体壮实的男人，留着浓密的棕色胡须和头发，头发不长，但也不是最近剪的。头发和胡须看起来坚挺旺盛，看不出有花白的迹象，好像它们天然的颜色对于岁月的沧桑无动于衷，虽然那张脸也透露出四十好几的年龄。他的眼睛是浅色的，冷冰冰的。他穿着一件体面的硬料黑色西装。在他的膝盖上，放着一顶黑色的帽子，那柔软的帽毡，被一只生硬干净的手，握进了拳头。他那双脚穿着又厚又黑的皮鞋，整齐安静地排放在地上，一动不动，像是种在地板上了一般，而且鞋子还用手打磨了鞋油。即使一个五岁的孩子看到他，也知道他本人不吸烟，同时也不会容忍其他人吸烟。但是孩子没有朝那个人看过去，因为他的那双眼睛。

但是他能感觉那个人在看他，那是一种冷漠的有目的的凝视，虽然不是他故意表现出的严厉。这种凝视，他可能在检查一匹马或者一把二手犁子的时候，都会用得上，因为他早已认为，他的这种眼光能够看出其中的瑕疵，他也早已认为他会把它们买下来。他的声音从容不迫、不紧不慢、若有所思，这个男人的声音只是要求他听他说话，与其说让他注意听，倒不如说是让他保持沉默。"那么你要不是没有办法，就是不愿意告诉我他父母的情况。"

女舍监没有看他。很明显，在那镜片的后面，她的眼睛似乎是凝滞胶着的，至少那个时刻是这样的。她很快地回应，反应几乎有点太快："我们没去查证他父母的情况。我已经告诉过你，他是那个圣诞节被丢在门口台阶上的，再有两个星期就有五年了。如果孩子的生父母对你来说这么重要的话，你最好别收养了。"

"我不是那个意思。"那个陌生人说道。他说话的语调有些缓和，立刻不自在地道歉，不过自信仍然没有半点的让步。"我本来想着和阿特金斯小姐（前面说的那个女营养师的名字）谈一下的，因为我和她一直有信件的往来。"

女舍监的声音再次变得冷漠急促，几乎没等到他说完，就开始说话了："关于这个孩子，还有其他的孩子，也许我比女营养师给你提供的信息更多一些，因为她和这里的联系也仅仅限于餐厅和厨房。只是碰巧，在这件事上，我们和你的联系中，她非常好心地充当了秘书的角色。"

"没问题，"陌生人说道，"没问题。我本来只是想……"

"只是想什么？我们不强迫任何人领养我们的孩子，我们也不强迫孩子违背他们的意愿，如果他们有正当的理由。这是一个你情我愿的事情，我们只是提出建议而已。"

"哦，"陌生人说道，"没问题，我刚和你说过。我不怀疑这娃儿就是了。他跟我和麦克依庆太太生活在一起，会感觉幸福的。我们现在不年轻了，我们都喜欢安静的生活。他虽然吃不到山珍海味，但也不会饿着肚子，更不会无所事事，我们会让他做一些力所能及的工作。我相信，和我们生活在一起，他长大后会敬畏上帝，憎恶懒惰和虚荣，尽管他有这样的出身。"

于是，两个月前的那天下午，他因为那管牙膏造成的麻烦，到现在算是一笔勾销了，然而此刻，这位健忘当事者被一件给马保暖用的干净褥子包了起来，坐上了一辆两轮的轻便马车——小小的一团、看不出形状、一动不动——穿过十二月份黎明前的薄暮，沿着一条布满车辙的冰封小路，出发了。他们一整天都在赶路。中午，那个人给他吃饭，从座位下面拿出一个盒子，里面盛着三天前已经做好的乡下的食物。但是直到现在这个人才开始跟他说话。他只说了一个字，用握着鞭子的那只手朝着薄暮中亮着一盏灯的前方指了指，他的手上戴着连指的手套，指路的时候，看起来用的是拳头。"家。"他说。那个孩子什么也没有说。那人低头看了他一眼。那人在寒冷中蹲着，缩成一团，大大的，看不出形状，有点像块石头，坚硬不屈，与其说是粗鲁，倒不如说是残忍。"我说了，那儿是你的家。"仍然，那个孩子没有说话。他从来没有见过家，所以他也没有什么可以说的。他还没有到跟人谈话，而又谈不出任何内容的年龄。"你在这儿会有东西吃，有房子住，还能得到信仰基督的人的照顾。"那个人说，"你能干的力所能及的活儿，会让你远离恶习。我会让你很快知道懒惰和愚昧是两个可恶的东西，而劳动和对上帝的敬畏则是两个美德。"孩子仍然什么也没说。他既没有劳动过，也没有敬畏过上帝。不过，他对劳动比对上帝的了解还多一些。他看见过人们每个星期，有六天时间都在操场边上的田地里，拿着耙子和铁锹劳动，而上帝的事情只是在星期日的时候才会出现。然后——除了随之而来的干净整洁带来的折磨——就是悦耳的音乐，还有人们说的那些还不算太麻烦的话——整体上说，还算是比较愉快的，虽然有点儿无聊。他什么也没说。马车继续摇摇晃晃地向前走着，这支结实完美的一队人马渴望着，暖暖地回家。

直到后来，当记忆不再接受他的面孔、不再接受记忆的表象时，他慢慢记起的还有另外一件事。他们当时都在女舍监的办公室里，他一动不动地站着，没有看陌生人的眼睛，虽然他能感觉到它们落在自己的身上，他在等陌生人说出他眼睛里的想法。然后他说："克里斯默斯。这是个荒诞的姓氏。有些大逆不道。我要改过来。"

"那是法律赋予你的权利，"女舍监说道，"我们感兴趣的不是你让他叫什么名字，而是你怎么对待他。"

然而，那个陌生人与其说是他正和谁讲话，还不如说他不再听任何人说任何话。"从现在起，他就姓麦克依庆。"

"那没问题，"女舍监说道，"让他姓你的姓。"

"他要是吃我的面包，就得信奉我的宗教。"那个陌生人说道，"他有什么理由不姓我的姓呢？"孩子没听他说话，也没有感到厌烦。听到这个，并不会让他比听到那个人把不热的天气说成炎热更加让他在意。他甚至懒得去想，**俺不姓麦克依庆。俺叫克里斯默斯。**还没有必要为那个事烦恼。还有很多时间。

"当然你是对的，不是吗？"

七

　　记忆知道这个：二十年后记忆仍然相信，**在这天我变成了一个男人。**

　　干净、简陋的房间里有一种守礼拜的氛围。窗户上挂着带补丁的干净窗帘，微风吹来，窗帘微微地浮动着，带来了新翻泥土和野苹果的气息。屋里有一架黄色的仿橡木的簧风琴，踏板上垫着几片已经磨损的破地毯，风琴上有一个装水果的大口罐子，里面长满了飞燕草[1]。那孩子坐在靠近桌子的一张直背椅子上，桌子上有一盏镍制的油灯和一本很大的《圣经》，书上带着黄铜的挂钩、铰链和锁扣。他穿一件干净的不带领子的白色衬衫。他的裤子是新的，是黑色的粗布做成的。他的皮鞋最近刚刚擦过鞋油，鞋油擦得有些笨拙，可以想象一个八岁的孩子擦鞋油的样子，鞋子上留下了斑斑驳驳的痕迹，尤其在鞋后跟的地方，鞋油就没有擦好。桌子上，面对着他的，是一部打开的长老会《教义问答书》。

1　一种常年生燕草属植物，能结出有花距的小花，花朵多为白色、紫色和淡紫色。

麦克依庆站在桌旁。他上身穿着一件质地光滑的干净衬衫，下身穿着还是男孩第一次见他时穿过的裤子。他的头发，还有些潮湿，仍然没有出现一根白发，梳得整整齐齐，在他的圆头颅上僵硬地立着。他的胡须也梳过，也还有些潮湿。"你还没有用心学会这个呢。"他说。

男孩没有抬头看他。他没有动。但是这个男人的脸并没有十分坚持。"我用心了。"

"那就再用心一下。我再给你一个小时的时间。"麦克依庆从他的口袋里掏出一个厚厚的银表，放在桌子上，又拉过来另外一把直背的硬椅子，在桌子旁边坐了下来，他把那双干净粗糙的手放在了膝盖上，那双沉重的、锃亮的皮鞋方方正正地并排踏在地上。他的鞋子，没有鞋油打磨不均匀的斑驳痕迹。但是昨天晚上吃饭的时候，鞋子还曾有这样的痕迹。然后，这个男孩，在脱了衣服准备上床睡觉时，穿着衬衫挨了一顿鞭子，然后给皮鞋重新擦了一次鞋油。男孩坐在桌旁，低着头，一动不动，面无表情。那间阴冷、干净的房间里，吹进来阵阵微弱的空气，春天已经来了。

那时是九点。他们八点已经坐在那里了。附近就是教堂，但是长老会的教堂却在五英里之外的地方，驾车到那里需要花上一个小时的时间。九点半的时候，麦克依庆太太过来了。她已经穿戴完整，一身的黑色衣服，头上戴着软布帽——是位身材矮小的女人，她小心翼翼地进来，有点驼背，哭丧着脸。她看起来要比她这位倔强、精力充沛的丈夫年长十五岁的样子。她并没有进来，只是走近门口，在那儿站了一会儿，戴着她那顶软布帽，身上穿着那件陈旧的黑色裙子，也洗得干干净净，她手里拿着一把雨伞和一把芭蕉扇，眼睛里似乎有一种奇怪的眼神，好像她看到或听到的任何事情，都是直接通过男人的身体或男性的声音，好像她只是她那精力充沛、残忍无情的丈夫控制的一种工具。他可能听到她说话了，但他既没有抬头看，也没有说话。她就转身走开了。

就在秒针到达整整一个小时的那一刻，麦克依庆抬起了头。"你现在记住了吗？"他说道。

那孩子没有动。"没有。"他说。

麦克依庆站了起来，故意地，不紧不慢。他拿起那块表，合上，然后放入他的口袋，然后把链子在他的吊带上绕了一下。"过来。"他说道，没有回头。男孩跟着，顺着走廊，去了后院。他走着的时候也把身子挺得笔直，默不作声，仰着头。从他们的背影上看，似乎有一种遗传上的顽固相似性。麦克依庆太太正在厨房里，头上仍然戴着那顶帽子，手里仍然拿着那把伞和那把扇子。当他们从门口经过的时候，她正看着房门。"孩子他爹。"她说道。他们谁也没有真正看她。他们也许没有听见，也许是她根本没有喊出声来。他们继续走着，踩着固定而单调的步子，哪怕是他们身上流着相同的血液，也难以造出如此相像的背影，他们的背影已经生硬地拒绝了所有妥协的可能。他们穿过后院，朝马厩走了过去，然后走了进去。麦克依庆打开那扇栅栏门，站在一边。那孩子走进了马厩。麦克依庆从墙上拿了一条拴马用的皮带。这皮带不新不旧，像他的皮鞋一样。皮带干干净净，像他的皮鞋一样，闻起来的味道也像那个男人的气味：干净、强硬、雄健的生皮革的味道。他低头看着男孩。

"书呢？"他问。那男孩站在他面前，一动不动，他的面色沉静，在光滑的牛皮纸一般的皮肤下面透着一些苍白。"你没有带过来，"麦克依庆说道，"回去拿。"他的声音并不残忍，却缺乏人性的关爱和亲密。只有冷漠、无情，就像在白纸上书写或印刷出来的黑字。男孩转身走了出去。

当他走到屋里的时候，麦克依庆太太正站在走廊里。"乔？"她叫道。他没有应声。他甚至没有看她，没看她的脸，也没有看她那在半空中抬起手的僵硬动作，那是对人类用手做出的最温柔动作的僵硬模仿。他从她身边木然地走过，板着脸，带着骄傲，也许是因为绝望，或者也许是因为虚荣，人特有的愚蠢的虚荣。他从桌子上拿了《教义问答书》，回到了马厩。

麦克依庆正在那里等着，手里握着皮带。"放下。"他说道。男孩把书放在地板上。

"不是那儿，"麦克依庆冷冷地说道，"原来你认为马厩的地板上，牲畜践踏的地方，也适合放置上帝的圣言。我也要让你接受这个教训。"他亲自拿起书，把它放在壁架上。"把裤子脱了，"他说道，"我们不能弄脏了裤子。"

然后，那个男孩站在那儿，他的裤子已经褪到他的脚上，他的腿在他的衬衣下面露了出来。他站着，瘦小，笔直。当皮带落下来的时候，他没有害怕，脸上也没有丝毫的战栗。他直直地盯着前方，就像画中的和尚沉迷地看着前方。麦克依庆开始有方法地打下去，节奏不快，却有意地加大了力量，他的脸仍然是冷冰冰的，看不出有任何的愤怒。很难说出他们中哪张脸更加专注，更加沉静，更加自信。

他打了十下，然后就停住了。"把书拿起来，"他说，"裤子先不用穿。"他把《教义问答书》递给那男孩。男孩接了它。他还是那样站着，挺得笔直，他的脸仰着，举着那本小册子，他看起来洋溢着一种兴奋的神情。冥冥之中，他穿上了牧师的白袍，变成了一个天主教唱诗班的男孩，这昏暗朦胧的栅栏就是那教堂的中殿，那粗糙的木板墙外还散发着不知是什么动物踢起粪便的味道，还伴随着沉闷的吼声，以及零落的砰砰声。麦克侬庆僵硬地弯下身子，坐在饲料箱上，两膝分开，一只手放在膝盖上，另一只手里握着那只银表，他那干净的留有胡须的脸像雕刻的石头一般坚定，他的眼睛是无情的，冰冷的，但也并不是没有仁慈。

他们这样又待了一个小时。在这之前，麦克侬庆太太曾经来过屋子的后门。但是她没有说话。她只是站在那儿，往马厩这边看着，头上戴着帽子，手里拿着伞和扇子。然后她就又回到屋里去了。

然后，在秒针再次指向整整一个小时的时候，麦克侬庆重新又把那块表放回口袋。"你现在记住了吗？"他问道。男孩没有回答，僵硬笔直地站着，面前捧着那本打开了的小册子。麦克侬庆从他的手里把那本书拿了下来。否则，这个男孩根本就不动。"你再背一下教义问答。"麦克侬庆说道。这个男孩直直地盯着他前面的墙壁。他的脸色现在很白，尽管他光滑的皮肤没有多少血色。小心翼翼地，麦克侬庆特意又把书放回了壁架上，重新拿起了皮带。他打了十下。当他打完的时候，男孩又站在那儿一会儿，一动不动。他还没有吃早饭，他们都还没有吃早饭。然后男孩身子歪了一下，要不是这个男人抓住他的手臂，扶着他，他就栽倒了。"来，"麦克侬庆说，"坐这儿。"他想把他拉到饲料箱那边坐下。

"不。"男孩说道。他的手臂开始从男人的手中抽出来。麦克侬庆放开了他。

"你还好吧？你是不是病了？"

"没有。"男孩说。他的声音微弱，脸色苍白。

"把书拿好。"麦克侬庆说着，把书放在了男孩的手上。通过马厩的窗户，可以看见麦克侬庆太太，正从屋里出来。她现在穿着一条宽大的已经褪色的裙子，戴着一顶宽边遮阳帽，手里提着一个木桶。她走过窗户，也没有朝里面望一眼，然后就消失了。过了一会儿，井上传来了汲水辘轳慢悠悠的咯吱咯吱的声音，声音清脆，异常祥和，回荡在这安息日的空气中。然后她就再一次出现在窗口旁，她身体现在趔趄到一边和手里提着的水桶重量保持着平衡，然后重新回到了屋里，也没有往马厩看上一眼。

秒针又一次指向了整整一个小时的位置，麦克依庆从表上抬起头来。"你学会了吗？"他说道。男孩没有回答，也没有动。当麦克依庆靠近他的时候，发现他根本没有朝书上看，他的眼神凝滞，一片茫然。当他把手放在书上时，他发现男孩紧紧地抱着它，好像它是一根绳子或者一根柱子。当麦克依庆用力从他手里把书拿开的时候，男孩全身平整地跌倒在地板上，再也没有动弹。

当他醒来的时候，已经是傍晚时分了。他正躺在自己的床上，头上是阁楼斜着的低矮房顶。房间倒是安静，黄昏的薄暮已经布满了房间。他感觉非常清醒，他又躺了一会儿，静静地看着头上倾斜的房顶，这时候他意识到还有人坐在床边。那是麦克依庆。他现在穿着平时才穿的衣服——不是他去地里干活穿的罩衣，而是一件褪色的不带领口的 T 恤衫，下身穿的也是褪了色的干净的黄褐色裤子。"你醒了。"他说道，他把手伸了过来，把被子掀了过去，又说，"来。"

男孩没有动。"你还要用鞭子打我吗？"

"来，"麦克依庆说，"起来。"男孩起来了，站在那儿，瘦削的身上套着笨拙臃肿的棉内衣。麦克依庆也在移动着身子，他穿得很厚，随着肌肉笨拙地移动，好像是费了好大的劲。这个男孩，带着孩子所特有的漠然兴趣看着，看着他慢慢地、沉重地在床边跪了下来。"跪下。"麦克依庆说道。男孩跪下了，他们两个人跪在了那间封闭的充满落日余晖的房间里：个子小的那个身上穿着大人的衣服改小的贴身衣服，那个无情的男人从来既不知道怜悯，也不知道怀疑。麦克依庆开始祈祷。他祈祷了很长时间，他的声音低沉、单调、催眠似的。他请求宽恕，因为安息日的这天，违规出手打了一个孩子，一个孤儿，一个上帝珍爱的孩子。他请求让孩子倔强的心灵能够得到感化，也请求宽恕他拒不服从，且违反这个人劝导的罪过，他请求万能的主能像他自己一样，始终以自己意识的雅量施教众生、普度众生，并以慈悲为怀。

他说完就站了起来，抬起了脚。男孩还在那里跪着。他根本没有动。他的眼睛睁着（他的脸既没有掩匿，甚至也没有低头），他的脸非常沉静，而且安静、安详、难以名状。他听到那人在桌子上摸索着，桌上放着油灯。火柴"嚓"的一下，一团火花喷了出来，火焰在灯芯上稳稳地站住了，灯罩的下面，现在，那人的一只手好像在血里蘸过一样，影子摇晃了几下，才定下来。麦克依庆从油灯旁边的桌子上拿起了什么东西：《教义问答书》。他低头看着男孩：鼻子、面颊突出，花岗岩的模样，脸上的凹处已经长了绒须，像带了眼镜似的蔓延到眼窝的周围。"把书拿着。"他说道。

那是星期日早晨早饭前发生的事情。男孩没有吃早饭，可能无论是他，还是麦克依庆都已经忘记吃饭的事情。麦克依庆自己也没有吃早饭，虽然他曾经走到桌旁，请求上帝赦免他渴望食物以及必须吃饭的需要。午饭的时候，男孩睡着了，感觉精疲力竭。晚饭的时候，他们两个谁也没有想到吃饭。男孩甚至不知道自己出了什么问题，为什么会感到虚弱和安静。

那也是男孩躺在床上的感受。油灯仍然燃烧着，现在外面已经漆黑一片。时间已经又过去了一些，但是，对他来说，好像如果他扭下头，仍然能看到他们两个人，他自己和麦克依庆，跪在床边，或者不管怎样，即使看不到有形的存在，地毯上仍然留有两个人的膝盖留下的凹痕。甚至空气中还飘散着那个单调的声音，像是有人在梦中呓语，说着，发着誓，和一个超然的**存在**争吵着，这个存在无论如何都无法在房间真正的地毯上压出一个幽灵般的凹痕。

男孩这样仰面躺着，双手叉在胸前，像坟墓中陪葬的雕像，这时他又听到咯吱作响的楼梯上，有上楼的脚步声。不是麦克依庆的声音，他已经听到麦克依庆驾着那辆马车，在黄昏的时候出发，去了三英里外的一个教堂，那不是长老会的教堂，他的目的就是要为早晨犯下的罪过去祈祷。

不用扭头，那男孩就听到是麦克依庆太太在缓慢地爬楼梯。他听见她走过了地板，朝他走来。他没有看她，后来过了一会儿，她的影子来到了他跟前，他看到它落在了墙上，他还看见她端着什么。那是一盘子吃的。她把盘子放在床上。他一次也没有朝她看。他也没有动。"乔。"她说。他没动。"乔。"她说。她能看到他的眼睛是睁着的。她没有碰他。

"俺不饿。"他说。

她没有动。她站在那儿，她的双手叉着放在围裙里。她似乎也没有看他。她好像在对着床那边的墙壁说话。"我知道你是怎么想的。不是那样的。他从来没有让我给你端这个。是我自己想着给你端来的。他不晓得。这食物不是他给你送的。"他没有动。他的脸像是雕刻出来的，眼睛向上看着陡峭倾斜的木板天花顶。"你今天还没有吃饭。坐起来吃吧。不是他让我给你送来的。他不知道。我是等到他走了才自己做的。”

　　然后他坐了起来。她看着他，他从床上起来，拿起了盘子，把它端到了墙角，把盘子翻了过去，菜和食物一股脑地全都倒在了地板上。然后，他又回到了床边，端着那只空盘子，好像它是一个圣体匣子[1]，而他就是那个在列队行进的牧师，他的白袍就是那用大人的衣服改短的内衣。她现在不再看他了，虽然她还是没有动。她的手仍然叉着放在围裙里。他重新回到床上，又仰面躺下，他的眼睛睁着，仍然望着屋顶。他能看到她一动不动的影子，看不出形状，有些驼背。然后，影子走开了。他没有看，但是他能听见她跪在墙角，收拾那些摔碎的盘子碗片，把它们放到托盘里。然后她离开了房间。这时非常寂静。油灯在灯芯上稳稳地燃着，盘旋的飞蛾在墙上投下了翩翩起舞的影子，感觉像鸟一样大。从窗户的外面，他能闻到，感觉到，黑暗，春天，还有土地的气息。

　　那时他刚刚八岁。多年以后记忆知道他仍然记得的东西。那天晚上的很多年之后，他仍然记得，一个小时后，他从床上起来，走到墙角，跪了下来，不过不像在地毯上跪的那样，在那一摊愤怒的食物上跪着，用手往嘴里扒着，像个野人，像条狗。

　　已经黄昏了，乔本应该离家还有几英里的路程。虽然他星期六下午是空闲的，但他从来没有离家这么远过，也没有这么晚过。如果他回到家，会挨鞭子的。但是，在离开家的这段时间里，和他做了什么或者没做什么并没有什么关系。他回到家，总是同样会挨打，

1　也作圣礼匣子，罗马天主教和英国国教中以庄重神圣的方式展示圣物的器皿，有时也可用来展示圣人的遗骨和遗物。

即使他没有犯错，这和麦克依庆看到他犯错的结果，并没有什么两样。

　　然而，也许他自己还不知道他不会犯错。黄昏的时候，他们五个人悄悄地聚集到一个塌陷的废弃锯木棚门口附近，躲在离门口百十米远的地方，他们看见过一个黑人女孩进去了，还回头看了一下，然后就看不见了。他们中间一个年龄大点的男孩做了吩咐之后，自己先跟了进去。其他几个男孩穿着同样的工装，都住在方圆三英里的范围内，他们像已经熟识的乔·麦克依庆一样，都是十四五岁的年纪，都已经能像大人一样犁地、挤奶、劈柴了，他们需要抽签轮流进去。也许他甚至没有想到这是犯错，如果不是想到那个人会在家里等着他，因为到十四岁的时候，最大的过错莫过于被公开指责仍是童贞之身。

　　轮到他了。他进入了那个棚子。里面漆黑一片。他立刻紧张得要命。他身体里有东西想出来，就像他过去想象的牙膏的味道。但是他动弹不得，站在那里，闻着那个女人，一下子闻的全是这个黑人的味道。他被这个黑女人雌性的气味和自己的慌乱包围着、驱使着，被迫地等着，然后她说话了：一种诱导他的声音，不是什么特别的话，几乎意识不到的。然后他似乎可以看到她了——看不清楚，趴在那儿，蛮难受的，可能是因为她的眼睛。他弯下身，似乎向下看到一个黑色的水井，在井的底部他看见两个发光的点，好像是死亡星辰反射出的光线。他在往前移动，因为他的脚碰到了她。然后他的脚又碰了她一次，因为他踢了她。他使劲地踢她，踢的她几乎既惊又怕，呜呜咽咽。她开始尖叫，他把她猛地拽了起来，抓住她的手臂，发疯似的用拳头猛狠狠地打她，也许就是因为听到她的声音才打她的，不管怎样他已经感觉到了她的肉体，他被这个黑女人雌性的气味和自己的慌乱包围着。

然后，她从他的拳头下逃跑了，他也向后逃跑，因为其他的人向他扑过来，一窝蜂地涌来，扭打着、摸索着，他开始还击，他的呼吸由于愤怒和绝望发出嘶嘶的声响。然后他闻到的是男性的气味，他们都闻到了，她已经跑了，尖叫着。他们仍然跌跌撞撞地扭打在一起，不论是碰到谁的手或者谁的身体，都会打过去，然后他们所有人都在地上滚作一团，他在最下面。但是他仍然在挣扎，打着，哭着。已经没有**她**了现在。他们只是继续打着，好像有一阵风吹过他们中间，强劲凉爽。他们现在把他按在了下面，他一下子无能为力了。"你现在不要打了吧？我们抓住了你。快认输吧！"

"不行。"他说道。他拱起身子，扭着。

"不要打了，乔。你打不过我们这么多人。要知道，我们谁也不想和你打下去。"

"不行。"他说着，喘着粗气，挣扎着。他们，谁也看不见谁，说不出谁是谁。他们已经完全忘记了那个女孩的事，也忘记了他们打架的原因，如果此前他们还曾经知道的话。对其他四个来说，这完全是自发的条件发射，男性那种自然的打架冲动，可能是因为那个刚才马上要同他交媾的女伴。他们把他按在地上，压低声音商量着。

"你们一起先退后撤开。然后我们剩下的再一起松手。"

"谁现在压着他的？我压着的是谁？"

"在这儿！松开。先等着，他在这儿。我和——"他们这堆人又涌动起来，挣扎着。他们再次按住了他："我们压住他。你们都放手，赶快出去。给我们腾出地方。"

他们中的两个站了起来，退后，出了门。然后，另外两个像是从地上被炸飞了一样，逃离了昏暗的棚子，跑远了。一旦乔被放开，他就又朝他们打过去，但是他们已经跑远了。仰面躺着，他看着其他四个人在黄昏里跑着，他们慢了下来，回头向他望过来。他站了起来，从棚子里出来了。他站在门口，拍打着身上，这也完全是不由自主的动作，不远处他们朝他看过来。他没有看他们。他径直往前走，他的工装在黄昏中染上了昏暗的颜色。现在天晚了。天空布满了星星，密密麻麻像盛开的茉莉花。他一次也没有回头看。他继续走着，慢慢地消失了，像个幽灵。看他的那几个男孩又悄悄地聚到了一起，他们的脸在黄昏中显得小而苍白。突然，有个很大的声音在他们中间响起："呀啊啊！"他没有回头。第二个声音说得很轻，很平稳，很亲切："乔，明天教堂见。"他没有回答。他继续走着。偶尔他会很生硬地抹一下他的工装，用他的手。

当乔走着看见家的时候，来自西边的所有亮光都已经消失了。牲口棚后面的草地上有一处泉水：黑暗中有一丛柳树，能闻到、听到，但是看不见。当他走近时，那阵阵的像笛声一样的蛙鸣突然停了下来，就像很多绳子一起被剪刀剪断似的。他跪了下来，天太黑了，他连自己头的轮廓都看不出来。他用水浸着自己的脸，还有他那肿胀的眼睛。他继续往前走，穿过草地，往厨房的灯光走去。那灯光像是在打量着他，等着他，感觉带着威胁，像只眼睛。

当他走到空地边上的栅栏时，他停下了，望着厨房窗户透过来的灯光。他在那儿站了一会儿，依着栅栏。草丛间，蟋蟀唧唧嘟嘟地大声叫着。靠近落满露水的灰色土地，还有黑色的树丛，萤火虫嘤嘤地飞来飞去，若隐若现。有只嘲鸫在屋子旁边的一棵树上唱着。在他后面，泉水那边的树林里，有两只夜鹰吹口哨一样地叫着。远一点的地方，似乎越过了夏天最遥远的地平线，还能听到一只猎狗的嚎叫。然后他就越过栅栏，看见有人正在马厩的门口一动不动地坐着，旁边有两头他到现在还没有去挤奶的奶牛。

乔似乎毫不惊奇地认出麦克依庆，好像整个情形完全符合逻辑，理所当然，无法逃脱。也许他那时正想着和那个人该怎么相互信任，相互依赖，然后，只有那个女人却难以捉摸。也许他要受到惩罚的事实似乎是一目了然，即使他没有犯下麦克依庆认为的大错，结果却和犯下大错并没有什么两样。麦克依庆并没有站起来。他仍然坐着，无动于衷，像块石头一样坐在那里，他白色的衬衫在屋门口黑暗的吞噬中，显得有些模糊。"我已经挤过奶了，也喂过它们了。"他说。然后他站了起来，目的很明显。也许男孩知道他手里已经拿着那条皮带。皮带扬起、落下，每一次打过来都是既准又狠，明确直白地记录计算着次数。这男孩的身体也许已经变成了木头或石头，一根柱子或者一座铁塔，身上的知觉感官有点像隐士一样陷入了沉思冥想，伴随着快感和自我磨难而游乐悠远无极。

他们向厨房走去，肩并着肩。当厨房的灯光落在他们身上的时候，麦克依庆停了下来，转过头，侧身瞅着他。"打架了，"他问，"因为啥？"

男孩没有回答。他的脸相当沉静，稳重。过了一会儿他答道，声音小而冷漠："没啥。"

他们站在那儿。"你的意思是，你没法告诉我，还是你不想告诉我？"男孩没有说话。他也没有低头。他什么都没有看。"那么，如果你不知道你是个傻子，如果你不想说你做了无赖。那你是不是去找女人了？"

"没有。"男孩说道。男人看着他。当他说话的时候，若有所思。

"你从来没有给我撒过谎。我知道那个，如果说谎的话。"他看着男孩，看着他沉静的面容。"跟谁打的？"

"不止一个人。"

"噢，"那人说道，"你让他们挂了彩，我相信？"

"我不知道，我感觉是吧。"

"噢，"麦克依庆说道，"去洗一下。晚饭已经做好了。"

那天晚上，当他躺在床上的时候，已经下定决心要逃跑。他感觉自己像只山鹰：坚定、充沛、有力、冷酷、强壮。但那种感觉很快就过去了，虽然他那时还不知道，即使他像山鹰，但是周围的环境，以及他的肉体，都仍然是个笼子。

事实上，麦克依庆一连两天都没有看到那头小母牛了。然后他在牲口棚里发现一套外衣藏在靠近棚顶的鸽房里，仔细看了一下，他发现衣服还没有穿过。他是上午发现这套衣服的，但是他什么也没说。那天晚上，他走进棚子，乔正在挤奶。他坐在那张矮凳上，他的头抵着奶牛这边的肚子，乔的身体现在从身高上来说已经长成大人了，但是麦克依庆却没有看到这一点。如果他注意到什么的话，那就是：乔还是个孩子，是十二年前那个十二月里的那天晚上，一个五岁的孤儿，拘谨、安静、警惕，像只温顺被动的小动物一样，坐在他的马车上。"我没有看到你的小牛。"麦克依庆说道。乔没回答。他在桶上趴着挤奶，牛奶在嘶嘶地往桶里流着。麦克依庆站在乔的身后，居高临下地俯视着他。"我跟你说话呢，你的小奶牛没在这儿啊。"

"我知道，"乔说道，"我想它在小溪那边。我会好好照看它的，因为它是我的。"

"噢，"麦克依庆说道，他并没有提高声音，"夜里，把一头价值五十美元的小牛放在小溪边，那可不是个好地方。"

"那就算我的损失吧，"乔说道，"它过去是我的牛。"

"过去？"麦克依庆说道，"你说**过去**是你的牛？"

乔没有抬头。他的手指之间，牛奶嘶嘶地往桶里流着。在他身后，麦克依庆移动着。但是，乔等到挤完奶的时候才往周围看了一下，然后他转过身去。麦克依庆正坐在门口的木墩上。"你最好先把奶提到屋里去。"他说。

乔站在那儿，奶桶在他的手里摆动着。他的声音虽然平静，却很固执。"我明天早上会把它找回来的。"

"先把牛奶提到屋里去，"麦克依庆说道，"我在这儿等你。"

有那么一会儿，乔站在那儿。然后他就进去了，他出来后，就往厨房那里走去。当他把奶桶放到桌子上的时候，麦克依庆太太从外面进来。"晚饭好了，"她说，"麦克依庆先生还没有回来吗？"

乔转过身，朝门边退过去。"他马上回来。"他说道。他能感觉到这个女人在打量他。她说道，语气中带着试探和焦虑："你先赶快洗一下吧。"

"我们马上就回来。"他回到了牲口棚子。麦克依庆太太走到门口，朝他身后看着。天还没有完全黑，她能看到她的丈夫正站在棚子门口。她没有喊他，她只是站在那里，看着两个男人面对面。她听不见他们说什么。

"你的意思是说它会在小溪边？"麦克依庆说道。

"我说它可能会。这个草场还是挺大的。"

"噢。"麦克依庆说道。他们两个人的声音都是静悄悄的。"那你认为它会在哪里？"

"我不知道，我又不是牛，我咋知道它会在哪里。"

麦克依庆动了一下身体。"我们去看一下。"他说道。他们一前一后走进了草场。小溪就在不到一里远的地方。在那黑色的树丛前面，飞舞着的萤火虫影影绰绰、若隐若现。他们走到了树丛边，他们的身体被树林里茂密的灌木丛挡着了，即使在白天也很难进去。"你叫它。"麦克依庆说道。乔没有回答。他没有动，他们面对面站着。

"它是我的牛，"乔说道，"你把它给了我。是我从小牛犊开始养它的，因为你把它给了我，它是我自己的。"

"是的，"麦克依庆说道，"我把它给你，是为了教你学会拥有、占有和当主人的责任。主人对他所拥有财产的这种责任，是上帝默许的。我把它给你，是为了教会你增长远见和扩张财富的方法。叫它。"

又有那么一会儿，他们面对面站着，也许他们在互相看着对方。然后，乔转身开始踩着脚下的湿地继续向前走去，麦克依庆跟在后面。"你为什么不叫它？"他说。乔没有回答。他好像根本没有往灌木丛里看，也没有往小溪边上看。相反，他看的是来自房子的那一点灯光，他现在时不时地向后看，好像他在计算着他离房子的距离。他们走得并不快，但是却及时赶到了标识草场边界的栅栏边上。现在天已经完全黑了。走到栅栏边上的时候，乔转过身，停下不走了。现在他看着麦克依庆，他们又一次面对面站着。然后麦克依庆说道："你把那小母牛弄哪儿去了？"

"我把它卖了。"乔说道。

"噢。你卖了它。那么你得到了什么，我能问一下吗？"

他们现在看不清对方的脸了。他们只能看出对方的轮廓，几乎同样的高度，虽然麦克依庆要壮实一些。在他那模糊的白色衬衫上，麦克依庆的头很像内战纪念碑上雕刻的大理石制的加农炮弹。"那是我的牛，"乔说道，"如果它不是我的，你为啥说是我的？你为啥把它给我？"

"你说的很对。它是你自己的。我一直没有责备你卖了它，如果你能卖出好的价钱。即使你在买卖中吃亏了，在一个十八岁的男孩子身上也算不上大事，我不会因为这件事骂你。当然，在为人处世的经验方面，你最好能问一下年长人的意见。但是你必须学，像我过去一样。我想问的是，你把钱存到哪里了？"乔没有回答。他们面对面站着。"你是不是把钱给了你养母，让她帮你保存，或许？"他问道。

"是。"乔说道。他随口说道，把谎话顺口说了出来。他本来是没有打算回答的。他听到自己的嘴说出来那个字，颇感震惊。然而，已经太晚了。"我把钱给她保存着。"他说。

"噢。"麦克依庆说道。他叹了口气，这几乎是一个带着满意和胜利的声音。"那么你也确定是你养母帮你买的那套新衣服，我是在牲口棚的鸽房里面发现的。你已经把你能犯的其他罪过都暴露无遗了：好吃懒惰、忘恩负义、粗鲁无礼、亵渎上帝。现在我再给你指出两个：满嘴谎言、荒淫好色。买一套新衣服，如果不是去嫖女人，还有什么用？"那时候，他承认眼前的这个孩子，他十二年前收养的孩子，已经长成大人了。站在他的对面，他们几乎是一般高，他朝乔一拳打了过去。

乔接受了最初的两拳，也许是出于习惯，也许是出于惊奇。但是他仍接受了它们，生生感到这个人坚硬的拳头撞在自己的脸上。然后，他往后跳了一下，半蹲着，舔着流到嘴边的血，喘着气。他们互相看着。"你敢再打我一下。"他说。

后来，乔躺在了阁楼上的床上，感到身体冰冷僵硬，他听到他们的声音从下面房间通过狭窄的楼梯传了上来。

"是我给他买的！"麦克依庆太太说道，"我买的！我是用的买黄油的钱买的。你说的我能——能花——西蒙！西蒙！"

"你说谎甚至比他还笨。"麦克依庆说道。他的声音传来，一字一顿，严厉，冷漠，顺着狭窄的楼梯传到了乔躺着的床上。他没有去听。"跪下。跪下。**跪下，女人。**请求上帝的仁慈和原谅，不是求我。"

她一直想对乔好，自从十二年前十二月里的那个晚上，他来到这个家里。她那时正在门廊里等候——一个耐心、操劳的精灵，除了头上盘起来的灰白发髻和身上穿的裙子之外，几乎看不出她的性别——一直等到马车的到来。在这个家里，她被男人的残忍和固执戕害和腐蚀，出乎乔的意料，也在她的理解之外；另一方面，她屡遭顽固地击打，像一片金属，渐渐地越来越薄，变得可以随意扭曲，曾经哑然的希望和挫败的渴望如今变得微弱苍白，如一地死灰。

当马车停下时，她走上前去，像是事先计划和排练过似的：她把乔从座位上举起来，并把他抱到屋里。自从他能走路的时候起，他还从没有被女人抱过。他挣脱着下来，然后自己走进了屋里，走得很快，人显得很小，看不出他的形状，身上还包着衣服。她在后面跟着，小心翼翼地徘徊在他的周围。她让他坐下，好像她在他旁边站住的时候，始终带着谨慎和小心，有一种困惑而又警惕的神情，随时等着跳过去抱起他，试图使他和她之间动作的发生能像她事先预设好似的。她跪在乔面前，想帮他脱掉鞋子，当他意识到她要做什么的时候，他会移开她的手，自己把鞋子脱掉，然后不是把鞋子放到地板上，而是把它们抱在胸前。她脱去他的袜子，然后给他端来一盆热水，热水端来的是这么及时，以至于除了孩子，谁都会知道她一定是提前准备好了热水，一整天都在等着这个事。那是他第一次说话。"俺昨天刚洗过。"他说道。

她没有回答。她在他面前跪着，他看着她的头顶，她的手在他的脚上有点笨拙地摸索着。他现在不想再帮她了，他不知道她想做什么，甚至当她把他的冰冷的脚放进热水里时，他仍然不知道她的想法。他不知道那是她想要的一切，因为这样感觉很好。他在等着还要发生的事，也许是不太令人愉快的事情，不管是什么都行。反正无论什么事，他还也都没有体验过呢。

后来，她把他放到床上睡觉。差不多已经两年了，他一直是自己脱衣服穿衣服，没人留意，也没人帮忙，除了偶尔会有像娅利思那样的帮忙。他感觉太累，然而一下睡不着了，他现在感到困惑，变得紧张，一直等着她出去后，他才能入睡。然而，她并没有离开。相反，她搬来一把椅子，在床边坐了下来。屋子里没生火，很冷。她现在把一个长形的方巾披在肩上，并缩在那条披巾中，她的呼吸变成了蒸汽，好像是在吸烟一样。他现在变得异常清醒。他在等待着他不喜欢的事情的发生，啥都可以，无论因为他做的什么事都可以。他不知道不会再发生什么事了，在从前，这一切他可从来也没有体验过。

就从那天晚上开始，乔相信这会在他余下的生活中一直持续下去。十七岁时，当他回首往事，他现在能看到的就是她那些出于沮丧、摸索以及愚钝的本能，所做的一长串的微不足道、笨拙、徒劳无益的努力：她偷偷给他做的菜，当他不想吃，而且知道麦克依庆也不会在乎时，她却坚持让他接受并悄悄地吃完。有时候，就像今天晚上，不管是否值得，正确与否，她总是试图置身于他和惩罚之间，而他和麦克依庆都认为是再自然不过、不可逃避的事实，她的介入就一定会给整个事情增加一种特殊的味道，一种落差，一种让人不舒服的感觉。

有时候，乔甚至想要单独告诉她那个秘密，让她在无助中既不能改变，也不能无视，让她一个人单独知道，而且对麦克依庆保守秘密。可以想象，如果麦克依庆知道的话，最直接的反应就是他们之间的关系，作为其中的一个后果永远不会再存在了。乔悄悄地对她说，以她偷偷让乔吃下的那些他并不想吃的菜肴作为交换："注意。麦克依庆说他抚养了一个亵渎神明、忘恩负义的人。我保证你不敢对他说他养了个什么人。他在他的家里，用他的食物，就在他的桌子上养了一个黑鬼。"

因为她一直对乔好。麦克依庆虽然严厉、刚直、无情，也只是指望乔的行为受到特定的约束，并接受特定的奖赏或惩罚，就像乔要依赖麦克依庆对自己特定的行为和错误做出特定的反应一样：是这个女人，以其女人的亲和及保密的本能，给这些微不足道、平白无故的事情蒙上了一层邪恶的色彩。在乔住的阁楼房间，一块松垮的木板墙后面，她藏着一个不大的铁盒子，里面是她积攒的一些钱。数额很小，这样做显然是为了躲着她的丈夫，可是男孩相信即使麦克依庆知道，也不会在乎的。但这些对乔来说从来不是秘密，甚至在他还很小的时候，她总会带着他，像个玩耍的孩子一样，紧张兮兮和小心神秘地溜到阁楼，往那个铁盒里加上几枚单薄、稀稀拉拉、却极其刺激的五分或十分面值的硬币（这是她靠着自己的小伎俩，连蒙带骗，瞒着他得到的成果），在乔严肃、圆睁的眼睛底下，把那些他甚至还不认识的硬币放在里面。是她相信他，坚持信任他，就像她坚持让他吃饭一样：通过这种共谋，以秘密的方式，使信任这种本应该简单明了的行为变得神秘莫测。

　　干重活并不是乔憎恨的事情，惩罚和委屈也不是。在知道它们的存在之前，他已经对这些习以为常了。他没有期望，当然也就不会感到愤怒和奇怪。是那个女人：她那温柔的善意，他认为自己注定会成为永远的受害者，比起男人们对他严厉无情的惩罚，那才让他最为憎恨。"她想让我哭，"他想道，浑身冰冷僵硬地躺在床上，手枕在头下，月光掠过他的身体，他听见那男人不断的低语声，正顺着楼梯爬上来，像是通往天堂的路上的第一阶段。"她想让我哭。然后她想他们就可以拥有我了。"

八

　　乔小心翼翼地移动着，手里拿着他从藏身的地方取来的绳子。绳子的一端已经在窗户里面的房间里系得结结实实。现在他能毫不费劲地滑到地上，又能顺利地回到屋里。到目前，他已经训练一年有余的时间了，能交替使用双手攀缘，而绳子不被碰到墙壁，就像猫的影子一般敏捷。他依着窗户，把绳子的另一端向地上送去。月光中，那根绳子看起来和纤细的蜘蛛丝没有什么区别。然后，他把鞋子绑在一起，穿在皮带上挂到身后，他从绳子上滑了下来，像个影子一样迅速地经过两位老人睡觉的窗口。绳子直直地挂在窗户前面，他把它拉紧往一边放了放，松弛地贴着墙壁系好。然后他借着月光走向牲口棚，爬到上面的鸽房，把那套新衣服从隐藏的地方拿了出来。衣服用纸包着，工工整整。打开前，他用手摸了摸纸的折痕。"麦克依庆已经发现了它，"乔这样想道，"他知道了。"乔不由自主地说了出来，然后又低声咕哝了一句："这个杂种。婊子养的。"

　　乔在黑暗中穿好衣服，动作很快。他已经要迟到了，因为他必须等到他们睡着，为了那头小母牛的事闹了一通，再加上后来那个女人插进来，不管怎样，现在一切都结束了。他带的包裹里，包括一件白色的衬衣和一个领带。他把领带放进他的口袋，但是他又穿上了外套，好让那件白色的衬衣，在月光下看起来不那么显眼。他爬了下来，从马厩里走了出来。穿惯了柔软的、常洗的工装，新衣服穿在身上感觉昂贵、僵硬。身后的房子湮没在月光里，黑乎乎的，看不清楚，有些阴森。好像这房屋在月光下有了个性：恐怖、奸诈。他走了过去，走上小路。他从口袋里拿出了那块怀表，那是三天前，他花钱买的。他从前从来没有过怀表，因此就忘记了给表上劲了。但是他不需要看表，就知道自己已经迟到了。

月光下的小道笔直地向前延伸，路的两边有树，茂密的枝丫在路上投下了浓重的阴影，像是黑色的油漆泼在了路上的尘土上。他走得很快，那房子已经在他的身后，从房子那里已经看不到他了。公路连接他走的小道，就在前面不远。他希望能立即看到飞驰而过的汽车，因为他告诉她，如果他没有在小路的路口等着，他会去正举行舞会的学校旁边找她。但是没有汽车经过，当他走上公路时，他什么也没听到。这条路，这个夜晚，空荡荡的。"也许她已经走过去了。"他想。他又从口袋中拿出那只不走的怀表，看了看。这只表之所以不走是因为他没有机会给它的发条上劲。他已经被他们折腾得迟到了，以至于他没有机会给表上劲了，因此也没办法判断他是不是真的迟到了。在漆黑小道的那边，在那所已经看不见的房子里，那个女人现在已经躺着睡着了，因为她已经等他很久了。他顺着这条小道，往那边看去，然后停了下来，陷入了凝望和思考。心灵和身体好像猛地一震，他相信自己在小路上的阴影中看见有什么东西在移动。然后他又想他并没有看到什么，可能也许是他心里想的什么东西投射出来，像是墙上的影子一样。"但是我希望是他，"他想，

"我希望是他。我希望他会跟着我，然后看着我钻进汽车。我希望他会跟着我们。我希望他要试图拦着我。"但是他在路上什么也没有看见。路上空荡荡的，摇曳着树木投下的阴森的影子。然后他就听到在路另一方向的远处，有开往镇上方向的汽车的声音。他往那边看了过去，很快就看到车灯耀眼的光线。

她在镇上一家脏兮兮的小餐馆里做服务员，餐馆位于镇上一条偏僻的街道上。任何一个成年人只要随便瞄上一眼，就保准会说她绝不仅仅三十岁了。但对乔来说，她也许看上去不过十七岁的样子，因为她的个子矮小。她不仅个子不高，体重也很轻，几乎像个孩子一样。但在成年人看来，她的纤瘦不是任何自然的苗条，而是由于精神本身的腐化所致：一种从未年轻过的苗条，没有任何线条显示青春在她身上曾经生长或停留过。她的头发是黑色的。她脸上骨感突出，眼睛总是往下垂着，好像她的头在脖子上是固定起来的，有些错位。她的眼睛就像动物玩具上的纽扣眼一样：有超越质地的坚硬感，却没有任何坚定的感觉。

就是因为她的瘦小，他才去追的她，好像她的矮小应该已经，或者可能已经让她免受很多男人猎艳游离的眼神，才给他留下了这些机会。如果她长得高大一些，他就可能不敢追她了。他可能就会想："肯定没有用。她一定有人了，有男人了。"

是那个秋天开始的时候，他十七岁。是那个星期中间的一天。通常麦克依庆和乔来到镇上的时候，一般都是星期六，他们会随身带一些吃的——冰冷的食物在篮子里放着，专门为出行吃饭准备的——目的就是为了度过那一天的时间。这次，麦克依庆来见一个律师，目的是为了办完他的事情之后，赶在吃饭前回家。但是当他出来的时候，时间差不多已经十二点了，乔还在街上等他。他走近乔的时候，看了看表。他又看了看镇法院塔楼上的大钟，然后又看了看太阳，脸上带着恼火和怒气。他看乔的时候，也是这个表情，手里拿着那块打开的怀表，眼睛冷峻，烦躁不安。好像他是第一次审视和端量眼前这个他从小养大的孩子。然后，他转过身来。"来，"他说，"现在可能来不及了。"

这个镇是个铁路的始发站。即使在星期中间，街上也有很多人。整个街道的空气中都充斥着男人们的行色匆匆：这里的女人们的丈夫只是偶尔或节假日才会回家——而男人们则过着神秘莫测、飘忽不定的生活，偶尔回家一趟，就像剧院的赞助人被勾引着光临剧院一样。

乔还从来没有来过麦克依庆带他来的这个地方。这是一个位于偏僻街道上的餐馆——在两边昏暗的窗户中间，有一条狭窄、昏暗的门廊。他开始并不知道那是一个餐馆。外面也没有任何招牌，他既闻不到食物的味道，也听不到做饭的声音。他所看到的就是一条长木桌，周围摆着许多凳子，在靠近前面摆香烟的柜台后面有一个很高大的黄铜色头发的女人，柜台的尽头还聚着一群男人，他们不是在吃饭，当其中的一个人看他和麦克依庆进来的时候，所有的人都把头扭到了这边，隔着香烟的烟雾朝他们看过来。谁也没有说话。他们只是看着麦克依庆和乔，呼吸好像随着他们的谈话也停了下来，好像烟雾也停止了，现在由着自己的重量在屋内漫无目的地飘散。那些男人戴着帽子，都没有穿工装，他们的面孔都一样：不年轻，也不年老；不是农民，也不是城里人。他们看起来像是刚刚下了火车，明天就要离开，然后就会消失得无影无踪的人。

麦克依庆和乔坐在桌子前两个凳子上开始吃饭。乔吃得快，因为麦克依庆吃得快。身边的这个人，即使在吃饭的时候，背也是僵直地挺着，充满怒气。麦克依庆点的食物比较简单：准备很快，吃得也很快。但是乔知道这和节俭没有关系。节俭已经让他们到了这个地方而不是其他的地方，但他知道，他是想吃完这些东西早点离开。他一放下刀叉，麦克依庆就说："走。"说着他的屁股就已经离开了凳子。在香烟柜台那边，麦克依庆向那个黄铜色头发的女人付了钱。在她的身上好像有一种不受时间影响的让人肃然起敬的气质：争强好胜、棱角分明。她似乎没有正眼看过他们一眼，即使当他们进入这个餐馆，甚至当麦克依庆给她付钱的时候，也是如此。她找了零钱，也仍然没有看他们，几乎在麦克依庆递给她钞票之前，就已经准确快速地把找出的硬币放到了玻璃柜台上。她自己精心打扮的头发显示出表情的庄重，细致的面孔像一尊雕刻出来的守卫大门的雌狮，表现出来的尊容像是一个盾牌，守护着后面那群凝滞不动、无所事事、形迹可疑的男人，然后他们才会斜戴帽子，压低面孔叼着烟斗。麦克依庆数了一下找回来的零钱，他们就走了出去，来到了街上。他又一次看着乔。他说："我想让你记住这个地方。这个世界上有很多地方大人可以去，而小孩不可以，就像你这么大年龄的男孩是不可以去的。那个地方就是其中的一个，也许你以后再也不应该到那儿去了。但是你必须要见识一下，然后你就会知道该远离什么地方。当然，有我在场，你见识一下也好，我可以给你解释和警示。而且，那里的饭还是挺实惠的。"

"那里有什么问题吗？"乔说道。

"那是镇上的事情，和你没关系。你只需要记住我的话：如果不是和我一块儿的话，我不能让你去那儿。不会再去了，我们下次从家里带饭，这样早一点或者晚一点都没关系。"

这就是那天乔吃饭时看到的情景，旁边坐着那位挺胸直背、怒气冲冲的养父。他们两个人像被完全隔离似的坐在长条桌的中间，一端是那个黄铜色头发的女人，另一端是那群男人，还有那个安静低头的女服务员，她的大手，那双手太大了，在桌子上摆放着盘子和杯子，她的头从柜台那边抬起来，个子就像大一点的孩子那么高。然后他和麦克依庆就离开了。他没想过要回来，这倒不是因为麦克依庆不许他回来。他只是相信他的生活和那儿永远也扯不上关系。就好像他对自己说道："他们那些人我都不认识。我能看见他们，但我不知道他们在干什么，也不知道什么原因。我能听到他们说话，但我听不懂他们说什么，也不知道他们为什么那样说，对谁说。我知道里面除了食物和吃饭，肯定还有别的什么事儿。但是我不知道是什么，而且我永远也不会知道。"

于是，也就这样想一下，事情过去了。随后的六个月里，他还偶尔回到镇上，但是他都没有再次看见或者路过那个餐馆。他是本可以过去看的，但是他没有想过，也许他不需要。更多的时候，他知道也许思维会突然形成一幅画卷，慢慢出现，然后完全成型：那条狭长、有些可疑的光秃秃的长桌，以及桌子的一端那个沉静、板脸、头发怪异，好像挺有戒心的女人；另外一端，那群面向内侧、不停抽烟的男人，不断地点燃并扔掉他们的香烟，还有那个服务员，孩子一般身材大小的女人，来回地穿梭于厨房与大厅之间，手臂上总是满满地端着盘子，每次都必须经过那群歪戴帽子的男人时，总是处在他们可以摸到的距离内，他们透过烟雾和她低声地说着什么，有着近乎欢快或得意的状态，而她的面孔若有所思，娴静地低头，好像她并没有听到。"我甚至连他们对她说了啥都不知道。"他想。想着**我甚至连他们对她说了啥都不知道，那或许是男人们从不**

对路过的孩子说的话吧。**他相信，在即将睡着的那一刻我还没搞明白，可一合上眼皮就把她的面容关进了自己眼睛的监狱，她那娴静、忧郁、哀伤、年轻的面容和表情使人在等待中充满了模糊的青春欲望和无形的神秘，透出绚烂的色彩。已经有了让爱得以滋生的东西：睡梦中的现在我才知道为什么会在三年前情不自禁地打那个黑人女孩，而且她也一定知道，并且也感到得意，充满了期待和骄傲。**

于是他没有想过要和她再见面，因为青少年身上的爱情几乎不需要欲望和希望的滋养。更可能的是，他对自己后来的行动和引发的后果，及其给人的印象，都会感到惊讶，其惊讶的程度丝毫不亚于麦克依庆。这一次是个星期六，现在已经是春天了。他已经十八岁了。麦克依庆还得去找律师。但是这次，他是准备好的。"我就在那儿一个小时，"他说，"你可以在附近逛逛，看一下镇上。"他又一次看着乔，表情严厉，心里想着什么，又有些烦躁，像一个正直的男人，不得不在正义和裁决之间做出妥协一样。"给。"他说。他打开他的钱包，拿出一枚硬币。那是十美分。"如果你发现有人想要它，你也许就不会想把它扔掉了。这事很奇怪。"他一边烦躁地说着，一边望着乔，"但是对于一个人来说，要是不先学会浪费，就能学到钱的价值，几乎是不可能的。你过一个小时后再回来这儿吧。"

他拿着那枚硬币，径直去了那家餐馆。他甚至都没有把硬币装进口袋。他没有任何计划或想法，几乎是情不自禁，好像给他发出命令的是他的脚，而不是他的脑袋。他带着这枚小小的硬币，像个孩子一样，把它攥在手心里，攥得热乎乎的。他进了纱门，有点笨拙地趔趄了一下。那个香烟柜台后面的黄铜色头发的女人（好像这六个月里她一直没有动过那个地方，同样没有任何变化的还有她那黄铜色硬挺隆起的头发，甚至她还是穿着那条裙子）打量着他。长条桌尽头坐着那群歪戴着帽子、叼着烟卷、散发着理发店气味的男人，也在望着他。餐馆的老板也在里面。他注意到他，看见餐馆老板还是第一次。像其他的男人一样，老板戴着帽子，叼着香烟。他个头不大，比乔的个头大不了多少，烟卷噙在嘴角，像是为了不影响说话。眯着眼睛的那张脸前面，烟圈缭绕着蔓延，他一直也没用手碰它，直到烟卷燃完，"噗"的一下吐到地上，被辗在了脚底下，乔从这儿学到了他自己的一个癖好，但是还没有学会。那是后来的事了，当时光开始飞快地流逝，以至于接受就代替了知道和相信。现在，他只是看着从里面靠着木桌坐着的男人，身上挂着一件肮脏的围裙，就好像拦路的劫匪那会儿戴了副假胡子一样。接受是晚些时候到来的，随之而来的还有轻信引发的一股脑的愤恨：这对夫妻，在这个以吃饭为营生的设施中，招进来一个又一个的女服务员，笨拙地倒腾着作为营生理由的简单廉价的饭菜。在那简短猛烈的假期中，他像一匹年轻的公马，处在一种无法相信、充满快感的震惊中，在那个疲惫的职业母马的隐秘牧场上，他自己欣然接受，并让自己逐个地成为那群数不出数目，叫不出名字男人的牺牲品。

但是那还是后来的事了。他走到柜台前，攥着那枚十美分的硬币。他相信那堆人已经全部都停止了说话，抬起眼睛看着他，因为除了厨房门后面传来的刺耳的炒菜声，他什么也听不见，想必**她就在后面，这就是我没有看到她的原因**。他一屁股坐到了一只凳子上。他相信他们都在望着他。他相信香烟柜台后面的那个黄铜色头发的女人也在看着他，还有那个老板，他的脸上，香烟冒出的烟雾似乎已经凝成了一团，懒洋洋地向外扩散。然后老板叫出了一个词。乔知道他既没有移动，也没有碰嘴上的烟卷。"波比。"他喊道。

是个男人的名字。几乎是不假思索，太快，太彻底了：**她已经**

走了。**他们找了个男人来顶替她的位置。我已经浪费了这个硬币，就像他说的。**他相信他现在不能离开，如果他要走的话，那个黄铜色头发的女人就会拦着他。他相信坐在后面的那群男人知道这个，正朝着他笑。于是，他在凳子上坐着没动，低着头，那枚硬币紧紧地握在手里。两只大手在他对面的桌台出现了，映入了他的眼帘，他看到了那个女服务员。他能看到她裙子上的花纹，围裙的上端，还有那两只关节粗壮的大手，在桌台的边缘，一动不动，好像它们也是从厨房端过来的。"来杯咖啡和一份披萨。"他说道。

她的声音听起来有些忧郁，非常空乏。"柠檬、椰子、巧克力。"

如果根据她声音来源的高度比例，这双手不可能是她的手。"是的。"乔说道。

这双手没动。声音也没有移开。"柠檬、椰子、巧克力。哪一种？"对其他人来说，他们一定看起来非常奇怪。他们互相面对着，中间隔着那张黑色的、积着污渍、沾满油污、被磨得光滑的桌台，他们看起来一定像在做祈祷：那张乡下面孔的年轻人，穿着朴素干净的衣服，脸上的尴尬给了他一种天真纯洁的气质；他对面的女人，忧郁、沉静，等待着，因为她身材的娇小，也让她具有了和他类似的气质，一种除了肉体之外的东西。她的颧骨突出，干瘦。脸上的肉紧绷地绕在颧骨上，在眼睛周围形成暗色的眼圈；在低垂的眼皮下面，她的眼睛似乎向外突出，好像它们不能反射光线。她的下巴太窄了，好像包不住两排牙齿似的。

"椰子的。"乔说。是他的嘴说的，因为他立刻就想把它收回去。他只有十美分。他一直紧紧地攥着它，而没有意识到那只是十美分。他握着硬币的手心已经出汗，把硬币也弄湿了。他相信那些男人正望着他，又在笑他。他听不见他们说话，也不往他们那边看。但是他相信他们就是看着他笑。那双手已经离开了。然后它们又回来了，把一个盘子和一只杯子放到了他的面前。他现在朝她看过去，看着她的脸。"披萨是咋卖的？"他问道。

"披萨十美分。"她就站在他的面前，就在桌子的对面，她的大手又放在那黑色的木桌上，带着疲惫的神情等待着。她从来没有朝他看。他说，声音很低，有些绝望："俺感觉俺不想点咖啡了。"

有那么一会儿，她没有动。然后，一只大手伸出来，拿起了那只咖啡杯，手和杯子都消失了。他一动不动地坐在那里，眼睛向下垂着，等待着。然后就来了。不是那个老板，是香烟柜台后面的那个黄铜色头发的女人。"什么事？"她问道。

"他不想要咖啡。"女服务员说道。她的声音，在说话的时候，移动着，好像她在这个问题上没有停顿思索。她的声音缓和平静。另一个女人的声音也是平静的。

"他不是点了咖啡吗？"她问道。

"没有，"服务员说道，还是那种平静的声音，仍然在移动着，走开了。"我弄错了。"

当他走到外面的时候，心里充满自责、遗憾，急于想躲开香烟柜台后面那个黄铜色头发的女人的冷脸，他相信他知道他再也不会，再也不能见到她了。他相信他无法忍受再一次见她，哪怕是从远处再看一眼那条街道，那条昏暗的门廊，他都无法忍受，他没有想的是，年轻太糟糕了。太糟糕。太糟糕。每当星期六的时候，他找理由，编造理由，避免去镇上，麦克依庆观察着他，虽然还没有发现值得怀疑的地方。他靠卖力地干活，打发这些日子，太卖力了，麦克依庆疑惑地端详着他做过的活计。但是他无法知道，也无法推测。活儿是可以尽情地干。然后，他就能度过那些夜晚，因为太累而不会睡不着了。然后，随着时间的流逝，甚至那种绝望、遗憾和羞愧都慢慢淡漠。但他并没有忘记，甚至还会激起自己的想法。然而现在，记忆已经变得残破不堪，就像一张留声机的唱片：只留下似曾相识的感觉，因为残破的纹路已经让声音变得模糊不清。过了一段时间，甚至麦克依庆接受了一个事实。

"这一段时间，我一直观察你。现在没什么了，我必须相信自己的眼睛，相信你开始接受了上帝给你安排的合适任务。但是我不会让你白卖力干活的，因为我们原来已经说好。你还有时间和机会（还有意愿，我不怀疑）让我为我说过的话感到后悔。再次堕落，变得懒散、无所事事。当然，奖励就像惩罚一样，也会为人创造出来。你看到远处的那头小母牛了吗？从今天起，那头小牛就是你的了。一定不要让我将来后悔。"他说。

乔谢了他。然后他能看见那头小牛，可以大声说出声来："那是我的。"然后他又看着它，思维再一次变得飞快缜密：**那不是个礼物。甚至不是个承诺：它是个威胁。**他想："我没有要。他却给了我。我没有向他要。"但又觉得，**上帝知道，我是靠干活挣来的。**

一个月过去了。又是一个星期六的早上。"我感觉你现在不想再去镇上了。"麦克依庆说道。

"我感觉再多去一次也不会伤害到我。"乔说道。他的口袋里有半美元，麦克依庆夫人给他的。他向她要五美分的钢镚，她坚持给他半美元。他就接着了，握在手里，冷冷地，毫不在乎。

"我想会。"麦克依庆说道，"你干活也很卖力。但是对一个还在成长的年轻人来说，去镇上并不是一个好习惯。"

他不需要偷偷地溜过去，虽然他可以这样做，甚至也许可以强行过去，但是麦克依庆给他提供了方便。他就去了那家餐馆，急匆匆地。他这次进去没有趔趄。那个服务员不在那儿。也许他看到了，注意到她不在。他走到香烟柜台那儿，后面坐着那个女人，把那半美元放在柜台上。"我欠你五美分。"他没有往后看。那群男人还在那儿，歪戴着帽子，吸着烟卷。老板也在那儿，他等着他说话，乔终于听到他说话了，还是穿着那件脏兮兮的围裙，香烟噙在嘴角：

"怎么了？他想干什么？"

"他说他欠波比五分钱。"那个女人说，"他还给波比五分钱。"她声音平淡地说着。老板的声音也很平静。

"哦，看在上帝的面上。"他说。这时的乔，整屋里的人都在听着他的动静。他能听到，虽然没有去听；他能看到，虽然没有去看。他现在正往门口走去。那半美元躺在玻璃台面上。即使屋子的后面，老板也可以看到它，因为他说了一句"那钱是怎么回事？"

"他说他欠了一杯咖啡钱。"那女人说道。

乔还没走到门边。"来，杰克。"那个人说道。乔没有停下。"把钱还给他。"那人说道。声音单调，身子没有动。烟雾形成的烟圈绕过他的面孔，逐渐地扩展开来。"把钱还给他，"那人又说道，"我不知道他要玩什么把戏。但是他在这儿玩不转。还给他。你最好还回到你的农场，乡巴佬。在那儿，你也许可以花五分钱玩个女孩子。"

这会儿他已经走在街上了，把半美元浸得汗津津的，这个硬币也浸湿了他的手，比一美元的银币还大，他感觉。他在笑声中走着。已经在笑声中出了门，是那堆男人的笑声。那笑声使他无法抑制，不由自主地沿街走着，笑声开始从他的身边流过，慢慢消失，才让他回到地面上，人行道上。他和那个女服务员正面对面站着。她并没有立即看见他，走得很快，低着头，穿着一件黑色的衣服，带着帽子。又一次停下来了，她甚至没有朝他看，就看到了他，已经看到他了，完全看见了，好像那时她把咖啡和披萨放在桌台上一样。她说，"哦。你回来给我还钱了。当着他们的面。他们都还笑你了。唉，这样啊。"

"我本想着你可能还要为那个付钱，你自己。我本想……"

"唉，知道了。别说了。现在不说这个了，可以吗？"

他们两个谁也没有看谁，只是面对面站着。在其他人看来，他们看起来一定像是两个和尚在本应坐禅的时刻，却相遇在一条分叉的花园小路[1]上。"我只是想我……"

"你住哪儿？"她说。"在乡下？噢，这样啊。你叫什么名字？"

"我不叫麦克依庆，"乔说，"我叫克里斯默斯。"

"克里斯默斯？这是你的名字？克里斯默斯？噢，这样啊。"

在青少年时期及其之后的每个周六的下午，他总是和其他四五个男孩一起去打猎、钓鱼。见到女孩子的时候只有在教堂的里面，在礼拜天的时候。她们总是和礼拜还有教堂联系在一起。因此他不能打量她们。如果他要那样做的话，就意味着收回对宗教的敌意。但是他和其他的男孩会谈论女孩子。也许他们中间有人——比如，那个下午安排黑人女孩的那位——会知道女孩的秘密。"她们都想，"他告诉他们说，"但是有时候是不行的。"其他的几个都不知道这个。他们不知道所有的女孩都想，更不用说还有一些时间他们不能那样。他们想的不一样。但是要承认他们不知道后者，就意味着要承认他们还没有发现前者。于是当那个男孩告诉他们的时候，他

---

1 意为易迷惑的，受骗的。此处比喻说的是两个和尚在坐禅的时刻，却相遇在花园小路上，面对面站着，互相不看对方，喻为迷失。

们就只是听了。"那就是她们每个月都要经历一次的事情。"他描述着他对这种身体仪式的看法，也许他知道。不管怎样，他讲得栩栩如生，令人信服。如果他一开始把它描写成一种心理状态，也只有他自己相信的一种事情，也许他们就不会听他的了。但是他画了幅图，画出了身体的形状，很真实，可以用鼻子闻，用眼睛看。这让他们蠢蠢欲动：临时涌起的猥琐和无助，挑逗并压抑着心中的欲望，那光滑美丽的形状中栖息的意愿却注定无可逃避地沦为周期性污秽的受害者。这就是那个男孩讲的内容，其他五个人都静悄悄地听着，互相瞅着对方，满腹狐疑，神秘不已。随后的星期六，乔没和他们一起去打猎。麦克依庆想着他已经去了，因为那支猎枪不在家里。但是乔哪儿也没去，他藏在马厩里，一整天都待在那儿。紧接着的星期六，他确实出去了，却是单独出去的，早早地就走了，那时其他的孩子还没来得及叫他。然而，他没有去打猎。在离家不到三英里的地方，就在下午晚些时候，他打死了一只绵羊。他在一个隐蔽的山谷里发现了那群羊，就悄悄地追过去，用那支枪杀死了那只羊。然后他跪下来，他把手浸到那只垂死动物尚存余温的血里，弓着背，颤抖着，口干舌燥。然后，他才缓过劲来，恢复了正常。他没有忘记那个男孩告诉他的东西。他只是接受了它。他发现他并不介意它，可以和它一起存在。他好像在说，逻辑混乱却又出奇地镇静，**好吧。那就这样。但是不要对我。不要在我的生活和爱情中**。然后，那是三四年之前的事了，他已经忘记了这件事，这就意味着当一个事实一旦屈服于内心，坚信它既不正确又不错误的时候，就会被忘记。

他见到了那个女服务员，就在他想付那杯咖啡钱的那个星期六之后的周一晚上。那时，他还没有绳子。他从他的窗户爬出来，从十英尺的高度跳了下来，然后又步行五英里走到镇上。他根本没有想过他要怎么回到他的房间。

他到了镇上，去了那个角落，她告诉他要在那里等她。那是一个安静的角落，他到得很早，心想**我得记住，要让她教我做什么、怎么做、以及什么时候做。不要让她发现我不懂，又得从她那里学着做。**

他一直等了一个多小时，她才出现。他来得太早了。她是步行过来的。她到了，站在他面前，小小的，还是那不变的气质，等待着，眼睛垂着，从黑暗中走了出来。

"你来了。"他说道，"我到这儿能有多早就多早。我要等他们都睡了。我担心我会晚。"

"你是不是来了很久了？多长时间了？"

"我不知道。我跑着过来的，都是一路跑过来的。我担心会晚。"

"你跑过来的？整整跑了三英里啊？"

"是五英里。不是三英里。"

"噢，这样啊。"然后他们都没有说话。他们站在那里，两个影子面对面站着。一年多之后，当他记起那个夜晚，他说，他才突然明白，**好像她在等着我去动她。**"噢。"她说道。

他已经开始有点颤抖。他能闻到她，闻到她的等待——伴随着一动不动、精明干练、微微的疲惫；她想等着我开始，可我不知道怎么开始，甚至他自己听起来像个傻瓜。"我觉得晚了。"

"晚了？"

"我想着可能他们会等你。一直等，直到你……"

"等……等……"她的声音没有了，停下了。她说着，身子却没有动。他们站在那儿好像两个影子。"我跟玛米和马克斯住在一起。你知道。那个饭馆。你应该记得他们，你还去还那五分钱……"

她开始笑。她的笑里并没有快乐，什么也没有。"当我想起你的时候，我就想起你去那儿的情景，手里拿着那个硬币。"然后她止住了笑。停下来的时候，也没有快乐流露的感觉。那个沉静、卑贱、垂着眼睛的声音传到了他的耳朵里。"我今晚犯了一个错误。我忘记什么事了。"也许她正等着他问她是什么事，但是他没问。他只是站在那里，任由那个沉静、低头说话的声音在耳边消失。他已经忘记了那只被射杀的绵羊。他现在还一直记着那个大点的男孩告诉他的那个事实，现在已经太久了。那只被射杀的绵羊让他获得了免疫力，以至于时间一久，它在他的记忆中不再鲜活。因此，他开始并没有听懂她的意思。他们站在那个角落。那是在镇上的郊区，那条街道延伸出去变成了一条公路，两边不再是整齐规整的草坪，而是零落的房屋，还有光秃秃的土地——小而廉价的房屋组成了这种城镇的郊外。她说："听着。我今晚不舒服。"他不明白，也没有说话。也许他不需要明白，也许他已经预料到某种注定的结局，想，"有点好得让人难以置信"，这种想法一闪而过，快得甚至没有思考：**马上她就不见了。她就不在这里。然后我就要回家了，躺在床上，根本没有离开过它。**她的声音继续着："我告诉你是星期一晚上来这里，可是却忘了告诉你哪个月的哪一天。你让我感到突然，我感觉。那个星期六，在街上。不过我忘了到底是哪一天。直到你走了我才想起来。"

他的声音和她的一样平静："怎么不舒服了？难道你家里没有药吗，你可以吃的？"

"难道我没有……"她的声音消失了。"噢，这样啊。"她又突然说道，"天已经晚了。你还有四英里的路要走。"

"我现在已经走过来了。我现在到了这儿。"他的声音不高，语气中透着绝望，却很平静。"我看时间不早了。"他说道。然后好像发生了什么变化。她没有看他，她似乎从他生硬的声音中感觉到了什么，然后她才听到他说话："你生了什么病吗？"

她没有立刻回答。然后她说，语气中透着沉静，眼睛往下看着："你还没有过情人吧。我敢打赌你没有。"他没有回答。"有过吗？"他仍然没有回答。她开始移动。她第一次摸了他。她走过来拿起他的手臂，轻轻地，用两个手。低头看着，他能看见她的头，那黑色的形状，似乎在她出生的时候，脖子就长得有些错位。她告诉他，有些吞吞吐吐、笨嘴拙舌，用的也许是她所知道的仅有的几个词，但是他以前已经听说过了。他的思绪已经飞速回到了过去，思绪使他经历了那只被射杀的绵羊，那是免疫力付出的代价，回到了那个下午，当他坐在小河的岸边，与其说他受到了伤害或者感到震惊，倒不如说那让他感到愤恨。她用手握着的手臂猛地抽了回去。她相信他不会动她，事实上，她倒相信会发生相反的事情，反正结果都是一样的。当他在公路上消失的时候，那外形、那背影，她相信他是跑着的。有那么一会儿，她能听见他的脚步声，虽然她已经看不见他的身影。她并没有立即走开。他离开后，她还站在那里，一动不动，低着眼睛，好像还在等着她刚刚经受过的一击。

他不是在跑。但他走得很快，方向是朝着让他离家更远的方向，就是那个五英里之外、他离开的房屋，他从窗户里爬了下来，却还没有想过如何再进去。他沿着路飞快地走着，然后转身离路，跳过一个篱笆，进入一片耕作过的田地。地垄里好像长着庄稼。远处是个小树林。他走到树林边上，然后进去了，走到那坚硬的树干中间，枝丫疏影下寂静、粗犷、压抑、隐蔽。在这里，没人看见，也很难知道他，就好像他来到了一个洞穴，仿佛看见月光下有一排逐渐变小的精致的装着骨灰的瓮，苍白的颜色。这些瓮没有一个是完整的。

每一个都有裂口，从里面流出的好像是液体的东西，死亡的颜色，恶臭无比。他摸到了一棵树，伸开胳膊抵在树上，看着那一排排列在月光下的瓮。他开始呕吐。

随后的一个星期一的晚上，他有了这根绳子。他还是等在那个角落，他依然来得很早。然后他看到了她。她走到他站的地方。"我以为你可能不来了。"她说道。

"是吗？"他抓起她的胳膊，拉着她走到了路上。

"我们要去哪儿？"她说道。他没有回答，继续拉着往前走。她必须小跑才能跟得上。她跑得有点笨拙：一只动物，却被身上不适合动物的东西阻碍着：她的高跟鞋、她的衣服，还有她的矮小。他拉着她走下了路，走向一个星期前他曾经翻越过的栅栏。"等等，"她说，她说的断断续续。"这个栅栏……我不能……"当她弯下腰，想从他已经跨过去的铁丝网中间钻过去，她的裙子挂在了什么东西上。他靠过去，猛地拉开，是衣裙撕裂的声音。

"我会给你买件新的。"他说。她什么也没说。任自己被半拉半拖，穿过那长着庄稼的田地，穿过田垄，进入了林子和树木中间。

他把绳子整齐地缠好，放在他那个阁楼里那块松动的木板后面，那也是麦克依庆太太经常存放五美分和十美分硬币的地方，只是他把绳子扔到了非常靠里的位置上，是麦克依庆太太够不到的地方。这是他从她那里学来的。有时候，趁着老两口在下面酣睡的时候，他把绳子悄悄地扔到窗外，他能感觉到心中的矛盾。有时候，他想告诉她，给她看看他隐藏的作恶工具，告诉她他是从她那里学到的这个主意，学会了隐藏它的办法和地方。但是他知道她只会帮他隐藏，她会为了帮他隐藏，而让他犯下过错。她最终会因表现出会心的低语和暗号，而让麦克依庆不由自主地产生怀疑。

于是他开始偷，从那个藏钱的盒子里拿钱。很有可能的是，那个女人并没有向他暗示，也从来没有向他提起钱的事。可能他甚至不知道，他是付钱才得到的快乐。是他多年来一直看着麦克依庆太太把钱藏到一个特定的地方。然后他自己有隐藏东西的必要。他把它放到了他所认为的最安全的地方，他每次藏绳子或者取绳子的时候，都能看见那个藏钱的铁盒子。

第一次他拿了五十美分。他在五十美分和二十五美分之间，纠结了好长一段时间。然后他就拿了五十美分，因为那正是他需要的数目。他用这钱从一个人那里买了一盒不新鲜的、盒子上已经有斑点的糖果，这是那个人花十美分从一个店里玩弹珠游戏赢来的。他把它送给了那个服务员，这是他第一次送她东西。他把这个给她，就好像还从没有人给她送过东西。当他把这个花哨俗气、寒碜的盒子放在那双大手里的时候，她的表情有些异样。她那时正坐在她卧室的床上，就在那间小屋里，她和那两位分别叫马克斯和玛米的男人以及其他女人住在一块。大约一个月前的一天夜里，那个男人来到了房间。她坐在床上，正脱衣服，已经开始脱袜子了。他进来了，靠着那个衣柜，吸着烟。

"一个有钱的农民，"他说道，"从牛棚里走出来的约翰·雅各·阿斯特[1]。"

她已经遮掩了自己的身体，坐在床上，一动不动，垂着眼睛。"他给我付了钱。"

1　约翰·雅各·阿斯特（1864—1912），德裔美国人、投资商，美国富豪。1912年4月15日凌晨，在泰坦尼克号沉没事故中身亡。他是当时世界上最富有的商人之一，去世时拥有近8700万美元的净资产。

"他凭什么付给你钱？难道他还没用完那个五美分的钢镚吗？"
他看着她说道，"这个店儿就是为乡巴佬开的，那就是我把你从孟菲斯带到这里的目的。也许我最好马上让别人免费吃饭了。"

"我做这个并没有占用你的时间。"

"对。我不能拦你。我只是不喜欢看见你那样。一个毛孩子，在他的生活中从没见过一美元长什么样。这个镇上，很多人有的是钱，能让你适得其所。"

"也许我喜欢他。你可能没想到吧。"

他看着她，看她一动不动、头低着，坐在床上，她的手放在腿上。他倚在柜子上，吸着烟。他喊道："玛米！"过了一会儿，他又喊道，"玛米！过来一下。"墙壁很薄。不一会儿，那个黄铜色头发的女人就从大厅里不慌不忙地走了过来。他们两个人都能听到她过来了。她进来了。"是这样的，"那男人说道，"她说，他可能是她的最爱。好一对罗密欧和朱丽叶。我可爱的上帝！"

黄铜色头发的女人看着女服务员的黑色的头顶。"那有什么？"

"没什么。好吧。现在马克斯·康弗里隆重介绍波比·艾伦小姐，那年轻人的伴侣。"

"出去。"女人对马克斯说道。

"好吧。我只是过来给她那五美分的零钱。"马克斯边说边走了出去。女服务员没有动。黄铜色头发的女人走过去倚在柜子上，看着那低下去的头。

"他付给你钱吗？"她说道。

女服务员没有动。"是的。他付过我钱。"

黄铜色头发的女人看着她，倚在那个柜子上，就像马克斯倚在那里一样。"从孟菲斯一路来到这儿。一路又把它带到这儿，就放弃了。"

女服务员没有动。"我并没有伤害马克斯。"

黄铜色头发的女人看着那低下去的头。然后她转身，往门口走去。"你一定不能伤害他，"她说，"这事不会长久的。这种小镇不会长期容忍这个的。我知道。我就是从这样的小镇出来的。"

波比坐在床上，手里拿着那个廉价、花哨的糖果盒，黄铜色头发的女人跟她说话时，她也是这样坐着。但是现在是乔倚在那个柜子上看她。她开始笑。她笑着，那双关节粗壮的手里捧着那个俗气鲜艳的盒子。乔打量着她。他看见她起来，从他身旁走了过去，低着头。她走到门外，喊马克斯的名字。除了在饭馆里见马克斯戴着帽子、穿着那个脏围裙，乔还从没有在其他地方见过他。当马克斯进来的时候，他甚至没有吸烟。他伸出手。"你好吗，罗密欧？"他说。

乔几乎还没认出那个人是谁，就已经在和他握手了。"我叫乔·麦克依庆。"他说。黄铜色头发的女人也进来了。除了在饭馆里，他也是第一次见她。他看见她进来了，看着她，看着那个女服务员打开盒子，并把盒子递了过去。

"乔给我带的。"她说道。

那个黄铜色头发的女人往盒子里看了一眼。她甚至连手都没有动。"谢谢。"她说道。男人也是看了一下盒子，没有动手。

"噢，噢，噢，"马克斯说道，"有时候圣诞节过的也太长了一点。是不是，罗密欧？"乔已经从衣柜那边稍微移开了一点。他以前从未来过这间屋子。他正看着马克斯，脸上带着讨好而又困惑的表情，虽然并不惊慌，打量着马克斯无法预测的和尚一般的面孔。但是他什么也没说。是那个女服务员先搭的腔，她说："如果你们不喜欢，就不用吃。"

乔看着马克斯，看着他的脸，同时听着那女服务员的声音，那声音是低头向下发出的："没有给你，也没给任何人造成任何伤害……也没有耽误他的时间……"他没有看她，也没看那个黄铜色头发的女人。他正看着马克斯，脸上还是那种困惑、讨好的表情，但并不害怕。那个黄铜色头发的女人现在说话了，好像他们当着他的面在谈论他，而他听不懂他们说的话。

"出去吧。"黄铜色头发的女人说道。

"我的天啊，"马克斯说，"我只是想在屋里跟罗密欧喝一杯。"

"他想喝吗？"黄铜色头发的女人说道。甚至当她直接和乔说话的时候，给人的感觉她还是对着马克斯说话。"你想来一杯吗？"

"不要因为他过去的行为，让他晾在那里。告诉他来屋里喝一杯。"

"我不知道，"乔说，"我从来没有试过。"

"从来没有在这里试过吧，"马克斯说道，"我的天。"他进房间后，一次也没有看过乔。好像他俩又对着乔说话，讨论他，说着他听不懂的语言。

"好吧，"黄铜色头发的女人说道，"来吧，现在。"

他们出去了。黄铜色头发的女人从来没有看他一下，那个男人，也从没有看他，虽然一直在不停地说话。然后他们走了。乔在柜子旁边站着。在地板的中央站着那个女服务员，低着头，手里拿着那个打开的糖果盒子。房间是封闭的，有种发霉的味道。乔以前从来没有来过这里。他原来从没有想过自己会来到这里。窗帘拉下来了。唯一的灯泡在一根电线的末端亮着，灯泡上罩着从杂志上撕下来的一张纸，周围用别针别在一起当灯罩，由于灯泡的热量，纸的颜色已经发暗了。"好了，"他说，"好了。"她既没有说话也没有动。他想到了外面的黑暗，他们以前在一起时度过的黑夜。"我们走吧。"他说。

"走？"她说。然后她看着他。"去哪儿？"她说道，"去干吗？"他似乎还没有明白她的意思。他看着她走到衣柜跟前，把那盒糖果放在上面。在他看她的那会儿，她开始脱衣服，把它们扯掉，扔到了地上。

他说："这儿？就在这儿？"这是他第一次看见女人光着的身子，虽然他成为她的情人已经一个月了。但是即使那时，他甚至还不知道他能看到什么。

那天夜里，他们聊了很久。他们躺在床上，在黑暗中，聊着。或者说是他在说话，如此而已。他一直在想，"上帝啊。上帝啊。就是这样。"他也脱得光光的，躺在她的身旁，用手抚摸着她，谈论着她。谈论的不是关于她来自哪里，以及她曾经做了什么，而是关于她的身体，好像以前还从来没有人这样做过，无论是对她还是其他的任何人。好像通过语言，他正带着孩子的好奇心，探索着女人的身体。她对他说了他们约会第一个晚上她不舒服的原因。现在这一点也不让他吃惊了。就像那身体的裸露和那身体的形状，似乎是从前从来没有发生或者存在过一样。于是他就把自己知道的告诉了她。他告诉她三年前那个下午，在刨木厂里的棚子里发生的黑人女孩的事。他躺在她的旁边，平和安静，一边告诉她，一边抚摸着她。也许他甚至不能断定她是不是在听他说话。然后他说道："你注意到我的皮肤，我的头发了吧？"他在等着她回答，抚摸她的手也慢了下来。

她也悄声说："注意到了。我原来还以为你可能是外国人。肯定不是附近来的。"

"还远不止那个呢。不只是外国人那么简单。你猜不出来。"

"什么？到底是什么？"

"你猜。"

他们都安静了下来。四周静悄悄的，格外安静；夜深了，多希望时间静止，不再流动。"我猜不到。你是干什么的？"

他的手放在她的侧腹上，轻轻缓慢地滑动着。他并没有立即回答她的话。他似乎并不是在吊她的胃口，而是他好像还没有想好要怎么说。她又问了他一次。然后他告诉她："我身上有黑鬼的混血。"

然后她躺着一动不动，只不过是另外一种平静。但是他好像并没有注意到这个。他也是安静地躺着，他的手在她的侧腹上上下慢慢地抚摸着。"你身上有什么？"她问道。

"我感觉我身上有黑鬼的混血。"他的眼睛闭上了，抚摸的手还在慢慢地动着，没有停下来。"我不知道。我相信我有。"

她没有动。她立即说道："你在撒谎。"

"好吧。"他说。身子没动，他的手没有停下来。

"我不相信。"她的声音说。四周一片黑暗。

"好吧。"他说。他的手没有停下来。

随后的星期六，他又从麦克依庆太太藏钱的地方拿了半个美元，给了那个女服务员。一两天之后，他有理由相信麦克依庆太太发现钱少了，而且会怀疑是他拿了它。因为她一直躺着等他回来，然后他知道她在确信麦克依庆不会打扰他们的时候，才会和他说话。然后她说道："乔。"他停下来看着她，知道她没有看他。她说话的时候，没有看他，她的声音平淡温和："我知道年轻人长大了需要钱。用的钱比爸——比麦克依庆先生给你的要多……"乔看着她，直到她的声音停了下来，然后消失。很显然，他在等它停下来。然后，他说道："钱？我要钱干什么？"

又是一个星期六，他为一个邻居劈柴，挣了两美元。他对麦克依庆说谎，说他去了哪里哪里，他在那里做了什么。他把这个钱给了那个女服务员。麦克依庆发现了他帮人干活的事，也许他认为乔是把钱藏了起来。麦克依庆太太也许是这样告诉他的。

大概每个星期有两个晚上，乔是和女服务员在她的房间里度过的。他开始并不知道还有其他人这样做，也许他认为这是上天对他特殊的眷顾和帮助。很可能直到最后，他仍然相信马克斯和玛米是因为他的出现，才被迫接受和解的，而不是因为他和女服务员生米煮成熟饭的现实。但是在那个屋子里，他再也没有见过他们，虽然他知道他们就在那儿。但是他不能确定的是，他们是否知道他在那儿，或者糖果事件的那个晚上之后他是否还回来过。

通常他们都在外面碰头，去另外一个地方或者顺路溜达到她住的地方。也许他相信那最终还是他的主意。后来的一天夜里，她没有去他等待的地方找他。他一直等到法院的钟声敲了十二点，然后他就去了她住的地方。他原来从来没有这样做过，即使那时他还不能断定她是否准许他去找她，如果没有和他在一起的话。但是那天夜里，他还是去了，心里想着，或许能发现她正在屋里的黑暗中睡得酣畅淋漓呢。屋里倒是黑的，但是里面的人并没有睡着。他知道，在她房间黑色帘子的里面，没有人睡觉，她也并不是自己一个人。他怎么知道的，他也说不出来。他也不愿意承认他知道的事。"就是马克斯吧，"他想，"就是马克斯。"然而他心里很清楚，他知道在屋里有个男人和她一起。他有两个星期没见她，虽然他知道她在等他。然后一天夜里，他在那拐角等待的时候，她出现了。他开始打她，毫无征兆，他能清楚地感觉到她身上肉的柔软。他然后知道了他甚至还不相信的内容。"哦。"她哭了。他又开始打她。"不要在这儿！"她低声说，"不要在这儿！"然后他才发现她哭了。自从他记事的时候起，他还没有哭过。他也哭了，一边骂她，一边打她。然后她抱住了他。瞬间打她的理由甚至已经没有了。"好了，好了，"她说，"好了，好了。"

　　甚至那个夜晚，他们都没有离开那个拐角。他们既没有在路上溜达，也没有离开公路附近。他们坐在路边斜坡的草坪上聊天，这次是她说，她告诉他，她并不需要他说多少话。他现在才明白，他原来发现的是早已知道的事情：餐馆内那堆懒散的男人，在她经过时，和她搭讪，嘴里叼着的烟卷上下摆动，她来回地穿梭其间，没有间断，垂着眼睛，卑微可怜。听着她的声音，他似乎闻到了那堆不知道名字的男人身上散发出来的臭味。在她说话的时候，她的头微微地低着，那双大手放在腿上一动不动。当然，他看不见。他不必看见。"我以为你知道。"她说。

　　"不，"他说，"我认为我不知道。"

　　"我以为你知道。"

　　"不，"他说道，"我认为我不知道。"

　　两个星期后，他开始吸烟了，烟雾中斜着眼睛，他也喝酒了。他和马克斯还有玛米在夜里喝酒，有时候还有三四个其他的男人，通常还会有一两个其他的女人，有时候是本镇的，但大多是来自孟菲斯的陌生人，在这儿待上一两个星期或者个把月，在餐馆的柜台后面做服务员，旁边聚着那堆懒散的男人。他并不知道他们全部的名字，但他能像他们一样歪戴着帽子；晚上在拉下窗帘的马克斯的餐馆内，他也是这样歪戴着，向其他男人谈着那个女服务员，即使有她在场的情况下，他也以醉醺醺的绝望声音，大声说她是他的婊子。有时候，他开着马克斯的汽车带她到乡下参加舞会，总是很小心地避免让麦克依庆知道。"我不知道他会对哪个更恼火，"他告诉她，"是对你还是对跳舞。"有一次，他们毫无办法，不得不把他放到一张床上，那是一个他甚至做梦都没想过能进入的房子。第二天早上，女服务员就驾车把他在天亮之前送了出去，以便让他在被逮住之前回到家里。白天，麦克依庆打量着他，脸色阴沉，面露不满。

"可是你还有很多时间，让我后悔给了你那只小牛。"麦克依庆说道。

九

　　麦克依庆在床上躺着。房间里漆黑一片，但他没有睡着。麦克依庆太太就躺在他的身边，他相信她已经睡着了，他飞快而又努力地思索着："那套衣服已经穿过了，可又是什么时候穿的呢。不可能是白天穿的，因为白天，除了星期六的下午，乔都在我的眼皮下。可是，每个星期六的下午，他都能去马厩，脱掉我让他穿的合身的衣服，把它们藏起来，然后再换上他愿意穿，且需要穿的衣服，以便为作恶提供便利。"好像那时他已经知道了，有人告诉了他真相。就是说那套衣服是他偷偷才穿的，因此非常可能的是，他是在夜里才穿。如果真是这样，他拒绝相信乔这个孩子还有其他的目的，除了纵欲好色。他自己从来没有贪恋过情色，他也不止一次地拒绝别人给他讲起那样的事情。可是，经过半个小时的集中思索，他几乎已经明白了乔的所作所为，就像乔亲口告诉他的一样，除了不知道其中涉及的名字和地方。很可能的是，即使是乔亲口告诉他，他也不愿意相信，因为他这种人通常对世事的运作方式、善恶的发生和表现，有着一成不变的坚定信念。因此，固执和洞察在事实上就是一回事，只是固执更加持久而已，因为当乔从他的绳子上滑下去，经过那个洒满月光的宽大窗户，飞快的身影，一闪而过，窗户里面躺着麦克依庆，他开始并没有认出是他，或者不相信看到的是他，即使他能够看见那根绳子。当他走到窗前，乔已经把绳子拉到一边，系好了，走在朝向马厩的路上。当麦克依庆透过窗户望向他的时候，心里已经感到纯粹的怒火中烧，这就有点像法官在审判生死攸关的案子，而那个接受审判的人竟然朝法警的身上吐着唾沫。

藏在房子和公路之间小道上的阴影里，他能看见乔正站在那条小道的路口。他也听见了驶过的汽车，看见它开过去，停了下来，然后乔坐了进去。他可能甚至并没有留意到车里坐的是什么人。也许他已经知道了，他的目的只是看清楚车子行驶的方向。也许他相信自己知道那个方向，虽然它可能有无数的目的地，再加上公路四通八达，那辆车本可以驶向任何地方。因为他现在已经扭头向房子走去，走得很快，心里还憋着那种纯粹的怒火，好像他相信他将会受到某种更伟大、更纯粹怒火的指引，而无须怀疑个人的感官能力。他穿着那双绒毡拖鞋，没戴帽子，夜里穿的衬衣束进了皮带下面的裤子里，一只吊带耷拉着，他飞快地直奔马厩，驾上那匹高大、强壮的白色老马，又折回了小道上，踏着沉重的马蹄声向公路驶去，在他驶出院子的时候，麦克依庆太太还从厨房门口喊他的名字。伴着缓慢、笨重的马蹄声，他转到了公路上，他们两个——人和马，显得形影孤单，他的身体有点僵硬地向前倾着，那姿势像是马车跑出了惊人的速度，虽然这种速度实际上并不存在，好像他们两个对全知全能和洞察能力的冷静、执着、坚定不移的信念，使得他们要去哪里以及速度快不快，已经变得不再重要。

他驾马车的速度均匀平稳，径直奔向他要找的地方，约莫走了四千米的时候，就几乎找遍了半个县城。然后他就听到前面有音乐的声响，他看到路灯旁边的校舍里，有座独栋的房子。他知道那个房子的位置，但他既没有理由，也没有办法知道里面会开着什么舞会。但是他还是驾着马车奔过去了，房子附近随意地停放着汽车、马车、带着鞍具的马匹和骡子，占据了围绕校舍的小树林的空间，留下了斑驳的阴影，他驶入其间，马车几乎还没有停稳，他就从马车上跳了下来。他甚至连缰绳都没有系，就走了过去，脚上还穿着那双绒毡拖鞋，那只吊带耷拉着，他圆圆的头上愤慨的胡须，简短而硬挺。他朝着那敞开的门口和窗户奔了过去，音乐声传了过来，煤油灯下的影子合着特定的有节奏的喧嚣来回地摇摆。

也许，如果他想一下，他就相信他已经受到了某种召唤，现在又好像受到大天使米迦勒[1]的推动才进入这间房子的。显然，在他挤入那群扭来扭去的头和身体中，以及在人群中随之而来的惊愕和混乱中，他的眼睛甚至都没受到闪耀灯光和骚动的片刻干扰，他径直向那个年轻人奔去，那个他自愿收养，而且自认为用正确的方法抚养起来的年轻人。乔和那个女服务员正在跳舞，乔还没看见他。那个女服务员也只是见过他一次，但她也许还记得他，或者现在他的出现也许已经不用再说什么了。因为她已经停了下来，她的脸上出现了一种类似惊骇的表情，乔就扭头看了过来。在他扭头的那个瞬间，麦克依庆已经来到他们跟前。麦克依庆也仅仅见过这个女人一次，很可能他根本没有正眼看过她，就像他拒绝听其他男人谈论通奸的事情一样。但是他径直走到她的跟前，那一刻他没有理会乔。

---

1 《圣经·启示录》第十二章第七节中，米迦勒大天使曾率领其他天使和恶魔撒旦进行过搏斗。

"滚开，婊子[1]！"他的声音雷霆万钧，全场被震得一片死寂，震得油灯下看过来的面孔惊骇不已，震得音乐声戛然而止，震得洒满月光的年轻夜晚万籁俱寂。"滚开，婊子！"

也许对他来说，他的动作并不快，声音也不高。很可能的是他似乎感觉自己立场公正，坚如磐石，因为他不慌不忙、毫不动气，而其他周围的那群淫荡、虚弱的男人，在面对这位前来报复的愤怒使者，慌作一团，陷入了恐惧的哀号之中。也许那只甚至不是他的手，打向了那个年轻人的脸上，那个从小他开始抚养、供他穿衣吃饭、供他住宿的那个孩子，也许当那张面孔躲过那一掌，当它再次扬起时，已经不是那个孩子的面孔了。但是他对此也并不感到惊奇，因为究竟是哪个孩子的面孔他并不在意，他在意的是：那是撒旦的面孔，这是他清楚知道的。那时，他盯着那张脸，稳步地向它走去，他的手仍然举着，很可能，在他走向它的那一刻，感觉就像一个被赦免的殉道者，带着无比的狂怒和梦境的快感，迎向乔朝他的头部挥来的椅子，瞬间使他天昏地暗。也许天昏地暗让他有点震惊，但并不太多，也不太长。

然后，除了乔，所有人都四散逃窜，尖叫着，鬼哭狼嚎，只留下他一个人待在场地的中间，那把已经散架的椅子还攥在他的手里，他正朝下看着他的养父。麦克依庆仰面躺着，他现在看起来非常安详，好像已经睡着了：他的头颅倔强地挺着，似乎展示出一副在安睡的时候也不服输的样子，甚至他的前额上流出的血也显得安详宁静。

---

1 原文此处用的词是耶洗别（Jezebel），希伯来《圣经》中的一个人物，她是以色列国王亚哈的妻子，她煽动国王放弃对耶和华的信仰，在全国范围内掀起对太阳神和女神的崇拜，并在全国谋杀耶和华的信仰者，其名字成为"无耻恶毒女人"的代名词。

乔喘着粗气。他能听见自己的呼吸，还能听见其他什么的声音，遥远、朦胧、刺耳。在辨出这是个声音之前，他似乎用力听了好久，那是一个女人的声音。他看了过去，看见两个男人拉着她，而她还在扭动着、挣扎着，她的头发不停地往前甩着，她白色的脸上有粗劣脂粉留下的斑块，显得扭曲、丑陋，她的嘴像一个锯齿状的缺口，里面充满了尖叫。"叫我婊子！"她尖叫着，在男人的拉扯中扭动着。"狗娘养的老龟孙！放开我！放开我！"然后她的声音就停止了说话，只剩下了尖叫；她还来回地拧着身子，挣扎着想去咬拉住她的那两个男人的手。

乔手里仍然提着那把破裂的椅子，朝她走了过去。周围的墙边，有人蜷缩着，挤作一团，他们看着他，女孩们穿着紧身的色彩各异的衣服，还有邮购的长筒袜和高跟鞋；男人，年轻的男人们身着不合身的僵硬的外套，也是邮购来的，他们的双手坚硬粗糙，眼睛流露出的耐心，可以凝望看不到尽头的垄沟以及慢吞吞耕地的骡子的半边屁股。乔开始跑起来，挥舞着那把椅子。"放开她！"他说道。立刻，她停止了挣扎，朝着他狂怒起来，尖叫着，好像她是现在才看到他，意识到他也在场。

"就是你！你把我带到这儿来的。该死的乡巴佬。狗娘养的你！你和他都是狗娘养的。让一个从来没见的……"乔看起来并没有跑向任何一个人，在那把举起的椅子下面，他的脸相当沉着。其他的人都退到了后面，放开了她，然而她仍然扭动着自己的胳膊，好像她感觉有人还在拽住她。

"滚出去！"乔吼道。他转了一下身，手里还舞动着那把椅子，然而他的脸仍然相当沉着。"往后退！"他说道，虽然根本没人朝他的方向移动。他们和躺在地板上的那个男人一样，一动不动、寂静无声。他挥动着那把散架的椅子，正往门那边退过去。"往后站！我说过我会有一天杀了他！我告诉过他！"他挥动了一下椅子，面色沉静，朝门口退了过去。"你们现在任何一个人都不准动。"他目不转睛地看着那些可能都是面具的面孔说道。然后他扔下了椅子，转过身去，跳到了门外，进入了那斑驳的柔软的月光里。他赶上了那个女服务员，她正往他们一起来的那辆汽车里钻。他气喘吁吁，可是声音依然镇静，睡眼蒙眬的面孔，只有沉重地喘息，呼呼作响。"回城里去，"他说道，"我马上就到那儿，我一……"很明显，他并没有意识到自己在说什么，也没有意识到发生了什么事；当那个女人在车门里突然转过身来打他的脸时，他没有动，他的声音也没有变化："是的。是这样。我马上就到那儿我……"然后他就转身跑下了车，而她仍然朝他的方向打着。

他可能并不知道麦克依庆拴马的地方，也不清楚马是否还在那儿。然而，他还是直接跑了过去，带着有点类似养父的那种胸有成竹的自信。他上了马，转过头，朝马路奔了过去。那辆汽车已经开上了马路。他看到尾灯的亮光渐行渐远，然后完全消失了。

那匹强壮的耕田老马踏着缓慢坚定的踏步，往家里奔去。这个年轻人轻巧地骑在它的背上，身体前倾，保持着微妙的平衡，那个时刻，也许像浮士德[1]一样欣喜若狂，终于可以把所有的**不可做**的东西都一股脑儿地抛到了一边，终于可以从荣誉和法律的束缚中挣脱出来。在一路的小跑中，从马身上迎面吹来的香甜浓烈的汗水，有点臭臭的味道，迎风飘过。他大声喊道："我干掉他了！我干掉他了！

---

1 浮士德，又称浮士德博士，是伊丽莎白时代（1558—1603）英国剧作家克里斯托弗·马洛悲剧作品《浮士德博士的悲剧》中的悲剧人物。剧中他为获得知识和权力，向魔鬼出卖了自己的灵魂，最后被魔鬼劫往地狱。这个故事具有明显的象征意义。

我告诉他们我会干掉他的！"

月光中，他骑着马进了那条小道，丝毫没有停歇地走向那座房子。他本以为里面会是漆黑一片，却并非如此。他并没有停下来，对他来说，那根细心隐蔽的绳子不仅仅是他逝去生命的一部分，更像一种荣誉和希望，那个十三年来一直成为他的敌人、令人生厌的老太婆，现在还没有睡觉，正等着他。灯光那里就是她和麦克依庆的卧室，她正站在门口，睡衣外面裹着一件披巾。"乔？"她说。他很快走过门廊。他的脸看起来就像麦克依庆看到椅子落下来的模样。也许她还没有看清楚他的脸。"怎么了？"她说，"你爹他骑马走了。我听……"这时候她看到了他的脸，但她甚至来不及往后退了。他并没有打她，他用手推她手臂的动作相当温和。只是有些急躁，他用手把她扒拉到了一边，推到了门外。他把她扒拉到一边，就好像他进门的时候要掀开门帘一样。

"他在舞场，"他说道，"走开，老太婆。"她转过身去，一只手攥着那条披巾，当她往后退的时候，另一只手抵在门上，看着他穿过房间，开始跑上楼梯，往阁楼跑去。他往后看了一眼，脚步并没有停下。然后，她看到他的牙齿在灯光下闪出亮光。"在舞会上，你听到了吗？不过，他可没有跳舞。"迎着灯光，他笑了出来，他转过头，继续往楼梯上跑去，他的笑在他跑的时候也消失了，是从头上往下消失的，好像他的头先是向前，笑着冲进了消弭他身形的帷幕，就像画出的粉笔画，正从黑板上被抹去了。

她跟了上去，费劲地往楼梯上爬。在他从她身边过去的时候，她几乎就跟着他，好像带走她丈夫的那种迫不及待，像眼前这个孩子肩上的斗篷一样又回来了，又从他那里传给了她。她拖着笨重的身子，沿着狭窄的楼梯，向上爬着，一只手抓着扶手，另一只手里攒着她的披巾。她没有说话，也没有叫他。好像她是一个幽灵，执行着不在家主人给她发送的命令。乔还没有打开灯，但是这个房间充满了反射进来的月光，甚至即使没有光，很可能她也能说出他在干什么。她在墙边站直了身子，用手沿着墙摸索着，然后到了床边，双手扶着，坐了下来。她已经花了好些时间，因为她朝那块松动木板的方向看的时候，他已经往床边走了过去，月光垂直地落在床上，她看着他把那个铁盒的东西倒在了床上，然后把那一小堆硬币和钞票全部抓起来，塞进他的口袋。直到那时，他才看到她坐在了那里，她的背现在微微地弓着，一只手臂支在床上，另一只手攒着披巾。"我没有向你要钱，"他说，"记住。我没有要过，因为我担心你会给我。我只管拿了它。不要忘了。"他的话音没落，就几乎已经转过身了。她看着他在灯光中转身，沿着灯光渐暗的梯子，走了下去。他已经走出了她的视线，但是她仍然能听见他弄出的声音。她听见他又走到门廊里，很快，又过了一会儿，她就听到马行动的声音，马蹄踏在路上小跑的声音。又过了一会儿，马的声音没有了。

一点的钟声正从什么地方响了起来，这时，乔正催赶着那匹筋疲力尽的老马穿过镇上宽阔的街道。现在，那马正喘着粗气，但是乔仍然用那根粗重的棍子有节奏地打在它的屁股上，坚持让它蹒跚地小跑。那不是鞭子，而是屋子前面麦克依庆太太插在花坛里，让什么植物的藤蔓攀缘着往上长的半截扫把柄。虽然马仍然是小跑的动作，但它现在的速度还不比人步行的速度快。随着那根棍子的一起一落，就是马的疲惫和惊人的缓慢，马背上的那个年轻人仍然向前倾着，好像他不知道马已经慢下来了，又好像他在空荡荡的斑驳月光的大街上，拽着这匹筋疲力尽的动物向前拖行，而缓慢的马蹄荡起有节奏的空洞声响。这匹马和骑在它背上的人产生了一种奇怪、梦幻般的效果，在持续的缓慢前行中，就像一幅慢慢移动的图画，成就了街道上一个个标志的画面，朝着他过去经常等待的那个角落行进，也许并不是那么紧迫，但也并不是没有渴望，仍然充满着年轻的激情。

马现在甚至跑不动了，四肢僵硬，呼吸困难，费劲地喘息着，每一次的呼吸都是一声呻吟。那根棍子依然有节奏地落下来，当马前行的脚步慢得不能再慢的时候，棍子打下来的节奏却精准地提高了频率。但是马还是停下来了，栽向了缰绳的一边。乔拉着它的头，打它，但是它还是歪倒在缰绳的一边，完全瘫了下来，倒在路上斑驳的阴影里，它的头低着，颤抖着，它的呼吸几乎就像人发出的声音。然而，骑在它背上的那个人仍然陷在马鞍里，像是处于疾驰的速度之中，依然用那根棍子抽打着它的屁股。如果不是因为棍子的一起一落，还有这只动物的苟延残喘，他们俨然就像一个骑手雕塑偏离了它的基座，形如枯槁、精疲力竭地停歇在僻静空旷、布满斑驳月影的街道上。

乔下来了。他走近马的头部，开始拉它，拽它，好像想用力让它动起来，然后他再蹿到它的背上。那匹马没有动，他也不动了，他似乎微微地靠着马。再一次，他们都一动不动：那头筋疲力尽的动物和那个年轻人，面对面，他们头挨着头，模样像是雕刻出来的，倾听或祈祷或商量什么事情似的。然后乔举起了棍子，落在了马的身上，打在它一动不动的头上。他一直打，直到打断了这根棍子。然后他继续用另一截比他手臂长不了多少的棍子打它，但是也许他意识到不能再打痛它，或者也许他的手臂最后打累了，因为他把棍子扔到了一边，扭过头，一下子转过身，大踏步地走开了。他没有回头，慢慢消失了。白色的衬衫泛起的光点若隐若现，渐渐消失在月光下的阴影中，他彻底远离了那匹马的生命，好像它从来就没有存在过。

他走过了那个拐角，那个他曾经在那儿经常等她的拐角。如果他注意到或者想到这一点的话，一定会说，**我的上帝，多久了。那是多久之前的事了**。街道转了个弯，拐进了公路，路是砾石铺的。他只有几乎一英里的路程要走，所以，他走得并不快，但是很细心、稳重，他的脸微微地低着，像是在思考脚下的路，他的胳膊肘向外伸向两侧，像一个受过训练的长跑运动员。前面的路继续拐着弯，在月光下变得灰白，偶尔，可以看到，临着路边，稀稀疏疏地零落地散布着一两处新建的矮得可怜的小房子，住在里面的人栖居在城镇的边缘，不知道他们昨天来自什么地方，明天又不知道要去哪里。它们都是漆黑一团，除了那一间他正向它跑过去的房子。

他已经到了房子跟前，从路上转了过去，跑着，他的脚步在黑夜中有节奏地大声响着。也许他已经看到了那个女服务员，穿着一件黑色的旅行才穿的裙子，头上戴着帽子，她的背包已经整理好，正等呢。（他们要去哪里，怎么去呢，可能他从来还没有想过。）也许马克斯和玛米他们也在，可能还都没穿衣服呢——马克斯没有穿上衣，或者甚至也许只穿了件衬衣，玛米身着浅蓝色的和服——他们两个人在那里忙活着，欢快地大声吆喝着给什么人送行。实际上，他根本什么也没想，因为他从来没有告诉那个女服务员他要离开。也许他觉得他已经告诉了她，或者她应该知道那个，因为他最近做的事情和他未来的计划，在他看来，让任何人明白，都再简单不过了。也许他甚至认为，在她钻进汽车的那会儿，他已经告诉了她，他要回家取钱。

他跑进了门廊。在此之前，即使在这个房子他最得意的时间里，他总是会神不知鬼不觉地从路上溜进门廊的阴影里，然后再钻进那个有人等他的房间，动作总是尽可能地快。他敲了敲门。她的房间里有灯光，门廊尽头的另外一间也亮着灯，这在他的意料之中；从挂着窗帘的窗户里也传来了声音，他能分辨清那是几个人的声音，并没有欢快的感觉，倒像是急切紧张地说着什么：这也是他预料到的，他想**也许他们觉得我不会来了。那匹该死的马。那匹该死的马。**他又敲了一下，这次的声音比上次大了一些，然后他伸手去抓门的把手，旋了一下，把他的脸贴近门前挂着窗帘的玻璃。声音停止了。然后房子里什么声音也没有了。他看到了那两盏灯，挨着她房间的灯光下的影子，还有门上模糊的窗帘，灯芯上的火焰在那稳稳地燃烧着，没有丝毫的摆动，在他触摸到把手的那一瞬间，好像屋子里所有人突然都死去了一般。他又敲了一次，两次敲门之间几乎没有任何时间上的间隔。他开始不停地敲，突然那门（没有任何影子落在玻璃后的那副门帘上，也没有脚步靠近它）悄无声息地从他正叩门的手下打开了。他已经跨过了门槛，好像他刚刚是贴在门上一般，马克斯从门后出来了，挡着了正打开的门。他穿得整整齐齐，甚至还戴着帽子。"哦噢、哦噢、哦噢。"他说道。他的声音不高，几乎像是把乔迅速引到了屋子的中间，在乔意识到进入屋子之前，他已经把门关上并反锁了。然而他的声音还是让人感觉含糊不清，那种声音给人的感觉精力充沛而又空洞无比，完全没有任何的热情或快乐可言，就像一个空壳，好像他脸上戴着什么东西，然后通过这个东西打量着乔，过去就是这个东西，当乔看马克斯的时候，总是处于困惑和愤怒之间的某种状态。"罗密欧终于来了，"他说道，"比尔街[1]来的花花公子。"然后他说话稍微提高了声音，大声地喊着罗密欧的名字。"进来吧，和大家见一下。"

乔已经向那扇门走过去，他知道那扇门，如果说他进门后确实曾经停下了脚步，现在几乎算是跑了起来。他没有在意马克斯说的话。他根本没有听说过什么比尔街，孟菲斯市的三四个街区，和它相比，纽约的哈林区[2]也只是个电影取景地而已。乔也没有看到其他的什么。因为他突然看见那个黄铜色头发的女人站在大厅的后面。他之前根本没有看见她也进入了大厅，他进来的时候，里面空空如也。然后，突然之间，她就站在那儿。她也穿戴整齐，黑色的裙子，手里拿着一顶帽子。在他旁边一扇打开的黑门外，放着一堆行李，几个包裹。也许他没有看到它们。或者他也许仅仅看了一眼，有个想法一闪而过：**我觉得她不会有那么多行李吧**。也许那时，他第一次想到他们可能要搭乘什么交通工具离开的问题，可**我怎么可能带上那么多东西**，但是他并没有停下来，已经转身走向他熟悉的那扇门。就在他的手放在门把手的那个瞬间，他才意识到门里面悄无声息，这种寂静让十八岁的他知道这绝不是一个人弄出来的。但是他并没有停下，甚至也许没有意识到大厅里又变得空无一人，那个黄铜色头发的女人已经消失了，他已经看不见她了，也没有听见她走开的声音。

1　比尔街是田纳西州孟菲斯市区的一条街道，这条街道从密西西比河一直延伸到东街，长度大约1.8英里（合2.9千米）。这条街道在这个城市的发展中有历史意义，它同时也是忧郁布鲁斯歌曲的发源地。今天，街道上布满了布鲁斯歌曲俱乐部和餐馆，是孟菲斯主要旅游景点之一。这里经常定期举办节日及室外音乐会，吸引着大批的游客来到这里及附近区域。本书中孟菲斯也是一个娼妓盛行的城市。

2　纽约市曼哈顿的一个社区，曾是20世纪美国黑人的文化与商业中心，也是犯罪与贫困的主要集中区。

他打开了门。他现在又跑了起来；也就是说，一个人可能会远远地跑在自己的前面，然后他才意识到自己要停下来。那个女服务员正坐在床上，就像他很多次见她在床上那样坐着的样子。她穿着那件黑色的裙子，戴着那顶帽子，就像他想象的那样，他也知道会是这种模样。她低着头，门开的时候，她甚至没有往门口看，有支香烟在她的一只手里静静地燃着，那一动不动的模样在黑裙子的衬托下，看起来有些怪异。就在那个瞬间，他看见了第二个男人，他还从来没有见过这个人。但是，现在他并没有意识到这个。直到后来他才想起来，想起了那间黑屋子里堆放的行李，他曾经匆匆地瞟了一眼，而当时的想法在大脑里也只是一闪而过。

那个陌生人也坐在床上，吸着烟。他的帽檐向前翘着，以至于帽檐的影子正好落在了他的嘴上。他并不老，但看起来也不年轻。如果两个白种男人突然闯进一个非洲的村庄，他和马克斯，也许会被认为是兄弟。他的脸上，下巴部分，光线照到的地方，是静止不动的。不过那个陌生人有没有看他，乔并不知道。而且马克斯正站在他的身后，乔也不知道。他真切地听到他们说话的声音，却不明白他们在说什么，甚至他根本没有去听：**问他。**

他怎么会知道。也许他听到了这些话。但是也可能没有。可能他们和已经关闭的窗户外面刺耳的昆虫发出的嘶嘶声，或者那些他曾瞟了一眼却没有真正看清的打好的包裹，并没有什么两样。**他之后马上就走了**，波比说道。

他可能知道。我们先得保证我们从这个地方逃走，最起码要有正当的理由。

虽然乔进来后，并没有移动，但他看起来好像仍然在跑。当马克斯从后面摸他肩膀的时候，他转过身，好像他正大踏步向前走的时候被人截住了。他甚至没有意识到马克斯也在屋里。他一脸的愤懑和不耐烦，隔着肩膀看了马克斯一眼。"让我们谈一下，小伙子，"马克斯说道，"怎么样了？"

"什么怎么样了？"乔问道。

"那个老家伙。你觉得是不是你搞死了他？我们直说吧。你不想把波比也拖进去吧。"

"波比，"乔说道，"波比，波比。"他转过身，又一次动了起来，这次马克斯抓住了他的肩膀，虽然抓得不是很紧。

"快点吧，"马克斯说道，"我们在这儿不都是朋友吗？你把他弄死了吗？"

"把他弄死？"乔说道，语气中还是那种既不耐烦又有所克制的烦躁口吻，好像他正被一个孩子留下来接受盘问。

那个陌生的男人问道："那个你用椅子砸他头的人。他死了吗？"

"死了吗？"乔说道。他朝那个陌生人看过去。当他看到他的时候，他又看到了那个女服务员，他又开始移动。他实际上开始移动了脚步。他心里已经完全忽略了这两个人。他走到床前，用手搜她的口袋，他的脸上带着一种亢奋和胜利的表情。那个女服务员并没有看他。从他进屋之后，她一次也没有看他，虽然很可能，他已经把这一点完全忘记了。她一下也没有动，那支香烟仍然在她的手里燃着。她的手，一动不动，硕大，死灰苍白的颜色，看起来像一片煮过的腊肉。又一次，有人抓住了他的肩膀。现在是那个陌生人。陌生人和马克斯并肩站着，看着乔。

"别磨叽，"那个陌生人说道，"如果你弄死了那家伙，就直说。这隐藏不了多长时间的。他们外面下个月就肯定会听说的。"

"我不知道，我告诉你！"乔说道。他看了一下这个人，又看了看另外一个，虽然烦躁，但是还没有发怒。"我打了他。他倒下了。我告诉过他，有一天我会那样干的。"他逐一打量着眼前这两张冷静而几乎一模一样的面孔。他开始把肩膀猛地从那陌生人的手下挣脱出来。

马克斯问道："那你来这儿干什么？"

"干什么……"乔说道，"我干什么……"语气中带着微微的惊诧，瞪着眼睛逐一打量着眼前这两张恼怒而又耐心的面孔。"我来干什么？我来接波比。你们看我来干什么——我大老远回家取钱就是为了结婚……"再一次，他完全忘记了，忽略了他们两个。他猛地抽身转向那个女人，他的脸上再次带着那种不经心、亢奋和骄傲的表情。在那个时刻，另外两个男人很可能完全像两张纸片一样，从他的生命里被吹走了。他甚至很可能没有意识到马克斯走到门口，喊了一声，黄铜色头发的女人马上就进来了。他正弯腰俯在床上，那里坐着一动不动、低着头的女服务员，他弯着身子面朝她，从口袋里一把一把地把硬币和钞票掏出来，放在她的腿上，放在她坐着的床上。"都在这儿！看看。看。我有这么多。知道吧？"

然后有风又吹到了他的身上，他好像已经忘记了三个小时之前，他站在校舍里那群张口结舌的面孔中间。他站在那儿，安安静静，有点像做梦的感觉，现在直直的，坐在那里的女服务员猛地起来，还撞到了他，他看到她站了起来，收起了那堆起来的零零散散的钱币，猛地扔了出去。他看到她的脸紧绷着，嘴里尖声地叫着，眼睛也尖声地叫着。在他看来，在他们所有人中间，似乎只有他才安静沉稳，而在他的耳朵听起来，只有他的声音才是足够的安静："你的意思，你不愿意？"他说道，"你的意思，你不愿意？"

场面很像校舍里已经发生的那一幕：在她挣扎尖叫的时候，有人拉住他，她的头前后摇摆扭动，披头散发；她的脸，甚至她的嘴，都和她的头发形成鲜明的反差，就像一张死人脸上死去的嘴巴，静止不动。"狗杂种！狗娘养的！把我也拖下水，过去总是像对白人一样对你。白人啊！"

但是，这对他来说，可能只是噪音而已，根本没有产生任何作用。他只是盯着她，盯着那张他以前从未见过的面孔，安静地说（不管大声与否，他本可能不说的），声音中带着呆呆的震惊：**啊，我为她杀了人。我甚至为她偷了钱。**好像他刚刚听说了这事，想到了这事，被告知他已经干了这事。

然后，她似乎也像第三张纸片一样，从他的生命中飘走了。他开始抡起手臂，好像他的手里，仍然攥着那把散架的椅子。那个黄铜色头发的女人已经待在屋里好大一会儿了。他第一次看见她，没感到奇怪，她显然是从稀薄的空气中凝成的一具物化的存在，纹丝不动，金刚石般的冷静给了她一副沉稳镇定的尊容，就像警察举起的白手套一样，沉稳有序，一丝不苟。现在她穿着黑色的旅行套裙，外面套着那件灰蓝色的和服。她静静地说道："拿下他。我们走。这儿很快就会有警察的。他们知道去哪儿找他。"

也许乔根本没有听到她说话，也没有听到那个女服务员的尖叫："他跟我说过，他是个黑鬼！婊子养的！他妈的——什么都没得到，一个婊子养的黑鬼，还要把我也拖进去，这个土老帽、乡巴佬。就是参加了一个乡巴佬的舞会！"也许他只是听到那一直吹过来的风，那时，那挥舞的手臂，好像它还握着那把椅子，他扑向了那两个男人。很可能，他甚至不知道他们也正在向他走过来。带着有点像他养父才有的亢奋，他全身跳起来主动迎向了陌生人打过来的拳头。也许他一拳也没有感觉到，虽然在他倒地之前，陌生人已经朝他的脸上打了两拳，就像那个被他打倒在地的老人一样，他仰面躺着，一动不动。但是他并没有昏迷过去，因为他的眼睛仍然睁着，平静地向上看着他们。他的眼睛里什么也没有，没有痛苦，没有诧异。但很明显，他无法动弹。他只是躺在那里，脸上是一副陷入沉思的表情，静静地向上望着那两个男人，那个黄铜色头发的女人依然纹丝不动，像一尊完整无缺的镀金雕像。也许他也无法听到他们说话的声音，或者即使他能听见，对他来说，它们也和窗外那些昆虫发出的嗡鸣声已经没有什么两样：

尽是倒腾甜美的把戏让我上当。

他不应该跟坏女人缠在一块儿。

他也没办法。他出生的时候，身边就有坏女人。

他真的是黑鬼吗？看着不是很像。

那是一天夜里他自己告诉波比的。但是我感觉关于他的身世，她和他知道的应该差不多。这些乡下的兔崽子，什么样的可能都有。

我们会知道的。我们会知道他的血是不是黑的。乔安静平和地躺在地上，看着陌生人俯下身来，从地板上支起他的头，又朝他的脸上打了过来，这一次是近距离的猛击。过了一会儿，他舔了舔他的嘴唇，有点像小孩舔舐吃饭时的汤勺一样。他看着那陌生人的手抽了回去，没有落下来。

够了。我们赶紧去孟菲斯吧。

再送他一拳。乔静静地躺着，盯着那只手。那时，马克斯就在那陌生人的旁边，也弓着身子。咱们还需要一点血来证明一下。

好吧。他不用担心。这一拳也是免费送的。

那只手没有落下来。黄铜色头发的女人也在那里。她从手腕处抓住了陌生人已经举起的手臂。我说过已经够了。

十

　　一直知道没有伤感的记忆中有上千条荒凉孤独的街道，从乔躺在地板上的那天夜里一直延伸开去。那天夜里，他是最后一次听见他们的脚步声，以及他们最后关门的声响（他们甚至没有关灯），然后他静静地仰面躺着，睁着眼睛，上面悬挂的灯泡射出强烈刺眼的光线，好像屋子里的人都已经死了。他不知道在那儿躺了多久。他根本没有思考，也没有感到痛苦。也许他意识到自己身体里，意志和直觉这"两根电线"的线头，已经被切断了，现在等着让它们再连在一起，以便积蓄力量，才能移动。在他们做准备离开时，他们来回地从他的身上跨过来、跨过去，就像人们要永远搬离一所房子，来回跨过那些他们不打算再要的物品一样。**这儿波比这儿孩子给你的梳子你忘了还有罗密欧的小钱天呢他一定是从主日学校[1] 讨来的一路过来的现在归波比了难道你们没有看见他给她吗难道你没看见他**

1　又名安息日学校、星期日学校，是专门教给人们，尤其是儿童基督教知识的宗教机构，之所以如此命名是因为大部分的基督教会都是在星期日集会。主日学校最先建立于18世纪80年代，当时的目的是给在工厂做工的儿童提供一天受教育的机会。

那大方的样子拿着吧孩子你可以留着买东西分期付款或者作为纪念或者什么她不要哎说糟糕有点难但是咱们不能把它落在地板上那会在地上蚀出洞的地上已经蚀出一个很大的洞了大的不得了嘿波比嘿宝贝那我就先替波比拿着哎你拿着哎我的意思是我替波比拿一半放在那儿你们这些龟孙拿它干什么那是他的钱天哪他要它有什么用他不用钱他不需要它问一下波比就知道了他是不是需要钱他们给了他咱们还必须付账的留在那儿吧我说了这他妈不是我能留的那是波比的除非你告诉他也欠你钱他在背后一直靠赊账干你呢我说了放在那儿赶快走加一起也不过五六美元。 那个黄铜色头发的女人站在他的上面，弯下身，他静静地看着她，她掀起她的裙子，从她的长筒袜的上面束起来的一沓扁平的钞票中，抽出来一张，然后停了下来，塞进了他裤子上的表袋里。然后她就走了。**快吧赶快离开这儿就你自己收拾好你把那件和服也放进去把包拉上你带上波比和那些包裹先上车等着我和马克斯你们清楚我不会让你们任何一个留下把他身上的那张偷走的赶快出去。**

　　然后他们就走了：最后的脚步，结束了，还有那门。然后他听到汽车的声音湮没了昆虫的噪音，先是在上面行驶，又沉到了地面，然后又沉到了地面的下面，然后他就再次只能听到昆虫的叫声。他躺在灯下。他还不能挪动，就像他只是可以看，可是什么也看不到一样，能听到，事实上却什么也无法知道。他安安静静躺在那儿的时候，身体里那"两根电线"的接头还没有连上，偶尔像孩子那样舔一下嘴唇。

　　然后，两个接头连到了一起，接通了。他不知道那个确切的时刻，只是突然感觉到头疼欲裂，他慢慢地坐了起来，又一次有了感觉，站了起来。他感到眩晕，房间绕着他打转，思考慢慢地匀速地打转，于是想说，**还没有**。但是他仍然感觉不到疼痛，甚至也不知道是什么时间，他伸手扶在衣柜上，他在镜子里打量着他的肿胀的布满血迹的面孔，抚摸着它。"亲爱的上帝，"他说道，"他们一定是暴打过我一顿。"他还没有真正的思考能力；他的想法还没有达到活跃的那个程度，**我看我最好离开这儿。我看我最好离开这儿。**他朝门口走去，双手伸到前面，像个赶路的盲人或摸索的梦游者。他走到了门厅里，想不起来还要穿过那扇门，他发现自己竟然出现在另一间卧室里，虽然他仍然在想着，也许不相信他正往前门走去。房间也很小。但是，里面好像满是黄铜色头发女人的身影，那结实坚硬的墙壁被她那强悍、金刚石外表的体面尊容鼓囊囊地向外撑了出去。在那光秃秃的梳妆台上，放着一品脱[1]几乎是满瓶的威士忌。他喝了下去，慢慢地，没有感到它的火辣，他扶住衣柜没有让自己倒下去。威士忌顺着他的喉咙流了下去，像冰凉的糖浆一样，没有味道。他放下那只已经空空如也的瓶子，靠着衣柜，他的头低着，没有思考，等待着，而没有知觉，也许他甚至并不知道自己是在等待。然后，威士忌开始在他的身体里燃烧，他开始慢慢地左右摇晃着他的头，伴随他内脏胃肠的缓慢、火辣地纠缠打卷，他的思维开始聚焦："我得离开这儿。"他又进入了大厅。现在，他的头是清醒的，而他的身子却不配合。他必须诱导着身体在大厅里移动，顺着一面墙壁往前面摸索着，想着："加把劲，快。振作起来，我得离开这儿。"**只要我能走出去，走到外面，凉爽的空气，凉爽的黑暗，会帮我清醒过来。**他看着他的手朝门口摸索，想要帮它们一下，诱导并控制它们。"毕竟他们没有把我锁到里面，"他想，"亲爱的上帝，

1　一品脱大约等于473毫升。

要是那样，我可能要到明天早上才能出去。现在再也不可能打开窗户爬出去了。"他终于打开了门，从中间走了出去，随后关好了门，仍然和他那不想费劲去关门的身体争论着，被迫去关上那间空空如也的房子，里面还有两盏灯呼呼地燃着，发出死亡般、直直的刺眼的光芒，不管了，什么也不用再管了，那沉默和荒凉，更不用管的还有那些廉价而疯狂的黑夜，无数次用过的陈旧玻璃杯、那些经常躺在上面的破床。他的身体开始勉强转好，变得温顺起来。他从黑暗的门廊上走了下来，走进了月光中，头上血淋淋的，肚子里发烫，饥肠辘辘，狂野作响，仗着威士忌的酒劲，他开始踏上这条一直延伸了十五年的道路。

威士忌的劲头过了一阵就消失了，然后又重新发作，然后又再次消失，但是街道还一直向前延伸。从那天夜里开始，上千条的街道延伸成一条道路，感觉不到的街道拐弯，变换的场景，偶尔祈求搭乘的便车和偷偷攀爬乘车的行程，坐上去的火车和卡车，还有乡村的马车，而不管看起来是二十岁、二十五岁还是三十岁，他都是坐在座位上，带着那副沉静、冷酷的面孔，穿着那套城里人才穿的衣服（甚至在又脏又破的时候），车的主人也不知道他或者这位乘客是谁，也不敢轻易问他。这条街道一直延伸到了俄克拉荷马州和密苏里州，又一直向南延伸到墨西哥，然后折返向北转到芝加哥和底特律，然后又再次折回到南方，最后到达密西西比州。这是一条长达十五年的道路：它穿越了野蛮荒凉的石油城，那时他穿着哗叽呢料的衣服和轻便的鞋子，鞋底沾着油井的黑泥，吃着每餐要花去他十美元十五美分的铁盒罐头装的粗劣食物，他付账总是用一卷牛蛙大小、沾满油泥的钞票，看起来这泥也是一起来自产出石油黄金的油井。这条路还穿越了摇曳着金黄色麦穗的田野，在那里金黄色的艳阳下，他挥汗如雨，在九月寒冷而疯狂的月光下的麦秸垛旁，头顶着冷凝的星星，酣睡如雷。他接连做过工人、矿工、探矿人、招徕赌徒的皮条客，他还曾报名参军，服了四个月的军役，然后就当了逃兵，而且再也没有被逮住。然而，这条路迟早要穿过城市，穿过那一模一样、几乎纵横交错的街区，却不是记忆中的名字，在黑暗、暧昧、充满象征的夜幕下，他和那些女人同床而眠，有钱的时候就付给她们钱，没钱的时候也照样去睡，然后就告诉她们他是个黑鬼。有那么一段时间，还真的有效果，那是他还在南方的时候。这样做起来简单、方便。通常情况下，他招来的顶多只是来自那个女人或家庭主妇的一句诅咒，虽然他偶尔会被其他主妇打的不省人事，醒来的时候就会发现自己躺在街道上或者拘留所里。

有一次，他仍然还在（相对来说）南方。一天夜里，他这一套没有发挥作用。他从床上起来，告诉那个女人他是个黑鬼。"是吗？"她说道，"我还以为你只是个意大利人什么的呢。"她看着他，没有表现出特别的兴趣，然后她明显地从他的脸上看到了什么东西。她说，"怎么样？你看起来还好。你之前真的应该看一下我是怎么拆穿把戏的。"她正看着他。现在她相当镇定。"说，你把这场子当成了什么地方，丽兹酒店[1]？"然后她不说话了。她看着他的脸，开始在他面前慢慢地向后退，盯着他，她的脸慢慢地变了颜色，张起嘴巴就尖叫起来。然后，她真的尖叫起来。来了两个警察，把他制伏了。两个警察还以为那个尖叫的女人快死了。

那次之后，他病了。直到那时，他才知道白种的女人也会找黑

---

[1] 丽兹酒店是世界上最为知名的奢华型酒店之一。1898 年，丽兹酒店的创始人、瑞士酒店大亨凯撒·丽兹在巴黎创办了这座酒店，随后这成为上流社会和奢侈豪华的代名词。

皮肤的男人。他一直病了两年。有时候，他会记起他如何曾经恶作剧地诱导或挑逗白人叫他黑鬼，然后再和他们打架，打他们或被他们打，现在他要和这个叫白人的黑鬼打架了。他现在在北方，在芝加哥，然后又到了底特律。他生活在那帮躲避着白人的黑鬼中间。他和他们吃在一起，睡在一起，他好斗、难以捉摸、沉默寡言。他现在和一个像乌木雕刻出来的模样的女人，像夫妻一样住在了一起。晚上，他躺在她的身边，睡不着，他开始深呼吸、用力地吸气。他有意地这样做，感受着，甚至观察着，他白色的胸脯在他的胸腔中弯得越来越深，尽力在体内吸入那黑色的气味，那黑色神秘的黑鬼的思维和物质，每一次呼气，尽力想把体内白色的血液、白色的思维和物质排到外面。整个过程，每当吸入那气味想融入他身体的时候，他的鼻孔总会绷得发白，他的整个存在，就会由于身体上的愤怒和精神上的拒绝，而变得扭曲和紧张。

他想，他正试图逃避的是孤独而不是他自己。可是这条街道还一直在向前延伸：偷偷摸摸，对他来说，一个地方和另外一个地方一模一样。没有任何一个地方可以让他感觉到宁静。然而，那条街道以自己的感觉和在不同的时期向前延伸，总是空荡荡的：他或许看到自己已经成了无数的化身，沉默寡言，命中注定地不断迁徙，在张扬而鼓舞的绝望中被迫拾起勇气前行；又在无数次绝望中，让这些机会变得张扬和鼓舞。他，克里斯默斯，三十三岁了。

一天下午，这条街道变成了密西西比州的一条乡村公路。他在一个小镇附近，从一辆南下拉货的火车上被赶了下来。他并不知道这个小镇的名字，他并不在乎它用什么字做名字。他甚至从来不曾见过它。他绕过了它，循着树林，来到了路边，朝两个方向看着。这不是石子路，虽然看起来这条路被人走的还比较多。他看见几间黑人住的木屋，沿路零落地散布在路旁，然后他看见，大约半英里远的地方，还有一座大一点的房子。那是一座掩映在小树林中的大房子，显然那曾经一度是令人骄傲的地方。但是现在，那些树木需要修剪，房屋也有好多年没有油漆了。但是他确定这个房子是有人住在里面的，他已经有二十四个小时没有吃东西了。"在那里也许可以找点吃的。"他想。

　　但是他并没有立即走近这座房子，虽然已经接近傍晚。相反，他背对着它朝相反的方向走去，他身上还穿着那件已经弄脏的白衬衣、破旧的哔叽呢裤子，以及那双已经破裂、沾满尘土的皮鞋。头上戴着的一顶布帽和帽子下面已经三天没刮的胡子，恰好形成一个傲慢的角度。但是即使那时候，他看起来也并不像一个流浪汉，至少对迎面走来、正摇着一个铁皮桶的黑人男孩来说，他不像。他拦住了那个男孩。"谁住在后面的那个大房子里啊？"他问道。

　　"那是伯顿女士住的地方。"

　　"伯顿女士？伯顿先生和伯顿太太一起吧？"

　　"不是的，先生。没有伯顿先生。那儿除了她没有其他人了。"

　　"噢。是位老太太。我想。"

　　"不是的，先生。伯顿女士不老，可也不年轻。"

　　"那她一个人住在那儿。难道她不害怕吗？"

　　"谁去伤害她呢，就在这镇上？周围这儿的其他肤色的人们都在照顾她呢。"

　　"其他肤色的人们照顾她？"

　　好像这个男孩立刻关上了自己和那个向他询问的男人之间的那扇门："我看在这儿不会有人害她的。她也没有害过其他人。"

　　"我想是这样的，"克里斯默斯说道，"沿着这条路，从这儿到下一个镇上有多远？"

"约莫有三十英里吧，他们说的。你肯定不能走着去的，你想走着去？"

"不想。"克里斯默斯说。然后他就转过身，继续向前走。那个男孩在他身后看着，然后也转过身，走了起来，挨着他褪色的侧身衣服、挎着的铁桶又来回地摇了起来。走了几步，他又回头看了一眼。那个问他的人正在往前走去，速度虽然不快，却一直稳稳地向前走。男孩又继续向前走了，他身上穿着件打着补丁的褪色罩衣，小得已经不合身了。他赤着脚。过了一会儿，他开始用脚贴着地面拖行，在他瘦削的巧克力颜色的小腿周围荡起了红色的尘土，短小的罩衣下面可以看到腿上的擦伤。他开始哼起了小调，没有拍子，却富有节奏和乐感，虽然只有一个调子：

你说不要不要。

不要不要谁呦。

想要漂亮女孩，

傻瓜不要藏呦。

克里斯默斯躺在离房子大概有百十来码的一团灌木丛里，听到远处钟声敲响了九点，然后是十点。在他面前，那座房子在树丛中显得格外方正高大。楼上有一个窗户的灯是亮着的。窗帘没有拉下来，他能看见那是一盏煤油灯，偶尔他还通过窗户看见移动的人影，在里面的墙壁上晃动。但是他根本没有看到人。过了一会儿，灯就熄灭了。

房子现在漆黑一片，他不再朝它看了。他躺在灌木丛中，肚子贴着黑色的地面。在树丛中，黑暗无法穿透他的衬衣和裤子，他能微微地感到凉意、闷气和潮湿，好像太阳从来没有触及过这片灌木丛里的空气。他能感觉到身下从来没经过太阳照射的土地对他的侵袭，缓慢而又无法抵御，透过他的衣服侵入他的股沟、屁股、肚子、胸膛和前臂。他的手臂交叉着，他的前额枕在手臂上，鼻孔满是黑暗和肥沃土地丰富而又潮湿的气息。

　　他一次也不朝那个黑屋子看了。他又在那个灌木丛里躺了一个多小时，然后才站了起来，走了出来。他并没有蹑手蹑脚，也没有什么可以让他感觉偷偷摸摸的，甚至在他走向那座房子的时候，也没有特别小心。他只是安静地走着，好像那就是他走路的自然方式，绕过那座黑压压的房屋，向房子后部走去，厨房可能就在那里。他像猫一样悄无声息，停了下来，在那扇亮灯的窗户下面站了一会儿。他站在草地上，脚周围的草丛里，蟋蟀唧唧嘟嘟的叫声，在他走过来的时候都停了下来，在他的周围形成了一个沉默的小岛，像是它们细微的叫声投下的淡薄的黄色阴影，又开始叫了，当他谨慎而又警惕地突然迈开脚步时，那叫声又停了下来。房子的后面，有一个平顶的小房凸出来了。"那可能就是厨房了，"他想道，"是的，就是它了。"他悄无声息地走着，走进他的突然停息的昆虫的小岛。他能看清厨房的墙上有一扇门。如果他去尝试一下的话，他就会发现那门没有上锁，但是他没有。他走了过去，在一扇窗户下面停了下来。在他行动之前，他记起来他曾看见楼上亮灯的窗户里没挂窗帘。

　　那个窗户甚至是开着的，用一支木棍支着打开的。"你还能想什么呢。"他想。他站在窗户旁边，他的手搭在窗台上，静静地呼吸着，没有任何动静，不慌不忙，好像天底下没有什么事情值得慌里慌张的。"哦噢，哦噢，哦噢。你还有什么不知道的呢。哦噢，哦噢，哦噢。"然后他爬进窗户，他好像飘进了黑漆漆的厨房：像一个影子回来了，没有一点声响，悄无声息地又回到了那模糊黑暗的母体。

也许他想到了另一扇他过去经常使用的窗户，还有那根他赖以攀爬的绳子，也许他什么也没有想到。

很可能什么都没有想到，猫是不会记起另外一扇窗户的。他像猫一样，好像也能在黑暗中看见东西，他丝毫不差地向他想要的食物移过去，好像他知道它们的位置，又好像有人知道他要来，已经替他准备好了。他从一只看不清的盘子里吃着什么，用他那看不清的手指来回抓着：也看不清那些食物。他也不在乎是什么食物。他甚至不知道他想要什么或者想吃什么，这时他突然停止了咀嚼，想到了十五年来一直在那条街道上的奔逃，路过了无数再也无法感觉的街道拐角，重温的是他痛苦的失败以及更为痛苦的胜利，还有那个他经常要走五英里开外，才到达的街道拐角，在那一塌糊涂的初恋时间里，他经常要等待着一个他现在早已经忘记名字的人。五英里还多，我马上就知道了。我原来吃过它，好像在什么地方。一会儿我记忆就会恢复，**我明白了我明白了我不仅明白听到我明白了我看到我的头弯了下来我听到那个枯燥固执的声音我相信它永远也不会停下来它会一直说下去偷偷窥探我我看见那倔强的子弹头一般的头型还有那干净硬挺的胡子它们也都弯了下来而且我想。他怎么不饿呢而我嘴里和舌头有哭泣的咸咸的味道我的眼睛尝到了盘子里冒出的热蒸汽。**"是豌豆，"他说，声音很大。"哇，上帝，是糖水炖的紫花豌豆。"

他的身心多半已经跑到了另外的地方；在那之前他本应该听到那声音的，因为不论是谁弄出声音也不至于像他那样默不作声，极其谨慎。也许他听到了。但他根本没动，当那穿着拖鞋的轻柔的脚步声，从屋里面走进厨房的时候，当他突然终于转过身来，他的眼睛里突然一亮，他已经看到门的下面，已经进入房间了，那微弱的靠近的灯光。那扇打开的窗户就在跟前：他本可以一个箭步越过窗子，逃之夭夭。但是他一动没动。他甚至连盘子都没放下。他甚至并没有停止咀嚼。于是他正站在房间的中央，端着那只盘子，嘴里嚼着，这时门开了，那个女人进来了。她穿着一件褪色的罩裙，拿着一支蜡烛，高高地举着，以至于蜡烛的光能照在她的脸上：一张安静、严肃的面孔，丝毫没有看到有受到惊吓的迹象。在柔和的烛光下，她看起来不过三十来岁。她站在门口。他们相互看了足足有一分钟，几乎以相同的方式互相打量着对方：他拿着那个盘子，她举着那支蜡烛。他现在嘴里已经不嚼了。

"如果你想要的只是食物，你可以在这儿找到的。"她说话的声音镇定，有点深邃，相当冷淡。

十一

烛光下，伯顿看起来也不过三十来岁，柔和的烛光落在一个罩着宽松睡裙、准备就寝的女人身上。当克里斯默斯白天看她时，就知道她至少也有三十五岁了。后来她告诉他她有四十多岁。"那就意味着，从她说话的方式来看，她要么是四十一岁，要么是四十九岁。"他想。但那不是她在第一天夜里告诉他的，也不是在随后的很多夜晚，她甚至并没有跟他说那么多话。

不管怎样，她跟他说话的时间非常少。他们很少说话，即使说话也只是偶尔而已，甚至在他成了那老姑娘床头的情人之后也是这样。有时候，他几乎觉得他们之间根本就没有交谈过，他对她一无所知。就好像有两个人：一个在白天双方语言交谈时，他看到和观察的那个人根本没有告诉他任何信息，因为双方都没有这样的努力和意图；另一个就是夜里和他躺在一起，他甚至根本就看不见，没有跟她说过话。

甚至一年后（他现在已经在刨木厂上班了），当他白天见她的时候，总会在星期六的下午，或者星期日或者当他来到那座房子，找她给他准备好，并放在厨房餐桌上的食物。她偶尔会来到厨房，虽然他吃饭的时候，她从来不在那里停留，有时候她会在后面的门廊里看见他，那是最初的四五个月，他刚住在房子后面的小木屋里，他们会在那儿站一会儿，几乎像陌生人一样聊上几句。他们总是站着：她总是穿着一件不断变换的纯棉的干净印花便裙，有时候戴着一顶太阳帽，像个乡下女人，他这时穿着一件干净的白衬衫，那件哔叽的裤子，现在每个星期都带着熨出的折痕。他们从来没有坐下来谈过天。他从来没有见过她坐下来，除了一次他在楼下，隔着窗户看见她坐在房间里的书桌上写着什么。那是他毫不好奇地说起她接收和发送成沓信件的一年之后，每天中午前的一段时间，她总是待在楼下那间装饰简单，却很少使用的一个房间，坐在那张已经破损、卷条轴台面的桌子前，不停地写着什么，后来他才知道她接到的信件是带有五十个不同邮戳的商业和私人文件，她寄出去的回复——都是有关商业、金融和宗教的意见，寄给了总裁、机构和委托人，还有一些私人的生活上的意见是寄给了南方十多所黑人学校和大学里年轻的女学生，甚至女校友。她偶尔也会离开家出去三四天，虽然他随时可以在任何晚上去看她，直到一年后，他才了解到她在离开家的这些时间里，她亲自参观学校和师生面谈去了。她的商务活动主要由孟菲斯市的一个黑人律师打理，这位律师是其中一所学校的委托人，在其保险箱里，放有她写好的遗嘱（她亲笔写的），是有关她死后如何处理她遗体的事项。当克里斯默斯了解到那一点的时候，也就明白了镇上人们对她的态度[1]，虽然他知道镇上的人们并没有他了解的多。他禁不住暗自想："到那个时候和我肯定没有关系了。"

---

1 那个时候在南方，白种女人雇佣黑人律师会被人看不起或不齿。

有一天，他意识到她从来没有邀请过他真正地进入过那座房子。他进入这个房子的范围，从来没有超出过那个厨房，而且那还是他主动进去的，想着，嘴唇抬了一下："她不能把我限制在这儿。我想她应该知道这个。"而且在白天，除了过去取她给他准备好并放在桌子上的食物，他就从来没进过厨房。当他夜里进入这个房子的时候，就好像他第一天夜里进入厨房一样。他感觉自己像个贼、抢劫犯，即使当他爬到她等他的卧室里，也是这种感觉。甚至在一年之后，他还感觉每次偷偷摸摸地进入这座房子，都是去重新掠夺她处女的贞操。好像每一轮的黑暗，都见证了他必须面对重新掠夺他已经掠夺到的东西——或者从来没有掠夺到，并且永远也不会掠夺到。

　　有时候，他那样想着，记起了那艰难、从不流泪、从不自我怜悯、几乎像男子汉一样的屈服。精神上的隐秘可以被保存得如此之长，以至于就沦为保护它的本能的牺牲品，男人的身体阶段也可以抹杀他们的力量和勇气。于是，就有这么一种双重的个性：一个是他第一眼见到的那位举着蜡烛的女人（或者也许就是那穿着拖鞋走近的脚步声）出现在他的面前，像闪电中展现的瞬间景象，已经打开了一幅可以看到身体的安全和通奸（如果那不是为了快感）的地平线；另一个就是有着男人一样的肌肉和男人一样的思维，受与生俱来的遗传和环境的塑造，使他不得不战斗到最后一刻。没有女性的犹豫不决，也没有明确欲望的羞怯和最终屈服的意图。好像他是因为一个毫无实际价值的东西，和另一个男人在赤膊扭打，而他们扭打的原因只是因为原则不同而已。

　　当他后来再次见她的时候，他想："天哪。我对女人了解得太少了，我本来想着我了解很多呢。"就是在第二天，他见到了她，被她搭讪，好像记忆中刚刚过去不到十二小时发生的事情，就像根本没有发生一样，想他**在她的衣服下面可能甚至根本不是那回事所以才有可能让这样的事情发生**。他那时还没在刨木厂上班。那天的大部分时间，他都仰面躺在她借给他的那张帆布小床上，在那间她给他住的小木屋内，吸着烟，双手枕在头下。"我的上帝，"他想，"这简直，我是女人，她是男人。"但是这种说法也不对。因为她一直抵制到最后一刻。但那不是女人的抵抗，那种抵抗，如果真正实施的话，任何男人都应该无法攻破的，因为女人在身体的搏斗中并不遵守任何的规则。但是她的抵抗却是公平公正，按照制定的规则，在危机时刻就认输屈服，而不在乎抵抗的结果是成功还是失败。那天夜里，他一直等到看见厨房的灯熄灭，她房间的灯亮了之后，才向那座房子走过去。他走得并不急切，而是有点愤懑不平。"我要让她看看。"他大声地说了出来。他并不想默不作声。他大摇大摆地进了屋子，往楼梯爬去，她立即听到他来了。"是谁啊？"她问。但是她的语气里没有警觉。他没有回答。他爬上楼梯进了房间，但是她并没有和他说话，她只是望着他走到桌子旁边吹灭了灯，他想着："现在她要跑了。"于是他向前一跳，想在门口截住她，但是她并没有逃跑。他在黑暗中抓住了她，就在灯被吹灭之前的位置，连姿势也都一模一样。他开始撕扯她的衣服。他用一种紧张、严厉、低沉的声音对她说："我要让你看看！我要让你这个浪妇看看！"她根本没做任何抵抗。好像还在配合他，每当最需要帮忙的时候，她的肢体部位总是会微妙地变换着位置。在他手底下，她好像是已经死去，只是身体还没有僵硬而已。但是他并没有停下来。虽然他的手粗鲁、急迫，只是出于愤怒而已。"至少是我把她最终打造成一个女人，"他想，"现在她憎恨我。至少我已经让她明白了这一点。"

第二天他又一整天躺在木屋内的小床上。他什么也没吃，他甚至也没去厨房看她是否为他准备了食物。他在等着日落，黄昏。"然后我就走，"他想。他再也不想见到她。"最好走，"他想，"也不要给她把我从这小木屋赶走的机会。不管怎样，就那么点事。还没有白种女人对我那样做过。只有一个黑种女人对我耍过那种威风，把我赶了出去。"于是他躺在小床上，吸着烟，等待着日落。透过虚掩的门，看见太阳斜了过去，拉出长长的影子，变成了黄铜色。然后黄铜色褪成了淡紫色，颜色越来越浅，然后就是黄昏了。他那时能听到青蛙的叫声，萤火虫开始在门框里飞舞，随着黄昏的褪去，那荧光变得越来越亮。然后他站了起来。他除了那把刮胡刀，什么也没有，当他把它放进口袋的时候，他已经做好了要一走了之的准备，不管那条无法感知拐弯的街道延伸到哪里，他都应该选择再次跑过去。但是当他迈开脚的时候，方向却是朝着那座房子走的。就好像他一发现他的脚打算去那里时，他就放开了它，像漂流一样，顺从着，想着**好吧好吧**漂吧，漂过黄昏，走近房子，走上了后面的门廊，来到那扇他要进入的门前，那门从来没有锁过。但是当他把手放在上面，门却打不开了。也许那一刻，无论是那只手还是他的脑子都不愿意相信。他似乎是在那儿站着，静悄悄地，不过还没有思考什么，看着他的手摇着门，听见了里面门闩的响声。他悄悄地转过身，他还没有动怒。他走到了厨房门边。他希望那里的门也是锁上的。但是当他发现那里的门是开着的，他才意识到他心里也原本期望它是开着的。当他发现那里没有上锁时，感觉那是一种侮辱。就好像他拼尽全力去打击的敌人，却衣冠整齐地站在那里，毫发无损，而且还用一种意味深长、无法忍受的目光，鄙夷不屑地打量着他。当他进了厨房，他没有去通往正屋的门，就是第一天夜里看到她举着蜡烛出现的那扇门。他直接走到她为他摆放食物的那张桌子。他不需要看。他的手看到了。盘子里的食物还有一点热，想**是为黑鬼准备的。是给黑鬼的。**

他似乎从远处望着他的手，他看到它拿起一只盛菜的盘子，上下晃来晃去，然后稳稳端在那里，缓慢而用力地深吸着气，神情极为专注。他好像在玩游戏，并听到他的声音大声说"火腿"，然后看着他的手挥舞着，把盘子猛地向墙上投去，向着那堵他看不见的墙，等着破碎的声响平息，归于沉寂，然后，漂动着再拿起另外一只盘子。他平稳地拿着这只盘子，闻着。这个需要一些时间。"是青豆还是青菜？"他说道，"是青豆还是菠菜？……好吧。就叫它青豆吧。"他用力投了过去，狠狠地，一直等到破碎的哗啦声停了下来。他又举起了第三个盘子。"好像有洋葱的味道，"他说道，"**有意思。我开始没有想到这个？女人的污秽。**"他扔了出去，缓慢而有力，听着那破碎的声响，等待着。现在他还听到了其他的声响：房子里的脚步声，正向房门走来。"这次她还会拿着灯，"他想，想着在她的手挥上挥下的时候**如果让我看，我能看到门下的光线的闪动。这会儿她几乎已经到门口了。**"土豆，"他终于说道，一副终极裁决的口吻。他并没有张望，甚至当他听到了门闩的响声，听到门的吱扭声，光线落到了他身上，他正站在那儿，平稳地攥好了一只盘子。"没错，是土豆。"他说道，语气听起来像一个单独玩游戏的孩子，全神贯注，已经达到了忘我的程度。他既能看见又能听到这次盘子的破碎声。然后光线消失了。又一次他听到门的吱扭声，又一次他听到门闩的声响。他还没往周围张望，他拿起了下一个盘子。"甜菜，"他说，"我好像并不喜欢甜菜。"

第二天，他就去刨木厂工作了。他去工作的那天是星期五。他从星期三夜里开始，到现在一直都没有吃东西。直到星期六的晚上他才领到工资，星期六下午，他还在加班干活。星期六的夜里，他在市区的一家餐馆，吃到了三天来的第一顿饭。他并没有回到房子那里。有一段时间，当他离开或者进入小木屋的时候，他甚至不愿意朝那个方向看上一眼。在第六个月的末尾，他已经在小木屋和刨木厂之间踩出了一条隐秘的小路。这条小路几乎如丈量过一般地笔直，避开了所有的房屋，很快进入树林，一直前行，他每天可以随着日益精确的定位和计算，准确地到达他干活的那堆锯末堆。而且，每当放工的哨子在五点半吹响的时候，他总是准时回到小木屋，换上那件白色的衬衫和那条熨出折痕的黑色裤子，然后再走两英里，到镇上的餐馆去吃饭，好像他羞于穿着那件工装。或者并不是因为害羞，虽然很可能他会说不是因为害羞，但他也说不出到底是什么原因。

　　他不再有意地避开那座房子，不过他也不会故意去看它。有那么一段时间，他相信她会过来找他。"她会首先做出表示的。"他想。但是她没有来，过了一段时间他相信他对此已经不再抱有期待。然而，他第一次有意地再次往那座房子看了过去，他感到身体里的血液惊人地喷张和回落。然后，他知道他一直害怕她会映入他的视野，害怕她一直带着那种了然于目的镇定，鄙夷不屑地打量他。他感到有一种要出汗、要迎来一项严峻考验的感觉。"那已经结束了，"他想，"我现在已经了结了它。"以至于有一天他真的见到她，也不会感到诧异，也许他已经做好了准备。不管怎样，不会再有令人震惊的血脉喷张和回落，当他抬头看的时候，完全是出于偶然，看见她在后院里，穿着那件灰色的裙子，戴着那顶太阳帽。他不能判断她是否一直在看他，或者已经看到了他，或者现在是不是正在看他。"你不打扰我，我也不打扰你。"他想，想他梦见了她。**真的没那回事。在她的衣服下面什么也没有，所以就出现了那事。**

　　他是在春天去那里上班的。九月的一天晚上，他回到家，进了木屋，还没跨进门就突然停了下来，他大为震惊。她正坐在那小床上，看着他呢。她头上没戴东西。他过去从来没见过她没戴东西的样子，虽然黑暗中他已经摸到她那散开的头发，在那黑色的枕头上，但并不狂乱。可他还从没有看见过她的头发，他站在那儿，在她看着他的时候，直直地盯着它；就在他又要迈步的那一刻，他突然暗自想道："她正在尽力掩饰。**我早就猜着她有灰白发丝了，**她在尽力成为一个女人，但是她不知道该怎么办。"他想他已经知道**她来这里一定要和他说话了，**两个小时后，她仍然在滔滔不绝地讲着，他们肩并肩坐在小床上，现在的小木屋已经漆黑一片。她告诉他，她四十一岁了，就在远处的那座房子里出生的，自从那时候就一直住在那里。她从来没有在任何时候，离开过杰佛生镇超过六个月的时间，而且这些离开房子的中间，总是间隔很长的时间，里面夹杂着对家乡的思念，哪怕只是那里的几块木板和几根钉子，那里的土地、乔木和灌木，都构成了她和亲人的异域故土；甚至到她说话的这一刻，在这片人们普遍说话时所特有的辅音模糊和元音扁平的土地上，她的生命一直挥洒到现在，已经四十年过去了。新英格兰[1]这个地区的人们说话，和她过去那从未离开过新罕布什尔的亲人一样朴实，那里的亲人，在这四十年的人生中，她一共才回去看望过三次。和她一起坐在那黑暗的小床上，随着光线慢慢地消失，她的声音终于没

1　位于美国本土的东北部，包括 6 个州，由北向南分别是：缅因州、佛蒙特州、新罕布什尔州、马萨诸塞州（麻省）、罗得岛州、康涅狄格州，其中马萨诸塞州首府波士顿是该地区的最大城市和经济与文化中心。

有了源头，滔滔不绝、源源不断，高亢得像个男人的声音，克里斯默斯想道："她和其他所有的她们都是一个样。无论是十七还是四十七，当她们最终完全屈服的时候，就只剩下说话了。"

　　卡尔文·伯顿是一位名叫纳撒尼尔·伯林顿的牧师的儿子。他是十个孩子中年龄最小的一个，他十二岁离家出走的时候，还不能在乘坐的轮船上写出自己的名字（或者不愿意写，他父亲是这么认为的）。他从合恩角辗转到了加利福尼亚州，然后成了一名天主教徒，在一所修道院里生活了一年。十年后，他从西部来到了密苏里州。他到那里三周就结婚了，妻子是胡格诺派家庭的女儿，是从卡罗来纳州经肯塔基州移民过来的。就在婚礼之后的那天，他说道："我看我最好还是安定下来。"然后从那天开始，他就安定下来了。婚礼的庆祝活动还没有结束，他就首先正式否认效忠天主教会。他是在大庭广众面前这样做的，坚持要每个在场的人都要听他说话，并表示他们的赞成与否；他似乎坚持要每个人都提出反对意见，但没有人这样做，没有，也就是说，一直到他被朋友们领着离开，也没有人提出反对意见。第二天，他说到做到，不管怎样，他不会隶属于一个满是吃青蛙的蓄奴者教会。他当时是在圣路易斯，他在那儿买了一座房子，一年后他当了父亲。他那时说他一年前否认了和天主教会的关系是为了儿子的灵魂，几乎就在那个男孩出生时，他就开始给他灌输他新英格兰祖先的宗教。当时没有一神论者聚会的地方，伯顿（他现在的名字已经叫伯顿了，由于他不会拼写，牧师们就不辞劳苦地教他写字，他那只手与其说可以用笔写字，倒不如说更擅长拿绳子、枪托或刀子）也不能读英语的《圣经》。但是他从加利福尼亚的牧师那里学会读西班牙语，孩子刚能走路，伯顿开始用西班牙语给孩子读他从加利福尼亚随身带去的书籍，中间穿插着流利的外语，读出了美妙响亮的神秘故事，加上他那临时起兴的严厉而古板的训诫，里面有一半是他记起的他父亲在新英格兰周日里所讲的荒诞不经、有气无力的逻辑，还有一半是和每个乡村卫理公会的巡回牧师所引以为豪的地狱之火，以及有关硫黄烟熏的故事。他们两个人会单独待在房间里：一个是高大、瘦削、日耳曼裔的男人，另一个是瘦小、黝黑、活泼，继承了他母亲体格和肤色的孩子，像是两个完全不同种族的人待在一起。在孩子五岁的时候，伯顿在一次有关奴隶制的争论中杀了一个人，不得不举家搬迁，离开了圣路易斯。他向西迁徙，"要离开民主党人。"他说。

他迁移和定居下来的地方有一个商店、一间打铁的铺子、一个教堂和两家酒馆。在这儿，伯顿花了很多时间谈论政治，用他最严厉的声音高声诅咒着奴隶制和奴隶主。他的声誉随之而来，人们知道他随身带着手枪，他的意见被接受了，至少没有人评论什么。有时候，尤其是在星期六的夜里，他回到家里，仍然满身的威士忌酒气，嘴里仍然嘟嚷着他自己的高谈阔论。然后，他就会用他那粗鲁的手弄醒他的儿子（他的妻子这时候已经死了，他还有三个女儿，都是蓝眼睛）。"我要教会你学会痛与恨这两个东西，"他总会那样说，"不然，我就把你打得屁股开花。那两件事就是地狱和奴隶主。你听见了吗？"

"听见了，"那孩子总是说，"我肯定听见了。该睡觉了，让我睡觉吧。"

他远不是一个愿意改变别人信仰的人，也不是传教士。除了有一次，因为一件带枪产生的事件，其他都没有导致致命的影响，他主要把精力用到了他自己的骨肉上。"让他们统统下地狱去死吧，"

他对他的孩子说，"但是我只要能举起手，我就要把上帝的慈爱打入你们四个人的心里。"那往往是在星期日发生的事，每个星期日，把东西清洗完毕、干干净净，孩子们穿着印花或者粗棉布的衣服，父亲穿着他那件宽幅的双排扣的长礼服，那把手枪在他裤子屁股上的口袋里，隔着衣服鼓鼓地向外翘着，他穿着没有领子的打褶的衬衣，是他的大女儿每个星期六洗出来的，她已经和她死去的妈妈洗得一样好了。他们聚在那简陋但很干净的客厅里，伯顿就从他那本烫金的精装书上，向他们读着谁也听不懂的语言。他一直没有间断地这样做着，直到他的儿子离家出走。

他儿子的名字叫纳撒尼尔。他在十四岁时从家里跑了，十六年来一直没有回来，虽然其间他们也从传口信的人那里得到过他的两次消息。第一次是从科罗拉多，第二次是从旧墨西哥[1]，但都没有说他在这两个地方干什么。"在我离开他的时候他还挺好的。"传口信的人说道。说话的是第二个送信人，那是 1863 年，传口信的人在厨房快速地吃着早餐，那种速度是狼吞虎咽而又不失高雅礼貌的。三个女孩，最大的两个几乎已经长大成人，正在旁边照料他，她们站在旁边，手里还端着没有盛满菜的盘子，穿着整齐干净的粗布裙子，围在那张粗糙的木桌旁边，微微地张着嘴，父亲则是坐在传信人的对面，他的头被他唯有的一只手支着。两年前，他的另一只手臂在参加堪萨斯骑兵游击队员的一次战斗中失去了，他的头和胡子现在已经灰白了。但是他精神仍然很好，他的那件宽幅双排扣的长礼服在屁股的位置，仍然是鼓鼓囊囊的，他还别着那把沉甸甸的手枪。"他

1　旧墨西哥，此处是指里奥格兰德河以南原墨西哥的一部分，区别于新墨西哥州、亚利桑那州、科罗拉多州、犹他州、内华达州、加利福尼亚州，以及得克萨斯州等，所有这些地域在 1848 年的美墨战争中，都成为美国领土的一部分。

遇到了一点麻烦，"捎口信的人说道，"但是在我最后听到他消息的时候，他仍然还不错。"

"麻烦？"父亲说道。

"他杀死了一个指控他偷他马匹的墨西哥人。你知道他们那帮西班牙人[1]怎么对待白人的，即使他们不杀墨西哥人。"捎信人喝了一口咖啡。"但是我看必须得给他们来点硬的，那里到处都是外来人。……诚挚地谢谢你。"他对着那个最大的姑娘说道，后者刚往他的盘子里放了一沓新鲜的玉米饼。"好的，好的，我可以够到那甜饼。……人们说那根本不是墨西哥人的马。他们说墨西哥人根本没马。可是，我看对他们西班牙人一定要来点硬的了，对这些已经给西部人带来这么坏名声的东部人。"

这位父亲咕哝了一声。"我就知道。如果在那儿有麻烦的话，我就知道肯定会有他的份儿。你告诉他，"他猛地高声说道，"如果他让他们那帮黄肚皮的[2]胆小鬼给欺负了，我会以南部联盟战士的名义亲自毙了他。"

"你得告诉他要赶快回家，"那位年龄最大的女孩说道，"那才是你要告诉他的。"

"好的，好的，"捎信人说道，"我肯定告诉他。我还要往东边到路易斯安那儿去一阵子。但是我回去后会尽快见他。我肯定会告诉他的。哦，对了，我差点忘了。他说让我告诉你们，女人和孩子都

1　1513 年，西班牙探险者是第一批到达北美西海岸的欧洲人。在那个用帆船航海的年代，北美的西海岸对于当时的欧洲权力阶层来说是世界上最遥远的地方之一。从南美洲的合恩角再向北意味着要进行 9 到 12 个月的危险航行，这些实际困难当时都没有难倒西班牙帝国。他们在那里建立定居点的活动一直持续到 18 世纪后半叶。

2　嘲笑人胆小的贬语。

很好。"

"谁的女人和孩子？"那父亲问道。

"他的，"捎信人说道，"我再次表达诚挚的感谢。大家伙儿再见。"

他们第三次听到那个儿子的消息之后，才见到他。有一天，他们听到有人在房子的前面大声喊着，虽然离房子还有那么一段距离。那是1866年，这家人又一次搬了家，往西迁移了一百多英里，这让那位儿子花了两个月的时间才找到他们，赶着一架平板马车在堪萨斯和密苏里之间来来回回地找着，车上有两皮袋金渣粒、新铸的钱币和未经加工的珠宝，全都在座椅的下面扔着。在他发现那个茅草屋并驾车前往之前，就先大声喊了起来。在茅草屋门前的椅子上坐着一个男人。"是爸爸，"纳撒尼尔告诉他身边平板车座位上的女人，"看到了吗？"虽然这位父亲六十岁还不到，他的视力已经大不如前。直到马车停下来，姐妹们从门里欢呼着尖叫，他才认出他儿子的面孔。然后卡尔文站了起来，长长地发出一声低沉而浑厚的吼声。"哎哟，"纳撒尼尔说道，"我们回来了。"

卡尔文根本没有说出什么完整的句子。他只是喊着，骂着。"我要打得你屁股开花！"他咆哮着，"闺女们！梵吉！贝贝！莎拉！"姐妹们已经出来了。她们从门里冲出来，身上舒展的裙子像是湍急的激流上飘着的气球，在她们激动的尖叫声上，是她们父亲低沉的吼叫和咆哮。他的上衣——那件双排扣的星期日礼服或富人才穿或者退休才穿的礼服，现在敞开着，他从腰上不停地用同一个动作拽着什么东西，好像他可能在掏那把手枪。但是他只是用他那只独手，从腰间拽出了一根皮带，挥舞着，径直过去，拨开那群女人的尖叫和鸟一样的叽叽喳喳的喊叫。"我还要好好教训你！"他吼着，"我看你还敢离家出走！"皮带两次从纳撒尼尔的肩膀上落了下来。然后，两个人就缠在了一起。

他们好像在玩游戏：一种致命的游戏，带着微笑的庄重：两头狮子之间的嬉戏可能会，也可能不会留下伤痕。他们缠在了一起，皮带打了结。他们面对着面站着，胸脯对着胸脯：老人瘦削、灰白的面容，灰色的新英格兰眼睛，年轻人和他一点也不像，鹰钩鼻子，微笑着，露出洁白的牙齿。"停下，"纳撒尼尔说道，"难道你没有看见那边车上，还有人在看着我们吗？"

直到这时，他们才去看那辆平板车。在座位上坐着一个女人和一个大约十二岁的男孩。这位父亲看了一下那个女人，他甚至没有必要去瞅那个孩子。他只是看了那个女人，他的嘴唇拉着好像见了鬼一样。"伊万杰琳！"他说道。她太像他死去的妻子了，像他妻子的妹妹。这个人几乎根本记不起他母亲的模样，却娶了一个和他母亲长得几乎一模一样的女人做妻子。

"那是胡安娜，"他说道，"坐在她旁边的是卡尔文。我们回来结婚呢。"

那天夜里晚饭后，那个女人和孩子睡觉后，纳撒尼尔和他们聊起天来。他们围坐在那盏油灯的周围：父亲、姐妹们和归来的儿子。在他原来待过的地方没有牧师，他解释说，只有神父和天主教徒。"所以，当我们发现怀了孩子，她就开始嚷着要找神父[1]。但是我不想让任何伯顿的后人生出来就是个异教徒。于是我就开始到处留意观察、安慰她。但是事情多得要命，一件接一件地接踵而来，我也脱

---

1 神父（priest）通常是指天主教、英国国教、东正教的神职人员的称呼，而牧师（minister）则指新教教堂任命的神职人员。

不开身去找牧师了；然后孩子就生出来了，也就再也急不来了。但是她一直担心，想着神父之类的事情，于是有一天我听说在圣菲有一个白人牧师。所以我们就收拾了一下行李，起身到了圣菲，到了地方才发现，那位牧师正好刚刚乘车离开了。于是我们就在那儿等，又过了几年，我们又有一个机会，是在得克萨斯州。就是在这时候，有人在舞厅把一个警察困在了里面，我因为帮助那几个骑警处理那个麻烦而卷了进去。所以那个事完了之后，我们就决定回家立即结婚。然后我们就回来了。"

那位父亲在灯光下坐着，消瘦、灰白、严肃。他一直在听着，但是他的表情一直在沉思，像沉睡般地思索着，带着困惑的苦恼。"伯顿家又出了一个黑崽子，"他说道，"人们还会想着我养的儿子是个奴隶贩子呢。现在他也要养个奴隶贩子了。"儿子静静地听着，甚至并没有告诉他的父亲，那个女人是西班牙人，并不是南方的叛匪。"他妈的，低贱的黑人：低贱是因为上帝把愤怒的重量压在了他们的身上，黑是因为人类的奴役玷污了他们的血肉。"他的目光浑浊、专注，深信不疑。"但是，我们现在已经让他们自由了，黑人和白人都一样。他们可以褪去黑色，然后一百年后他们也会再次成为白人。然后，也许我们就可以让他们重新回到美国。"他沉思着，闷闷不乐，一动不动。"上帝保佑，"他突然说道，"他毕竟已经有了一副男人的身材，虽然是黑人的模样。上帝保佑，他将会像他的爷爷一样高大，别像他的爸爸那么瘦小。尽管他那黑色的皮肤和黑色的面容，长得像他爷爷一样。"

她把这些告诉了克里斯默斯，他们在那个漆黑的小木屋里，坐在那张小床上。他们一个多小时连动都没有动一下。他现在已经完全看不见她的脸了；他似乎微微地摆动着，像是在一只漂浮的船上，漂浮在她声音发出声响的水面上，像是浮在漫无边际、昏昏欲睡的宁静之中，想不起任何事情，他也几乎没有用心去听。"他的名字叫卡尔文，就像爷爷的名字一样，他长得像爷爷一样高大，虽然他的肤色像爸爸的妈妈家里人一样，像他妈妈的颜色。她不是我的母亲：他只是我同父异母的哥哥。爷爷是十个兄弟中最小的一个，爸爸是两个兄弟中最小的那个，而卡尔文则是独生子。"他刚刚二十岁的时候，就在两英里外的镇上被一个叫沙多里斯的原奴隶主、一个南方联盟[1]的士兵给杀害了，起因就是关于黑奴选举权的问题。

她告诉了克里斯默斯有关墓地的事——她哥哥的、祖父的、父亲以及他两个妻子的坟墓，就在离房子半英里的一处长着雪松的圆丘上。克里斯默斯静静地听着，想着："啊，她要带我去看那些墓地啊。我还不能不去。"但是她并没有这样做。自从那晚她告诉他那些墓地在哪儿，如果他想看的话可以自己去看，之后她再也没有向他提到坟墓的事。"你也许根本找不到它们，"她说，"因为当他们那天晚上把爷爷和卡尔文弄回家之后，父亲一直等到天黑才去把他们埋了，并把墓地掩藏起来，把土堆弄平了，并把一些杂草树枝之类的东西放在了上面。"

"把它们掩藏起来？"

她的声音里没有温柔、娇气、感伤和怀旧："所以，他们也就找

1　从 1861 至 1865 年发生的南北战争中，南方主张蓄奴的几个州（南卡罗来纳州、密西西比州、佛罗里达州、亚拉巴马州、佐治亚州、路易斯安那州和得克萨斯州）成立了美利坚联盟国，对抗以林肯为代表的在北方的美利坚合众国。战争开始时，北方为了维护国家统一而战，之后战事逐渐演变成一场消灭奴隶制的革命战争。

不到他们了。怕把他们挖出来，也许会砍碎他们的尸体。"她继续说着，她的声音有点不耐烦，解释道："他们这儿的人恨我们。我们是北方佬，是外国人。比外国人还糟糕：是他们的敌人，是来到南方的投机钻营的北方佬。那个——那场战争，仍然历历在目，对于那些在战争中受到打击的人们，还很难理智起来。说我们鼓动黑鬼去谋杀、强奸，威胁了白人至高无上的统治。所以我觉得沙多里斯上校就成了镇上的英雄，因为他杀死了一个独臂老人和一个甚至还没有行使过投票权的男孩，仅用了同一把手枪射出的两颗子弹。也许他们是对的。我不知道。"

"他们什么时候？"她的声音停了一下。然后就接着说下去，"我不知道。我不知道他们会不会真的把他们挖出来。那时候我还不在这世上。直到卡尔文被杀害的十四年后，我才出生。我不知道那时候他们会怎么做。但是我的父亲认为他们会那样干，于是他就把那些坟墓藏了起来。然后，卡尔文的母亲死了，他也把她埋在了那里，和卡尔文和爷爷埋在了一起。于是感觉那儿就是我们的墓地，后来我们才意识到这一点。也许父亲原来并没有打算把她埋在那儿。我记得我的妈妈（她是父亲在卡尔文的妈妈死后不久从新罕布什尔找来的，那儿还有我们的亲人。他只一个人在这边，你知道。我想如果不是因为卡尔文和爷爷埋在这里的不远处，他就会走了）告诉我，在卡尔文的妈妈死后，父亲有一次如何开始想搬到另外的地方。但因为她是在夏天死的，那时的天太热了，没办法把她带到墨西哥，带到她的亲人那边。于是他就把她埋在了这儿，也许那就是他才决定留下来的原因。或者也许是因为他那时已经开始老了，所有那些参加过内战的人都老了，那些黑人也没有强奸或者谋杀过其他人。总之，他把她埋到了这儿。他也不得不把那个坟也掩盖起来，因为他害怕有人看见，会想起卡尔文和爷爷。他不能冒这个险，即使那一切都结束了、过去了、了结了。第二年他给我们在新罕布什尔州的堂弟写信。他说：'我现在五十岁了。我拥有她要有的一切。给我送过来一个好女人做妻子吧。我不在乎她是谁，只要她能持家，而且至少要有三十五岁以上。'他把买火车票的钱夹在信中寄了回去。两个月后，我的母亲就到了这儿，他们当天就结婚了。那次结婚，对他来说，可是够快的。另外一次结婚，花了他十二年的时间，就是那次回到堪萨斯州，他、卡尔文和卡尔文的妈妈最后才找到爷爷。他们星期三到的家，但是他们等到星期日才举行婚礼。他们的婚礼是在户外举行的，沿着小溪的边上，用了一头牛在溪边烧烤，有一桶威士忌，他们能传到话的每个人以及听说的人，都来了。那一整天，爸爸的姐妹们忙碌着，给卡尔文的妈妈做了一件婚礼服和面纱。他们是用面粉袋子做的婚礼服，那面纱是用类似蚊帐的丝网做成的，它原是被一个酒吧老板罩在了吧台后面，钉在墙上的图画上。他们从他那里把它借了过来。他们甚至做了套礼服让卡尔文穿。他那时十二岁，他们想让他来做佩戴戒指的男童[1]。他不愿意。他是在婚礼举行前的那天晚上才发现他们让他干这事的，第二天（他们本打算在六七点钟举行婚礼）大家都起床吃了早餐，却不得不推迟婚礼仪式。最后，他们找到了卡乐文，让他穿上了那件礼服，然后他们举行了婚礼，卡尔文的妈妈穿着那件手工缝制的婚袍，戴着那个蚊帐做成的面纱，他的爸爸把熊油[2]抹在了头发上，发光锃亮，脚上穿着他从墨西哥带回来的刻有花纹的西班牙皮靴。爷爷丢下了新娘。在

1　在教堂举行婚礼时，通常会有一名男童手捧一枚固定在垫子上的戒指，婚礼期间，他会把戒指呈递给新郎，再由新郎把戒指戴在新娘的手上。
2　在头发上抹熊油是北美土著人的一种习俗，目的就是让头发发亮。

其他人忙着寻找卡尔文的时候，他只是频繁地光顾那只装有威士忌的木桶，所以当叫他把新娘交给新郎的时间，他却借机做了一番演说。他从林肯和奴隶制开始，问在场的人谁敢否定林肯、摩西以及以色列的子孙不是一回事，劈开的红海只是必须被溅出的鲜血，就是为了让黑种人能够从中穿过到达迦南之地的乐土[1]。这让他们费了好大劲才让他停下来，然后婚礼才得以继续。婚礼过后，他们大概待了一个月。然后有一天，父亲和祖父去了东部的华盛顿，从政府那里接受了一项任务回来，帮助那些被解放的黑奴。他们来到了杰佛生镇，除了父亲的几个姐妹，所有的人都来了。她们中有两个已经结了婚，年龄最小的那个和其中一个姐姐生活在一起，祖父和父亲还有卡尔文以及他的妈妈来到了这儿，买下了这栋房子。然后，他们一直知道很可能要发生的事情终于发生了，然后，就父亲一个人一直等到我的妈妈从新罕布什尔州过来。他们原来从来没有见过面，甚至连张对方的相片都没有看过。她到达的当天他们就结婚了，两年后我出生了，爸爸给我起的名字叫乔安娜，随的是卡尔文妈妈的名字。我想他根本不想再要个儿子了。我对他记得不是很清楚。唯一一次他让我记得很清楚的就是他带着我去看卡尔文和祖父的坟墓。那是春天里一个风和日丽的日子。我记得我当时是如何不想去，甚至不知道我们是往哪儿走的。我不想走进那些雪松中去。我不知道我为什么不想去。我根本不知道那儿有什么，那时我刚刚四岁。即使我事先知道，那也不会吓着一个小孩的。我想那应该是有关父亲的东西，是要从雪松树林走过，是要传给我的东西。这个东西，我

---

1 《圣经·旧约》中记载，摩西受耶和华之命，率领希伯来人逃离古埃及，用手杖分开红海的海水，把他们领往富饶的迦南地。

觉得是他放在树林中的，当我走进去的时候，树林就会把这个东西传给我，然后，我就永远不会忘记。我不知道，但是他非让我进去，我们两个站在那里，他说'记住这个。你的爷爷和哥哥就在那儿躺着，他们不是被某一个白人谋杀的，而是被上帝放在整个人种身上的诅咒谋杀的，而在此之前你的爷爷，或者你的哥哥，或者我，或者你甚至没有被关心过。这是一个注定要永远受到诅咒的人种，因为白种人所犯下的罪过，永远会成为其命运和诅咒的一部分。记住那个，他的命运和他的诅咒，永远永远。我的，你妈妈的，你的，甚至即使你还是个孩子。每一个已经出生的以及即将出生的白人孩子都要受到的诅咒。没人能逃掉。'然后我就说，'甚至我也逃不掉吗？'他就说，'你也逃不掉。尤其是你。'自从记事的时候起我就一直能看到黑奴，知道他们。我看他们就像看到下雨，或者看到家具，或者食物或者睡眠一样。但是自从那一次开始，我似乎第一次看到他们不再感觉他们是人，而是一样东西，是我生活在其中的一个影子，我们，所有的白人，还有所有的其他人，都生活在这个影子中。我想到所有永远已经来到这个世界上的孩子，白种的孩子，在他们的第一次呼吸之前，就已经有黑色的影子落到了他们的身上。我好像看到那黑色影子的形状，像个十字架。好像白种的孩子正在挣扎，甚至在他们呼吸之前，就想逃脱那不但落到他们身上，而且还在他们脚下的黑影，他们张开的双臂，就好像他们的手臂被用力甩开，好像他们被钉在了那个十字架上。我看见所有的婴儿来到了这个世界上，以及那些还没有出生的婴儿——都伸开他们长长的一对手臂，在那个黑色的十字架上。我说不清我是亲眼看见的还是做梦梦见的，但是，这对我来说很可怕。我在夜里哭泣，最后我告诉爸爸，想告诉他。我想告诉他的是，我必须要逃走，从这影子下面逃走，否则我就会死。'你不能，'他说道，'你必须斗争，坚强起来。但是为了坚强起来，你必须举着那个影子让它和你在一起。但是，你永远不能把它抬高到和你一样的高度。'我现在明白了，我过去来到这里才明白的东西，但是你是不能逃跑的。对黑种人的诅咒是上帝的诅咒，但诅咒白种人的则是黑种人，他们将永远是上帝的子民，因为上帝曾经诅咒了他们。"她的声音停止了。萤火虫通过那个长方形的敞开的门口，飘来飘去。最后克里斯默斯说道：

"我刚刚还想着问你呢。但是我觉得我现在知道答案了。"

她并没有表现出惊奇。她的声音是平静的。"是什么？"

"为啥你的爸爸却没有杀了那个家伙——叫什么来着？沙多里斯？"

"哦，"她说道。然后就又是沉默。门外面萤火虫飞来飞去。"你会那样做。对吧？"

"是的。"他立即说道，毫不迟疑。然后他知道她正朝他的声音这边看过来，好像是她能看清他。她的声音现在好像温柔了一些，平静了许多，连一丝波澜也没有。

"你完全不知道你的父母是谁吗？"

如果她能看到他的脸，就会发现他脸上的阴沉和犹豫："除了知道他们其中一个有黑鬼的混血。好像我原来跟你说过。"

她仍然在看着他，是她的声音告诉了他这一点。那声音平静、中立、充满兴致却并不好奇："你是怎么知道的？"

他好久没有回答，然后他说："我不知道。"他的声音停了下来。根据他声音的方向，她知道他的眼睛移向了别处，移到了门口的方向。他的脸色阴沉，面无表情。然后他就又开始说话了，身体活动着。他现在的声音是话中有话，郁闷中带着嘲弄，瞬间失去了幽默却又带着嘲讽："如果我不是的话，我他妈的肯定是个混蛋，如果我没有浪费那么多时间。"

现在轮到她陷入了沉思，安静，几乎听不到呼吸，语气中仍然没有自怜和怀旧："我曾想到过那个问题。为什么父亲没有用枪打死沙多里斯上校。我想可能是因为他的法国血统。"

"法国血统？"克里斯默斯说道，"难道法国人就不生气，当有人在同一天杀了他的父亲和他的儿子？我觉得这是因为你的父亲一定是信了教，成了一个传道者，也许是这种情况。"

有那么一会儿，她没有回答。萤火虫飞来飞去。远处传来狗叫的声音，柔美、凄凉，而又遥远。"我想到过，"她说，"那时所有的一切都结束了。穿着制服、摇着旗帜的杀戮，以及不穿制服、不摇旗帜的杀戮。没有一样能给我们带来什么好处。一样都没有。而且我们是外国人、陌生人，我们没有不请自来，他们并不需要我们，而且和这个国家的人们想法也不一样。他是法国人，一半是法国人。那已经让他足够尊重任何其他人和他的人民对自己土地的热爱，让他理解别人在他出生的土地上受到的教导和行为处事。我想这就是原因。"

十二

　　就这样，第二阶段开始了。克里斯默斯好像掉进了一条阴沟，就像在他的回忆中第一次艰难的男子汉一般的屈服，刺激而又痛苦，像一副精神骷髅的崩塌，骨骼崩断的瞬间发出的声响，几乎可以用耳朵听得见，以至于这种屈服行为本身是令人扫兴的，就像一位被打败的将军在结束战役的当晚，连夜刮了胡子，擦去了战靴上的尘土，然后第二天就把自己的战剑低头呈递给接管委员会。

　　这条阴沟只在夜间流动。日子还和原来一样。他早上六点半去上班，离开木屋的时候也根本不会朝房子望上一眼。下午六点钟，他就回到木屋，甚至也不会朝房子的方向看上一眼。他洗完脱下的衣服，换上那件白色的衬衫和熨出折痕的黑色裤子，来到厨房，发现他的晚饭已经放在桌上了，他就坐下来吃饭，仍然没有看到她。但是他知道她就在屋里，黑暗的来临在这老旧的砖墙里正破坏着什么东西，让它在等待中慢慢腐朽。他明白她是怎么度过这一天的，她度过的日子和过去没有什么两样，好像对她来说，那是另外一个人的日子。他整天都会想象着她在做家务，在一成不变的固定时间坐在那张磨损的书桌旁，或者和从那条路两个方向来到家里的黑人妇女聊天，听她们说话，那些女人都是来自这座房子周围的四面八方，像是循着车轮辐条一样的小路来到这里的。她们和她谈话的内容他不知道，虽然他看见她们往房子这边走来，样子不能说不诡秘，看起来也是心事重重，通常都是独自进入房子，虽然有时候也会三三两两一起过去，穿着围裙，戴着头巾，偶尔她们的肩膀上还会搭着件男人的上衣，然后又会再次出现，沿着辐条似的小路向周围散去，并不匆忙，但也不徘徊闲荡。这些在他的心里都是一闪而过，只是想着**现在她在做这个，现在她在做那个，**总之对她并没有多想。他相信白天她想他的时间不会比他想她多到哪儿去。即使在夜里，在她那黑漆漆的卧室里，她会执拗地对他说她白天经历的点点滴滴的琐碎事情，然后反过来也执拗地要他讲一下白天发生的事情，这是情人通常的套路：只是急切地渴望要把两天的琐碎细节诉诸语词，而没有去听对方讲述的是什么。然后他吃完晚饭，就会去她等他的地方。通常，他并不着急。随着时间的推移，第二阶段的新鲜感开始慢慢褪去而成为一种习惯，他会站在厨房的门口，透过黄昏的薄暮向外望去，也许带着某种预感和征兆地看到了那条野蛮和荒凉的街道，那条他自己凭感觉选择的街道，正在等他，心里想着**这不是我的生活，我不属于这里。**

一开始，这景象震住了他：在新英格兰《圣经》中的地狱烈火面前，裸露着凄厉暴怒的新英格兰冰川。也许他意识到其中自我的压抑：急不可耐的紧迫掩盖了过往无法挽回的挫败和岁月中真实的绝望。在这些岁月里，她似乎把每个夜晚都当作在世间的最后一个，试图加以弥补，让自己不单生活在罪恶中，也生活在污秽中，永远地沉溺于先辈们的地狱之中。她对讳忌的语词象征有一种特殊的偏好，为让这些语词从他的舌尖和她自己的口中说出来，她永远有一种无法满足的趣味。她对讳忌的话题和东西表现出孩子般、不通人情地令人生厌地好奇。那种兴趣是外科医生对身体及其可能性的入迷、孜孜不倦、独立的兴趣。白天，他看到的会是那位外表镇静、表情冷漠、几乎像男人一样、几近中年的女人，独自生活了二十年，根本没有了女性的恐惧，住在社区内一座孤独的房子里，而这时，她周围住的大多是黑人，每天花上一些时间静静地坐在桌旁，为那些年轻人和老人期待的眼睛，写上一些实用的意见，她的作用掺杂着牧师、银行家和训练有素的护士的角色。

在那段时间里（很难说它是蜜月期），克里斯默斯看着她成为经历了恋爱中女人的每一个阶段的化身。很快她就让他震惊有余：她让他震惊并感到困惑。她会出其不意地出现在他的面前，带着阵阵嫉妒的醋意。她或许并不可能有这样的经历，也没有出现这种场景或任何可能的主角为这种嫉妒提供理由：他知道她知道那一点。好像是她故意地制造了整个事端，目的就是为了能像剧本一样把它表演出来。但是她做的时候却能大发雷霆，如此地令人信服，如此地自以为真，第一次的时候他认为她产生了错觉，第三次的时候他认为她是疯了。她对谋略表现出一种令人意外、绝对无误的本能。她一直坚持把她的便条和信件藏匿在一个地方，就是在破落的马厩下面一个中空的栅栏木桩里面。他从来没有见过她去那里藏匿信件，但是她却坚持每天让他去看，当他去看的时候，信件就会在那里放着。如果他没去并对她撒谎时，他就能发现她已经设好了圈套，并揭穿他的谎言，然后她就大哭大闹。

有时候，便条会告诉他要到一个特定的时间才能进入那座房子，数年来只有他一个白人进去过，在这座房子里，二十年来一直到现在，她整夜都是孤苦伶仃。有整整一个星期，她强迫他从窗户里爬进来，来到她的跟前。他就照着做了，有时候他不得不在黑暗的屋子里到处找她，后来才发现她藏在柜子里，在空荡的房间里，等待着，紧张地等待着，在黑暗中她的眼睛闪烁着，就像猫的眼睛一样。有时候，她还会把幽会的地点定在房子周围的灌木丛里，他在那儿会发现她赤身裸体，或者发现她身上的衣服已经被撕成了条条，在对男性狂野向往的挣扎中，她的身体缓慢地来回移动，在热辣的姿势和动作中，身体微微地闪烁着光芒，就像佩特罗尼乌斯[1]时代的一位比亚兹莱[2]式的画家所画出的情景。她那时非常野，在那茂密的没有围墙的晦暗中，她那凌乱的头发，每一绺都像章鱼的触角活灵活现，她手舞足蹈，气喘吁吁："黑鬼！黑鬼！黑鬼！"

六个月来，她彻底地腐化了，也许不能说是他腐化了她。他自己的生活，虽然有过和不知道姓名的女人性生活上的混乱，还仍然是相当的传统，算是健康的生活中犯下了一种常见的罪过。这种腐化是源自对他来说无以名状的源头，而她却并不觉得。事实上，这种腐化就好像是她从空气中集结而来，然后她才开始腐化了他。他开始感到害怕，但他也不可能说出为什么。但是他开始从远处打量他自己，就像一个人被吸进了一片深不见底的沼泽。他还没有确切

---

1 佩特罗尼乌斯（？—66）是古罗马作家、小说家和抒情诗人，出身贵族。据记载，他曾任比提尼亚总督、执政官等职。热衷享乐，曾被封为朝臣，主责宫中娱乐，有"风流总裁"之称。据说长篇讽刺小说《爱情神话》（意为"好色男人"）是他的作品，小说描写了1世纪意大利南部城镇的社会生活。

2 比亚兹莱（1872—1898）是英国19世纪最杰出的插图画家之一，也是艺术史上的一颗流星。1893年他为王尔德《莎乐美》所做的插图，受到王尔德和著名出版商莱恩的赏识。他的作品创新前卫，唯美而怪诞、奢华而颓废，作品中穿插的简洁流畅的线条与强烈对比的黑白色块，为当时新艺术运动带来强烈的冲击，持续影响着现当代以及东西方的艺术创作。

地想过那个问题。他现在看到的就是那条街道，孤独、野蛮和苍凉。是的，是苍凉，他想着，有时候不由自主地大声说了出来："我最好得动一下，我最好离开这儿。"

然而，似乎有东西在攥住他，就像宿命论者，总觉得被什么东西攥住一样——有一种好奇、悲观、纯粹的惰性。这期间，这段情感仍然在继续，让他在那些夜晚的急不可耐和压倒一切的狂热中越陷越深。也许他意识到他无法逃脱。不管怎样，他留了下来，观察着两个小东西挣扎在一个身体里，像是两片闪着月光的形状挣扎着，依次淹溺在最后一弯月光下的黑漆漆的水面上。现在，应该是第一阶段那个静止、寒冷、克制的形象，虽然迷失了自我，甚至自暴自弃，但仍然是有点刀枪不入、固若金汤；然后是另一个，就是第二阶段，在对固若金汤的疯狂否定中，试图自我淹溺在黑暗的悬崖下，创造迄今为止由于克制过久甚至无法迷失的纯洁之身。有时候，他们会一起潜到黑暗的水面，姊妹般地拧在一起；黑色的水流渐渐枯竭。然后红尘世界匆然而至：卧室、墙壁，还有昆虫从夏天的窗户外面发出的静谧的万千声响，窗户那边的昆虫已经嘶鸣了四十年了。她盯着他，脸上带着陌生人的狂野和绝望；他也看着她，心里做了这样的解释："她想祈祷，但是她还不懂要怎么做才好。"

她的体态开始发胖。

这一阶段的结束并不突然，没有高潮，就像第一阶段一样。然后就进入了第三阶段，如此的舒缓，以至于他无法自然地说出一个阶段是在哪里停止，而另一个阶段又在哪里开始的：那是个从夏天变成秋天的时节，已经提前有了阵阵的凉意，秋天的影子投到了夏天的上面，流逝的夏日就像即将燃尽的煤渣，再次在这个秋天的余光中喷薄而出。这已经有两年多的时间了，他仍然在那个刨木厂里工作，这期间他开始贩卖一点威士忌，小心谨慎地周旋于几个比较低调的客户之间，他们之间互不认识。她并不知道这个，虽然他把货藏在那个地方，然后再在草地那边的小树林里见客户。很可能即使她知道，也不会提出异议。就像麦克侬庆太太对那根隐藏的绳子不提出异议一样。他没有告诉她，也许是出于他没有告诉麦克侬庆太太一样的原因。想到麦克侬庆太太，那根绳子，还有他从来没有对她讲过自己的钱从哪里来的，那个女服务员，还有他现在的这个情妇以及威士忌，他几乎能够相信他贩卖威士忌的目的其实并不是为了赚钱，而是因为他注定要对他身边的女人隐藏一点东西。这期间，他偶尔在白天会远远地看到她在房子的后面，在干净庄重的衣服下面，移动着清晰富态的步子，就像长在沼泽里的什么东西，稍微摸上一下，就会坍塌溃败，却一次也不曾往木屋这边或者向他看上一眼。当他想到那另外的一副形象，那个似乎只存在于黑暗中某个地方的人影，似乎他白天看到的只是被黑夜姊妹谋杀的某个人的幽灵，现在漫无目的地在这宁静的老地方来回地移动，甚至连哀痛的力量，都已经被掠劫一空。

当然在第二阶段中，第一波的狂热并没能持续多久。开始是激流的迸发，现在是一种潮汐，有起有落。在涨潮的时候，她几乎能愚弄他们两个。她好像不知道那只是潮起而已，很快就要落去，只是酝酿更为野性的狂热，一种标榜自己和他进行身体实验的激烈否定，超越了想象，像是利用它的惯性顺势而为，却不愿意或毫无计划地承受它们潮落的凄凉。好像她似乎知道时间苦短，秋天已经来到了她的身边，却还不知道秋天的意义。那似乎仅仅是一种本能：身体的本能还有对虚度光阴的本能否定。然后潮就落了。然后，在密史脱拉风[1]刚刚逝去时，他们就搁浅在令人厌倦、筋疲力尽的海滩上，彼此望着，像陌生人一样，眼睛里没有希望，而又带着责备（他疲惫不堪；她充满绝望）。

但是秋天的影子已经落在了她的身上。她开始谈论着要个孩子，好像本能已经警告她现在到了她必须要么说理、要么赎罪的时候。她是在潮落的时候谈起这件事的。最初，夜里的开头总是涨潮，就好像白天和分离的时间已经积起了足够多浪费的溪水，至少积起了瞬间的激流。但是过了片刻，溪水就变得孱弱不堪：他现在不太情愿去找她，像个陌生人，已经往后张望；像个陌生人，在和她在那间黑暗的屋子里坐上一会儿，聊过其他的陌生人，然后他就会离开。他现在注意到，好像是通过事先的策划，他们总是在卧室相遇，好像他们结婚了。他再也不用满屋子找她；那时候，她气喘吁吁、赤身裸体地藏匿在屋子里或者破败院子中的灌木丛里，现在那些夜晚就像谷仓下面的栅栏柱子一样死寂空洞。

一切都死寂一片：那些场景，那些完美玩弄出来的隐秘荒谬的欢乐和嫉妒的场景。虽然如果她现在知道，她仍然有理由嫉妒。他大约每个星期都会外出，出去办事，他告诉她。她不知道是什么事情让他跑到孟菲斯，在那里，他跟其他的女人一起背叛了她，那些女人是他花钱买来的。她不知道，也许她现在所处的阶段是她不可能被说服，不可能听信别人的说法，也不可能在乎。因为她已经喜欢上夜里大部分时间清醒地躺着，然后再在下午的时候补上一觉。她并不感到难受，这不是身体的问题。她的身体还从来没有这样好过，她的食欲大开，她比有生以来最重的时候都要重上三十磅。这

---

[1] 密史脱拉风是法国南部从北沿着下罗讷河谷吹过的一种异常干冷的强风。

当然不是因为那个让她睡不着，是因为来自黑暗的什么东西，土地，那渐渐消逝的夏天本身：对她来说，感觉有什么东西充满威胁和恐惧，因为本能让她宽慰，那东西不会伤害她，而它却侵袭她，完全地背叛了她，但她却不会受到伤害，相反，她会被救起，生活还像往常一样继续，甚至更好，甚至变得没有原来那么可怕。可怕的是她不想被救起。"我还没有准备好祈祷，"她不禁说出声来，安静、僵硬、悄无声息，双眼睁得很大，这时月亮像水一样倾泻，倾泻进窗户，给房间注入了一种清冷、无法挽回而又遗憾至极的东西。"不要强迫我一定祈祷，亲爱的上帝，让我再受更久一点的诅咒吧，让时间再长一小会儿。"她似乎看到了她过去的整个生活，那忍饥受饿的年月，就像一条灰色的隧道，在那无法挽回的遥远尽头，耻辱却没有消隐，思维陷入痛苦，短短的三年前她曾经裸露的胸部痛了起来，她像处女一样被钉在十字架上："先不要啊，亲爱的上帝。先不要啊，亲爱的上帝。"

因此到现在，经过被动冷漠以及那纯粹出于习惯的带动，他再来找她，她才开始谈起了孩子。她先是从别的事情谈起了孩子，也许这本来就是女性的纯粹本能的心计和迂回，也许不是。不管怎样，在他有些震惊地发觉时，已经过了一些时间，她正谈论着这种可能性，一种实际的想法。他立刻说**不行**。

"为什么不行呢？"她问。她看着他，心里思忖着。他的想法很快，想着**她想和我结婚，肯定是**。**她并不比我更想要孩子**。"这只是一个诡计而已，"他想，"我早该知道这个，早该想到这个。一年前我就应该从这儿抽身离开了。"但是他不敢告诉她这个，不敢让婚姻这个词来到他们中间，成为他们的话题。"她可能并没有想过这个问题，我只是把这个概念放在她的脑子里了。"她看着他。"为什么不行？"她问道。然后，他的脑子里似乎也闪了一下**为什么不行？那意味着在剩下的生活中活得安逸、安全。然后你永远不会再次漂泊，而且你还可能像这样和她结婚**。"不。如果我现在屈服，我就等于否定三十年来我曾经的生活要让我成为的样子。"他说，"如果我们要孩子的话，我想两年前就已经会要了。"

"那时候我们还不想要。"

"我们现在也不想要。"他说道。

那是九月。然后，圣诞节刚过不久，她告诉他，她怀孕了。她几乎还没有说完，他就认为她在撒谎。他发现，到现在，他已经等她这句话等了三个月了。但当他往她脸上看的时候，他才知道她没有说谎。他相信她也知道她不是在撒谎。他想："终于来了。她现在该说：结婚吧。但至少我可以先离开这个屋子。"

但她什么都没有说。她一动不动地在床上坐着，她的手放在大腿上，那沉静的新英格兰的面孔（仍然是副老处女的面孔——颧骨突出，长脸，有点瘦瘦的，几乎有点像男人的面孔。和她的脸相比，她那丰满的身体比原来看起来更像丰润柔软的动物）向下垂着："我已经想好了。即使生个黑种，我也想看到父亲和卡尔文的样子。这对你来说是个逃跑的好时间，因为那是你一直想干的。"她说，语气中露出沉思、超然和洒脱。但是，好像她并没有在听她自己说话的声音，并不想让她的话有任何实际的意义：那即将逝去的顽固的夏天，最后傲热的火焰，秋天已经半死不活地来临，毫无知觉。"一切都结束了，"她静静地想道，"完结了。"除了等待，还要再过一个月，才能确定；她从那个黑女人了解到的那个，就是只有等到两个月之后才能说清楚。她就不得不再等一个月，她看着日历，并在日历上做了个标记以便确认，然后才不会出现错误。透过卧室的窗户，她看到了那个月的结束，已经下霜了，一些树叶开始变了颜色。那个标记的日子来了，又过去了；她又给了自己一个星期时间，以便双重的确认。她并没有感到兴奋，因为她并没有感到意外。"我怀了孩子。"她静静地、不由自主地说出声来。

"我明天就走，"他对自己说，就在同一天。"我星期日就走，"他想，"我等到拿了这一星期的工资，我就走了。"他开始盼望着星期六的到来，盘算着要去的地方。那一个星期他一直没看到她。他期待着她来找他。在他进入或者离开木屋的时候，他会发现自己总是有意地避着不朝房子的方向看，就像他刚到那儿的第一个星期所做的那样。他根本就没有看见她：他偶尔会看到有黑奴女人，穿着不成体统的衣服抵御着秋天的寒凉，她们沿着那条破旧的小路来了又去，从她的那座房子进进出出。然而，所有就是那些了。当星期六来临的时候，他并没有走。"或许还可以多挣些钱吧，"他想，"如果她不急于撵我走，我也就没有理由现在离开。我到下个星期六再走吧。"

他又留了下来。天气仍然很冷，晴朗而寒冷。在那间冷风嗖嗖的小屋里，当他现在躺在棉毯下面时，会想起那座房子里的卧室，里面生着火，有很多软麻布料的被子。他现在比以往任何时候都有些自我怜悯。"她也应该给我送条被子来吧。"他想。也许他应该买一条，但是他没有买，她也没有给他送。他等待着，似乎等待好长时间了。然后在二月的一个晚上，他一到家就发现他的小床上有张便条。非常简洁，几乎是个命令，让他晚上去房子那里。他并不意外。他还没见过任何一个女人，如果找不到其他的男人，不会不及时回来的。现在他知道明天就会走了。"这一定是我一直等待的，"他想道，"我只是一直等着证明我是对的。"他换了衣服之后，又刮了胡子。他把自己打扮得像个新郎似的，而自己却又没有意识到这一点。他发现厨房里的桌子已经为他备好了，就像往常一样，在所有他没有看到她的时间里，那一点却从来没有变化。他吃完就上楼去了。他并不匆忙。"我们有一整夜的时间，"他想，"如果这个小木屋没有人了，她明天晚上，以及后天晚上就会想的，她都会去思考的。"她正坐在火炉前。他进来时，她甚至没有扭头看他。"把那把椅子也搬过来吧。"她说道。

就这样，第三阶段开始了。这让他颇感困惑了一些时间，甚至比另外两个阶段还更加困惑。他本来期待的是渴望，是一种心照不宣的歉意；或者如果不是那个的话，则是一种想被追求的默许。他甚至已经做好了这样发展的准备。他后来发现的却是一个陌生人，当他最后带着无比困惑的绝望，走上前去触摸她的时候，她却以男人一般的沉稳坚定，把他的手拿挪到了一边。"别闹了，"他说，"如果你有话想对我说，我们过后总能谈得更好。不会伤到孩子的，如果你一直害怕的话。"

她一开口就把他留了下来，那是第一次他看着她的脸：那张冷漠、遥远，而又狂热的面孔。"你有没有意识到，"她说道，"你在浪费你的生命？"他坐在那里，像块石头，一动不动地看着她，好像他无法相信自己的耳朵。

他颇费了一些时间才明白她的意思。她根本没有看他。她坐在那里盯着火炉，她的脸上冷漠、凝滞、若有所思，说话的时候，好像他就是个陌生人，而他却听得惊愕、恼怒。她想让他接手所有的社会事务——处理通信和定期的探访，去那些黑人学校。她把整个计划和盘托出，很详细地把整个计划都列了出来，而他却越听越感到恼怒和惊愕。他要全权负责，而她要做他的秘书和助手：他们要一起去学校，一起去黑奴的家里探访。听着就使他感到愤怒，他知道这个计划是疯狂的。然而，她的表情在平静的火光中却严肃平静，像是火光中的一幅画像。当他离开的时候，他记得她一次也没有提到她怀上的孩子。

他还没有相信她疯了。他想那是因为她怀孕了，因为他相信那是她不让他碰她的原因。他想和她争论。但好像那和一棵树争论没有什么两样：她甚至懒得去否定他，她只是静悄悄地听着，然后再一次以呆板冷漠的语调重复她的话，好像她之前从来没有说过一样。当他最后站起来往外走的时候，他甚至不知道：她是否意识到他已经走了。

在随后的两个月里，他只见过她一次。他继续像往常一样做工，只是现在他根本不再接近那座房子，再次赶去市区就餐，就像他刚开始在刨木厂工作时那样。然而，他在白天做工的时候，也没有想起过她，他几乎没有想过她。现在，他却情不自禁地想起了她。她在他的心里挥之不去，好像他一直在看她，待在那座房子里，耐心地，等着，无法逃避，狂热而痴迷。在第一阶段，原本好像他待在那座房子外面的雪地上，想法进入那座房子；在第二个阶段，他像是在一个炎热荒凉的黑暗中跌入了一个坑洞的底部；现在他就是在一个平原的中央，没有房子，甚至也没有风。

他现在开始有点害怕，他到目前感觉的一直是困惑，也许还有一种不祥的预兆和宿命感。他现在的威士忌生意，有个伙伴：一个名叫布朗的陌生人，春天里的一天出现在刨木厂里，在找工作。他知道这个人就是个傻子，他开始的时候就想："至少我让他做什么，他就能去做什么。他根本不必自己动脑子。"直到后来他才暗自想道:"我现在才知道傻子之所以是傻子,就是因为他替他自己都拿不了什么好的主意。"他收下布朗因为布朗是个陌生人,而且身上有一种快活的性情,什么事都肆无忌惮地愿意干,个人没有什么胆量,因为他知道在一个头脑清晰精明人的手下,一个自身满是缺点的胆小鬼对任何人来说都是相当有用的,当然除了他自己。

他害怕的是,布朗可能也会知道那座房子里面的女人,他那不可预料的愚蠢说不定会做出什么不可挽回的傻事。他担心那个女人,因为他一直躲着她,或许哪天夜里脑子一热来到他的木屋。自从二月份以来,他只见过她一次。那还是他去找她,告诉她布朗要和他一起在小木屋里住。那是个星期日,他去找她,她来到他在房后的门廊里站着的地方,他静静地听着。"你没有必要那样做。"她说。他那时还不明白她什么意思。直到后来,他才豁然开朗,完全地明白了,就像一个印出的句子:**她认为我带他来是为了避开她。她认为我想的是如果他在这儿,她就不敢再来小木屋这里了。然后她就不再打扰我了。**

因为他相信,是他使她有了这种想法,所以他把自己的这种相信以及他对她可能要做什么事情的担心,一直挂在心上。他相信,正是由于她原本的想法,布朗的出现不但不会阻碍她,反而会刺激她来到小木屋这里。鉴于至今一个多月来她根本无事可做,也没有做出什么行动,他相信她可能会行动了。现在他在夜里躺在床上清醒得很。然而他在想:"我也得采取点行动了。我也得要做点事了。"

于是,他就用计支开布朗,以便自己先回到小木屋。他每次都希望她在等他。当他回到木屋的时候,就发现屋内空空如也,他就会带着紧迫而又无奈的怒火想道,自己撒谎并匆忙地赶回来,而她独自待在那座房子里慵懒闲散,除了决定是立刻背叛他,还是要折磨他更久一点之外，整天无所事事。一般说来，他本来也不会介意布朗知道他们之间的关系。在他的性格里，对女人既不会沉默寡言，也不会像骑士精神般地大献殷勤，他讲的是实用、物质。即便杰佛生镇上所有人都知道他是她的情人，那也无所谓。只是他不想让任何人开始揣摩他在那里的私生活，因为他在那儿藏匿了威士忌，每周都可以给他带来三四十美元的净利润。那是其中的一个原因，还有一个原因就是虚荣。他情愿死掉或者被人杀死，也不愿意让人，另外一个男人知道，他们的关系变成现在这个样子。那不但已经完全改变了她的生活，而且她也试图改变他的生活，让他成为一个介于隐士和向黑奴传教的传教士之间的角色。他相信如果布朗了解到这个，他一定不可避免地了解到另外一个。于是在撒谎和匆忙行动之后，他最终回到小屋，把手扶在门上的那当儿，记起刚刚的匆忙，瞬间发现他根本不需要这么匆忙，匆忙会使他忽略他不敢打破的防范，但这样，他就会恨她，就会充满厌恶的恐惧和无奈的怒火。然后一天晚上，他打开门，发现床上有一张便条。

　　他一进门，就看见了它，白色的，方方正正放在那里，在黑色的床单上显得神秘难测。他甚至有片刻的停顿，就想着他知道里面信息的内容，以及它的期许。他一点也没有感到急切，而他感到的是解脱。"现在结束了，"他想，还是没拿起那张叠起来的纸条。"现在也许会像原来那样，不再谈论黑奴和孩子。她已经意识到了。她已经放弃原来的想法，她已经看到那样做不会有结果的。她明白她现在想要的，需要的就是一个男人。她想要男人在夜里陪着她，至于他白天做什么对她来说不重要。"他早就应该意识到，他那时一直没有离开的原因。他早应该看到他被一片不知道内容的纸片紧紧地束缚着，好像那就是一套锁链。他没有考虑过那个，他只是看到自己又一次接近希望和欣喜，虽然现在只是来得更加平静。他们两个都想这样，只是现在他占据支配的地位。"所有该死的蠢事，"他想道，手里拿着还没有展开的便条。"所有该死的荒唐事。她仍然是她，我仍然是我。现在所有那些荒唐事都过去了。"他想着他们今晚可能会嘲笑那些荒唐，以后，事后，当他们可以安静地聊天，可以安静地嬉笑：嘲笑整个事情，互相调侃，嘲笑着他们自己。

　　他根本没有打开那个纸条，直接收了起来，洗刷了一下，刮了胡子，换了衣服，同时还吹着口哨。他还没收拾完，布朗就回来了。"哦噢，哦噢，哦噢。"布朗说道。克里斯默斯没有说话。他正对着钉在墙上的一片镜子系他的领带。布朗走到地板中央停了下来。他是位个子高挑、消瘦的小伙子，穿着肮脏的工装，软弱而俊俏的脸上长着一双好奇的眼睛。他的嘴边有一道狭长的伤疤，像吐出的唾沫丝线一样白。过了一会儿，布朗说："看来你要去啥地方。"

　　"是吗？"克里斯默斯说道。他并没有回头看他。他单调地吹着口哨，却满是真诚：一个在黑奴中传唱的哀伤的小调。

　　"我看我啥时候也不需要打扮这么干净，"布朗说道，"我看你几乎已经准备好了。"

　　克里斯默斯回头看了他一下。"准备干什么？"

　　"你难道不是进城吗？"

　　"我说我要进城了吗？"克里斯默斯说。他又转过来对着镜子。

　　"噢。"布朗说道。他朝克里斯默斯的头上打量着。"哦噢，我看这说明你要出去办私事吧。"他打量着克里斯默斯。"这夜里冷飕飕的，躺在潮湿的地板上，下面啥也没有，可够受的，除非下面有个苗条的妹子。"

　　"可不是吗？"克里斯默斯说道，吹着口哨，心不在焉，不慌不忙。他转过身来，拿起他的上衣，穿上，布朗仍然在盯着他。他朝门口走去。"早晨见吧。"他说道。那扇门并没有在他的身后关上。他知道布朗正站在里面，往他身后看着。但是他并没有试图掩盖他的目的。他继续朝那座房子走去。"让他看吧，"他心里想，"让他尾随我吧，如果他想的话。"

桌上的东西已经为他备好了。在坐下之前，他从口袋里拿出了那个便条，把它放在了盘子旁边。便条并没有放在信封里，也没有叠起来，就自己散开了，好像在邀请他，执意地让他读读。但是他并不想看它一眼。他开始吃饭，吃得并不匆忙。在他快吃完的时候，他突然抬起头，似乎听见了什么声响。然后他站了起来，往那扇他进来的门走了过去，像只猫一样没有声响，然后猛地一下把门拉开。布朗正站在外面，他的脸正靠在门上，或者说靠在刚刚门开的位置。灯光落在了他的脸上，映出的表情是急切而又幼稚的好奇，当克里斯默斯看过去的时候，它瞬间变成了诧异，然后才回过神来，稍微往后退了一点。布朗的声音欢快，虽然很低，谨慎而又诡异，好像他已经和克里斯默斯达成了某种同盟和默契，不用问，也不用等着知道是什么事，这是因为出于对他同伴的忠诚，或者也许是出于针对女人的男人之间的忠诚。"噢，噢，噢，"他说道，"你每天夜里潜出来就来这里鬼混啊。就在我们门前，你也许说……"

克里斯默斯一句话也没说，就给了他一个耳光。这一巴掌下去并不重，因为布朗正天真欢快地往后退着，似乎也在偷偷地笑着。这一巴掌把他的声音拦腰切断，他往后退着，跳了一下，从灯光中跳开了，消失在夜幕中，然后他的声音传了过来，声音仍然不高，好像即使是现在，他也不想坏了他同伴的好事，但语气中满是紧张、警惕和惊恐："难道你还打我！"两个人中，他是高个子，瘦长的身影已经处于滑稽的逃跑之中，在另一个默不作声的步步紧逼下，他跌跌撞撞地向后退去，好像马上就要噼里啪啦地崩碎一地。布朗的声音再次传来，高亢而又满是惊骇和虚张声势的威胁："难道你还敢打我！"这一次在他转身的刹那，一拳击中了他的肩膀。他现在已经开始在跑了，跑了一百来码才慢下来，回头望了一眼。然后他停了下来。"你这个该死的黄肚皮。"他说，语气中带着试探，然后立刻又把头猛地扭了回去，好像他的声音比他想象的声音更高，制造了更多的分贝。房子那边没有声音传来，厨房门口的光线那里再次暗了下来，门也关上了。他稍微提高了一点声音："你这个该死的黄肚皮！我要叫你知道你在和谁耍。"然而什么声音也没有了。冷飕飕的。他转身往木屋的方向走去，一路嘟嘟囔囔地说着什么。

当克里斯默斯再次进入厨房的时候，他甚至并没有往桌上再看一眼，桌上还放着那张他还没有读过的便条。他穿过那扇连着房子的房门，朝楼梯走去。他开始上楼，速度不快。他不紧不慢地往楼梯走去。他现在能看见卧室的房门，隔着缝隙可以看见房间的亮光，炉火的亮光，从门下漏了出来。他继续不紧不慢走过去，把手放到了门上。然后打开了门，他完全停住了，凝滞似的一动不动。她正坐在桌子旁边，旁边放着油灯。他看到一个他认识的身形，穿着一件他见过的深色外套——看起来像是专门为一个粗鲁的男人缝制，且被那个男人穿过的外套。在外套的上面他看到一个头，头上的毛发已经灰白，向后束成一个枯槁的发结，像是生病的树枝上长出的树瘤，粗糙而丑陋。然后她抬头向他看过来，他看见她戴着钢架眼镜，从前他从来没有见过她戴过。他站在门口，他的手仍然在门上的球形把手上，一动没动。他现在似乎能听到他身体内发出的声音：

你真应该读读那张纸条，你真应该读读那张纸条。他于是想："我要做点事了。要做点事了。"

当他站在桌子旁边，她并没有从桌旁站起来，桌上堆满了凌乱的纸张，他仍然能听见自己身体内的那个声音，同时他还听着她那冰冷凝滞的声音展示出的平静的重负，他的嘴一边重复着她的话，一边向下看着那些凌乱而又神秘的文件，思绪平滑而又慵懒地游移，不知道这份文件是什么意思，也不知道那份文件是什么。"去上学。"他的嘴说道。

"是的，"她说道，"他们会收你。任何一所学校都会收你。用我的账户。你可以在它们中间选择任何一所。我们甚至不用付费。"

"去上学，"他的嘴说道，"去个黑鬼的学校，我。"

"是的。然后你可以去孟菲斯。你可以在皮伯斯的办公室研修法律。他会教你法律的。然后你就可以接管所有的法律事务。所有这些，所有他做的那些事，皮伯斯做的。"

"然后在一个黑鬼律师的办公室学习法律。"他的嘴说道。

"是的。然后我就会把所有的业务都交给你，全部的钱，全部。所以你以后自己需要钱的话你可以……你会知道怎么弄的，律师会知道怎么弄的，所以……你是在帮助他们摆脱黑暗，没有人会起诉你或者指责你，即使他们发现了……即使你不还回去……但是你可以把钱还回去，就没有人会发现……"

"但是去一个黑鬼的学校，一个黑鬼律师。"他的声音说道，悄悄地，甚至没有任何争论的意思，只是脱口而出。他们并没有互相看着对方，自从他进来后，她还一直没有抬头。

"告诉他们。"她说道。

"告诉黑鬼，我也是个黑鬼？"她现在看着他。她的脸相当镇静。现在那是一副老妇的面孔。

"对。你必须那样做。然后他们才不会向你收费。从我的账户上。"

然后，就好像他突然对自己的嘴说话了："闭嘴。别再胡说八道。让我说吧。"他向前探过身去。她没动。他们的脸相隔不到尺许：一张脸冰冷、死灰、执迷而又发狂，另一张脸是牛皮纸似的颜色，嘴唇向上翘着，成了无声而又僵硬的咆哮形状。他静悄悄地说："你老了，我原来从来没有注意到，一位老婆子。你的头发里已经有了白发。"她立刻打了他，用的是她那扁平的手掌，而她身体的其他部分却纹丝未动。她一巴掌打下去，"啪"的一声闷响，而他紧接着打过去的声响就像她巴掌的回响。他是用拳头打的，然后一股风似的把她猛地从椅子上提了起来，抓住她，面向着他，一动不动，她那凝滞的脸上仍然没有一丝表情，而心里的明白就像风一样向他倾泻而下。"你就没有怀孕，"他说，"你从来就没有怀孕。除了老，你其他什么事情都没有，那就是你所有的问题。"他放开了她，又开始打她。她倒在床上，缩成一团，抬头看着他，他又朝她的脸上打去，在她的面前站着，他对她说着她曾经一度非常喜欢听到他那舌尖的话，那舌尖，她过去常说她能尝到那里的感觉，喃喃耳语，充满淫秽和爱抚："好了，你完全不行了，你已经一无是处了，好了。"

她躺在床上，侧着身，她的头转了过来，嘴角流着血，向上望着他。"也许最好是我们两个人都死掉。"她说道。

他一打开门，就立刻看见那张躺在毯子上的纸条。然后他就走上前去，拿了起来，打开它。现在，他就会记起那个中空的栅栏柱里，那些告诉他要按照里面内容行动的纸条，就好像发生在他曾经生活的另外一个世界。但是这纸张条、墨水、形式和形状，都是一模一样的。它们从来不长，现在也不长。但是现在里面，再也没有什么能唤起他无言的期待，丰富而又没有提及的快乐。现在它们比墓志铭还要简洁，比命令还要生硬。

他第一感觉就是不要去。他相信是他不敢去。然后他知道他不敢不去。他现在也不换衣服了，穿着那件沾满汗渍的工装，他会穿过五月朦胧的黄昏，进入那个厨房。现在的桌子上再也没有为他准备的食物了。有时候，在经过的时候，他会看过去，就会想："天哪。我什么时候曾经坐在这里安静地吃过饭。"然而他记不清了。

他就会走入房子，登上楼梯。他总会先听到她的声音。在他爬上楼梯到达卧室门口的这个过程中，就会听到声音越来越高。门是关着的，上了锁；从门的那边传来了持续而又单调的声音。他听不清说的什么，只听到不停的单调的声音。他不敢仔细听。他不敢让自己知道她做的事情。于是，他就站在那儿等着，过了一会儿，声音停了下来，她打开门，他才进去。他经过床边的时候，他会低头看一下床边的地板，他似乎能辨出地上有膝盖跪过的痕迹，然后他就赶紧把眼睛猛地移开，好像那是他们都看到的死亡。

可能屋内也没有点灯。他们并没有坐下。他们再次站在那儿说话，就像他们两年前做的那样。站在黄昏中，她的声音重复着同样的故事："不去学校，那么，如果你不想去的话……不去也行……你的灵魂。……的赎罪，"然后他等着，冰冷，一动不动，直到她说完："地狱……永远、永远……"

"不行。"他说。而她则会静静地听着，他知道她还是没有被说服，她知道他也没有被说服。然而，谁也没有让步，更糟糕的是：他们又不愿让对方消停，他甚至不愿意走开。他们会在安静的黄昏中再多站一会儿，黄昏里住满了从腰间生出来的各色致命的罪行和欢乐的鬼魂，他们相互看着各自凝滞不动的、逐渐消失的面庞，神情倦怠、筋疲力尽，却绝不低头。

　　然后他就要离开。在门关闭之前，还没有上门栓，他又再次听到那个声音，单调、冷静、绝望，说的是什么、对着什么或谁说的，他都不敢了解，也不敢怀疑。三个月后，八月的那个夜晚，他坐在那个破败花园的树荫下，当听到两英里外的法院大楼的钟声敲响十点，然后十一点的时候，他冷静而又自相矛盾地认为自己在命运面前，就是毫无任何意志的奴仆，虽然他本人根本不相信命运的存在。他暗自说**我过去就必须把这事做了，到现在已经太久了；我必须把这事做了，**她自己也说过这样的话。

　　她两个晚上之前就这样说过。他看到便条之后就去找她。在他走上楼梯的时候，那单调的声音变得响亮，听起来比往常更加响亮和清晰。当他走到楼梯尽头时，他才看清原委。门这次是开着的，他进来的时候，她并没有从她跪着的床边站起来。她没有反应，她的声音也没有停下，她的头也没有低下去。她的脸是仰着的，几乎带着傲慢，她表面凄惨的态度也是她傲慢的一部分，在黄昏的余光中，她的声音冷静、平稳而克制。直到她说完一整句话，她好像才意识到他已经进来了。然后她转过头。"和我一起跪下。"她说。

　　"不。"他说。

　　"跪下，"她说，"你甚至不必亲自和**他**说话。只是跪下。仅仅是做出第一步。"

　　"不。"他说，"我要走了。"

　　她没有动，转过眼睛向上看着他。乔，"她说，"你留一会儿行吗？可以吗？"

　　"好吧，"他说，"我留下。但是得快一点。"

她又开始祈祷。她轻声说着，带着那种卑鄙的傲慢。在需要用到他曾经教给她用的那些象征词的时候，她就直截了当地把它们说出来，没有任何犹豫，直接对上帝说话，就好像他和另外两个人住在同一房间里。她把自己、把他说成两个其他人，她的声音平静、单调、听不出性别。然后她停下来了。她静静地站了起来。他们站在昏暗的光线中，面对着面。这一次，她甚至没有问那个问题；他甚至不需要回答。过了一会儿，她静悄悄地说道：

"那就只有一件事可做了。"

"就只有一件事可做了。"他也说。

"所以现在一切都结束了，一切都完了。"他静悄悄地想道，坐在灌木林浓密的阴影中，听着远处最后的钟声停止并渐渐消逝。那里是两年前那些狂热夜晚中的一个，他曾经捉到她并发现她的地方。但是那已经属于另外的时间和另外的生活了。现在这里已经是一片死寂，曾经丰饶骚动的土地，现在已经冷却凝滞。黑暗中充满了各种声音，数不胜数，来自他知道的所有过去时间的声音，就好像过去成了平铺开来的模式。一直向前延伸：明天夜里，所有的明天，都成为这个平铺模式的一部分，向前延伸着。想到那个，他暗暗地感到有些震惊：向前延伸，数不胜数，清晰而熟悉，因为曾经的所有都和即将要来临的一模一样，因为要来的明天和曾经的过去总会是一模一样。时间到了。

他站了起来。他从灌木林的阴影中走了出来，走到房子的附近，进了厨房，房子里漆黑一片。他从早上一直没有回过木屋那边了，他不知道她是否给他在那里留了便条，是不是想让他过来。不过他为了不弄出动静并不想回去查看。好像他并没有想过睡觉，也没有想过她是否已经睡着。他继续走上楼梯，进入了卧室。几乎在他进门的同时，床上立即发出她的声音。"把灯点上。"她说道。

"根本不需要灯光。"他说。

"把灯点上。"

"不。"他说。他站在床前，手里拿着那把剃须刀，但是刀还没有从刀柄里打开。但他不再说话，然后他的身体似乎从他身上移开了。他走到了桌旁，他的手把剃须刀放在了桌上，找到了油灯，点燃了火柴。她正在床上坐着，背靠着床头。在她的睡裙上搭着一件过胸部的披巾。她的手臂叠放在披巾上，她的手不知藏在了什么地方，离开了视线。他站在桌旁，他们互相看着。

"你愿意和我一起跪下吗？"她说道，"我不求你。"

"不。"他说。

"我不求你。不是我求你。和我一起跪下吧。"

"不。"

他们互相看着对方。"乔，"她说道，"最后一次。我不求你。记住。和我一起跪下。"

"不。"他说。然后他看到她的手臂舒展开了，她的右手从披巾的下面伸了出来。——它握着一把老式的单动撞针左轮手枪，有点像小型的步枪一样长短，但还更重一些。然而，它的影子，还有她的手和手臂映在墙上的影子没有丝毫的犹豫，两者的影子阴森怪异，那翘起的撞针阴森怪异，背部现出拱起的形状，恶毒的姿势像是翘起来的蛇头，没有丝毫的犹豫。她的眼睛也没有丝毫的犹豫。它们和那只手枪枪口周围的黑色环口一样沉稳。但是在里面没有激动，没有愤怒。它们就像所有的怜悯和所有的绝望还有所有的信仰一样镇定沉稳。但他并没有看它们。他正看着墙上映出影子的手枪，他正看着，这时，撞针翘起的影子突然地弹开。

　　站在马路的中间，他举着右手完全站在驶来汽车的刺眼光线中，事实上，他并没有想到它会停下来。然而，它却停了下来，发出嘎吱嘎吱的声响，拖着声音停了下来，似乎有些滑稽。这是一辆小型的汽车，有点破旧不堪。他走近的时候，在汽车头灯反射的光线中，漂浮着两张年轻的面孔，像两个浅色的呆滞的气球，边上坐的是个女孩，背部凸起，怯懦地缩成一团。但克里斯默斯那时并没有注意到这个。"搭一下你们的车怎么样，能走多远就走多远？"他说道。他们什么也没有说，只是看着他，脸上还是带着那种他并没有察觉的凝滞而好奇的恐惧。于是他就打开车门坐到了后面的座位上。

　　在他上车的时候，那个女孩就开始呜咽地哭泣，有那么一会儿似乎就哭出了声来，可以说是因为恐惧占据了上风。车子已经开动，似乎在跳跃着前进，那个男孩向女孩发出"嘘、嘘"的声音，他的手并没有离开方向盘，也没有朝她扭头："打住！嘘！这可是我们唯一的机会！你能赶快打住吗？"克里斯默斯并没有听到这个。他正坐在后面，完全没有意识到他前面的人正处于绝望的恐惧中。他只是偶尔才想到这辆车的速度在乡间的道路上开得有些冒失。

　　"这条路还有多远？"他问道。

　　男孩告诉他前面镇的名字，就是三年前他刚到杰佛生镇的那个下午，那个黑人男孩告诉他的同一个镇的名字。男孩的声音有些干哑轻飘："你想去那儿吗，先生？"

　　"好吧，"克里斯默斯说，"是的。是的。去那儿就行。我是想去那儿。你是去那儿吗？"

　　"好，"男孩说道，语气轻飘单调。"哪里都可以。"他身边的女孩又一次开始呜咽地抽泣，小动物一般地呻吟；男孩又再次朝她嘘声，他的脸僵硬地朝着前面，车子飞奔着，颠簸着："别吭声！嘘——嘘。别吭声！别吭声！"但克里斯默斯还是没有注意到。他只是看到那两个年轻的头在刺眼的灯光中僵硬地向前看着，前面的道路像条带子一样在前面摇曳着逃离。可是无论是他俩，还是前面逃离的道路，他都没有兴趣，甚至他发现那个男孩明显和他已经说了一段时间的话，他竟然都没有注意到；他们已经走了多远，或者他们现在到了哪里，他不知道。那男孩说话现在慢了下来，精炼简要，好像每个词都经过精心挑选，缓慢而又清晰地说出来，以便能让外国人的耳朵听得懂："留意，先生。我要在前面上去转弯，是条近路。走这条近路可以开上一条好路。我准备走这条近路。如果走上这条近路，我们就能早点到那儿。明白吗？"

"好吧。"克里斯默斯说道。汽车跳跃似的颠簸着，继续往前跑着，在转弯和上坡的地方摇摆着，然后路面又往下逃离，好像地球在他们下面沉下去了一样。路边柱子上的邮箱飞奔着进入了灯光中，又飞快地向后一闪而过。偶尔他们路过一个黑暗的房子。那男孩又说话了：

"现在，这儿这条近路就是我告诉你的。就从这儿顺着下去。我这就转进去。但是并不是我要离开这条路。我只是想过到一条更好的路上。清楚吗？"

"好吧，"克里斯默斯说，然后他毫无意识地问了一句，"你们一定是住在附近的什么地方吧？"

这时那个女孩说话了。她从座位上转过头来，嗖地转了一下身，她苍白的小脸满是焦虑和恐惧，像盲目的耗子一般的绝望："我们是！"她带着哭腔，"我们两个都住这边！就在前面不远！而且我爸爸和哥哥都……"她的声音停住了，突然被打断了；克里斯默斯看到男孩的手捂在了她脸的下方，她的两只手在他的手腕处拉着，从他的手下面，她那窒息的声音咕噜着。克里斯默斯向前探过身去。

"这儿，"他说道，"我就在这儿下吧。你可以让我在这儿下车。"

"看你干的！"男孩也带着哭腔说道，声音细微，有些绝望和恼怒。"如果你不说话……"

"停车，"克里斯默斯说道，"我不会伤害你们任何一个。我只想下车。"汽车再次嘎吱嘎吱地突然停下。但是发动机还在飞快地转动着，还没等他站稳，汽车就往前跳着冲了出去；他不得不往前跑了几步才保持住了平衡。他往前跑的时候，有个又重又硬的东西从侧面猛地撞了他一下。汽车继续一溜烟地往前冲了过去，消失了。空气中飘回的是那个女孩尖利的哭泣声。然后，什么也没有了。黑夜，现在那无形的灰尘又开始落下，夏夜又重新万籁俱寂。从侧身碰他的那个东西着实给了他重重的一击；然后，他发现那个东西就在他的右手里。举起手，他发现他的手正握着那把沉甸甸的古董一样的手枪。他不知道他还拿着它，他根本不记得他什么时候把它捡起来的，也不记得捡它的原因。但那确实是在他的手里。"我原来是用右手招呼的那辆车，"他想道，"难怪她……他们……"他右手往后抽了一下又甩了出去，枪在手里恢复了平衡。然后他停了一下，划了根火柴，借着那微弱的火苗打量了一下那把枪。火柴燃尽熄灭了，而他似乎仍然能看清这个古老的家伙有两个枪膛上了子弹：一个枪膛撞针已经落下，不过弹药没有炸开，另外一个撞针还没有落下，但是撞针却是打算被扣下的。"一个是给她的，一个是给我的，"他说道。他的手臂抽了一下，然后又往前甩了一下。他听到那把枪哗啦一声落入草丛的声音。然后再也没有声音了。"一个是给她的，一个是给我的。"

十三

　　在发现大火之后的五分钟里，乡邻们就开始聚集。他们中有一些人正坐着马车赶往城里度周末，路过这里，就停了下来。有一些人是步行从附近直接过来的。这一带主要是黑奴居住的木屋，这片单薄贫瘠的土地上，要是来个防卫纠察队也不一定能搜出十来口人，不管是男人、女人或者孩子，然而现在不过半个小时，人们好像从稀薄的空气冒了出来，他们结伴或成群地聚了过来，有的是独个地走了出来，还有的是全家出动。还有一些另外的人坐着疾驰的汽车一路咕咕作响地从城里赶过来。他们里面就有这个县的治安官[1]——一位肥胖、洒脱的男人，有着一副精干的头型和亲和的外表，他挤了进来，赶开那些围观床单上尸体的人们，他们的脸上挂着凝滞的孩子般诧异的神情，就如成年人在端详自己的肖像一样。

1　美国的治安官，往往是一个县郡或独立城市中维护治安和法律的官员。和美国大多数执法机关的官员不同的是，治安官是由民众选举出来的，参选人需要有一定的执法资格。选举出来的治安官需要首先对本县郡的公民负责，然后对州宪法负责，最后再对美国宪法负责。

他们中间有偶然路过的北方佬，也有贫穷的白人，甚至还有一些曾在北方住过一阵子的南方人，他们都明显相信这是一桩被不知名的黑鬼犯下的罪案，凶手不是某个黑人，而是所有的黑鬼，而且他们还知道并且相信，她一定还被强暴过：至少在她被割喉前被强奸过一次，之后至少再有一次。治安官走了过来，亲自查看了一下，然后就叫人把尸体运走了，把这个可怜的东西藏了起来，远离了大伙的视线。

然后，他们就没有什么可看了，除了尸体曾经躺过的那块地方和那堆正燃烧的大火。很快，没有人能够准确地记起床单到底曾经放在什么地方，它是盖在哪块地上，然后就只剩下大火可以看了。于是他们就看大火，仍旧是挂着那副凝滞、呆滞的诧异神情，那神情就像是他们在意识萌发的时候，从古老而腐臭的洞穴里继承而来，像是观看死亡一样，他们以前好像还没有看过大火。很快，消防车就威风凛凛地开了过来，噪音、哨音和铃声交相映错。消防车是新的，油漆成红色的，镶着金色的边缘，配着一副手拉警报器和一个金色的铃铛，声音庄重安详，威风十足，神气活现。车身上围站着未戴头盔的男人和年轻小伙子，其吸附车身的能力，已经可以惊人地漠视苍蝇使用的物理法则。车上载有机械扶梯，手只要轻轻一点，就像折叠式的大礼帽，便能弹跳到惊人的高度，只是现在没有什么可以弹跳的。车上装着大卷的还未使用过的干净水管，让人想到流行杂志里刊登的电话托拉斯广告[1]。但是既没有东西把它们支起来，也没有什么东西在管子里流淌。于是，那些放弃自己桌边工作的不戴

1　即电话公司的广告，他们通常在杂志上展示大卷的电话电缆线，用以表明公司服务公众的资质和能力。

头盔的男人，一窝蜂地从车上下来，甚至连那个拿着警报器的男人也下车把警报器放在了地上。他们也凑了上来，围观的人们给他们指了几个可能放置床单的不同地方，他们中有几个人的口袋里已经佩戴了手枪，开始要追查为犯此罪要受死的那个人。

但是什么也没有找到。她过着与世无争的生活，忙于己事，以至于她死后馈赠给这个镇上人们的遗产只是震惊和愤慨，她生于此，长于此，死的时候仍然是个外来者、局外人；虽然那些震惊和愤慨，对他们来说最终就是一场情感的烧烤，他们几乎是幸灾乐祸，但仍然不会原谅她，不会让她安详平静地离开。不是那样的。安详并非如此易得。于是，他们熙熙攘攘，你挤我堵，相信尸体是三年前已经死去，现在又开始复活，迫切要报仇雪恨；他们却不相信：无论是眼前沉寂的火焰，还是冰冷的尸体，都是对超越人类伤害和痛苦所取得的终极处所的确认。不是那样的。由于另外一种想法让人们更加相信。这就好比在壁橱桌台上堆满了购买的熟悉货品，并不是因为主人想要或喜欢它们，或者能从对它们的占有中得到乐趣，而是为了盈利，才去吸引或引诱他人去购买。而且主人还要经常掂量那些没有卖掉的货品，以及那些能买它们却还没有行动的人们，其间不会不感到生气，也许还有愤怒，还有绝望。同样好比律师待在发霉的办公室里，潜伏在古老欲望和谎言的鬼魂中间，或者医生待在手术室里，拿着锋利的刀子和药片，告诉世人，并相信他们不用读任何劝诫，就应该相信他们劳作的目的就是为了药到病除、妙手回春，然后最终他们无事可做。女人们也来了，懒散的她们穿着鲜艳的衣服，有的随便套了件套裙，红光满面、诡秘激情，那诡秘而又压抑的胸部（与其说她们喜欢宁静，还不如说她们喜欢死亡）跳动着数不清的小鹿，和着人群中喃喃的低语，**谁干的？谁干的？**间或还可能会问，**他还没有被抓住？啊。是吗？是吗？**

治安官也盯着大火看着，有些长吁短叹、目瞪口呆，因为没有现场可供勘察。他还没有意识到，让自己郁闷的是某个人类搞的鬼。是那火。好像对他来说，那大火自生自灭，毫无端倪。好像对他来说，就是通过那大火，也是因为那场大火，有先人已经让他干上这一行，并让他和犯罪结成盟友。于是，他在那块不再有人注意的希望和灾难颜色的遗迹旁，来回地走动着，困惑而又烦躁，这时，一个副手过来告诉他，在房子的不远处发现了一处木屋，最近还有被居住过的痕迹。很快，发现大火的那个乡亲（他还没有离开，自从两个小时前他从马车上下来，车子还没往前移动过半步，现在他在人群里移动着，头发凌乱，不停地做着手势，脸上的表情呆滞、憔悴而又焦灼，他的声音沙哑几近失声）记起他破门而入的时候，在房子里看见过一个人。

"是个白人吗？"治安官问道。

"是的，先生。他正在大厅里滚来滚去，像是刚从楼梯上摔下来。他还不让我上楼，并且告诉我他已经去过楼上了，上面已经没啥人了。当我从楼上下来的时候，他已经走了。"

治安官向周围看了一下。"谁住在那个木屋里？"

"我不知道是谁，"副手说道，"黑鬼，我看是黑鬼。她或许有黑鬼和她一起住在房子里，我听到过一些。我好奇的是这么久过去了，他们才有人把她干掉。"

"给我带个黑鬼来。"治安官说道。副手和另外两三个人给他带来了一个黑鬼。

"是谁住在那个木屋里？"治安官说道。

"我不知道，瓦特先生。"那个黑奴说道，"我可从来没有留意过。

我甚至不知道那里住过人。"

"带他到一边去。"治安官说道。

他们现在凑在治安官、副手还有那个黑奴的周围，一模一样的面孔，脸上贪婪的眼睛开始对空洞而又绵长的火焰失去了兴趣。就好像他们每个人的五个感官都变成了一个看的器官，像一个个神话的存在，话语就像风和空气一样，在他们中间飞过，**是他吗？就是那个人干的吗？治安官找到了他。治安官已经逮到了他。**治安官看了一下他们。"走开，"他说道，"你们全部走。去看大火吧。如果我需要你们帮忙，我再找你们。赶快走。"他转身带了他那一行人去了木屋那里。他的身后，那群被驱赶的人们凑成一团，望着三个白人和那个黑奴进入木屋，关上了门。他们后面，那马上熄灭的火焰又咆哮起来，空气中又充满了噼噼啪啪的声音，虽然并不比那些嘈杂的找不到源头的声音更高。**上帝作证，要真是他干的，我们正干什么啊，就站在这里吗？谋杀一个白种女人，这个狗娘养的黑杂种。**他们谁也没有进去过那座房子。她活着的时候，他们不愿意让他们的妻子去那里造访。当他们还小的时候，孩子们（其中他们的一些父辈也这样做过）会跟在她的后面沿街追着她喊："黑鬼爱好者！黑鬼爱好者！"

在木屋里，治安官重重地坐在其中的一张小床上。他叹了口气，像只圆桶，纹丝不动，有着圆桶一般的惰性。"现在，我想知道谁住在这间木屋里。"他说道。

"俺已经对你说了，俺不晓得。"黑奴说。他的声音有些沉闷，相当警惕，是那种看不出来的警惕。他看着治安官，另外两个白人在他的后面，他看不到他们。他也没有向后看他们，连瞥上一眼都没有。他盯着治安官的脸，就像一个男人盯着一面镜子。也许他看到了它，就像在镜中看到的那样，虽然它还没有到来。也许他并没有看到，因为如果有变化，它只不过就在治安官的脸上微微地闪烁一下。但是黑奴并没有往后看，当皮带落在他的背上，只有抽搐出现在了他的脸上，突然、刺耳、转瞬即逝，他的嘴角向上翘起，瞬间露出牙齿，像是在微笑。然后很快他的表情又平复了，看不出任何的破绽。

"我看你根本没有用劲想吧。"治安官说道。

"俺记不住是因为俺知不道，"黑奴说道，"俺甚至根本就不在这周边住。你们应该知道俺待在哪儿，白人乡亲。"

"布福德先生说你就住在那条路的那边。"治安官说道。

"好多人都住在那边呢。布福德先生应该知道俺在哪儿住的。"

"他在撒谎。"副手说道。他的名字是布福德。他就是那个把皮带锁扣的那一端向外挥舞的那个人。他保持着抡起皮带的那个姿势。他正看着治安官的面孔。他看起来就像一条西班牙的猎犬，等待着主人的命令，随时准备跳入水中。

"也许是，也许不是。"治安官说道。他对着眼前的黑奴思量起来。他一动不动，巨大的体型浑然一块，堆在小床上，把小床的弹簧深深地压了下去。"我感觉，他只是还没搞明白，咱这可不是闹着玩的。更不用说待在外面的那帮乡邻，如果真的发生了他不喜欢的事情的话，不会没有监狱抓他进去的。如果有的话，把他抓进监狱也不是什么麻烦事。"也许，他的眼睛里又一次出现一个暗示，一个信号，也许不是。也许是那个黑奴看到了它，也许没有。皮带又落了下来，皮带的锁扣在黑奴的背上划了过去。"想起来了吗？"治安官问道。

"是两个白人。"黑奴说。他的声音冷淡，但并不懊恼，好像什么也感觉不出来。"我不晓得他们是谁，也不晓得他们是干啥的。也不关我的事。我可从来没有瞧见过他们。我只是听人说有两个白人在那儿住。反正，俺又不在乎他们是谁。我就晓得这些。你们可以从我身上抽出血来。但是我只晓得这些了。"

治安官又一次叹了口气："那就行了。我觉得那就没错了。"

"是那个叫克里斯默斯的家伙，他过去就在那个刨木厂干活，另外那家伙叫布朗。"第三个人说道，"你可以在杰佛生镇挑任何一个呼吸对路[1]的人，他都能告诉你那么多。"

"我觉得那也没错。"治安官说道。

他起身要回镇上了。当人们意识到治安官要离开的时候，人群开始消散。好像现在已经没什么可看了。尸体已经不在了，治安官现在也要走了。好像在他那堆成坨状的慵懒肥肉里藏着这个案子的秘密：像是一种希望和承诺，推动并吸引着这些乡邻走出饱食终日和百无聊赖的日子。于是除了那大火也没有什么可看的了，他们现在已经看了三个小时了。他们已经习惯了它，适应了它；现在它已经变成了他们经历和生命永恒的一部分，没有风，站在那比纪念碑还高、和纪念碑一样坚固的直耸的烟柱下面，他们随时都还可以再次回来。因此，当车队到达镇上的时候，真有点傲慢的派头，像一队前行的灵柩车队，治安官的车走在前面，其他的车子一路嘟嘟地鸣着喇叭，跟在治安官车子的后面，沿途荡起漫天的灰尘。车队走到靠近广场的一条街道的交叉口处，被拦住了，是一辆马车，然后一位乘客正从车上下来。治安官探出头来，往外看了看，一个年轻的女人正缓慢而又小心地从马车上下来，表现出大月份孕妇小心

---

1 指那些呼吸里有威士忌气味的人，暗指他们都有可能买过克里斯默斯的酒。

翼翼的笨拙，然后靠在了一边。车队继续往前走了，穿过广场，在那儿已经有银行的出纳，从地下室里取出了一个信封，是那个死去的女人存到他那里的，里面有她亲笔书写的遗言，说**在我死时开启，乔安娜·伯顿**。当治安官进来的时候，那出纳正拿着那个信封和里面的东西在治安官的办公室里等候。这只是一张纸，上面是和信封上用同一只手写出的文字：**通知皮伯斯律师——比尔街，孟菲斯市，田纳西州；并通知纳撒尼尔·伯林顿——圣埃克塞特市，新罕布什尔州**。就是这些。

"这个皮伯斯是黑鬼律师。"出纳说道。

"是吗？"治安官说道。

"是的。你想让我做什么？"

"我看你最好能按照那纸上说的去做，"治安官说，"我看也许我来办好一些。"他发了两封电报。三十分钟内，他就接到了来自孟菲斯的回复。另外一个是两个小时之后到的。随后的十分钟里，就有消息传遍整个镇上，住在新罕布什尔州的伯顿小姐的侄子悬赏一千美元提拿凶手。那天晚上九点，那位破门而入的乡邻在着火的房子里发现的那个人，出现了。他们那时候还不知道，他就是那个人。他也没有告诉他们。他们唯一知道的就是这个人在镇上已经住了一段时间，而且这个人他们认识，是一个贩卖私酒的家伙，名字叫布朗，不过好像他不是很高明的私酒贩子，他出现在广场上，似乎很激动，正在找治安官。然后，事情开始有了头绪。治安官知道了布朗和另外一个男子有着某种联系，是一个名叫克里斯默斯的男人，虽然住在杰佛生镇已经三年了，知道他的人甚至还没有知道布朗的人多。直到现在，治安官才知道，是克里斯默斯三年来一直住在伯顿小姐房子后面的小木屋里。布朗有话要说，他一直不停地讲话，声音高亢而急促。他所做的，人们一看，就知道他是冲着那一千美元的赏金去的。

"你想做揭发你同伙的证人？"治安官问他。

"我啥也不想做，"布朗说道，声音沙哑、刺耳，脸上有点生气。"我知道那事是谁干的，如果我拿到奖赏，我就告诉你们。"

"你要抓住作案的那家伙，才能领到赏金。"治安官说道。于是为了安全起见，他们把布朗放到了牢里。"只是我看实际上没有那个必要，"治安官说道，"我看只要他能在这儿闻到那一千美元，就撵不走他。"布朗被带走时，他比画着，喊着叫着，声音沙哑、恼怒，治安官就给附近一个镇上打了电话，那儿有两只侦探犬。明天一早两只狗就可以搭乘火车到达这里。

荒凉的站台还笼罩在礼拜天早晨凄凉的晨幕中，火车进站时，有三四十个人已经在那儿等着了，被灯光照亮的车窗滑动着停了下来，发出刺耳的声响。这是一辆快速列车，并不经常在杰佛生镇停靠。停车的瞬间刚好够卸下两只狗：这个一千吨重的精密昂贵而又奇怪的金属笼子闪闪发光，轰隆作响地被卸了下来，瞬间惊得围观的人们鸦雀无声，夹杂着男人们偶尔弄出的细小声响。那两只畏缩的幽灵，骨瘦如柴，耷拉着耳朵，温和的面孔悲戚地凝望着人们从前天夜里一直都没怎么休息的疲惫苍白的面孔，似乎掺杂着一种可怕、渴望而又无能为力的东西，而让他们警醒。仿佛这桩谋杀案开始的暴行以及随后的种种行为，怪异荒谬、自相矛盾，而又漏洞百出，其本身既违反理性又违背天性。

正是日出时分，民兵联防团已经到了那间小木屋，前面的那座房子已经燃成焦黑，现在成了冷却的余烬。那两只狗，要么已经从太阳的光和温暖中获得了勇气，要么是受到人们急迫而又紧张激动情绪的感染，开始在木屋的周围嗷嗷地叫着，扑来扑去。鼻子到处嗅着，发出呼呼的声响，它们一直往前跑着，拖着后面牵着绳子的人。它们并排跑了百十来米，停了下来，开始发疯似的朝地面刨去，扒出一个土坑，那里有人埋下了空空的食品盒子。他们用力把狗拉开，把它们拉到了一个比较远的地方，才又放开手。很快，两只狗又开始骚动，发出呜呜的叫声，开始了又一次搜寻，舌头从嘴里耷拉着，流着口水，拽着拖着后面的人往小屋奔去，牵狗的人一路全速飞奔、骂个不停，到了那里，脚跟站稳，头向后仰起，翻着眼珠，朝着那空空如也的门口狂叫不止，像两个狂热的男中音歌唱家，正激情地演奏意大利歌剧。他们把狗带回到镇上，用车载着，去给它们喂食。穿过广场的时候，教堂的钟声正好敲响，缓慢而祥和，穿着端庄的人们在遮阳伞下正安稳地走着，手里拿着《圣经》和《祈祷书》。

那天夜里，一个年轻人，是位乡下的小伙子，以及他的父亲进来求见治安官。男孩讲述了星期五的深夜开车回家的路上，在案发现场一两英里的地方，遇到一个人拦住他，手里拿着一把手枪。那个小伙子相信他会被打劫甚至会被杀害，他告诉治安官他想骗那个人让他同意自己把车开到他自己家的前院，然后他就可以停下车，然后喊救命，但是那个人似乎觉察到了什么，就强迫他停车，下车走了。那个父亲就想知道那一千美元，里面有多少是他们的。

"你逮住他，然后我们再说吧。"治安官说。于是他们就去遛了遛狗，然后把它们放进了另外一辆车里，那个年轻人给他们指认了那个人出现的地方，然后他们就撒开了手，两条狗立刻冲进了树林，凭着它们对任何形式金属不差毫厘的敏感，几乎毫不费力地找到了那把老式的双膛手枪。

"那是一把内战中使用的手枪，带撞击雷帽和子弹款式[1]的那种，"副手说，"其中的一个雷帽已经合上，却没有射出子弹。你认为他想用那个干啥？"

"放开狗，"治安官说道，"也许绳子太碍它们的事了。"于是他们照做了。狗现在自由了，三十分钟之后就弄丢了。不是人们弄丢了狗，而是狗弄丢了人们。它们只是越过了一条小溪和一座丘陵，人们还能清楚地听到叫声。它们现在不叫了，已经没有了神气活现、胜券在握，甚或是喜形于色的神情。它们现在发出的声音是一种拉长的哀鸣，虽然人们不停地朝它们呼喊。但是这两只动物，显然没有听到。虽然它们两个的声音清晰可辨，但是钟声一般的绝望的哀号，似乎是从同一个喉咙里发出的，听上去两只动物是并排贴身匍匐在地上的。过了一会儿，人们发现它们确实如此，俯卧在土沟里。那时，它们的声音听起来有点像孩子的声音。人们蹲了下来，直到天色足够亮的时候，他们才找到回停车地方的路。那时已经是星期一的早晨了。

星期一的气温开始上升。星期二，入夜，白天炎热之后的黑暗，闷热、安静、压抑。当拜伦走进屋里的时候，他的鼻孔边缘感觉到又麻又紧，他能闻到这屋里浓重的腐臭气味，明显是男人打理的家务。当海德华走出来时，有一团未曾洗过衣服的新鲜酸腐——那种邋遢凝滞的气味，围绕在很少洗澡的皮肉周围，扑面而来。走进屋里，拜伦心想，他原来也是一直这样想的："那是他的权利。也许我

---

1 又叫撞针式手枪，需要把火药手动放入枪筒，然后把子弹推进去。撞击式雷帽一般是黄铜或青铜质的圆筒，封闭的一端往往装有少量的敏感爆炸材料。

不会这样过，但他有权选择这样生活。"他记起来他是如何曾经为此去追寻答案，仿佛通过灵感和神悟而找到了："那是上帝的味道。当然闻起来，对我们来说，不好闻而且是有罪的。"

他们再次在书房中面对面地坐着，那张书桌，那盏点燃的灯，在他们中间。拜伦还是坐在那把硬椅上，他的脸向下低着，一动不动。他的声音冷静、固执：一个男人的声音，正在讲的事情，不但不令人愉快，而且还令人难以置信："我想给她找另外一个地方。找个更隐蔽的地方。那样她就可以……"

海德华看着他那低下去的脸："为什么她一定要搬走？如果她在那儿住着舒服，也可以有个女人在跟前，一旦她需要的话？"拜伦没有说话。他坐着一动不动，眼睛向下看着；他的脸固执地一动不动。海德华看着他的脸，心想："因为发生了这么多的事。发生太多的事情了。就是这样。事情就是这么糟糕。他能扛得起任何事，任何事。"然后他看着拜伦问道："她是因为皮尔德太太才要搬走的吗？"

拜伦仍然没有抬起眼睛，说话的声音仍然是平静而固执："她需要一个地方，能感觉像个家的地方。她没啥整块的时间了，住在寄宿的房子里，基本都是男人……找个安静的地方，在她生的时候，不至于到处都是马贩子或者陪审团的人，连大厅里到处都是……"

"我明白了，"海德华看着拜伦的脸说道，"你的意思是想让我把她接到这边来。"拜伦想说话，但是另一个并没有停下来，他的语气也是冷漠而平淡："不行，拜伦。如果这儿再有一个女人，她住进来就可以。也真可惜，这里的整个房间，还这么安静。我是替她着想，你知道。我不是考虑我自己。我不在乎别人说什么，想什么。"

"我问的不是那个。"拜伦并没有抬头。他能感觉到对方正看着他。他想他知道我也不是那个意思。他知道。他只是那样说。我知道他在想什么。我看我是料到这个了。我看他没有任何理由和其他乡邻的想法不一样，即使对我的看法也是一样。"我看你应该知道那个。"也许他确实知道。但是，拜伦并没有抬眼去看。他继续说着，还是那种枯燥、平淡的声音，眼睛向下望着，桌子的对面，海德华现在比刚刚坐直了一些，看着对面男人的瘦削、操劳而又饱经沧桑的面庞。"我可不想让你搅和进去，如果那儿和你没关系。你甚至都还没有见过她，而且我看你也不会见她。我看可能你也没见过他，对这事并不知晓。只是我感觉也许……"他的声音停了下来，等待着，并不想主动帮他。"要是不想干啥事的话，我看一个人完全可以自己拿主意，但是如果要是真正去干什么事的话，我看人最好还是听一下所有他能够听到的建议。但是我不想让你搅和进去。我不想让你为那事发愁。"

"我想我知道那事。"海德华说。他望着对方垂下的面孔。"我早已经与世无争了，"他想，"那也是为什么通融、干预毫无用途的原因。假如我重新入世还俗的话，不会比那个男人或者那个女人更愿意听我说话（唉，还不比那个孩子更愿意）。"

"但是你告诉过我，她知道他在这儿。"

"是啊，"拜伦说着，沉思着。"那时候我想那种伤害人的机会，不管落在其他男人、女人或者孩子的身上，都不可能落到我的头上。她一到那儿，我就一股脑儿地把整个事倒了出来。"

"我不是那个意思。那时你也不了解情况。我的意思是后来的事。关于他，还有那个——那个……已经有三天了。她一定知道了，不管你告不告诉她。她现在一定听说了。"

"克里斯默斯。"拜伦并没有抬头看他，"我再也没有说过什么，自从她问了他嘴角下面的那条疤痕之后。我一直想编点什么东西给她说，然后她就不会向我打听了。而且，我总是想，她没能发现他逃跑，而且还陷入了麻烦，全是由于我的原因，他为了不让她找到他，还专门改了名字，而且现在当她终于找到他的时候，她发现她一直寻找的那个人是私酒贩子，她已经知道了。已经知道他一无是处。"他现在说话了，语气中带着若有所思的震惊："甚至我从来都没有隐瞒或者糊弄她的必要。好像她事先就知道我要说什么，知道我要对她说谎。好像她自己已经想到过那些事，觉得在我讲之前她就不会相信，而且好像觉得自己也完全是对的。但是她脑子里有一半要知道真相，知道他是个流氓。但是另一半又在想着那个和她一起生过孩子的男人，如果时间合适的话，上帝还是希望他们在一起的。好像是上帝要保护女人，保护她们远离男人。如果上帝觉得不让那两半合而为一的话，打个比方，我也不想管那个事。"

"胡扯。"海德华说道。他隔着桌子，看着对方那无所欲求的沉静而又执拗的面孔：一张隐士的面庞，好久以来都是居无定所、风吹日晒。"你能做的事，唯一能做的事情就是，对她来说，就是带她回到阿拉巴马去。回到她亲人的身边。"

"我看那样不行，"拜伦说道。他脱口而出，毫不迟疑，好像他是一直在等着听到这个话。"她没有必要那样做。我看她没有必要那样做。"但是他还是没有抬头。他能感觉到对方在看他。

"伯……布朗知道她在杰佛生镇吗？"

有那么一瞬间，拜伦几乎笑了一下。他的嘴唇抬了一下，轻微的一动，几乎看不出来，毫无开心可言："他可是一直都很忙。在那一千美元的事情之后。看着他可真是好笑。像个根本不会吹曲子的人，在可着劲地吹喇叭，想着可以马上弄出好听的音乐来。每隔十二或十五个小时，他们就会拖着戴上手铐的他穿过广场，有可能他们即使用那些警犬撵他，也不一定能把他撵走。他已经在牢房里待了一夜了，仍然嚷嚷着他们是为了逼他放弃那一千美元的赏金，才硬说他帮助克里斯默斯杀了人，最后巴克·康纳走到他住的那间牢房，对他说如果他再不闭嘴，就把他的嘴巴塞住，好让其他犯人睡觉。然后他就闭嘴了，星期日晚上他们又和那些警犬出去了，因为他大嚷大叫，他们才不得不把他带出牢房，让他跟着去。但是那些狗从来还没有真正动起来，他就大声吆喝着骂它们，甚至想动手打它们，因为它们从来没有真正摸索出门道，这样做就是再次告诉大家，是他最先报告的克里斯默斯的行踪，而且他想要的就是公正的审判，然后治安官把他带到一边，和他说了一通话。人们不知道治安官对他说了什么。也许他威胁要把他关到牢里去，下次就不让他再一起出来了。不管怎样，他自此就稍微安静了下来，他们就继续往前走。到星期一的夜里，他们才回到镇上。他仍然还安静着呢。也许他累坏了。他好长一阵子都没有休息了，他们说他一直想冲到狗的前面，于是，治安官最后威胁要把他铐起来交给一个副手，好让狗在他周围闻出点什么东西。星期六夜里，他们把他关起来的时候，他就应该刮胡子了，现在就更需要了。我猜他现在看起来一定比克里斯默斯更像杀人犯，而且他现在一直在诅咒克里斯默斯，好像克里斯默斯因为小气才故意藏起来的，他唾弃他，因为就是他不让他得到那一千美元赏金的。那天夜里他们又把他带回了牢房，关了起来。今天早上，他们又去把他放了出来，带着狗一起又出发了，是循着一条新的线索。大伙儿说他们能听见他大声嚷嚷和叫喊，后来他们出了城才听不见。"

"然后她就不知道那个事，你说的。你说你一直不让她知道。你

261

是宁愿让她知道他是个流氓，也不让她知道他是个傻瓜，对吗？"

拜伦的面孔再一次沉静起来，现在也笑不起来了，而且相当严肃。"我不知道。上个星期日夜里，就在我出来和你聊天回家之后，我本来想她应该是躺在床上睡着了，但是她仍然坐在客厅，然后她就说：'怎么了？这里出了什么事？'我当时并没有看她，我能感觉到她在看我。我告诉她是一个黑鬼杀了一个白种女人。我那时并没有说谎，我感觉我很高兴我不用说谎。因为我没来得及想就脱口说出：'还把房子放火给烧了。'然后就已经太晚了。我还向外指着那冒出的浓烟，我还告诉她有一个叫布朗和一个叫克里斯默斯的家伙住在那边。我能感觉到她一直在看着我，就像你现在看我一样，然后她就说：'那个黑鬼叫什么名字？'就好像上帝要确保人们从他们的谎言中找出他们需要知道的东西，甚至并不需要直接询问，而且还要保证他们发现不了他们不需要知道的东西，甚至并不需要知道他们还没有发现的一样。于是，我就不能确定她知道什么，不知道什么。除了我对她隐瞒了她一直追着要找的那个人，向警察举报了曾经收留过他并与他成为朋友的凶手之外，现在他除了在外面和狗跑在一起，其他时间都关在牢房里，这个信息我还一直瞒着她。"

"那你现在打算干什么？她想搬到哪里去？"

"她想去那儿等着他。我告诉她他帮治安官出去办事了。我也没有跟她撒谎。她已经问我他住在哪儿，我也已经告诉了她。然后她就说那才是她该待的地方，一直等到他回来，因为那是他的家。她说那也是他想让她那样做的。我也没有告诉她别的什么，没有告诉她那个小木屋是这个世界上他最不想让她看见的地方。她想去那儿，就在今晚我从刨木厂一回家，她就把她的包裹收拾好了，戴上了她的软布帽，正等我回去。'我本来想自己去找，'她说道，'但是我拿不准怎么走。'于是我就说，'是啊，只是今天太晚了，我们明天再去那里吧。'然后她就说，'到天黑还有一个小时呢。不是离这儿只有两英里吗？'我就说，'让我们等一下，因为我必须先问一下。'她就问，'问谁啊？难道那不是卢卡斯的房子吗？'我能感觉到她在盯着我看，然后她说道，'我想你说过那里是卢卡斯住的地方，'然后，她就看着我说，'这个你一直去找他讨论我的牧师到底是谁啊？'"

"那你打算让她到那边住吗？"

"也许最好这样。她住在那儿没人注意，也就可以远离这儿的那些闲言碎语，可以一直等到这事结束。"

"你的意思是，她已经打定主意了，你也不拦她了。你不想拦住她了。"

拜伦并没有抬起眼睛。"也可以说，那是他的房子。对他来说，那里是他最能称为家的地方，我也感觉。而且他是她的……"

"就一个人住在那儿，孩子马上就要生了。离那儿最近的住户，那几间黑鬼的木屋，也有半英里的距离。"他打量着拜伦的面孔。

"我想过那个。还是有办法的，可以做点事的……"

"能做什么事？她在那儿，你能做什么来保护她呢？"

拜伦并没有马上回答，他也没有抬起眼睛。他开始说话时，声音仍然是固执的："有好多秘密的事可以做呢，而且不会做什么坏事，先生。不管乡邻们怎么看。"

"我想你不会做任何坏事的，拜伦，不管乡邻怎么看。但是你敢担保做到什么地步，才能让它们看起来不是坏的呢？在做点事和乡邻觉得做点坏事之间有什么界限吗？"

"没有，"拜伦说道。他微微动了一下，他说话时好像明白了什么，"我希望不是。我看我是通过自己的努力想要做点好事。"——"然后这，"海德华想道，"就是他给我说的第一个谎言。他已经告诉了每一个人，男人或女人，也许包括他自己。"他隔着桌子，看着那张倔强、固执、严肃的面孔，那张脸还没朝他看呢。"或者也许那还算不上谎言，因为他还不知道自己是在说谎。"于是他说道，"好啊。"他现在说着，语气中带着并不真诚的直率，但是他垂下来的下巴和不动声色的表情，却透露了他的真实想法。"那就没问题了。那把她带到那儿，带到他住的地方，然后你就会保证她在那儿过得舒坦，保证没人打扰到她，然后等到一切统统过去。然后你再告诉那个人——伯奇，布朗——她在这儿。"

"那他就会跑掉。"拜伦说。他并没有抬起眼睛，然而可以看出他似乎泛起一股得意、大功告成的神情，随后又把它刻意掩饰隐藏起来，但已经太晚了。有那么片刻，他似乎并不想掩饰这种表情；他往椅背仰靠过去，第一次用眼光搜寻着和他说话的牧师，脸上洋溢着自信、大胆的暗光。另外一个人也朝着他的目光直直地看了过去。

"那是你想让他这样干吗？"海德华问道。他们在灯光下这样坐着。透过敞开的窗户进来了数不清的炎热的静谧，这是个让人喘不过气的夜晚。"想一下你做的事吧。你这样做是要插足一对夫妻之间了。"

拜伦止住了自己。他的面孔不再得意。但是他盯着面前的这个老人。可能他也在捕捉他的声音。但是还没有。"他们还不是夫妻呢。"他说道。

"她是那样想的吗？你相信她会那样说吗？"他们互相看着。"啊呀，拜伦，拜伦。在上帝面前，在一个女人坚贞不渝的品性面前，你就不能念叨几句话吗？还有那个马上出生的孩子？"

264

"是啊，他也许不会跑。如果他拿到那奖励，那笔钱的话。很可能有了那一千美元，他又会整天喝得醉醺醺的，什么事情都会做的，甚至结婚。"

"啊呀，拜伦，拜伦。"

"那你认为我们……我应该怎么办？你有什么建议吗？"

"走。离开杰佛生镇。"他们互相看着对方。"不，"海德华说道。"你不需要我的帮助。已经有人在帮你了，他比我的力量大。"

有那么片刻，拜伦没有说话。他们互相看着，一直看着。"谁帮我？"

"魔鬼。"海德华说。

"那魔鬼也在帮**他**呢。"海德华想着。他已经迈开不大不小的步子，离开家已经有一段不近的距离了，胳膊上挎着装满东西的篮子。"也帮帮他，也帮帮他。"他边想，边走。天气炎热。他穿了件长袖的衬衣，高高的个子，黑色的裤管下能看出他消瘦的长腿，那枯瘦的手臂和肩膀，还有那松弛肥胖的肚子，里面像是已经怀了几个月的怪胎。衬衫是白色的，却晦暗邋遢；领口脏兮兮的，皱巴巴地胡乱打了个结，他已经有两三天没有刮胡子了。戴在头上的那顶巴拿马草帽满是泥渍，草帽下面，在帽子和抵抗炎热的头颅之间，露出那条脏兮兮的手绢边角。他到镇上的市场做了半周一次的采购，在那儿，他瘦骨嶙峋、奇形怪状，胡子灰白拉碴，眼睛昏花且戴着黑色的镜框，两只手黑乎乎的，他身上久坐不曾洗澡，散发着特有的气味，他走进了一间装满货品、散发着气味的小店，他常常来这家小店用现金买他需要的东西。

"嘿，他们终于发现那个黑鬼的行踪了。"店主说。

"黑鬼？"海德华说。他顿时一动不动，手正插在口袋里，正把买东西找回的零钱放回去。

"那个孬……种。杀人犯。我都一直说是他不对劲。不像个白人。他身上有点滑稽。但是这时候你还不能告诉大伙儿这事儿，要等……"

"发现他了？"海德华说。

"一点没错，他们找到他了。你知道为啥吗？那个傻子根本没想着要逃出这个县。治安官已经全县通电捉拿他，这个兔崽子——没想到在这儿，一直都在他妈的鼻子底下。"

"那他们已经……"他往柜台靠过去，下面是他那装得满满的篮子。他能感觉到自己的肚子抵住了柜台的边缘。那柜子很结实牢固，像是地面微微地摇了一下，似乎要移动。然后似乎真的是动了一下，好像有东西慢慢地松开，不紧不慢，很巧妙地，准备俯冲一般，因为眼睛会误以为那摆满罐头的污迹斑斑的货架，还有柜台后面的货主本人，根本没有动；令人恼火，糊弄人的感觉。他就想："我不能！我不能！我能扛得住。我付出过代价。我付出过代价。"

"他们还没逮住他呢，"店主说，"但是它们会逮住他的。治安官一大早，天还没亮就带着狗去教堂那边了。在他后面不到六个小时的时间了。想一下那个傻蛋根本没有一点脑子……就知道他是个黑鬼，就光凭这一点……"然后店主说，"今天就买这么多吗？"

"什么？"海德华说道。"什么？"

"你就要这些东西吗？"

"是啊。是啊。就要这么……"他开始在口袋里笨拙地摸索，店主看着他。他的手伸了过来，仍然摸索着，"哗"的一下往柜台上撒下一把硬币。店主挡住了两三个要掉落柜台的硬币。"这是要做什么？”店主说。

"是这个……"海德华的手颤抖着指着他那装满东西的篮子。"就是……"

"你已经付过钱了。"店主看着他，有些好奇。"这是我刚才找给你的零钱。你给了我一美元的钞票。"

"噢，"海德华说道，"是的。我……我刚才……"货主正把硬币收起来，把它们递回去。当他的手碰到这位顾客的手时，感觉像冰一样。

"天气太热了，"店主说，"真让人筋疲力尽。你想歇一会儿再回家吗？"但是，海德华显然并没有听到他说话。他正挪动着，朝着门口的方向，店主在后面望着他。他穿过门口，走到了街上，篮子在他的胳膊上挎着，僵硬而又小心地迈着步子，像是走在冰上。天气炎热，热气从沥青的路面向上散发，给广场周围熟悉的建筑物蒙上了一层蒙眬的气息，明暗的对比鲜活而又生动。从他身旁路过的人跟他说话，他甚至都不知道。他向前走着，心里想着**也有他，也有他**。现在他走得更快了，眨眼间就走过拐角，走进那条死寂的空荡荡的小街道，那儿是等着他的死寂的空荡荡的小房子，他几乎气喘吁吁了。"是天热。"他首先是这样给自己说的，叨念着给自己解释。然而即使如此，在这安静的人迹罕至的街道上，几乎没有人会停下来观看或者记起那块牌子，还有他的房子，他的避难所，已经看到了，那想法又开始从他的心底泛起，哄骗他安慰他："我不管了。我不管了。我对这已经接受过教训，有免疫力了。"好像他现在大声把它们说了出来——不断地叨念着，颇有耐心地辩解着："我接受过教训了。那个教训我不能再接受。谁也不能逼我。我就想要清净，我已经心甘情愿地接受了那个教训。"街上的景象扑朔迷离、摇摇晃晃。他已经流汗了，但是现在即便是中午的空气也让他感到凉意袭人。然后就是汗水、热气、幻想，所有的一切都一股脑地搅在了一起，抹掉了所有的逻辑和理由，又像火一样把这一切又付之一炬：**我不管了！我不管了！**

在黑夜的第一抹黑暗里，他坐在书房里的窗户边，看到拜伦走进了路灯的光线里，然后就消失了。他从坐着的椅子里向前探了一下，不是因为在那个时刻，他看到拜伦出现在那儿。开始，当他认出那个人影的时候，他就立刻想道，**啊。我就知道他今晚要过来。他可是容忍不了任何一点邪气的。** 他正这样想着，然后吓了一跳，朝前坐了起来：瞬间认出走近的人影完全出现在光线中，他本来认为是自己搞错了，想着不可能是他，可如果不是他，又能是谁呢，因为他现在已经进了院子。

今晚，拜伦完全变了。表现在他的走路上，他的步态上。身子前倾的海德华喃喃地自言自语：**好像他学会了骄傲，或者学会了冒犯**。拜伦昂头走着，速度很快。突然海德华咕哝道，几乎说出了声："他已经做了什么事，他采取了行动。"他用舌头发出了一个咔嗒声，倚在黑乎乎的窗户旁，看着那个身影飞快地从窗外的视线中直奔房前的门廊，进了门，然后，海德华马上就听到他的脚步声，还有敲门声。"可是他可没有告诉我，"他想道，"我本应该听一下，让他给我坦露一下自己的想法。"他已经走进了屋里，在桌子边上停了一下，打开灯。

"是我，先生。"拜伦说道。

"我认出你了，"海德华说道，"虽然这次，你没有在门口最后的一个台阶上绊跤。你一直都是星期日来这里的，但是直到今晚，你才不在最后一个台阶上跌跤，拜伦。"这是拜伦来访时海德华通常的开场白——这种随意、温暖而又略微霸道的评论，让对方感到自在，而来访者那种慢条斯理，在乡下养成的腼腆，对海德华来说则是一种礼貌。有时候，海德华似乎只要认真地运用呼吸，就能把拜伦呼进屋里来，好像拜伦带着一张帆似的。

可是这次拜伦已经进来了，海德华还没有说完话呢。他是立刻进来的，带着那种不曾有过的介于自信和冒犯之间的神情。"我看你马上就发现，相比我过去在门口的跌跤，你可能更不喜欢我现在的样子。"拜伦说道。

"你说的意思是希望，还是威胁啊，拜伦？"

"唉，我可没有威胁的意思。"拜伦说道。

"啊，"海德华说道，"那换句话说，你也没有什么希望可以说吧。好吧，我事先最起码已经有了警觉。我在街道的灯光下看到你的时候，就已经有了警觉。但是最起码你要过来给我讲你已经干过的事情，即使你预料到不适合向我讲的。"他们向着书房的门口走去。拜伦停了下来，向后仰头看着海德华的面孔。

"那你知道，"他说，"你已经听说了。"然后，虽然他的头并没有移动，但他已经不再看对方了。"嗯。"他说道。于是他说："好吧，谁都有权嚼舌根。女人也是。但是我想知道是谁告诉你的。不是因为难堪，也不是我故意瞒着你。我来这儿就是告诉你的，我现在能告诉你了。"

他们就站在亮着灯光的门口外面。海德华现在看到拜伦的手臂上还挎着几件行李和包裹，里面装的像是杂货。"什么？"海德华说道，"你要来告诉我什么？——但是赶快进来。也许我确实已经知道了。但是在你给我说的时候，我想看着你的脸。我早先也警告过你，拜伦。"他们进了亮灯的房间。那几捆东西就是杂货——他买回的东西太多，有些东西连他自己都不知道是什么。"坐一下。"他说道。

"不了，"拜伦说，"我待不了那么久。"他站在那儿，表情严肃镇定，仍然是那副恳切热心的表情，但是坚毅而不太确定，自信而不太坚定——那种神情就像他想去干什么事情，而他的亲人又不理解、不赞赏似的，但是他自己又知道这是正确的，而似乎他知道他的朋友永远也不明白。他说道："你不会喜欢这事的。但是又没有其他的办法。我希望你能明白。但是我看你明白不了。所以我看就先这样了。"

在桌子那边，海德华坐了下来，他严肃地看着他。"你到底干了什么事，拜伦？"

拜伦的话语简明扼要，每个词都有确定的意义，一点也不含糊，他以一种前所未有的语气说道："我今天晚上把她带到那边了。我之前修好了那间屋子并把它打扫干净了。她现在算是安顿好了。她本来就想这样。那里是他曾拥有而且将会拥有的最可能称为家的地方，所以我觉得她有权使用它，尤其是现在它的主人并没住在那里。正被拘留在另外的地方，你也许会说。我知道你不喜欢这事。你可以说很多理由，值得信服的理由。你可以说那不是他的木屋，不可以给她用。当然没错。也许不是。但是在咱这个地方或者整个州，任何一个活着的男人或女人都不能说她不能用那间房子。你会说按照她现在的身体状况，应该有一个女人在她身边。当然也没问题。有一个黑奴女人，年龄也足够大，完全可以照料事情的，住在还不到二百码的地方。她可以不用从床上或椅子上站起来就能直接喊她。你也许会说，但那不是个白种女人。那我就问你，一旦孩子要生的话，她能从杰佛生镇上的白种女人那里得到什么呢？她来到杰佛生镇只不过一个星期，她只消和别的女人谈上十分钟，人家就知道她还没有结婚，而且只要那个混蛋还待在这地方，她只要能经常听到他的消息，她就不会结婚。那样的话，你能指望她从白人太太那里得到多少帮助呢？让她们给她一张床躺下，有墙可以挡住她不被路过的人看见？我不是那个意思。我看可能会有人说她完全是罪有应得，因为她现在的样子就是在没有墙遮挡的地方搞成的。但是那个孩子却从来没有机会做这样的选择，即使它做过这样的选择，我也觉得任何可怜的小崽子，如果在这个世界上不得不面对它要面对的这种窘困——也应该得到更多……更好的……但是你应该能明白我的意思。我觉得你甚至也会这样说。"他以那平淡拘谨的语调一直滔滔不绝地讲着，几乎没有停顿，除了他讲到一些太陌生而又模糊的无法感觉的事情时，才停一下。在桌子那边，海德华一直望着他。"还有第三个理由。让一个白种女人单独在那儿。你可能不喜欢那一点。你可能最不喜欢那一点。"

"啊，拜伦，拜伦。"

拜伦的声音现在固执起来。但是他仍然抬着头一动不动："我可没有和她住在同一个屋子里。我弄了个帐篷，也不是很近。就是她有需要时叫我，我能听见的地方。而且我在她的门上装了门闩。他们谁在任何时候都可以过来看我，我就住在帐篷里。"

"啊，拜伦，拜伦。"

"我知道你和他们大多数人想的不一样。但是人们会想的。我知道你会更清楚一些，即使她不是……如果不是为了……我知道你说那话是因为你知道其他人会有想法。"

海德华坐在那里又一次成了东方神像的模样，两边是他放在椅子扶手上的两只手臂："走吧，拜伦。走吧，拜伦。现在。立刻走。永远离开这个地方，这个糟糕的地方，这个糟糕的，糟糕的地方。我能理解你。你会告诉我你已经刚刚懂得了爱情，我要告诉你你只是刚刚明白了希望。仅此而已，希望。目标不重要，对希望来说不重要，甚至对你都不重要。这条路只有一个结果，你现在选择的这条路要么是犯罪，要么是婚姻。当然你会拒绝犯罪。就这样，上帝原谅我。那就是，一定是，婚姻或者一无所有。当然你会坚持要它成为婚姻。你会说服她，也许你已经说服了她，如果她知道你的想法，并认可的话：不然的话，她为什么会愿意留在这儿，而且不愿意再费劲去找她到这里一直要找的那个男人？我不能和你说，选择犯罪吧，因为你不但会恨我，你还会把那种恨直接带给她。所以我说，走吧。现在。立刻走。现在把脸转过去，不要回头。但是别这个样子，拜伦。"

他们互相看着对方。"我知道你不喜欢这样，"拜伦说，"我看我没有坐下把自己当成客人还是对的。但我还是没有料到你会这个样子。你也竟然看不起一个被冤屈和背叛的女人……"

"没有男人背叛任何一个有孩子的女人；如果成为一个有孩子的女人的丈夫，不管他是不是父亲，你都已经当了通奸者。至少要给自己十分之一的机会吧，拜伦。如果你非要结婚，有单身女人，女孩子，处女啊。如果你为一个已经做出过选择，而现在又想背弃自己选择的女人做出牺牲，我觉得对你不公平。这不对，不公正。上帝安排婚姻的时候并不想这样做。安排婚姻？这是女人安排婚姻。"

"牺牲？我做了牺牲？在我看来这牺牲……"

"不要为她牺牲。对莉娜·格罗夫来说，这世界上总有两个男人：卢卡斯·伯奇和拜伦·庞奇，而且男人的数目多得数不胜数。但无论是莉娜还是其他的女人，都不能多于一个男人。任何一个女人都不行。有些好女人成了暴行之下的牺牲品，譬如在他们酗酒之类的事情上。但是女人，不管好的还是坏的，所遭受男人的暴行加起来，能和男人遭受好女人的折磨相比吗？你说一下，拜伦。"

他们静悄悄地说着话，没有争论，偶尔停下来互相掂量对方话里的意思，像是两个各自固执己见的人，互不服气。"我看你是对的，"拜伦说，"不管怎样，我也没法说你是错的。不过我想你也不能说我是错的，即使我是错的话。"

"不会。"海德华说道。

"即使我是错的话，"拜伦说，"所以我感觉我要说晚安了。"于是他轻轻地说道："离那边还有好长一段距离呢。"

"是啊，"海德华说道，"我过去就经常自己走过那段路。一定有三英里左右呢。"

"两英里，"拜伦说，"好了。"他转过身。海德华没有动。拜伦扭了一下他并没有放下来的包裹。"我要说晚安了，"他说，开始朝门口移动。"我看我还要来看你的，很快的。"

"好吧，"海德华说道，"我能做什么吗？你需要什么东西吗？被子之类的？"

"谢谢。我感觉她有很多呢。在那边已经有一些了。谢谢。"

"然后你让我知道吧？如果有什么事情的话。如果孩子——你请医生了吗？"

"我已经找人照顾了。"

"但是，你已经看医生了吧？你有没有找一个？"

"我会把所有的事照料好，到时告诉你。"

然后他就走。从那扇窗户里，海德华又一次隔着窗户看着他走了过去，然后走到街上，朝着镇上的边缘走去，两英里的路程，他带着那几个包裹，里面是用纸包起来的食物。他从海德华的视野里走过去了，挺着身板，迈着方步；那种步伐对一个发胖、气喘、久坐不动的老人来说，是不可能跟得上的。海德华靠在窗户旁坐着，在八月里的炎热中，忘记了他生活的屋子里散发的气味——那种气味不再是人生活在其间的味道，而是超度臃肿的身体和腐烂的亚麻布发出的气味，像是墓穴里的祖先——倾听着那他似乎能听到的脚步声，虽然很久他就已经听不到了。"上帝保佑他，上帝保佑他；**年轻啊，年轻啊。没什么东西比得上年轻，在这个世界上没有其他的东西能比。**"他静悄悄地想着，"我真不该丢掉祈祷的习惯。"然后他不再听到脚步的声音了。现在他只听见窗外昆虫发出的数不清的无休止的嗡鸣声。他依在窗户上，呼吸着外边的土地散发的静谧的土壤的味道，思考着他年轻的时候，还是一个青年，如何喜欢黑暗，夜晚的时候如何一个人在树林里行走或静静地坐着。那时候，大地，还有树皮，变得真切、荒凉、丰盈而又唤起陌生和邪恶，一半是惊喜，一半是恐惧。他感到害怕，他感到恐惧，他喜欢害怕的感觉。然后有一天，在神学院，他意识到他不再害怕了。好像在某个地方一扇门关闭了。他不再害怕黑暗。他只是恨它；他想从黑暗中逃脱，逃到有墙壁的地方，逃到有人工灯光的地方。"是的，"他想，"我真的不应该让自己丢弃祈祷的习惯。"他从窗户那边转过身来。向书房的一面墙走去，那里摆放着一排排的书籍，他在前面停了下来，并一直搜寻着，直到他找到了他想要的那本书。是一本丁尼生[1]的书。书已经翻旧了，在神学院读书的时候他就有这本书。他坐在灯光下，打开它。没用多长时间，那精美的飞驰的语言，那干瘪的充满枯树

1　阿尔佛雷德·丁尼生（Alfredlord Tennyson, 1809—1892）出生于林肯郡的索姆德比，年轻时候的丁尼生在父亲的图书馆阅读了大量的书籍，八岁就开始写诗，1928年考入剑桥大学。他是英国维多利亚时代最受欢迎的诗人，他的诗歌反映了英国中产阶级的各种偏见和道德主张，代表作为组诗《悼念》。

和萎缩的痴迷，开始变得气定神闲，游弋自如，祥和安宁。它比自言自语所做的祈祷更为轻松自在，妙趣横生。就像在一个庄严的大教堂里，聆听着阉人歌手用一种他并不明白的语言诵唱的赞美诗，他甚至也不需要听懂里面的意思。

十四

"那个小屋里有人，"副手告诉治安官，"不是藏在那儿的，是住在那儿的。"

"去看一下。"治安官说道。

那个副手去了，然后回来了。

"是个女的。年轻的女人。而且她已经全部安顿好，准备要在那里住上一阵子的，好像是。而且拜伦·庞奇就在附近的一个帐篷里住着，他和小屋的距离，大约就是从这里到邮局那么远。"

"拜伦·庞奇？"治安官问道，"那个女人是谁？"

"我不知道。是个陌生人。很年轻。她什么都告诉了我。我还没进那小屋她就已经开始说了，像是在演讲。好像是已经练熟了，一准儿形成习惯了。她说她是从阿拉巴马州的什么地方，大老远跑过来的，说是过来找她丈夫的。她丈夫是先来这儿找工作的，没准好像她在他走后出发的，路上大伙儿告诉她他在这儿。然后就在那个时候，拜伦进来了，他说他可以告诉我这些东西。说他本来准备告诉你的。"

"拜伦·庞奇。"治安官说道。

"是的，"副手说道，"他说她马上要生孩子了，很快了。"

"生孩子？"治安官看着副手说道，"从阿拉巴马州，从什么地方来都行。你可不要告诉我，这孩子和拜伦·庞奇有什么关系。"

"我可没那样说，"副手说，"我没说是拜伦的。再说，拜伦也没说是他的。我只是把他告诉我的跟你说说。"

"噢，"治安官说道，"我知道了。为什么他在那儿？她为啥要住那儿？那孩子究竟是他们两个人谁的？是克里斯默斯的，对吧？"

"不是。这是拜伦告诉我的。他把我叫到外面，在她听不到我们说话的地方告诉我的。他说他本来准备来告诉你的。是布朗的，只是他的名字不叫布朗。叫卢卡斯·伯奇。拜伦给我说的。还有布朗或者伯奇，如何把她留在了阿拉巴马州。他告诉她他要出来找工作，安好家，然后就把她接过来。但是她生产的日子赶得紧，而且一直没收到他的信，也不知道他在哪儿，什么都不知道，于是她就决定不能再等了，就走着出来了，一路上一直问着，是不是有人认得一个叫卢卡斯·伯奇的家伙，一路上这儿问人家一段路，那儿搭人家一会儿车，碰到什么人，她就问他们认不认得他。然后过了一段时间就有人告诉她，在杰佛生镇上有个名字叫伯奇或庞奇的家伙，在刨木厂上班，然后她就过来了。她是星期六到的，坐的马车，我们那时候都忙着在外面追凶手呢，她就去了刨木厂，在那里发现了庞奇而不是伯奇。然后拜伦说他告诉了她，说她的丈夫在杰佛生镇，然后才意识到不该这么说。然后，他说她让他去找一下，他才告诉她布朗住的地方。但是，他还没对她说布朗或伯奇和克里斯默斯一起也卷入了这个杀人案。他只是告诉她布朗有事出去了。我看你可以说他是因为有事才出去的。毕竟是个麻烦事。我可从来没有见过像他这样的人，想要一千美元想得那么狠，不惜吃苦受罪也要得到它。于是，她就说布朗的房子就是卢卡斯·伯奇承诺让她住的，所以她就搬进去住了，一直等到他办完这个事回来。拜伦说他也拦不住她，因为他已经在说话的时候给她说了谎，就不想再告诉她关于布朗的真相了。他说他准备过来的，提前告诉你这些事情，只是你发现的太快了，他还没来得及把她完全安顿好呢。"

"卢卡斯·伯奇？"治安官说道。

"我自己有点奇怪，"副手说，"你打算怎么处理这个事？"

"什么也不做，"治安官说道，"我看他们在那儿也不会做什么坏事，而且那也不是我的房子，不用赶她出去。就像拜伦告诉她的那样吧，伯奇或布朗或什么名字都行，就说他还要忙上一段时间呢。"

"你打算把这些告诉布朗吗？"

"我看不要，"治安官说道，"这不是我的事情。我对他丢在阿拉巴马州的什么老婆不感兴趣，不管是什么地方的。我感兴趣的是布朗或者伯奇来到杰佛生镇之后才有的这个老公。"

副手听完，哈哈大笑起来。"我看那倒是真的，"他说。他然后就冷静了下来，沉思道，"如果他拿不到那一千美元的话，我看他只会死了。"

"我看他不会。"治安官说道。

在星期三凌晨三点钟，有一个黑奴骑着一匹没套马鞍的骡子跑到了镇上。他到了治安官的家里，叫醒了他。他是从二十英里外的一个黑人教堂直接跑过来的，那里正开着布道会。就在前一天的晚上，他们正唱赞美诗的时候，从教堂的后面传来一阵猛烈的吵闹声，大家扭头往后看的时候，看见门口站着一个人。门没有上锁，甚至也没有关上，那人显然抓住门的把手，猛地把门向墙上甩去，以至于发出的声音像是爆炸了似的，和手枪射出的声音一样。然后，那人就很快顺着道走进来了，歌声就突然停了下来，靠在讲坛上的牧师，他的手还举在空中，张开的嘴还没有合上。然后，他们就看到进来的是个白人。教堂里，浓重阴郁的光线，燃着的两盏灯，好像更加重了光线的暗淡，以至于直到他走到走道中间的时候，大伙儿才看清他的模样。然后他们看到他的脸不是黑色的，一个女人开始尖叫，坐在后排的人们跳了起来，开始往门口跑去；另一个坐在忏悔席上的女人，已经半癫半狂，她跳了起来，呼地转过身，翻着白眼瞪他片刻，并大声地叫喊："他是魔鬼！就是撒旦！"然后她就开始跑，像个没头的苍蝇。她直接向他跑了过去，他就把她撞倒了，直接从她身上跨了过去，然后继续往前走，惊得他跟前的众人目瞪口呆，哇哇地大叫着四散逃窜，他径直走上布道的台子，伸手抓住了牧师。

"即使在那时候，也没人去拉他一下，"报信的人说，"所有这一切发生得太快了，谁也不认识他，也不知道他是谁或者他想要啥，什么都不知道。那些女人嚷着，尖叫着。他呢，已经蹿上讲坛，抓住了彼登伯雷兄弟的喉咙，想把他从讲坛上拖出去。俺们能看见彼登伯雷兄弟跟他说话，想安抚他，而他猛地一把拽住彼登伯雷兄弟，开始用手扇他的脸。那群女人仍然尖叫着，大声喊着，所以根本就听不清彼登伯雷兄弟对他说的是啥话，除了能看到他根本不还手，一直是挨打，然后还有一些老年人，那些执事，走到他前面，想跟他说话，他才放开了彼登伯雷兄弟，忽地转身把七十岁的汤姆森老爹给撞倒在忏悔席的凳子上，然后他就蹿下去，抓了一把椅子，猛地转过来，朝着那群人抢来抢去，然后他们就开始往后退。然而大伙儿仍然在大声地喊着、尖叫着，想出去。然后他转过身，爬上讲坛，彼登伯雷兄弟已经先爬出去了，到另外一边去了，他就站在那儿，只见他浑身是泥，他的裤子和衬衫满是泥，还有他的嘴，黑乎乎的满是胡子，他的手举着，像是个牧师。然后他就开始骂，扯开了嗓子，对着大伙儿，他诅咒上帝，比女人们尖叫的声音还要高，有一部分人想拉住罗茨·汤姆森，他是汤姆森老爹的外孙儿，有六英尺高。罗茨手里拿着一把刮胡刀，大声地喊着，'我要杀了他，放开我，乡亲们，他打了我姥爷。我要杀了他，放开我。求求你们放开我。'然后大伙儿正想着跑出去，匆匆忙忙地聚在了走道和门口，而他还在诅咒着上帝，人们还是把罗茨·汤姆森拽到了后面，罗茨仍然央求着人们放开他。但他们还是把罗茨弄了出去，俺们就进了旁边的树丛里。那个人还一个劲儿地大声喊着，在台子上可着劲儿地骂着。然后，他停下来一小会儿，俺们看见他来到了门口，在那儿站着。然后，他们又必须拉住罗茨。他一定是听到了他们拉罗茨时弄出的吵闹声，因为他开始大笑起来。他站在门口，映着身后的灯光，大声地笑着，然后他又开始破口大骂，我们能看见他抓起一个凳子腿，用力往后扔了过去。然后就听见第一盏灯破裂的声音，教堂里变得暗了起来，然后我们就又听见另外一盏灯又破裂了，然后里面漆黑一片，我们再也看不见他了。在他们拉住罗茨的地方，响起一阵刺耳的嘈杂声，然后还有压低嗓门的喊声，'拦住他！拦住他！抓住他！抓住他！'然后就有人大叫着，'别拉住他，'然后，我们就听见罗茨朝教堂跑了回去。瓦因斯执事对我说，'罗茨会杀了他。你赶快骑上匹骡子，去找治安官吧。把你看到的告诉他。'俺们根本就没有招惹他，长官，"黑奴说道，"俺们甚至都不知道他叫啥名字。从来都没有见过他。而且俺们想把罗茨拉回去。但是罗茨那么大的块头儿，而且他还撞倒了罗茨七十岁的姥爷，罗茨手里拿着一把锋利的刮胡刀，指不定在他冲回教堂去找那个白人的路上会伤着什么人。但是向上帝保证俺们已经尽力拦罗茨了。"

他就说了那么多，因为他就知道那么多。然后他就马上离开了。他不知道的是，在他向治安官报告的时候，黑奴罗茨正躺在附近的小屋里，没有了知觉，他的脑壳已经崩裂，当他冲进去的时候，克里斯默斯正站在漆黑的门口里面，用一条板凳腿打在了他的头上。克里斯默斯只打了一下，冷酷、凶狠，对着跑进来的脚步声，那冲进门廊的重重的身影，听到它没有停顿，就撞向了打翻的凳子，然后一动不动了。然后，克里斯默斯没有犹像地跳了出来，平衡了一下姿势，仍然抓住那条凳子腿，冷静，甚至呼吸也不急促。他相当冷静，没有出汗，是黑暗给他的冷静。教堂的院子里围了一圈低矮的灌木和树木，形成了一块月牙形的苍白色的土地，被人踩得坚实而平坦。他知道灌木丛里蹲满了黑奴：他能感觉到里面的眼睛。"看啊看啊，"他想，"甚至都不知道能不能看见我。"他深吸了一口气，发现自己举着那条板凳腿，感到奇怪，好像是想拿着它做一下平衡，好像此前从来没有碰过它一样。"我明天要在这上面刻个记号。"他想道。他把它小心地靠墙放好，从衬衫的口袋里掏出香烟和火柴。就在他划着火柴的时候，停了下来，黄色的火苗跳跃着，栩栩如生，他站在那儿，头轻轻地扭了一下。他听到了马蹄声。他听得越来越清楚，越来越快，然后就消失了。"一匹骡子。"他出声说道，声音不高，"是要把好消息带到城里了。"他点燃了香烟，把火柴弹了出去，然后他站在那儿，吸着烟，感觉着黑奴的眼睛落在了那微小的火星儿上。虽然他站在那儿，把烟吸下去的时候，也是相当警惕。他把背靠到了墙上，右手又拿起了那条板凳腿。他把烟完全吸完了，就把它向外弹了出去，火星儿闪烁着，一直弹到灌木丛的边上，他能感觉到那群黑奴潜伏的地方。"吸个烟把吧，小子们。"他说道，他的声音在沉寂中显得有些突兀响亮。在那低矮的灌木丛里，那群蹲伏在那里的人看着烟头在地上闪烁，微微地亮了一会儿。但是他们看不到他，不知道他什么时候离开的，也不知道他去了哪里。

第二天早上八点钟，治安官来了，一起来的还有民兵联防团和警犬。他们立刻开始搜捕，虽然那些狗也帮不上忙。教堂里空空如也，一个黑奴也看不见。联防民兵也进入了教堂，静悄悄地查看着被砸坏的东西。然后他们就出来了。那些狗立刻觉察到了什么，但是在它们扑过去之前，副手发现，在教堂边上，有一块裂开的木板里塞着一片纸。那显然是故意用手塞进去的，打开后，发现是一个撕开的烟盒，打开平整，在白色内里的那一面，有一条用铅笔写的信息。写得歪歪扭扭，好像是只没有写过字的手写出来的，或许是在黑暗里写的，内容不长。指名道姓是写给治安官的，内容不忍卒读——只有一个短语——而且没有留名。"难道我没有告诉过你吗？"搜索队伍里的一个人说道。他也没有刮胡子，浑身是泥，和他们要找的甚至都没有见过的猎物一样，他的脸上看起来紧张而气愤，沮丧而又愤怒，他的声音沙哑，好像他最近一直喊了很多次，却没有人注意。"我一直告诉你！我告诉过你！"

"告诉过我什么？"治安官说道，声音冷漠、平淡，同样冷漠平淡的目光瞄着对方，他的手里拿着那张有铅笔字的纸。"你告诉过我什么，什么时候？"那个人看着治安官，愤怒而绝望，烦躁得几乎无法忍耐。副手看着他，想道，"如果他拿不到那份奖励，他会死掉的。"他的嘴张着，却发不出声音，强压着满脸难以置信的惊疑望着治安官。"我也已经告诉过你的，"治安官说道，声音冷漠、平静，"如果你不喜欢我办案的方式，你可以在镇上等着。那儿有好地方待着。凉快，在那儿你不会像这会儿在太阳底下热得满头大汗。难道我没有告诉过你吗？说啊。"

另外一个闭上了他的嘴。他好像费了好大的劲儿，往一边看过去；然后，又好像费了好大的劲儿，才又开口说"是的"，声音空洞、压抑。

治安官笨重地转过身子，把那张纸揉成一团。"那你就不要再把它放在心上了，"他说，"如果你还有那个心，可以不在上面放的话。"在早晨的阳光中他们被安静好奇的面孔围成了一圈。"就是上帝也搞不明白，如果你们或者任何人想知道这是怎么回事的话。"有人大声笑了一下。"打住，"治安官说道，"让我们走吧。巴菲，叫狗出发。"

狗被放了出去，但仍然拴着皮带。它们立刻就嗅到了踪迹。足迹留得好，很容易跟踪，是因为露水的原因。逃犯似乎并不想费劲掩盖。他们甚至能够看见他留在地上的膝盖和手的痕迹，那是他在一处泉水处跪下喝水时留下的。"我还从来没见过比追捕他的人还要精明的杀人犯，"副手说，"但这个傻子甚至都没想到我们会用警犬。"

"从星期天开始，我们一直都放狗抓他，"治安官说道，"但是咱们还是没有逮到他哦。"

"那都是些老脚印，我们直到今天才找到这些清楚的新脚印呢。但是，他最终还是露出了马脚。我们今天就能抓到他。中午之前，估计。"

"等着瞧吧，我也有同感。"治安官说道。

"你瞧，"副手说，"这痕迹是直着走的，像铁轨一样。我自己几乎都能跟上去。看这儿，你甚至都能看到他的脚印。这个傻子甚至都不知道走到路上去，那里有尘土，还有其他人的脚印，狗闻不出来。十点钟之前，那些狗准能找到脚印停止的地方。"

狗确实是这样做的。很快，地上的痕迹拐成了直角的模样。它们追着它来到了路上，低着头急切地闻着地面，他们跟在后面，然后不多远，它们就折到了路边，那儿有一条小路，通向附近田里的棉花屋。它们开始叫起来，在地上打圈转，非常卖力地跳着，它们的声音响亮、圆润、引人注意；激动之处，溢于言表。"啊，这个傻子！"副手说道，"他在这儿落脚休息过：这儿有他的脚印，同样的橡胶鞋跟。他现在肯定不到一英里了！快点，伙计们！"他们继续往前走，皮带拉得紧紧的，狗叫着，他们开始小跑起来。治安官转向那个没刮胡子的人。

"现在你有机会跑到前面去抓他了，然后就可以拿到那一千美元了，"他说道，"为什么不去抓呢？"

那人没答话。他们没有人还有说话的气力，尤其是跑了一英里之后，这些狗还在紧紧地拉着皮带叫着，从路上转弯，顺着一条小路，爬上一座小山，进入了一块玉米地。它们突然不叫了，但是如果有什么不正常的话，就是它们的好奇心增加了，那帮人一直在后面跑着，现在跑得更快了。过了有人头高的玉米地，有一间黑人的小木屋。"他在那儿，"治安官说道，掏出了他的手枪。"注意安全，伙计们。他现在可能有枪。"

抓捕行动安排得细致周全：木屋被隐藏起来的人包围了，手枪已经上膛，治安官的后面跟着他的副手，尽管治安官块头肥大，却轻快敏捷地贴着木屋的墙壁跑，而且避开了任何来自窗户里的视线。现在他仍然紧贴着小屋的墙壁，跑着转过拐角，把门踢开，跳到了前面，手枪先进了小屋。里面有一个黑人孩子。孩子身上什么也没穿，坐在已经冷却的壁炉旁边，吃着东西。很明显，就他一个，虽然很快就从里面的屋子出来了一个女人，她的嘴张着，拿在手里的平底锅掉了下来。她正穿着一双男人的鞋子，联防团里立刻就有人认出那双鞋就是逃犯穿过的鞋子。她告诉他们大约天亮的时候，在路上，有个白人如何用他的鞋子和她交换，拿走了她正穿着的丈夫的生皮翻毛皮鞋。治安官听着问道："那是发生在一个棉花屋跟前，对吗？"她说是的。然后他就回到了他手下人那里，到了拴住的急切的狗那里。他低头看着那些狗，然后那些人正问他问题，然后就住了嘴。他们看见他把枪放进口袋，然后去踢狗，一个狗踢了一脚，狠狠踢过去的。"把这些废物带回城去。"他说。

但是，治安官毕竟是个好警官。他和他的人都知道他会回到那个棉花屋的，而且他相信克里斯默斯是一直藏在那里的。他现在知道如果他们再回去，克里斯默斯就不会在那里了。他们把狗从那个木屋弄开，倒是颇费了一些麻烦，于是他们在十点钟的骄阳下，小心而周全地悄悄包围了那个棉花屋，并带着手枪突袭进入了屋子，完全是按规则办事，不抱任何的希望：在里面他们发现了一只惊恐万状的田鼠。两条狗现在拒绝再往棉花屋那里去了，它们拒绝离开马路，拗着头挣着狗绳，想往和小木屋相反的方向跑，那是它们刚被拽着离开的地方，尽管如此，治安官还是让人把它们带了过来。然而当皮带一松，它们就一个劲儿地蹿起来，绕过棉花屋，径直跨过逃犯在屋子的阴影下沾有露水的茂盛杂草中留下的痕迹，跳跃着，挣着皮带直奔马路，落下两个人有五十码的距离，然后两个人用了很大的气力才把它们拽回来，将它们成功地拴到一棵小树上，才消停下来。这一次，治安官甚至都没有过去踢它们。

终于，搜索带来的噪音和惊恐，声音和愤怒，都消失了，从他的听觉中消失了。正如治安官所相信的，当时那些人和狗路过的时候，他并不在棉花屋里。他在那里仅仅停留了系好鞋带的时间：就是黑色的鞋子，那双闻起来有黑奴味道的黑色鞋子。看起来好像是用粗钝的斧子从铁矿石中砍下来的。低头看着这双粗糙、丑陋、笨拙的鞋子，他从牙缝里发出"哈"的一声。对他来说，他认为自己是被白人追捕，而最终跌入了黑色的深渊，这黑色的深渊三十年来一直在等待着，不停地试着吞噬着他，现在他来了，他终于进来了，无法自拔地深陷其中，深渊已经没过了他的脚踝。

黎明时分，天刚亮，那灰暗孤独的间歇里充满了安静和鸟儿初醒的气息。空气，吸进去，感觉像泉水。他缓慢而深深地呼吸着，感觉每一次的呼吸都让他融化进了这淡淡的灰色，与还未体验过愤怒和绝望的孤独和宁静合为一体。"那就是我想要的一切，"他思考着，慢慢地、暗暗地，感到惊讶。"全部的一切，三十年了。三十年里这样要求好像并不算多。"

从星期三以来，他并没有睡过多少觉，现在星期三来了，又走了，虽然他并不知道。当他想起时间的时候，他感觉三十年来，他一直居住在排列整齐的有名有序的日子里，像是篱笆上排好的尖木桩，然后一天晚上他睡着了，醒来的时候，发现他已经不在那序列的里面了。自从星期五夜里逃跑后，他一度想按着老习惯，数着天数过。有一次，在一个草垛里，他躺了一夜，然后醒来的时候，目睹了农舍人家的早起。天亮之前，他看到一盏油灯在厨房里燃起昏黄的灯光，然后在灰白昏暗的光线下，他听到那斧子劈柴的咔嚓声，脚步声，男人的脚步声，附近是牲口棚里醒来的家畜的声响。然后他就闻到了炊烟的味道，食物的味道，那香喷喷的食物，他开始一遍一遍又一遍嘀咕着，**我已经好久没吃东西了**，他尽力想记起自从星期五离开杰佛生镇之后，到现在有多少天了，那时他是在餐馆吃的晚饭。过了一会儿，他还是静静地躺着等待，然后他们应该是已经吃完饭了，去田里干活了，日子的名称、星期的名称好像比食物还重要。因为当人家终于走了之后，他出来了，走进了低低的淡黄色的阳光下，来到了厨房门口，他并没有去找食物。他本来是这样想的，但他能感觉到心里一大堆刺耳的难听话，已经涌到了嘴边。然后，一个枯瘦、憔悴的女人来到了门前，看着他，他能看到她眼睛里的震惊和惊恐，她知道他，而他想**她认识我。她一定也得到了抓捕他的消息**，他听见自己的嘴悄悄地说："你能告诉我今天是星期几吗？我只是想知道今天是星期几。"

"星期几？"她的脸像他一样枯瘦，她的身体也一样枯瘦，却精干、有活力。她说："你走开！今天是星期二！你走开！我要叫我家人了！"

他轻轻地说了一声"谢谢你"，门砰的一声关上了。然后他就跑了起来。他并不记得是怎么开始跑的。他想了一下，跑是因为他要到一个地方，他要朝着它的方向跑，跑，突然记起来了，于是他的心就不必麻烦去考虑跑的原因了，因为跑并不困难。事实上是相当容易的事情。他感到轻飘飘的，没有重量。即使是大步流星，他的脚也似乎是不能自主，轻飘飘的，故意随便地跳着步子，跨过一片松软的土地，然后他就跌倒了。没有什么东西绊住他。他只是彻底地倒在了地上，有那么片刻，他以为自己还在地上站着，仍然在跑着。但是他倒下了，脸朝下趴在一个泥沟里，旁边是耕过的土地。然后他突然说道："我看我最好还是站起来。"当他坐起来的时候，他看到了太阳，已经升到了半空中，现在却是从一个相反的方向照到了他的身上。开始他认为是自己看错了方向，然后他才意识到现在已经是黄昏了。在他跑着跌倒的时候还是早晨，可是当他马上再坐起来的时候，已经是晚上了。"我睡着了，"他想道，"我睡了至少六个小时。我一定是跑着的时候睡着了，而自己却不知道。确实是这个样子。"

他没有感到奇怪。时间，光亮和黑暗的交替，很早就失去了间隔。现在似乎都已经混成一个了，眼皮一眨的工夫，完全没有任何警示。他永远不可能知道什么时候他会从一个转换到另外一个，他发现他已经记不起是否躺下就已经睡着了，或者记不起是否醒来就已经走在路上。有时候，对他来说，在草垛里，在泥沟中，在废弃的屋顶下，一夜的睡眠之后，紧接着就是另外一个夜晚，中间没有白天的间隔，看不到光线的飞逝；白天也会紧接着另外一个白天，充满着飞逝而过的紧迫感，中间没有任何的夜晚或间隔可以休息，好像太阳并没有落下，只是在空中转了个圈，在到达地平线之前又沿着原路返回了。当他睡着醒来，或者甚至在泉水旁喝水的时候，他永远都不能知道，下次自己的眼睛还能否看见阳光或者仰望星辰。

有一段时间，他一直感到饥饿。他吃被虫蛀的烂水果充饥，有时候他偷偷跑到田里，掰下几个已经熟透的、像番薯粉碎机一样坚硬的玉米棒子，啃着吃。他一直在想着吃，满脑子想的都是菜肴和食物。他想起了三年前在厨房的餐桌上为他备好的食物，他还挥舞着手臂再次体验当初从容故意地把装满菜肴的盘子扔向墙角的动作，心里充满了一种难以名状的遗憾、后悔和愤怒交织的痛苦。然后有一天，他不再感到饿了，这感觉来得突然而安静。他感到自然而平静，但是他知道必须要吃。他已经习惯了吃腐烂的水果、硬邦邦的玉米棒子，慢慢地咀嚼着，感觉不到任何的味道。他常常吃得很多，以至于导致腹泻和便血的情况。但是很快，他仍然会再次陷入痴迷于吃那些东西的需要和紧迫。他现在痴迷的不是食物，而是吃的需要。他想记起来他最后一次吃煮熟的好吃的食物是什么时间。他好像记起来感觉是在一个房子里，一个木屋什么的地方。房子或者小屋，白色或黑色：他记不起是哪个了。然后他仍然一动不动地坐着，他那憔悴、病态、满是胡茬的脸上带着一种全神贯注的表情，他闻到了黑奴的味道。一动不动（他倚着树坐在一处泉水边，头往后仰着，他的手放在腿上，他的脸憔悴而平静），他闻到了黑奴的菜肴，黑奴的食物，是在屋子里。他不记得他是怎么过来的，但是房间里满是仓皇逃离和突如其来的惊恐，好像人们是刚刚逃跑，突兀而满载恐惧。他在一张桌子旁坐着，等待着，心里空荡荡的什么也没想，逃离后留下一片沉寂。然后他面前有食物，突然出现的一双长而柔软的黑手正摆放着菜肴，然后又马上逃离。他好像能听到那恐惧和悲痛的抽泣，而他却充耳不闻，比他周围的叹息还来得安静，还有咀嚼和吞咽的声音。"那次是在一个木屋里，"他想，"他们都害怕。害怕他们的兄弟。"

那天夜里，他心里涌进了一个奇怪的想法。他躺在那儿准备睡觉，却没有睡意，似乎没有睡觉的必要，就像他让自己的肚子一味地接纳食物，而它似乎并没有欲求或需要。奇怪的地方就在于，他对这一点既找不到原因，找不出目的，也没办法解释。他发现他企图数出那个星期的日子。就好像他现在终于有一种迫切的需要，把过去的日子一笔勾销，就是为了达到一个目的，迎来那确定的一天，或者采取某种行动，而不至于功亏一篑或者过犹不及。心里对睡眠的需要让他进入了一种昏迷的状态。当他在晦暗的黎明的露珠里醒来的时候，这种需要就变得真实而具体，而显得不再奇怪。

黎明时分，天刚放亮。他起来了，走到泉水边，从口袋里拿出了刮胡刀、牙刷和肥皂。但是光线很暗，他看不清自己映在水里的面孔，于是他就坐在泉水边上，等待着，直到他能看得更清楚一点。然后他在脸上用那冰手的冷水抹上肥皂沫，很细心。他的手颤抖着，虽然急迫，但他还是感到疲倦难耐，以至于他必须强打起精神。刮胡刀变钝了，他在皮鞋的一边磨了一下，想把它磨得快一点，但是那皮靴像铁一样硬，上面沾满了露水。他凑合着刮了起来。他的手抖着，这活儿可不好干，在脸上刮出了三四个伤口，他用冷水给伤口止血，然后血就不流了。他收拾好刮脸的工具，就开始走了。他是沿着一条直线走的，没走那容易走的丘陵。走过一小段距离之后，他走到了一条路上，就在路边坐了下来。这是一条僻静的路，路的两头都静悄悄的没有声响，只有从灰色的尘土中才可以看到那窄窄的稀疏的车辙，以及马匹和骡子踩过的蹄印，偶尔的地方还有人的脚印。他坐在路边，没穿外套，曾经的白衬衣和熨成折痕的裤子沾满了泥垢，憔悴的脸上疙疙瘩瘩地残留着胡茬儿和已经凝固的血迹。当太阳升起照在他身上，有了些许温暖的时候，疲倦和凉气让他慢慢地打起颤来。过了一会儿，有两个黑人孩子出现在了拐弯处的路口，正往这边走来。直到他开口跟他们说话，他们才发现他；他们瞬间停了下来，一动不动，翻着白眼盯着他。"今天是这个星期的哪一天？"他重复着原来的问话。他们没有说话，只是盯着他。他的头转了一下说："走吧。"他们就走了。他没看他们，仍然坐着，他明显是思考着他们刚刚站过的地方，好像对他来说，他们只是从那里的两个贝壳里走出去的。他没看到他们是跑着离开的。

然后，他仍然在那里坐着，太阳慢慢地让他暖和起来，他又睡着了，自己却一点也不知道，因为当他醒来时，紧接着的就是听到一阵骇人的叮当咔嚓的声音，是木板和金属的碰撞以及马蹄发出的声响。他赶紧睁开眼睛，看见一辆马车正从拐弯的地方旋风一般地转了过去，然后就看不见了，车上的人还不住地扭头看他，赶车人的手上下挥舞着。"他们也认出我了，"他想道，"就他们，那个白种女人，还有那天在他们那里吃饭的几个黑奴。他们谁都可能抓住我，如果他们想抓我的话。因为那是他们所有人的想法：把我抓起来，但是他们又都先跑掉了。他们都想把我抓起来，然后当我过来说**我来了是的我想说我来了我累了我已经厌倦了这种提着命像提一篮子鸡蛋似的逃亡**于是他们都跑了。好像逮住我有一条规则需要遵守，如果这样逮住我，好像就不符合规则的要求。"

于是，他又回到了灌木丛里。这次，他警惕起来，他听到马车的声音，虽然还没有进入他的视野。直到马车走到他的正前面，他才现出身来。然后他走上前去说："嗨。"马车停了下来，车子猛地跳动了一下。黑奴车夫的头也猛地一动，脸上现出惊慌的神色，然后就是认出了他，还带着恐惧。"今天是星期几？"克里斯默斯问道。

黑奴的眼睛瞪着他，下巴好像松弛了一般，"你——你说啥？"

"今天是这个星期的第几天？星期四？星期五？第几？第几天？我不会伤害你的。"

"星期五，"黑奴说道，"噢，老天，上帝，是星期五。"

"星期五，"克里斯默斯说。他的头又猛地动了一下。"驾。"鞭子落了下来，骡子开始向前冲去。马车也如旋风般地从他视线中飞驰而去，那条鞭子不停地扬起落下。但是克里斯默斯已经转身进了树林。

他又沿着笔直的方向前进，像是测量员勘探的线条，不管是小山、峡谷还是沼泽。然而他并不着急。他好像知道自己在什么地方，想要去哪里，以及到达那儿需要的确切时间，可以具体到几分几秒。好像他渴望看遍他的每一寸乡土，这是第一次或者是最后一次。他在这里长大成人，在这片土地上，他就像一个不会游泳的水手，他身体的形状以及他的想法都是不由自主形成的，所以他对这片土地实际的形状和感受并不知晓。一个星期以来，他一直在隐蔽的地方躲藏摸索，然而他对大地必须服从，以及对无法改变的规则还是一窍不通。有一段时间，他一直坚持走着，他想这就是一切——放眼望去、尽收眼底——给了他平和、从容和宁静，直到真正的答案突然出现在他的面前。他感到干渴难耐，身体轻飘。"我不必烦着再找吃的了，"他想，"这就是一切了。"

到中午的时候，他已经走了八英里。他现在已经来到了一个宽阔的碎石铺的石子路上，是一条公路。这一次，马车在他举手的时候静悄悄地停下了。在驾车的黑奴青年的脸上，既没有惊疑，也没有认出他的神情。"这条路是往哪儿去的？"克里斯默斯问道。

"摩兹镇。俺正要往那儿去。"

"摩兹镇。你还要去杰佛生镇吗？"

那青年挠了一下头。"不懂那是哪。俺要往摩兹镇去。"

"噢，"克里斯默斯说道，"我明白了。那你并不在附近住吧。"

"不是，先生。俺住的离这儿要隔两个县呢。路上都跑三天了。俺去摩兹镇是接俺爹买的一个小马驹。你也往摩兹镇吗？"

"是的，"克里斯默斯说道。他爬上马车，坐在了青年的边上。马车就走了。"摩兹镇，"他想，杰佛生镇只有二十英里的距离。"现在我可以放松一会儿了，我已经有七天没有放松了，所以我想我应该放松一会儿。"也许是坐在那儿，也许是马车的晃动催他入眠，他似乎要睡去。但他并没有睡。他不困，不饿，甚至也不感到疲惫。

他只是处在它们之间的某种状态，悬在其间，随着马车的晃动而摇摆，没有想法，也没有感觉。他已经不知道走了多长时间，多少距离；也许一个小时之后，也许是三个。那个青年说道："摩兹镇。到了。"

他看了一下，在那遥远的角落里，有团烟雾低低地飘在天空中；他又来了这里，这条延伸了三十年的街道。这是一条铺筑的道路，走起来应该很快。这条路围成了一个环形的圆圈，他仍然在里面。在过去的七天里，虽然他没走过铺筑的街道，但是他走的路，却比过去三十年里走的所有路都要长。但他仍然还在这个圆圈里。"我在这七天里已经走过的路程，比过去三十年里走过路程的总和还要长，"他想道，"但是我从来没有走出过这个圆圈。往事如昔，无法回到过去，可我从没有超越过这个圆圈。"他在座位上坐着，静悄悄地想着，在他前面的挡泥板上是他那双黑色的鞋子，那双散发着黑奴气味的鞋子：那黑色的印记已经漫过了他的脚踝，他已经深陷黑色的潮水中无法自拔，眼睁睁地望着它漫过他的腿部，从脚往上移动，像是死亡已经来临。

十五

那个星期五，当克里斯默斯在摩兹镇被逮捕时，在这个镇上住着一对姓海茵斯的老年夫妇。他们很老了，住在黑奴社区的一个小平房里；他们怎么来的，以及依赖什么生活，镇上的人们基本上都不知道，似乎自从他们在那个肮脏的地方居住以来，就穷困潦倒、无所事事，就镇上人们所知，这对海茵斯夫妇，并没有从事任何工作，没任何稳定的收入，这样已经二十五年了。

他们是三十年前来到摩兹镇的。有一天，人们发现，那个女人在一个小房子里安了家，然后自从那时起，就一直住了下来，虽然随后的五年里，海茵斯只是每个月才回家一次，还是在周末的时候。很快人们就知道他在孟菲斯有个差事。到底是做什么事情，并没有人知道，即使在那时候，他一直是个隐秘的人，既像三十五岁又像五十岁的样子，看上去眼神冷漠、暴躁，还有一点疯狂，对什么都不理不睬，也不好奇。镇上的人们感觉他们有些怪异——孤独，经常穿着灰色的衣服，个子也比其他的男人女人小一些，好像他们属于一个不同的人种，在随后的五六年里，男人似乎也搬到了摩兹镇，在他妻子居住的小屋里安定下来，人们雇他做一些他们认为他力所能及的各种杂活。但是不久，他连这个也不做了，好长一段时间，镇上的人们都不知道他们现在怎么生活，然后也就忘记再去追究这件事，后来人们开始了解到海茵斯经常走动，为这个县里的黑人教堂举行复活仪式，然后，人们偶尔还看见有黑奴女人端着明显是菜肴的盘子，从房子后面进入他家，然后空着手出来，人们对这事好奇了一段时间，然后也就忘记了。很快，人们要么是忘记了，要么是原谅了他们，因为海茵斯是个老头儿，对人们也不会有什么妨碍，要是个年轻人，那一定是件十恶不赦的事情。人们只是说："他们疯了，疯在了黑奴的问题上。也许他们是北方佬。"然后也就不再说什么了。或者也许他们原谅的不是那个男人投身于黑奴灵魂的救赎，而是公众对他们接受来自黑人之手的善举视而不见，因为放弃良心上过意不去的事情，对心灵总归是件快乐的事情。

因此二十五年来，这对老年夫妇一直没有明显的维持生计的来源，镇上的人们对黑奴女人以及那些盖起来的菜肴和平底锅，都统统视而不见，尤其是其中的一些食物十有八九是从白人厨房里原封不动地端出来的。也许这也是心灵解脱的一种方式。不管怎样，镇上的人们都不再去看，二十五年来，这对夫妇就这样孤独地生活在这一潭懒散的死水中，好像他们是两只从北极迷途而离群索居的麝牛[1]，又好像是冰川时期[2]以前的两个无家可归的慢腾腾的野兽。

---

1 麝牛是生活在北极地区的一个物种，性勇敢，以草和树木枝条为食，体形像牛，毛皮散发麝香味，故称麝牛。栖息于严寒的苔原地带，由于皮毛珍贵，曾被大量捕杀，几近灭绝。目前主要分布在北美洲和格陵兰地区。

2 冰川时期是地质史的分期之一，地面被冰雪广为覆盖，距今约 100 万年。

平时根本看不到那个女人，虽然那个男人——人们都称他师叔[1]，是广场上的常客：一个脏兮兮的小老头儿，一张脸曾经要么勇敢坚毅，要么暴烈无比——如果不是个幻想家，就是个极端的利己主义者，常穿着一件脏兮兮的不带领子的蓝色夹克衫，挂着一根沉重的手工剥皮的山核桃木拐杖，手柄处已经握得像胡桃一样乌黑，像玻璃一样光滑。开始的那段时间，他做着孟菲斯的差事，每月回来一次的时候，还能听到他谈一点有关自己的东西，语气中带着点自信，这种自信不仅仅是来自一个男人的独立自主，而且感觉到还有一种气质，似乎在他的生活里，还一度有着比过独立自主生活更好的时候，而且那还是不久前曾经就有的事情。他身上并没有饱经风霜的感觉，而更像是一种男人的自信改变着他，是那种对更弱势人们的掌控，而且他相信他这样做是自己的意志或者出于其他人不能质疑或无法理解的原因。但由于明显地缺乏连贯，他对自己以及对当时从事职业的讲述并没有让人们明白。所以那时候，他们甚至认为他有点神经病，这倒不是因为他在说话的时候，想讲述一件事而去掩盖另外一个事，而是因为他的话，他说话的方式，和他周围的听众所认为的一个人应该（而且必须）具有的身份地位并不一致。有时候他们断定他过去做过牧师。然后他就会谈起孟菲斯，这个城市，言辞含糊而又玄乎其神，好像他的一生都在那儿担负着某种重要，即使仍然叫不出名字的市政工作。"好吧，"摩兹镇的人们在他的背后就说，"他在那儿做的是铁路指挥员，站在街道的中间，每次有火车经过的时候，就会来回地摇着旗子。"或者"他是一个新闻报纸工作者。要从公园里的凳子底下，把丢弃的报纸收集起来。"他们并没

1　在镇上人们的想象中，这可能是对海茵斯做过牧师的一种调侃性尊称。

有当面对他说这些话，哪怕是他们中间最胆大的人，哪怕是那些说起话来以不靠谱为名的人们都没有这样说过。

然后，他就失去了孟菲斯的工作，或者辞了职。一个周末他回家了，随后的星期一，他并没有离开。此后，他就整天出现在街上、广场上，不善言谈，邋里邋遢，眼睛里带着那种暴躁，以及拒人千里之外的表情，人们认为他精神不正常：那种暴烈像一种气味，臭味已经耗尽；那种狂热像衰退熄火的灰烬，曾经狂热的左右开弓的福音布道，有四分之一来自暴烈的信念，四分之三则来自身体上的强悍凶蛮。所以当他们了解到他通常徒步，走县串乡，在黑奴教堂里进行布道的时候，他们并不感到奇怪。这个几乎完全依赖黑奴的慷慨和施舍才得以维持生计的白人，常常单枪匹马深入遥远的黑奴教堂，打断那里的布道，走上讲坛，用他那粗糙而呆板的声音，甚至有时候用严厉而沉闷的语言，要他们在所有比他们肤色浅的人面前，保持谦卑恭敬，传授着白种人的至上和优越，他本人就是最出色的一号代表，毫无意识地形成了不可思议的悖论。黑奴们认为他疯了，他受到了上帝的刺激，或者是他曾经触碰了上帝。他们也许并没有听他讲话，可能并不明白他说的很多话。也许他们把他当作上帝本人，因为上帝对于他们来说，也是一个白人，而且**他的**行为也总有点令人难以解释。

他在那天下午，当克里斯默斯的名字在街上开始到处传开的时候，他正在街上，孩子们、大人们——商人、职员，还有懒散的，好奇的，大多是身穿工装的七里八乡的乡邻，都开始跑了起来。海茵斯也跑了起来。但是他跑得不快，而且他的个子也不够高，所以当他真正到达的时候，他的视线已经穿不过那密集挤起来的肩膀了。尽管如此，他还是拼命而专注地使劲往那密集汹涌的人群里钻过去，好像曾在他脸上标记的暴烈又重新复活，他用力向人们的背影抓过去，最后用他的手杖向他们发起了进攻，直到人们转身认出并拉住了他，他仍然在挣扎着，用那根沉重的拐杖向他们打着。

"克里斯默斯？"他喊道，"他们说的是克里斯默斯吗？"

"克里斯默斯！"其中拉住他的那个人大声向他回答道，他的脸也紧绷着，瞪着眼睛。"克里斯默斯！就是上个星期那个在杰佛生镇杀人的白色黑鬼！"

海茵斯瞪着那个人，他没牙的嘴轻微地吐着唾沫。然后他又开始猛地往里面挤过去，边挤边骂。一个身材矮小的老头儿，有着孩子般轻飘瘦小的骨架，却试图用手杖开道，打到最里面，那里正站着那个被抓获的嫌疑人，满脸是血。"喂，师叔！"他们说着，拉住了他。"喂，师叔。就站这儿吧，别挤了。"他们已经抓住他了。他跑不了了。

但他仍然挣扎着，打着、骂着，他声音嘶哑，虚弱，嘴里流着口水，他们拽着他，就像想控制一根水压太大而尺寸太细的软水管。在这整个人群中，只有那个嫌疑人是唯一沉稳镇定的人。他们拉住破口大骂的海茵斯，他那老弱的骨架，线条般的肌肉扭动着鼬鼠[1]般自然而又柔软的身躯。他从他们的手里挣脱了出来，从下面钻了出去，往前一跳，就过去了，来到了那个嫌疑人的面前。他在这儿停顿了一下，愤怒的目光瞪着嫌疑人的面孔。那是一个完整的停顿，但是就在他们拉住他之前，他已经举起了拐杖，打在了那嫌疑人的头上，当他再次打过去的时候，他们已经把他拉住了，气得他无可

---

1 鼬鼠是在北极草原上生活的最小的食肉动物，以鼠、鸟、蛙和昆虫为食。鼬鼠一般体型很小，加上尾巴一般体长40厘米，雄性较大，体重不超过500克，身体柔软，腿短小灵活。

奈何而又暴跳如雷，嘴唇周围仍然泛着一层白沫。但是他们没法拦住他的嘴。"杀了这个杂种！"他喊道，"杀了他。杀了他。"

三十分钟后，两个人用一辆汽车把他带回了家。其中一个人开车，另外一个人在后面控制着他。现在他那满是胡茬和灰尘的脸上已经变得灰白，他的眼睛是闭着的。他们把他从车里抬了出来，架着他穿过大门，走上了那条已经腐烂的砖块和陶瓷片铺成的小路，一直到了台阶跟前。他的眼睛现在已经睁开了，但是空洞无物，眼珠已经翻到了脑壳里，只露出浑浊发蓝的眼白。但是，他仍然瘫软无力，动弹不得。就在他们走到门廊的时候，前门开了，他的妻子出来了，然后随手在身后关上了门，站在那里，打量着他们。他们知道，那是他的妻子，因为她是从他住的那个屋里走出来的。其中一个人，虽然是本地镇上的居民，在这之前从来没有见过她。"怎么了？"她说。

"他没事，"第一个人说道，"我们只是刚刚在街上看了一阵子热闹，天气太热了，他有点受不了。"她站在门口，好像要把住门不让他们进去——一个胖墩墩的小女人，一张圆脸，像是脏兮兮的还没烤过的面团，稀疏的头发在头上扎出了一个紧紧的发髻。"他们刚刚抓住了那个黑鬼克里斯默斯，就是上周在杰佛生镇杀死那个女人的黑鬼，"那个人说道。"师叔刚刚对这事有点激动。"

海茵斯太太正转身，像是要去开门。就听到第一个人对他的同伴说的话，她突然停了下来，好像有人用石子轻轻地砸中了她的头部。"抓住了谁？"她问。

"克里斯默斯，"那个人说道，"那个黑鬼杀人犯。克里斯默斯。"

她站在门廊的边缘，往下看着他们，灰白的面孔一动不动。"好像她知道我告诉她的是谁，"那人在回到汽车里的时候向他的同伴说道，"好像她想一下子让我告诉她，抓的人是他，然而又不是他。"

"他长得什么样子？"她问道。

"我可没有仔细看过，"那个人说道，"他们给了他点颜色，抓住他了。挺年轻的。看起来并不比我更像黑鬼。"女人看着他们，低头看着他俩。在他俩中间，海茵斯现在已经自己站在了地上，嘴里嘟囔着，好像刚刚醒过来的样子。"你想让我们把师叔放在哪儿？"那人说道。

她根本没有回答。好像她甚至还没有认出那是她的丈夫，那人后来告诉他的同伴。"那他们打算怎么处置他呢？"她问道。

"他？"那人说，"哦，那个黑鬼。那要看杰佛生镇怎么说了。他归他们那边管的。"

她俯视着他们，脸色苍白，一动不动，似乎无动于衷。"他们会等杰佛生镇的人来吗？"

"他们？"那人说，"啊，应该会的，如果杰佛生镇的人拖得不会太长的话。"他换了一下抓住老人的手。"你想让我们把他放在哪里？"女人然后动了一下。她从台阶上走了下来，来到他们跟前。"我们帮你把他背进屋里吧。"那人说。

"我可以背他，"她说道。她和海茵斯个子高矮差不多，虽然她更重一些。她从他手臂的上方抓住他。"尤菲斯，"她说道，声音不高，"尤菲斯。"她对那两个人说，悄悄地说，"放手吧。我扶住他了。"他们放开了他。他现在能走一点点了。他们看着她扶着他走上台阶，走进门去。她并没有回过头来看一下。

"她甚至连声谢谢都没说，"第二个人说，"也许我们应该还把他带回去，让他和那黑鬼一起关到牢里去，因为他似乎对他更熟悉。"

"尤菲斯，"第一个人说，"尤菲斯。十五年了，我一直想知道他叫啥名字。尤菲斯。"

"走吧。我们回去吧。我们可能错过好多热闹了。"

第一个人又回头看了一眼那个房子，看着那两个人已经消失在里面关闭的房门后面。"她也晓得他。"

"晓得谁？"

"那个黑鬼。克里斯默斯。"

"走吧。"他们回到了车上。"你对那个家伙是怎么想的，直接到咱镇上，这儿离他作案的地方不到二十英里，在大街上来回地走着，然后被人认了出来。我真希望认出他的那个人是我。然后我就可以领取那一千美元奖金了。但是我从来没有那样的运气。"汽车往回开了。第一个人仍然回头看了一下那扇关闭的房门，门里的两个人已经消失得无影无踪了。

在那间小房的门厅里，黑暗、狭小，闻着有洞穴的味道，老两口站在那里。那个老头儿虚弱的状况比昏迷好不了多少，当他的妻子把他扶到椅子跟前，让他坐上去，看上去只是权宜之计，仍然让人担心。但是没有必要回去再把前门锁上，可她还是回去把它锁上了。她来到他面前，站了一会儿。开始，好像她只是看着他，带着关心和心疼。可要是还有其他人在场的话，就会看到她在剧烈地颤抖，她把他放在了椅子上，她本来是要把他丢在地上的，或者把他像囚犯一样摁在地上，然后她才开始说话。她靠在他的头上：粗矮，肥胖，灰白，一张脸就像溺死尸体的颜色。当她说话的时候，声音颤抖着，虽然她想尽力控制，但仍然颤抖着，她的手在他半躺的椅子扶手上握成了拳头，她克制地抖着声音说："尤菲斯。你听着。你要听我说。我原来可没有难为过你。三十年里我都没难为过你。但是你现在要告诉我。我要知道，你一定要告诉我。你当时把米莉的孩子给咋弄的？"

一整个下午，他们都聚集在广场上和拘留所的前面——职员、游手好闲的人们、穿工装的乡邻，都在议论纷纷。消息传遍了整个镇上，此起彼伏，就像风或者火一样，直到在太阳拉长的影子里，乡邻们才开始驾着马车和满是尘土的汽车离开了，镇上的人们也开始回家吃晚饭。后来，议论又开始火焰四溅，顷刻间又熊熊燃烧起来，成为家庭主妇和她们的家人围坐在餐桌周围的谈资，无论是在亮着电灯的房间里，还是在偏僻的点着煤油灯的山地小屋里。然后，第二天是星期日，在慢悠悠的令人愉快的乡下，人们穿着干净的衬衫和带有装饰的吊带裤，蹲在乡村教堂边上或者自家院子里的树荫下，安静地吸着旱烟袋，顺着外面的栅栏拴着来访的马匹，停放着一排排的汽车。女人们在厨房里准备餐点，他们又开始说了："他看起来并不比我更像黑鬼。但是他身上保准有黑鬼的血。好像是他自己主动让人给逮住的，就像人执意要结婚一样。他整个星期都消失得无影无踪。如果他不给那房子放火，他们可能一个月都指不定能知道里面杀了人。而且如果不是有个叫布朗的家伙，他们也不可能怀疑他，那个黑鬼过去卖过威士忌，假装是白人，想把威士忌和杀人这两件事都安到布朗的身上，然后布朗就讲了实话。

"然后昨天早上，他在光天化日之下来了摩兹镇，星期六，而且镇上满是人。他像个白人一样进了白人的理发店，因为他长得像个白人，谁都没有怀疑他。甚至那个鞋童看到他还穿着尺码明显过大、不适合他穿的二手翻毛皮鞋，竟然都没有怀疑他。他们帮他刮了脸，理了发，然后他给他们付了钱，就走了出去，然后他直接去了一个商店，买了一件新衬衫和一个领带，还有一个草帽，用的钱就是从他杀死的那个女人那里偷来的。然后在光天化日之下，在大街上走了起来，好像整个镇子都是他的，来来回回地走了十来趟，人们从他身旁经过，都没有把他认出来，然后哈立德就看到了他，跑上前去，就抓住了他，说，'难道你的名字不是叫克里斯默斯吗？'然后那黑鬼就回答说是。他都没说个不字。他什么也没做。他从来都不像个黑鬼，也不像个白人。就这样他就被逮住了。可把乡邻们给气坏了。像他一个杀人犯，还打扮得这么人模人样，大摇大摆地走到街上，敢情没人敢去招惹他一样，这个时候他应该偷偷摸摸地躲在树林子里面的，满身泥泞，肮脏兮兮的，慌不择路才对。好像他甚至都不知道自己是个杀人犯，更不要说是黑鬼了。

"然后哈立德（他很激动，正想着那一千美元的奖金，他朝那黑鬼的脸上已经打了好几拳了，那黑鬼那时候才像个黑鬼，不还手，也不说话：只是血流满面，沮丧着脸，一句话也不说）——哈立德吼叫着，抓住他，那时候那个叫师叔的海茵斯上前开始用拐杖打那个黑鬼，就有两个人拉住了师叔，用车把他送回了家。没人知道他是不是真的认识那黑鬼。他只是颤颤巍巍地上前去，大声叫着，'他是叫克里斯默斯吗？你说的是克里斯默斯吗？'然后就挤到前面看了一下那个黑鬼，然后就开始用拐杖打他。他的行为像是迷迷糊糊的。他们不得不拉住他，他翻着白眼，嘴角流着口水，那根拐杖碰到什么就敲什么，然后，突然好像扑通一声就倒下了。然后就有两个人开车把他送回了家，他的妻子出来了，把他接了回去，那两个人才又回到镇上。他们不知道他到底是怎么回事，为什么抓住个黑鬼，他这么激动，但是不管怎样，他们觉得他现在已经没问题了。但是还不到半个小时，他又回来了。他现在完全是疯了，站在街角那里，谁从那里过，他就朝谁骂，说他们是胆小鬼，因为他们不把那个黑鬼当即从监狱里拉出来就地绞死，管他属于不属于杰佛生镇管。他一脸疯相，像是从疯人院里溜了出来的，而且知道他们很快就会过来把自己收回去。人们说他过去也是个牧师。

"他说他有权力杀死那个黑鬼。他却没说原因，他火气太大、太疯狂了，甚至有人想让他停下来问他很久的问题，他都没能说清楚。那时候他边上已经围了很多人，他大声喊着说他如何有优先权来决定那个黑鬼的生死。然后人们就开始想也许他应该和那个黑鬼一起待在监狱里，正在那时他老婆过来了。

"他们中有一些人在摩兹镇已经住了三十年了，还没有见过她。直到她开口和他说话时，他们才知道她是谁，因为那些见过她的人，发现她只是在他们居住的黑奴社区的小屋附近出现，常常穿着一件宽大的长罩衣，戴着师叔的一顶旧帽子。但是她这次穿戴很整齐，身着紫色的丝绸裙子，戴的帽子上别着一根羽毛，手里拿着一把伞。她走到人群跟上，他正在嚷着、叫着，她说，'尤菲斯。'他就不喊了，然后他看着她，那根手杖仍然举在空中，似乎仍在颤颤地抖着，他的下巴像是松弛了一般，流着口水。她拉起了他的手臂。有很多乡邻因为他拿着那根拐杖，都不敢往他跟前去，他那根拐杖看上去随时都可能打在任何人的身上，他甚至都不知道或并不想那样。但是她直接走到了拐杖的下面，拉住了他的手臂，领着他到了一个商店的前面，那里放了一把椅子，她把他安顿到了椅子上。她说：'你就坐在这里，等着我回来。可不要动，现在。也不要再喊了。'

"然后他就照做了。他完全照做了。他就坐在她指定的那个地方，她根本连头都没有回一下。他们所有人都看到了。也许人们只是在她家附近才见过她，因为她一直待在家里，在其他地方都没有见过她。而他是一个暴烈的小老头儿，凶神恶煞，哪怕从他跟前过一下都要先想一下。他们怎么也想不到他会听命于其他的任何人。就好像她捏住他的什么把柄，他不得不听她的。因为他坐在那儿，就是她让他坐的，就在那把椅子上，不让他大喊大叫，不让他吹牛，但是他的头低着，手扶在那根拐杖上不停地抖着，嘴角仍然流着一点点的口水，滴在了他的衬衣上。

"她直接去了拘留所。那跟前有一大群人，因为杰佛生镇已经传来话说，他们正赶过来要带走那个黑鬼。她直接从人群中穿了过去，进了拘留所，然后，她就对看监狱的美特卡夫说，'我想见一下他们抓住的那个人。'

"'你为啥要见他？'美特卡夫说。

"'我没打算麻烦他，'她说道，'我只是想看一下他。'

"美特卡夫告诉她，还有很多其他的人也想那样呢，而且他也知道她不会把他放跑，但是因为他只是个狱警，如果治安官没有许可，他不会让任何人进去的。她就站在那儿，穿着那件紫色的裙子，帽子上别着那根甚至既不摆动也不弯曲的羽毛，她沉稳地站在那里。'治安官在哪里？'她问道。

"'他可能在办公室，'美特卡夫说道，'你找他，得到他的允许。然后你就可以看那个黑鬼。'美特卡夫想着那样一说就会完事。于是，他就看着她转过身，走了出去，从拘留所前面的人群中穿了过去，沿着街道往广场那边走去。那根羽毛现在跳动起来。他能看到沿着栅栏那根羽毛在上下跳动。然后他就看见她走过了广场，进入了法庭大楼。然后，治安官的副手拉塞尔就说他当时就在办公室，他正好抬头隔着办公桌的窗户看到外面那顶带有羽毛的帽子。他不知道她在那儿已经站了多久了，等他抬头看她时才知道她站在那里。他说她的身高刚刚能隔着桌台看过来，所以，她看起来就好像桌台下面，就没有躯体，就像有人溜了进来，把一个画有脸的玩具气球放到了桌子上，上面又放了一顶滑稽的帽子，像极了娱乐连环画里的调皮捣蛋的皮孩子。'我想见一下治安官。'她说道。

"'他不在，'拉塞尔说，'我是他的副手。我能帮你什么忙吗？'

"'他可能在家，'拉塞尔说，'他真是有点忙，这个星期。晚上的什么时候，还要给杰佛生镇来的警官帮忙。他可能正在家休息呢。可是我也许能——'但是，当他说话这当儿，她已经走了。他说他从窗外看到，她已经走过了广场，转过了拐角，朝治安官住的地方去了。他说他仍然想着怎么和她说话，在想着她究竟是什么人什么的。

"她最终也没找到治安官。但是那时已经太晚了，因为治安官那时候已经在拘留所了，只是美特卡夫没告诉她，而且还没等她离开多远，来自杰佛生镇的警官就分乘两辆车进了拘留所。他们来得快，走得也快。但是他们来的消息很快传开了，在拘留所前面围着的人们包括男的、女的和孩子一定有两百人，当两个治安官走出来，来到门廊上的时候，我们的治安官发表了一个讲话，他要求大伙儿尊重法律，他和杰佛生镇的治安官一起保证要给那个黑鬼一个快速、公正的判决，然后人群中就有人说，'公正个鬼。他给那个白种女人一个公正的判决了吗？'那时他们就喊了起来，簇成一团，好像他们在对死去的女人互相喊着，而不是在对着两位治安官喊话。但是治安官讲起话来仍然心平气和，他说在他们选他做治安官的那一天，他已经发誓要践行自己许下的诺言。'我对黑鬼凶手和对这儿任何的白人一样都会一视同仁，'他说，'但我已经说了，上帝作证，我一定会遵守的。我不想惹什么乱子，但我也不怕出什么乱子。你们就消停下来，考虑一下吧。'哈立德也和治安官站在一起，他倒是显得充满理智，没想着要制造什么麻烦。'呀呀哈，'有人喊道，'我们觉得你不想用私刑绞死他。但是他对我们根本不值一千美元。对我们来说他连一千根划掉的火柴都不值。'然后，治安官就很快说：'如果哈立德不想让他死我们怎么办？难道我们每个人都想的一模一样吗？这儿，有一位我们自己的老乡需要拿那笔奖金：他认为这笔钱要花到我们摩兹镇这儿。假如要是杰佛生镇的人拿到这笔钱的话，会是什么结果？对不对，乡亲们？如果那样，就合理了吗？'他的声音听起来很小，像是玩偶发出的，甚至就像一个大人物发出的声音，他要谈的不仅是乡亲们不喜欢听的，而且也有违于他们快要下定的决心。

"不管怎样，那番话似乎把他们说服了，虽然他们确实知道，如果哈立德拿到那笔钱，摩兹镇或者任何其他的地方也不一定清楚地知道它会花在什么地方。但还是奏效了。人们总归是知趣的。他们不会一根筋地朝一个方向想或做一个事，除非有时他们可以找到一个新的理由。然后，当他们真有一个新理由的时候，他们就会变的。所以他们并没有完全让步，在人群从内部往外散开之前，似乎又比原来更加聚拢了一些。两位治安官明白这一点，他们同样也知道这场面撑不了多久的，因为他们很快回到了拘留所，在人们还没来得及转身之前，他们就又出来了，后面跟着那个黑鬼，夹在五六个副手中间。他们一定是在出拘留所的门之前，就把他安排妥当，随时待命出发的，因为他们几乎是立刻出来的，那黑鬼走在他们中间，哭丧着脸，手腕上戴着手铐，由杰佛生镇的治安官牵着；人群中似乎发出了'啊噢噢噢噢噢噢'的声音。

"他们似乎让出了一条通道，直接通到街上，路边停着一辆杰佛生镇的汽车，马达一直开着，有人在方向盘后面坐着，两位治安官直接过来，丝毫没有怠慢，就在那时候她再次走了过来，那个女人，海茵斯太太。她正挤着穿过人群，她太矮了，以至于人们只能看到那根羽毛在下面摆动，就像什么东西。即使前面没东西挡路，她也走不快，可她偏偏又像拖拉机一样，怎么拦也拦不住。她一直挤着往里钻，然后顺着人们给她让开的一条道，来到了两个治安官的正前面，中间夹着那个黑鬼，于是他们不得不停下来以免撞到她。她的脸看起来像一大块油乎乎的面团，她的帽子已经碰歪了，以至于那根羽毛从她脸的前方耷拉下来，她不得不把它转到了另外一边。但是她什么也没有做，她只是怔怔地拦在他们面前，站在那儿，看着那个黑鬼，看了有一分钟。她一句话也没说，好像那就是她满心想要的，而且要劳烦人们的目的，好像那就是她打扮整齐进城的原因：只是为了看一眼那个黑鬼。因为她转过身，又开始钻回了人群，当载着黑鬼和杰佛生镇警务人员的汽车开走的时候，人们四处张望，发现她已经不见了。然后他们又回到了广场，被她安放在椅子上等待的师叔也不见了。但是，并不是所有的乡邻都直接赶去了广场，很多人并没有离开，看着那个拘留所，好像刚刚从里面出来的只是那个黑鬼的影子。

"他们认为是她把师叔领回家了。那是在多拉尔商店的前面，多拉尔说，他看到她从街上回来时，走在那群人的前面。他说师叔坐在那里一直没动，他坐的姿势还是她让他坐的模样，他像是被催眠了一般，直到她回来，摸了他一下肩膀，他就站了起来，他们就一起走了，多拉尔一直望着他。多拉尔说从师叔的脸上可以看出，家是他应该要回的地方吧。

"只是她根本没有带他回家。过了一会儿人们就看到她并没有带他去那个地方。好像他俩现在都想着要去做一件共同的事情。做同样的事情，虽然出于不同的理由，而且每个人都知道对方的理由不一样，如果谁要挡了对方的道，对另外一个就会变得很严重。好像他俩都不言而喻地知道，每个人都在盯着对方，而且他俩都知道，还是她最清楚情况，能让他们找到办法。

"他们直接去了萨蒙出租汽车的修理厂。一直都是她在说话。她说他俩要去杰佛生镇。也许他们没有想到的是，萨蒙收取的费用高于每人二十五美分，因为当他说三美元的时候，她又问了他一次，好像她也许不相信自己的耳朵。'三美元，'萨蒙说，'再少我干不了。'他们站在那儿，师叔并不搭话，好像他是在等待，好像那不是他的事情，好像他知道他不需要操心：反正她会把他们弄到那儿的。

"'我付不起那么多。'她说。

"'再便宜，就没法载你们去了。'萨蒙说，'要不你们坐火车。一个人只花五十二美分就可以了。'但是她已经走了，师叔就像狗一样跟在她的后面。

"那时候大约是四点钟。人们看见他俩坐在法庭院子里的凳子上一直坐到六点钟。他们没有说话：好像他俩完全不知道另外一个人的存在。他们只是肩并肩坐着，她穿着星期天的礼服。也许她过得很开心，穿得整整齐齐，整个星期六的晚上都待在街上。也许对她来说，这和人们待在孟菲斯没有什么两样。

"他们坐在那儿，一直到六点的钟声敲响的时候。然后，他们就站了起来。看到的人们说她没跟他说一句话，他们只是同时站了起来，像两只鸟从树枝上飞了起来，看的人都说不出是谁先发出要走的信号。当他们走的时候，师叔稍微走在了她的后面。他们穿过广场，转进那条朝向车站的街道。人们知道三个小时之内是不会有火车的，他们就怀疑，他俩事实上是不是要坐火车去什么地方，后来他们才发现他俩做的事情，甚至比去坐火车还让他们感到惊奇。他们去了车站旁边的一个咖啡馆吃晚饭，自从来到摩兹镇以来，还从来没有人在街上见过他们走在一起，更不用说看见他们在咖啡馆里吃饭了。但是咖啡馆确实就是她带他去的地方，也许如果在市区吃饭，他们担心会错过火车。因为他们六点半之前到了那儿，两个人坐在柜台前的小凳子上，吃着她并没有征求师叔而点的东西。她问咖啡馆的人去杰佛生镇的火车是几点，那人告诉她凌晨两点。'杰佛生镇今晚可热闹了，'他说，'你可以在市区找辆车，四十五分钟就到了。不用等两点的火车。'他可能认为他们在这儿是陌生人，他还告诉她去杰佛生镇要走哪条路。

"但是她什么也没说，他们吃完饭，她付钱给他，都是五美分和十美分的硬币，一枚一枚地从裹着的布包里取出来，布包又是藏在伞里的，师叔坐在那里等着，一脸茫然，好像他是在梦游一般。然后他们就离开了，咖啡馆的那个人以为他们听了他的建议，去镇上找车了，当他向外看的时候，发现他们正跨过铁道中转线，往车站走去。他一度想喊他们，但是他还是没喊出来。'我看我没明白她的意思，'他想着说道，'也许他们想坐的是往南开的九点钟的那趟车。'

"他们坐在候车室的凳子上，这时候，坐车的人们，那些旅行推销员和懒汉，以及各色人等，都开始进来了，买往南去的火车票。售票员说他七点半吃完饭进来时，注意到候车厅里已经有人等候，不过直到她走到售票窗口前，问去杰佛生镇的车票和时间时，他才开始留意。他说当时他正忙着，只是往上瞟了一眼，说：'明天。'并没有停下手中的活儿。然后他说，过了一会儿，有东西让他抬起了头，有一张圆脸在望着他，还有那根羽毛，仍然在窗口上没动，她说："'我要两张去那儿的车票。'

"'这趟车要到凌晨两点才有啊，'售票员说。他也没有认出她是谁。'如果你想早点到杰佛生镇的话，最好到镇上租辆车。你知道去镇上怎么走吗？'但是他说她就站在那儿，数着从那只打结的布袋里掏出的五美分和十美分硬币，一个一个地数着，然后他就给了她两张票，然后，他隔着她的肩膀看过去，看到了窗口外的师叔，然后他就知道她是谁了。他就说他们如何坐在那儿，往南去的人们进来，然后又走了，他们仍然坐在那。他又说师叔看上去仍然是昏昏欲睡的样子，有点像个傻子什么的。后来火车就走了，但是有的人并不是回镇上的，他们就待在那儿，往窗户里望着，进进出出的人们，偶尔朝坐在凳子上的师叔和他的妻子望上一眼，一直到售票员关掉了候车室的电灯。

"有些人并没有离开，甚至到灯关了之后也没有走。他们隔着窗户能望进去，看到黑暗中他们在里面坐着。也许他们能看到那根羽毛，还有师叔头上的白发。然后，师叔就开始醒了过来。好像他对自己坐在这样的地方并不感到奇怪，也不像他不想待在这样的地方。他只是精神了起来，好像他已经稀里糊涂地晕了很久，然后，现在才终于再次打起了精神。他们能听见她对他发出'嘘嘘，嘘嘘'的声音，那样子就像对着吃奶的孩子，然后师叔就大吼起来，'下贱无耻！下贱无耻！'"

十六

    当敲门没有回应，拜伦就离开了门廊，绕着房子转了过去，走进了那个狭小封闭的后院。他马上就看到了桑树下面的椅子。那是一张帆布躺椅，能看出已经修理过，褪了颜色，凹陷得厉害，已经完全适应了海德华的身体，即使他不躺在上面，那椅子似乎也仍然幽灵般地拥抱着主人肥胖得看不出形状的躯体；向前走着，拜伦想，那张躺椅让人想起它已经被弃置不用，慵懒散漫和穷酸寒碜的遁世隔离，有点像是主人的象征，也是其主人的真实状况。"我又来打扰他了。"他想着，嘴唇轻轻地抬了一下。心里仍然想着，**又来？我对他的打扰，甚至他也知道那种打扰算不上什么。而且又到星期日了。但是我看星期日会让他难受的，因为星期日就像是为乡邻们专门发明出来的。**

    他从椅子的后面走了过去，低头往椅子里看过去。海德华睡着了。他那鼓起来的肚子上，那件白色的衬衣（现在倒是干干净净的一件）像气球一样从他破旧的黑裤子中挣了出来，一本打开的书盖在他的肚子上，书的上面是海德华叠着的双手，安详、和善，几乎有点像主教一样的自以为是。衬衣是老式裁缝的，胸前衬着一块打褶的熨得并不仔细的护胸，他的衬衣没戴领圈。他的嘴张着，松弛的肌肉从他那露出色斑牙齿的圆孔下面耷拉下来，只是从他那还算精致的鼻子上，才可以看到，虽然经过岁月的侵袭，却仍然没有变化。低头看着那张毫无知觉的面孔，对拜伦来说，他似乎能感觉到这整个人好像正在逃离他那坚不可摧、骄傲而又勇敢的鼻子，就像在一片萧条击溃的破败城堡上，还飘摇着一面被人遗忘的旗帜。然后，那光，从桑树叶外边的天空中反射进来的光线，照在了他戴的镜片上，闪烁刺眼，以至于拜伦一下子没能明白海德华的眼睛是什么时候睁开的。他只是看到那嘴合上了，那叠在一起的手动了一下，海德华坐了起来。"噢，谁啊？是……噢，拜伦。"

拜伦低头望着他，表情相当严肃。但是现在他并没有表现出什么怜悯，什么表情都没有，只是很严肃，很坚定。他说，声音很平淡："他们昨天抓住了克里斯默斯。我看你除了听说他杀了人，其他的应该还没有听说多少吧？"

"抓住他了？"

"是的，在摩兹镇。他去了镇上，据我所知，他一直在街上晃荡，然后就有人认出了他。"

"抓住了他。"海德华现在已经从椅子上坐了起来，"你来就是告诉我布朗……他们已经……"

"不是。现在还没人对他怎么样。他还没有死呢。关在牢里。没什么事。"

"没什么事。你是说他没什么事。拜伦说他没什么事——拜伦·庞奇已经帮了那个女人的情夫，那个情夫为了一千美元出卖了他的朋友，而且拜伦还说那没什么事。他把那个女人藏了起来，让她见不到孩子的父亲——我可以说，他是她的另外一个情夫吗，拜伦？我可以这样说吗？我是不是应该不说呢，就是因为拜伦·庞奇隐瞒了真相？"

"要是大伙儿一说，就会成为事实的话，那么我看那就是真相。尤其是如果他们都知道我让他们两个都关了进去。"

"他们两个？"

"布朗也进去了。虽然我感觉人们大多并不怎么肯定布朗去杀人的可能，或者做帮凶什么的，更不用说他能抓住杀人犯，或者能在其中帮上什么忙。但是他们都会说，拜伦·庞奇现在已经把他稳稳地关进了监狱。"

"哦，是啊。"海德华的声音微微地有些颤抖，高昂而淡漠。"拜伦·庞奇，是公众福利和道德的守护者。又是奖赏的获得者和继承人，因为现在还会自然地得到一位门不当、户不对的妻子——我也可以这样说吗？我可以这样理解拜伦吗？"[1]然后，他开始哭了起来，身躯坐在那个凹陷下垂的椅子里，显得庞大，像是瘫痪了一般。"我是不想搅和进去的。你知道，我不想管其他的事。但是你这样打扰我，让我焦虑是不对的，而我已经……我已经学会了——他们已经教我学会了不再掺和，这对我来说，还是好的，因为我老了，这和他们的看法正好一致……"拜伦开始看到他坐起来的时候，汗水就像眼泪一样，从他的脸上流了下来；而现在，他看见眼泪就像汗水一样，顺着他松弛的面颊流了下来。

"我知道。这是件难过的事情，让你担心的可怜事情，我并不知道。当我开始牵扯进去的时候，我也不知道。否则我就会……但是

1　此处海德华还不知道哈立德在抓捕克里斯默斯中所起到的作用，又认为布朗可能多少参与了这桩谋杀案，据此就认为拜伦会成为这个案件的受益人。

你是上帝的人呢。[1] 你不能回避。"

"我不是上帝的人,而这并不是出于我自己的意愿。记住。我不再是上帝的人,并不是出于我自己的选择。那是他们的意愿,就好比是那些人们强制的命令,那些就像你和她,还有远处监狱里的他,以及把他放进监狱的人们施加的意志,就像他们对我一样,把侮辱和暴力也施加到了那些和他们一样,由同一个上帝创造的人们身上,驱使他们去做那种因为曾经做过而被他们转而撕裂和加害的事情。这不是我的选择。记住。"

"我知道。因为每个人都没那么多选择。你在之前已经做过自己的选择。"海德华看着他。"在我出生之前,你已经被赋予了自己的选择,而且你接受了这个选择,在我、她或他出生之前,都是这样。那是你的选择。我看他们那帮好人,也会像坏人一样,都一定为自己的选择而遭受苦难。就像她,还有他,还有我。以及他们其他很多人,还有那个另外的女人。"

"那个另外的女人?其他的女人吗?难道我五十岁以后的生活以及我的安宁,一定要由两个迷途的女人来侵扰和破坏吗,拜伦?"

"这个另外的女人现在并没有迷途。她已经迷失了三十年。但是她现在清醒过来了。她就是他的祖母。"

"谁的祖母?"

"克里斯默斯的。"拜伦说道。

靠在那扇黑漆漆的书房窗口上,他等待着,望着外边的街道和院子的门口,海德华听到远处开始响起的音乐。他不知道自己正期

---

1 指海德华曾经在教堂做过牧师。

待那音乐的响起，在每个星期三和星期日的夜里，在黑暗的窗户旁，他都等待着音乐响起。不用借助手表或者钟声，他几乎都能精确地知道他马上听到的音乐响起的瞬间。他什么都不用看，什么都不需要借助，到现在已经二十五年了。他的生活疏离了机械的时间。然而，就是因为那个原因，他却从来没有迷失过时间。在他的潜意识里，他好像不由自主地勾起了对现实世界中、业已逝去的生命中被支配和调整的种种往事。不用借助钟声，他只需想一下，就立刻知道他过去的生活中，星期日早上和晚上的那些礼拜的仪式，以及星期三晚上的祷告仪式，在开始和结束两个固定的时刻之间，知道他要到的地方，要做的事情；能确切地知道他什么时候进了教堂，什么时候他要结束那精心设计的祷告或布道。所以，每当黄昏完全褪去之前，他就会心里念叨着星期日晚上的祷告会，**现在他们开始集合了，沿着街道慢慢地走着然后转弯，互相打着招呼：一群一群的人们，三三两两的，一个一个的。在教堂里面也有一些非正式的交流，都是压低了声音，女士们总是不断地摇着由线绳绑着的扇子，发出嘶嘶的声响，在她们经过教堂的过道时不断向进来的朋友点头示意。卡拉瑟斯小姐**（她过去为他演奏风琴，死了快二十年了）**就在她们中间；很快，她就会起身走进那间摆放风琴的隔间。**他似乎总是感觉，人们只有在那个时刻才离上帝最近，比七天中其他任何时间都更加接近上帝，而且在所有的教堂集会中，唯独那个时刻能给人们带来心灵的安宁，那也是教会的期许和目的。那时心灵和身体都得到了净化，如果净化确实发生的话，整个星期和所有发生的灾难都会经过早晨礼拜中严厉和规整的训诫而得以了结、总结和救赎；然后，接下来的星期以及那些尚未发生的各种灾难，就有片刻的停歇，让业已安静下来的心灵，充满冷静而温柔的信仰和希望。

坐在黑暗的窗户旁，海德华好像看到他们已经开始集合了，正在陆续赶往教堂的门口。他们现在差不多都到齐了，然后他就开始讲话，"现在，现在。"他往前倾了一点点，然后，好像那一切都在等他发出信号，音乐开始了。风琴发出的旋律穿透了夏天的夜晚，浑厚而嘹亮，和谐而铿锵，空气中回荡着凄凉和庄重的气息，好像释放的音响本身呈现出受难的形状和姿势，心醉神迷、庄严肃穆，而又意味深长地聚集起来。然而，即使那时的音乐仍然有一种严厉执拗、无法调和、深思熟虑、老谋深算的气息，就像在供奉祭品，祈求、问询的目的不是为了得到爱和生命，而是为了禁止它施之于人，用嘹亮的语调祈求死亡，好像死亡就是恩惠，这像极了所有清教[1]的音乐。好像人们在赞美中接受了它，又提高声音赞美它，既然是音乐赞美和象征的信仰造就了目前他们的存在，他们也就通过赞美本身对它实施报复。听着，他似乎听到了其中对他个人历史的颂扬，他自己的土地，他身上循环流淌的血液：那些他躲开的人们，他生活在其间的喋喋不休的人们，既不能领略快乐，也不能承受灾难，也无法从中逃脱。快乐、陶醉，他们似乎无法承受：他们的逃避充满了暴力，酗酒、打架、祈祷；灾难也是一样，暴力完全相同，而且明显地无法逃避。**他们的信仰为什么不该驱使他们经受苦难，并**

1　清教产生于 16 世纪后半期，是新教的一支。亨利八世与罗马天主教会决裂后，英国国教内部分教徒要求清除天主教的残存势力，他们主张《圣经》是信仰的唯一来源，强调所有信徒在上帝面前一律平等。主张建立无教阶制的民主、共和的教会，反对国王和主教专权，要求废除主教制和偶像崇拜，提倡勤俭隐忍，反对纵欲。他们的主张被称为"清教"，这部分教徒则被称为清教徒。清教是一个不确定的名称，包括许多集团和派别。

相互残杀呢？[1]他想。他似乎从音乐里听到，他们知道次日一早必须要践行的宣言和奉献。对他来说，过去的一个星期就好像激流迸发，将要来临的这个星期，明天即将开启，将是个无底的深渊，而此刻在瀑布的边缘，小溪汇聚了一曲雄浑、嘹亮、肃穆的呼喊，不是为了辩解什么，而是为了在一头冲下之前，向那个囚禁的必死之人而不是向任何神灵，致以最后的敬意；其间还有他们和另外两个教堂的听证，以及这两个教堂为他受难而举起的十字架。"他们会很高兴这样做，"他坐在黑暗的窗户里说道。他预感到了什么东西，嘴上和下颚的肌肉紧张起来，甚至比笑起来还更让他感到糟糕。"因为可怜他就意味着承认缺乏自信，还有他们自己也渴望和需要怜悯。他们很高兴这样做，很高兴。那也是这么糟糕、糟糕、糟糕的原因。"然后，他往前探了一下身，看见有三个人往这边走来，转弯进了大门，在街灯的映照下，影影绰绰的是他们的轮廓。他已经认出了拜伦，跟在他后面的还有两个人。他能看出来是一男一女，然而除了能看出其中一个穿着裙子外，两个人几乎是一模一样：一样的身高，一样的体型，像是两头熊。他几乎笑了起来，然后又赶紧止住了自己。"如果拜伦头上再罩上只手绢，戴上耳环。"他想着，又开始笑了起来，尽量不出声响，以便在拜伦敲门的时候迎过去。

拜伦领着他们进了书房——一个胖墩墩的女人，穿着紫色的裙子，戴着一根羽毛，拿着一把伞，面无表情；而男人出奇地脏，出奇地老，留着一副沾染烟草痕迹的山羊胡子，长着一双发怒的眼睛。

1　海德华认为南方的清教主义把赎罪的象征看成暴力、痛苦和殉道者的死亡。这种信仰把痛苦和暴力等同于救赎本身。

不过他们进来时毫无异样，倒是像木偶一样，好像他们被笨拙的弹簧操纵着。女人似乎显得更有把握，或者至少对自己的到来表现得更有意识。就好像，尽管她行动僵硬、机械迟钝，但她来的目的倒是非常确定，或者至少带着某种模糊的希望。但是他立刻就看到男人有点昏昏沉沉，好像对自己身在何处毫无觉察而又置若罔闻，但他身上却有一种隐秘而又随时爆发的冲动，颇为矛盾的是，他显得全神贯注而又谨小慎微。

"这就是她，"拜伦悄悄地说，"这就是海茵斯太太。"

他们站在那儿，一动不动：女人好像是已经到达了漫长旅程的终点，来到了一群陌生的面孔和环境中间，她等待着，静悄悄地，冰川一般，像是石头的雕刻，外表涂上了油漆，还有那安静下来的脏兮兮的小老头儿，全神贯注而又潜在地暴躁无比。好像他们两个人谁都没有怎么理会海德华，也看不出他们有什么好奇。他指了一下椅子。拜伦示意女人坐下，她就小心翼翼地弯下身坐了下来，手里仍然攥着那把伞。男人倒是立刻坐了下来。海德华坐在了桌子对面的椅子上。"她想跟我谈什么事吗？"他问。

那女人没有动。很明显她没有听到。就像凭借一个承诺，经历了长途的跋涉，现在她彻底停了下来，等待着。"这就是他，"拜伦说，"这是海德华牧师。给他说吧。告诉他你们想让他知道的东西。"她说话的时候，看了看拜伦，脸上毫无表情。如果在这张面孔的背后还有无法表达的东西，也被这张毫无表情的面孔本身所遮掩；如果抱有什么希望或渴望，二者都无法显露。"给他说一下吧，"拜伦说道，"告诉他，你们来这里的原因。你们来杰佛生镇的目的。"

"是因为……"她说。她的声音显得突兀深沉，几近刺耳，虽然并不高。就好像她原本说话的时候并不想弄出这么大的声响，她像是听到自己的声音，才停了下来，带着些许的震惊，从两张脸中的一张脸，看向另一张脸。

"跟我说吧，"海德华说道，"尽量跟我说吧。"

"是因为我……"那声音又一次停了下来，刺耳地停了下来，虽然声音仍然不高，好像是因为声音本身感到的震动。那说出的四个字像是遇到了某种自动出现的障碍，她的声音无法跨越；他们几乎能看到她绕着它们重新振作起来。"在他能走路之前，我还从来没有见过他，"她说道，"三十年了，一直都没有见过他。一次都没有见他自己走路，也没有喊过他的名字……"

"下贱无耻！"男人说道。他的声音高亢、尖利、强悍。"下贱无耻！"然后他就停了下来。从那身临其境的梦幻一般的状态中，他喊出了那四个字，语气中带着粗暴和先知一般的突兀，然后就变得默不作声。海德华看了看他，转向了拜伦。拜伦悄悄地说：

"他是他们女儿的孩子。他——"他的头稍微动了一下，看了一下那个正用发怒的眼睛瞪着海德华的老头儿——"孩子一出生，他就抱走了。她不知道他是怎么处置的他。她甚至从来都不知道孩子是否还活着，直到……"

那老头儿又一次插话进来，仍然带着那种令人震惊的突兀。只不过这次他没有喊叫：现在他的声音和拜伦一样理智镇定。他说话清晰，只是有一点急促："是的，老海茵斯师叔把他抱走了。上帝给了老海茵斯师叔一个机会，于是老海茵斯师叔也回报了上帝**他**老人家一个机会。所以，上帝通过小孩子的嘴行使了**他**的意志。小孩子们朝他大声喊黑鬼！黑鬼！上帝和人类都听到了，这就彰显了上帝的意志。于是，老海茵斯师叔就对上帝说，'但那还不够。那群孩子相互之间喊的比黑鬼还难听，'上帝就说，'你就等着瞧吧，因为我没有时间浪费在这世界的懒惰和无耻之上。我已经在他的身上做了标记，现在我就让它广为人知。我已经把你派到那儿看守并保卫**我的**意志。监督和照管就是你的意志。'"他的声音停了下来，语调却一点也没有降下来。他的声音只是突然停了下来，就像不愿意听唱片的人从唱片上拿开了唱针[1]。海德华看了看他，然后又看了看拜伦，也几乎是瞪着眼睛。

"怎么回事？怎么回事？"他问道。

"我本来想安排好，让她丢开他，过来跟你谈一下，"拜伦说，"但是没有给他安置好地方，她说她要看着他。他昨天下午嚷嚷着要去摩兹镇，煽动人们对他动用私刑，那时他甚至都不知道他做的什么事。"

"对他动私刑？"海德华说道，"对他自己的外孙动私刑？"

"她是这样说的，"拜伦淡淡地说道，"她说那也是他来这儿的目的。所以她就必须来了，和他一起，以防他做出这样的事情。"

女人又说话了。也许她一直在听，但是现在她脸上的表情和进来的时候相比并没有什么变化：木头一般的面孔，呆板的声音，几乎和男人一样突兀。"五十年了，他一直都是那样。五十多年了，但是五十年我都熬过来了。甚至在我们结婚之前，他老是打架斗殴。就在米莉出生的那个晚上，他还因为打架被关进了监狱。那都是我的忍受和煎熬。他说他被迫打架的，因为他个子小，比很多人都小，所以人们想欺负他。那是他的虚荣和傲慢，但是我说，他是因为魔

---

1 老式留声机或唱片机的装置，唱片机上的唱针一般由钢或人造宝石制成，唱针随着声盘纹道的调制，把机械运动传送给唱头的换能元件，转换成相应的声频信号。

鬼附在了他的身上。终究有一天，魔鬼会来收拾他的，到那时就晚了，魔鬼就会说，'尤菲斯·海茵斯，我来就是要把你带走的。'我就是这样告诉他的，米莉出生的第二天，我身体虚弱，连头也抬不起来，他又刚刚从牢里出来。我就对他说，上帝安排这样的一个时刻给他信号和警告：他被关进牢房的时候正是他女儿出生的那个时刻，是上帝自己做出的暗号，说明上天认为他根本不配养育女儿。来自上帝的信号降临到那个小镇之上（他当时在铁路上做司闸员），对他来说，除了给他带来伤害，什么好处也没有。然后那时他自己也是这样想的，因为那是个信号，于是我们就搬走了，后来他就在刨木厂做了工头，还算比较顺利，因为他那时还没有辜负上帝的名义，也没有傲慢到为附在自己身上的魔鬼做出辩解和托词。所以那天夜里，当勒姆·布什的马车从马戏团回来，路过我家的时候，根本就没停下让米莉下车，尤菲斯就进屋，把抽屉里的东西都抖落了出来，然后才翻出了那把手枪，我就说，'尤菲斯，那是魔鬼。这可不是因为米莉的安全，你才这样做的，而是因为魔鬼。'他就说，'管它魔鬼不魔鬼。管它魔鬼不魔鬼。'然后就用手打了我，我就躺倒在了床上眼睁睁地看着他……"她停了下来。但是她的音调是慢慢降下去的，像是唱机在中间出了故障。然后，海德华又一次从她那里看向了拜伦，神情中满是目瞪口呆的惊异。

"我听说也是那样的，"拜伦说道，"开始的时候，我也闹不清是怎么回事。那时候，他们住在刨木厂里，他在那里做工头，是在阿肯色州的一个地方。当时，这姑娘也就十八岁。有一天晚上，有个马戏团去镇上，路过刨木厂。那是十二月的时候，是个多雨的季节，其中的一辆马车在刨木厂旁边的一座桥上翻下去了，于是他们就去了他家，叫醒了他，想借木头吊车把他们的马车吊出来……"

"那是上帝对女人肉体的憎恶！"那老头儿突然大声喊了起来。然后就没有声音了，停了下来，就好像他只是想吸引别人的注意力。他又一次说起话来，又以第三人称讲起了他自己，语速很快，语调似是而非，捉摸不定，执迷狂热："他知道。老海茵斯师叔早就知道。他就看过上帝厌恶的女人的标记，就在女人身上，就在她衣服的里面。所以当他出去，穿上雨衣，把提灯点着，又回来，她已经穿好了衣服站在门口，也穿上了雨衣。他说，'你要躺回床上睡觉。'可是她说，'我也想去。'他就说，'你要回到那间屋子里去。'然后她就回去了，他就出去了，从刨木厂把那个大吊车弄了回来，然后把吊车拉了上来。一直到天破晓的时候，他还忙着，想着她已经听从了父亲和上帝给她的命令。但他本应当知道的，他本应当知道上帝憎恶女人的肉体；他本应当知道那无耻下贱的身形正蠢蠢欲动，上帝看它已经发臭。告诉老海茵斯师叔，他早该知道的，他是个墨西哥人。那时候老海茵斯师叔才看到他的脸上有万能上帝的黑色诅咒[1]。告诉他……"

　　"什么？"海德华说道。他说话的声音很高，像是只有提高音量，他才能压过另外一个人的声音。"这是怎么回事？"

　　"是马戏团里的一个家伙，"拜伦说，"当他抓住她的时候，她告诉他那个人是个墨西哥人，他女儿告诉他的。也许那个家伙也是这样告诉那姑娘的。但是他"——他再次指了一下那个老头儿——"不知道他从什么地方知道那个家伙身上有黑鬼的混血。也许是马戏团的人告诉他的。我不知道。他从来没有说过他是怎么知道的，好像

1　"万能上帝的黑色诅咒"是《圣经》中对含的后裔的诅咒（创世纪9: 12-27）。美国内战前，《圣经》上的这条信息常用来为奴隶制度辩护，内战之后又成为"白人至上"的托词。

那并不重要。而且我看那确实如此，第二天晚上之后。"

"第二天晚上？"

"我猜可能是因为戏团马车翻下去的那天夜里，她悄悄溜了出去。他说她溜了出去。不管怎样，他的反应就像确有此事，如果他不知道，那天晚上她没有偷偷溜出去，他后面做出的事情，就不可能发生了。因为第二天，她和一些邻居去看马戏。他就让她去了，因为他当时不知道前一天夜里她溜了出去。甚至当她穿上整齐干净的礼拜天衣服，他什么都没怀疑。但是，那天夜里他在等着那辆马车回来，当马车回来路过他家房子的时候，他在听着它的声音。好像马车并没有停下，让她下车。他就跑出来在后面喊，邻居就停下了马车，姑娘没在里面。邻居说在戏团那里，她和他们就没在一起了，说要去和六英里外的一个姑娘家一起过夜，那个邻居还奇怪海茵斯怎么不知道这个事，因为他说姑娘坐上马车的时候，还带上了自己的手提包。海茵斯并没有看到她带的提包。而她……"这次他又指着那个石头面孔的女人，她可能或者并没有听他说话——"她说他是受了魔鬼的引诱。她说对于孩子到底在哪儿，他可能知道的并不比她多，然而他还是回到家，找到他的手枪，当她想拦住他的时候，他就把她打倒在了床上，套上马，就走了。她说他走的那条路，是他摸黑从十多条近路中挑的他可能要走的唯一捷径，这条路才最有可能追上他们。然而，他根本不可能知道他们要走哪条路。但是他走对了。他找到了他们，好像他本来就知道他们会在哪里，像是他的女儿已经告诉了他，她和那个墨西哥人要约会的地点。就好像他提前知道。天漆黑一片，在他追上那辆马车的时候，他甚至都不可能知道那是他要找的那一辆。但是他骑着马追到了那辆马车的正后面，那是那天晚上他见到的第一辆马车。他往前骑到了马车的右边，俯下身，仍然一片漆黑，他一句话也没说，也没停下马，一把抓住了那个人，而无论如何，根据自己的视力和听觉，那个人既可能是个陌生人，也可能是他的一个邻居。一手抓住了他，另一只手用手枪抵住他，开枪把他打死了，然后把那姑娘放在他身后的马背上带回了家。他把马车和那个人都丢在了路上。当时天也正下着雨呢。"

他不说了。女人立刻就开始说话了，好像她一直僵硬地等着拜伦停下来。她说话的声音还是那样的呆板和平淡，两个单调的声音相互映衬，两个空洞的声音梦幻般地讲述着一个遥远的地方，残忍的人们所做的一些事情："我躺倒在了床上，我就听到他出去了，然后我就听到马从马棚里出来了，从房子的前面过去了，跑起来了。我躺在那里没有脱衣服，看着那盏油灯。灯油熬下去了，过了一会儿我起来了，拿着灯去了厨房，给灯加了油，清理了灯芯，然后，我就脱衣服躺下了，让灯一直亮着。天仍然下着雨，还很冷，过了一会儿，我听到马进了院子，停在了门廊里，我就起来了，披上了我的披巾，我听到他们进了屋。我能听到尤菲斯的脚步声，还有米莉的脚步声，他们顺着门厅到了门口，米莉站在那儿，脸上满是雨水，她的头发和新衣服满是泥水，她的眼睛闭着，然后尤菲斯就打她，她摔倒在了地上，躺在那里，当她站起来的时候，脸上的表情和躺在那里没啥不同。尤菲斯站在门里面，也是满身泥水，然后他说，'你原来说我受了魔鬼的指使。好吧，我已经给你带回了魔鬼种下的结果。你问她身体里现在有什么。你问她。'我感到很累，天又冷，于是我就说，'出了什么事？'他说，'去外边往地上的泥水里看看，你就知道了。他可能骗了她，说他是个墨西哥人。但是他可骗不了我。他也不可能骗得了她。他根本不需要。因为你曾经说过有一天魔鬼终究会来找我算账的。你看，他来了。我的老婆给我生了一个婊子。但是，至少魔鬼来算账的时候，他已经尽了分内之事。他给我指了条正确的道路，让我握紧了那把手枪。'

"所以有时候，我就会想魔鬼竟然把上帝给征服了。因为我们发现米莉怀孕了，然后尤菲斯就开始找医生想办法。我相信他会找到，有时候我就想那样也挺好，如果男女以后还要生活在这个世上。又有时候，我希望他能找到，经历那场磨难后，我感到太累了，然后那个马戏团老板过来说那人真的是黑鬼的混血，就像尤菲斯一直说的，不是个墨西哥人。然后尤菲斯就带上枪，说他会找个医生，或者杀一个，然后他每次都会离家出走一个星期，所有的邻居都知道，我就想让尤菲斯跟俺一起搬离这个地方，因为也许只有那个马戏团的人才说他是黑鬼，也许他并不是很确定，而且他也要走了，我们可能再也不会见到他了。但是尤菲斯就是不愿意搬走，米莉马上就要生了，尤菲斯带着那把枪，想找个医生帮忙。然后我就听说他又入狱了；听说他去教堂，去不同的地方祷告，想找个医生，然后一天夜里，他在祷告会中站了起来，走到了讲坛那里，自己就开始讲了起来，大声骂着黑鬼，呼吁白人把他们赶尽杀绝，教堂里的人就要他不要喊了，从台上赶快下来，然后他就掏出那把枪唬他们，一直在那儿，然后管法律的人就来了，把他抓了起来，有那么一会儿，他就像疯了一样。而且他们发现，他在另外一个镇上还殴打过一个医生，还没等人们捉住他，他就逃跑了。所以当他出狱回到家，米莉已经快生了。我那时就想他已经放弃了，他已经明白了上帝的意志，因为他在家里挺安静的，有一天他就发现了我和米莉一直瞒着他准备的衣服，他也没说啥，除了问一下什么时候生。每天他都要问，然后我们觉得他已经放弃了，也许是因为去教堂或者进监狱把他改好了，就像米莉出生的那个夜晚一样。然后米莉终于到时间了，一天夜里米莉叫醒我，说要生了，我穿好衣服，对尤菲斯说去请个医生，他穿上衣服就出去了。我把所有的东西都准备好了，我们就等着，当尤菲斯和医生应该回来的时间已经过去了，尤菲斯还没有回来，我就等着，一直到医生该到门口的时候，我就到前面的门廊上去看，我看见尤菲斯蹲在最上面的那个台阶上，大腿上横着那把枪，他说，'滚回去，贱老婆子。'我就说，'尤菲斯。'他就举起了那把枪，说，'回去。就让魔鬼来收他自己的庄稼吧：那是他下的种。'我就想从后门出去，然后他听到了，就带着枪跑了过去，他就用那枪托打我，我就回到了米莉那里，他就站在房厅的门口，在那儿他能看到米莉，直到她死掉。然后，他进来了，来到床跟前，看了那个孩子，把他提了起来，用手举着，举到油灯的上面，好像他等着看魔鬼和上帝哪一个要赢。我太累了，坐在床边，看着他映在墙上的身影，他手臂的影子，还有那映在墙上举着的一团影子。然后我想上帝赢了。但现在我不知道，因为他又把那个婴儿放回到米莉的身边，就出去了。我听到他走出了前门，我就起来了，把炉子里的火升了起来，热了一点牛奶。"

她停了下来，刺耳的嗡鸣声消失了。桌子对面，海德华看着她：这个不动声色、石头一般面孔的女人，穿着紫色的裙子，自从进了房间之后，一直都没有动一下。然后她又开始说话了，仍然没有动，也几乎看不到她的嘴唇在动，她就像只木偶，而那发出的声音只是隔壁房间里口技艺人的表演。

"然后尤菲斯就走了。刨木厂的老板也不知道他去了哪儿。然后，他就雇了一个新工头，但是他让我在那间屋子又住了一段时间，因为我们不知道尤菲斯去了哪里，然后就到冬天了，我一个人，还要养活那个孩子。我和格尔曼先生一样，直到接到那封信才知道尤菲斯去了哪里。那封信是从孟菲斯寄来的，里面有一张邮局的汇款单，其他的什么也没有。所以我仍然不是很清楚。然后，到了十一月，又来了一张汇款单，没有信，什么都没有。我太累了，圣诞节的两天前，我出来在后院里劈柴，然后，我回到屋里的时候发现孩子不见了。我离开屋子还不到一个小时，如果他回来又离开的话，好像我应当能看到他的，但是我却没看见。我只是发现尤菲斯在枕头上留下了一封信，那枕头是我放在床边，挡住孩子以防他滚下来的，我太累了。然后我就等着，过了圣诞节，尤菲斯回来了，却什么也没告诉我。他只是说我们要搬家了，我就想他可能已经把孩子接到了那里，并安顿好了，才回来接我的。他不告诉我要搬到哪里，但是还没过多久我就担心得要命，孩子在我们到那儿之前到底该怎么活，他还是没有告诉我，好像我们永远也不会过去一样。然后我们就过去了，然而那里并没有孩子，我就说，'你告诉我你把乔弄到哪里了。你必须告诉我。'他看着我，就像他那天夜里看着米莉躺在床上死去的时候一样，他就说，'那是上帝憎恶的东西，我是要执行他的意志。'然后，第二天他就走了。我也不知道他去了哪里，又一张汇款单来了，接下来这个月尤菲斯回来了，说他在孟菲斯上班。我知道他把乔藏在了孟菲斯的什么地方，我想那也可以凑合，因为他可以在那儿照看一下乔的，即使我看不见他。而且我知道我必须要按尤菲斯的意志等着去看乔，每次我都想，可能他下一次会带着我去孟菲斯的。于是我就一直等着。我给乔缝好了衣服，在尤菲斯要回家的时候，我把这些东西都准备好，我会让他告诉我，这些衣服让乔穿上是不是合身，以及他现在咋样，可是尤菲斯从不跟我说这些。他就是坐在那儿读《圣经》，大声读着，大声喊着《圣经》里的话，周围除了我没人去听，好像他认为我不相信里面说的一样。但是五年里，他从来都没有告诉过我，我也从来不知道他是不是把我给乔做的衣服带过去了。我害怕问他，担心惹恼了他，因为好歹他就在乔待的地方，虽然我不在。然后又过了五年，他有一天回家了，他说，'我们要搬家了。'我就想现在机会来了，我就又马上要见到他了，即使这是个罪恶，我觉得现在我们也算已经赎完罪了，我那时甚至原谅了尤菲斯。因为我想我们这一次终于要去孟菲斯了，但是去的却不是孟菲斯，我们去的是摩兹镇。我们当时必须路过孟菲斯，然后我就求他。那是我有生以来第一次求他，但是那时我就求他，给我一分钟，一秒钟也行；我不碰他，也不跟他说话，什么都不做。但是尤菲斯就是不同意，我们甚至连车站都没有离开。我们从一个火车上下来之后，就在车站一直等了七个小时都没有出去，然后另外一趟火车就到了，我们就来到了摩兹镇。而且尤菲斯再也没去孟菲斯上班了，过了一段，我就说，'尤菲斯，'他看着我，我就说，'俺已经等了五年了，可从来没有烦过你。你能不能告诉我一下，他现在是死了还是活着？'他说，'他死了。'我就说，'是对其他人来说，死了，还是只对我来说，死了？如果他只是对我来说死了，就直接给我讲吧，因为五年了我都没有烦过你。'他说道，'他对我、对上帝，以及对上帝一切的一切，都死了。'"

她又停了下来。在桌子对面，海德华看着她，一脸安静而又绝望的惊讶表情。拜伦也是一动不动，他微微地低着头。这三个人就像沙滩上面的三块岩石，在褪去的潮汐中突兀了出来，除了那个老头儿。他现在一直在听他们说话，几乎是全神贯注，他似乎能在充耳不闻的全神贯注以及近乎昏迷的迷糊之间游弋自如，迷糊的时候那上翻的眼白，就像他在用手托着它们一样难看。他咯咯笑了起来，声音突兀、响亮而又狂放。他说话了，老得掉牙，而又难以置信地污秽不堪。"是上帝，**他**在看着。老海茵斯师叔也给了**他老人家**一个机会。然后，上帝就告诉老海茵斯师叔怎么办，老海茵斯师叔就去照着办了。然后，上帝就对老海茵斯师叔说，'你现在看着。看**我的**意志即将显灵。'于是老海茵斯师叔就看着，他听到小孩子们的喊叫，是上帝把那些话和知识，放进了那群没爹没娘的孩子的嘴里，他们自己甚至都不可能知道，因为他们还没有犯过罪恶，即使那些从没有犯下罪恶和可耻事情的小女孩也都在喊着：黑鬼！黑鬼！这都是出自无辜小孩的嘴里。'我给你说了什么话？'上帝对老海茵斯师叔说。'现在我已经让**我的**意志显灵了，我要走了。这里的罪恶已经不多了，不足以让我再忙活了，至于那个放荡女人的通奸，我就不管了，因为那也是**我整个计划的一部分**。'然后老海茵斯师叔就说，'一个女人的通奸怎么也成了你计划的一部分？'上帝就说道，'你等着瞧吧。你以为我派那个年轻的医生去发现**我憎恶**的东西——那个圣诞节的夜晚，用毯子包着、放到门口台阶上的包裹，是纯属偶然吗？你以为那天夜里孤儿院的女舍监离开了那里，给她们那些年轻的贱货们一个机会，让她们给他取名叫克里斯默斯来亵渎**我的**儿子[1]，这也只是偶然吗？所以我要走了，因为我已经让我的意志显灵，我就让你在这里看管这个事。'于是老海茵斯师叔他就在那儿一直守着。然后他就一直等着。从上帝的锅炉房那边，他就一直观察着那群孩子，盯着那个魔鬼种下的种子，虽然他们并不知道，显灵的那个词正污染着这片土地。因为他现在已经不和其他的孩子一起

---

[1] 上帝的儿子耶稣出生在 12 月 25 日，这一天被称为圣诞节（小说中被音译为克里斯默斯），而用克里斯默斯（Christmas）给那个被丢弃在门口台阶上的弃儿命名，尤菲斯认为是亵渎了上帝的儿子。

玩耍了。他就自己独自待着，一动不动地站着，然后老海茵斯师叔就知道他在听上帝判决的隐秘预告，老海茵斯师叔就对他说，'你为什么不像过去那样和那些孩子一起玩了？'他却啥也不说，于是老海茵斯师叔就说，'是因为他们都喊你黑鬼吗？'他什么也没说，然后老海茵斯师叔又说，'是因为上帝在你的脸上做了标记，你才觉得你是个黑鬼吗？'然后他就说，'上帝也是个黑鬼吗？'老海茵斯师叔就说，'他是愤怒万军之主，**他的**意志即将完成。不是你的，也不是我的，因为你我两个人都是他整个计划以及他复仇的一部分。'他就走开了，老海茵斯师叔就看到，他听到了上帝复仇的意志，而且在一直听着，然后老海茵斯师叔就经常发现，他自己一直观察着那个黑鬼在院子里的活动，在他走动的时候，在院子里跟踪着他，后来那黑鬼终于说道，'你整天盯着我看什么？'他就说，'想看你是个黑鬼的由来？'黑鬼就说，'是谁告诉你我是个黑鬼的，你这个白人垃圾老杂种？'然后他就说，'我不是黑鬼。'然后那黑鬼还说，'你比黑鬼更糟糕。你就不知道你是什么种。而且更糟糕的是，你永远也不会知道。你活着不知道，死了也不会知道，啥时候都不会知道。'然后他就说，'上帝才不是黑鬼呢。'然后那黑鬼就说，'我看你应该弄清楚上帝是干啥的，因为除了上帝知道你的底细，其他任何人都不清楚你是干啥的。'但是上帝已经走了，说不了话了，因为**他**已经让**自己的**意志显灵，并让老海茵斯去看护它。就从那第一天夜里起，当他选上了**他自己**儿子的周年纪念日，来让它显灵，**他**让老海茵斯师叔看管它。那天夜里很冷，老海茵斯师叔在黑暗里站着，就在那个角落里，在那里他能看到门口的台阶和上帝意志的实现，然后他就看到那个年轻的医生，在好色淫荡之后，弯下腰，把那个耶和华的憎恶抱了起来，把他抱进了屋子。然后老海茵斯师叔就跟在后面，他都看到了，听见了。他看到他们那些年轻的贱人，在孤儿院舍监不在时，喝了蛋奶酒和威士忌，亵渎了上帝的神圣诞辰，她们打开了毯子。就是那个年轻医生、那个贱货，充当了上帝的工具，她说，'我们给他起名叫克里斯默斯吧。'另外一个人就说，'什么克里斯默斯。克里斯默斯是什么名。'然后上帝就告诉老海茵斯师叔，'告诉他们。'然后他们都看着老海茵斯师叔，他们身上散发着被污染的臭气，喊叫着，'怎么，是海茵斯师叔啊。看圣诞老人给我们带的礼物，放在了门口的台阶上，师叔。'而老海茵斯师叔说道，'他的名字叫约瑟夫，'她们停下了笑声，一起看着老海茵斯师叔，那个贱人就说，'你怎么知道？'老海茵斯师叔说，'上帝是这样说的。'然后，她们又都笑了起来，喊叫着，'《圣经》里是这么说的：克里斯默斯，是乔的儿子。乔，是乔的儿子。乔·克里斯默斯[1]，'她们说，'为乔·克里斯默斯干杯。'她们也想让老海茵斯师叔喝点酒，来庆祝上帝憎恶的这个东西，但是他把酒杯推到了一边。他只能一边观察一边等待，他还真等到了，等到了上帝的好时机，因为罪恶产生罪恶。那个犯贱的女营养师从她欲望的床头跑下来，浑身散发着罪恶和恐惧的臭气。'乔是躲在床后面的，'老海茵斯师叔说道，'你用的那块香皂暴露了你自己的祸根，昭示了上帝的憎恶和愤怒。活该。'她就说，'你可以和他说。我已经看见你了。你或许可以说服他。'然后老海茵斯师叔就说道，'我和上帝一样，对你们的通奸不感兴趣。'她就说，'他要把这事说出去，我会被解雇的。会很丢

---

1 耶稣的母亲玛利亚年轻时，和一个叫约瑟夫的人订婚后，还没到结婚就怀孕了。约瑟夫感到很为难，却梦见天神托梦，说玛利亚是神圣授孕，怀的是上帝的儿子。小说中，孤儿院的几个女人给这个被丢弃在门口台阶上的混血儿起名时，既使用了耶和华父亲的名字做名，也使用了上帝儿子的诞辰日期做姓，在尤菲斯看来，显然是在亵渎上帝的神圣。

人的。'她身上散发着欲望和淫荡的气味，站在老海茵斯师叔的面前，那会儿上帝的意志已经在她身上显了灵，她已经玷污了上帝收养的那些没爹没娘的孩子的房屋。'你算个球，'老海茵斯师叔说道，'你们所有的荡妇。你们只是实现上帝愤怒计划的一个工具，天网恢恢，疏而不漏，连只麻雀也跑不了。你们只是上帝的一个工具，你们和乔·克里斯默斯以及老海茵斯师叔没有什么两样。'然后她就走开了，老海茵斯师叔他就等待着，观察着，很快她就回来了，她的脸就像沙漠中一只贪婪的野兽。'我来收拾他，'她说，于是老海茵斯师叔就说，'怎么收拾他，'因为没有任何老海茵斯师叔不知道的事，因为上帝不会把他的计划瞒着**他**挑选的工具的，于是老海茵斯师叔就说，'你已经为履行上帝的意志尽了力。你现在可以走了，你可以悄悄地恨他，一直恨到大审判的日子。'她的脸就像沙漠里一只贪婪的野兽，从她那发臭的涂有彩色脂泥的嘴里，发出了对上帝的嘲笑。然后他们就来把他带走了。老海茵斯看到他坐着一辆马车走了，他就回去等着上帝，上帝就来了，**他**对老海茵斯师叔说，'你现在也可以走了。你已经完成了你的任务。这里除了女人的罪恶之外，已经没有其他的罪恶了，已经不值得**我**挑选的工具来看管了。'于是，当上帝说让他走时，老海茵斯师叔就走了。但是他和上帝保持着联系，到了夜里他就问，'那个杂种呢？上帝，'上帝就说，'他仍然在**我的**土地上行走呢。'老海茵斯师叔还是和上帝保持着联系，在夜里，他就问，'那个杂种呢？上帝，'上帝就说，'他仍然在我的土地上行走呢。'于是，老海茵斯师叔仍然和上帝保持着联系，一天夜里，他和人展开了搏斗，他挣扎着，他大声喊着，'那个杂种，上帝！我感觉！我感觉到了他的毒牙，他那邪恶的毒牙！'上帝就说道，'就是那个杂种。你的任务还没有完成，他还仍然污染侵扰着我的土地。'"

远处教堂的音乐已经停了很久了。透过打开的窗户，现在传来的只是夏天夜里静悄悄的万籁之声。桌子的对面，海德华在那里坐着，他比往常看起来更像一头被愚弄和欺骗、想要逃跑的蹩脚野兽，在被那群愚弄和欺骗它的人们的围捕下，现在已经陷入了绝境。另外三个人坐在他的对面，几乎就像一个小型陪审团[1]。其中两个几乎也是一动不动，那女人犹如石头一般耐心地等待着，那老头儿疲惫不堪，像是蜡烛的火焰已被猛烈地吹跑，只剩下上面一截烧焦的烛芯。只有拜伦一个人似乎还有些生气，他的面孔是低着的，像是思考着放在腿上的那只手，大拇指和食指轻轻地搓在一起，像是捏着什么东西，全神贯注，而似乎又若有所思。当海德华开口说话时，拜伦就知道，他不是对他说的，也不是对屋里的任何人。"他们想让我干什么？"他说道，"他们认为，希望我，或相信我能干什么？"

然后什么声音也没有了。很显然，无论是那男人还是女人都没有听到。拜伦并没有指望那男人听到。"他不需要任何帮助，"他想道，"他不需要。他需要的是阻碍。"这样想着，他记得十二个小时之前，他遇到他们，到现在，挨在女人身后的那个老头儿，随时随地所处的梦幻而又狂躁的昏迷状态。"他需要的是阻碍。我看这倒是件好事，对她，尤其对其他的乡邻来说是件好事，如果他什么也做不成。"他看着那个女人，轻轻地说，语气几乎是充满温暖："说吧。告诉他，你想要他干什么。他想知道你想让他帮什么忙。告诉他吧。"

"我本来想着，也许……"她说道。她说话的时候出奇地平淡，

1　在英美法系中，陪审团是经过宣誓后，在法庭审判中根据呈交给法庭的证据，做出最终判决的一组来自不同行业的普通公民。陪审团一般由十二人组成，小型陪审团一般由六人组成，这部分人一般不具法律教育背景，完全根据常识对嫌疑人进行有罪或无罪的判决，如果嫌疑人被一致裁决有罪，将交由法官量刑。

声音与其说是试探，还不如说迟钝，好像要说出不该说出的话，或者只可意会不可言传的内容，这样做实属迫不得已。"庞奇先生说，也许……"

"什么？"海德华说道。他的声音有点高亢而严厉，带着不耐烦。他还是一动不动，往后坐在椅子里，他的手在椅子的扶手上放着。"什么？你在说什么？"

"我本来想……"声音又消失了。窗外还是昆虫发出的烦人的嗡嗡声。然后，那个声音又说了起来，平淡，没有起伏，她坐着，头还是微微地低着，好像她也用同样的专注，听着那声音："他是我的外孙，我女儿的孩子。我只是想我能……他能……"拜伦静静地听着，想，**真滑稽。你想着他们好像已经做了什么交易似的。好像那个要马上被绞死的黑外孙倒像他一样。**那声音继续说道，"我知道打扰一个陌生人是不对的。但是幸运的是，你是个单身汉，孤寡一个人，自己变老，不用经历亲情的绝望。但是，我看你倒不一定明白，即使我能把它讲出来。我本来只是想，也许有一天这事就压根儿没有发生过。好像大伙儿就根本不知道他这个人还杀了……"那声音又一次停了下来。她没有一点激动。好像她自己也一直听到它停了下来，就像她听着又重新开始一样，带着同样的兴致，同样静悄悄地，没感到任何惊讶。

"继续说吧，"海德华说道，声音依然很高，不耐烦，"说吧。"

"自从他会走路说话起，我从来都没有见过他。三十年了，我一直都没有见过他。我的意思不是说他没干他们说他干过的事。不应当因为这个事，像他让那些痛失亲人的人一样受罪。但是如果乡亲们也许哪一天能放过他的话，就像这事压根儿就没发生过。就像这世上的人们，对他从来没有什么不好的看法。然后可能就像他只是出去了一趟，然后长大了，就回来了。如果他干了坏事，我也不会阻止他受罪的。只要一天，你知道。就像他出去旅行了一趟，然后回来了，给我讲一下他旅行的事情，希望不再有世俗的指责。"

"噢。"海德华说道，他的声音尖利而高亢。虽然他还是没有动，虽然手上的关节紧绷苍白，抓在椅子的扶手上，但从他衣服的下面，还是开始流露出一丝缓慢而压抑的颤抖。"啊，是的，"他说道，"就是那么回事。很简单。简单。简单。"很明显，他禁不住地一直说，"简单。简单。"他一直低声说着，现在他又提高了嗓门。"他们到底想让我干什么？我现在必须做什么？拜伦！拜伦？想让我干什么？他们现在想让我干什么？"拜伦已经站起了身。他这会儿就站在桌子旁边，他的手放在桌上，面对着海德华。海德华仍然没有动，但是很明显他那松弛的身躯颤抖得越来越厉害。"啊，是的。我本来就应该知道。应该是拜伦来问这个问题的。我应该早就知道的。那事是专门为我和拜伦预留的。来，来。说吧。你这会儿犹豫什么呢？"

拜伦低头看着桌子，看着他放在桌子上的那双手。"是很可怜的事情。很可怜。"

"啊。怜悯？已经过了这么久了？怜悯我，还是怜悯拜伦？来，说吧。你想让我干什么？因为是你：我知道。我一直都知道。啊，拜伦，拜伦。你可真是个很了不起的戏剧家。"

"或者也许你的意思是吹鼓手、代理人，或者推销员吧，"拜伦说道，"是很可怜的事情，我知道。你不用对我说。"

"但是我可不像你，没什么超人的预测能力。你好像已经知道我要给你说什么话，但是你却不愿意对我说，你想让我知道的事。你想让我干什么呢？是我要去对这个凶杀案认罪吗？是不是？"

拜伦突然笑着扮了个鬼脸，不过一闪而过，带着嘲讽和疲惫，没有任何开心可言。"差不多，我看。"然后他的面孔变得冷静起来，相当严肃。"问这个问题是有些可怜。上帝知道，我清楚那事。"他看着他的手在桌面上慢慢地移动着，显得心事重重，而又小心翼翼。"俺记得曾经给你说过，做好人和做坏人一样都有代价，都需要付出代价。当然在付出代价的时候，只有好人才不会拒绝买单。他们不会拒绝，是因为没有人强迫他们去买单，就像一个实诚的人去赌博一样。坏人就会拒绝；因为谁也不指望他们当场或者在其他时候就能买单。但是好人就不行。也许为了做好人，要比做坏人需要更长时间的付出。不过不会像你以前那样，你以前也不是没有付出代价。现在，不会像那时候那么糟糕。"

"说吧。说吧。我要干什么？"

拜伦看着他的手在桌子上慢慢地移动着，并没有停下来的意思，陷入了沉思。"他还从来没有承认是他杀了她。他们针对他全部的证据，就是布朗的证词，那几乎什么也不算。你可以说，那天夜里他是跟你待这儿的。布朗说，他每天夜里都看见他朝大宅子那个方向走，然后就走了进去。人们会相信你。不管怎样，他们会相信你。他们宁愿相信你说的，也不愿意相信，他像她的丈夫一样跟她一起生活，然后再下手杀了她。你现在也老了。他们也不会就这事怎么你了，不会再伤害你了。而且我相信，你可能也已经习惯了他们能对你做的任何其他事情。"

"噢，"海德华说道，"啊。是的。是的。他们会相信我说的。那是非常简单的事情，很好。一好百好。然后，他就可以回到那些为他受过煎熬的人们身边，而拿不到奖励金的布朗可能也会胆战心惊地让她的孩子正名，然后再次逃窜，而且这次将是一去不回。然后，就只剩下她和拜伦。而我呢，只是个糟老头子，能活到现在已经是足够幸运了，而且又没有品尝到亲情的绝望。"他不停地颤抖着，他现在抬起了头。灯光下，他的脸看起来光滑油腻，好像用油抹过一样。面部拧结扭曲，在油灯下闪烁着。那件已经洗得泛黄的衬衫，早晨的时候还鲜亮照人，这会儿已经被汗水浸得湿漉漉的。"不是因为我不能干，也不是因为我不敢干，"他说，"是因为我不愿意！我不愿意！你们听见没有？"他从椅子的扶手上举起了手。"是因为我不愿意干！"拜伦没有动。他在桌面上来回移动的手已经停了下来，他看着那个人，心想，**他不是对着我吼的。好像他知道有些事情更需要说服他而不是我，**因为海德华现在正在喊叫，"我不愿意干！我不愿意！"他举着手臂，紧握着拳头，脸上汗水直流，他的嘴唇上翘，残牙紧咬，下巴周围的油灰色的松软肌肉已经消失得毫无踪影。突然他又提高了嗓门。"滚出去！"他尖声喊道，"滚出我的家！滚出我的家！"然后他突然向前扑了过去，倒在了桌子上，面孔朝下，两边是他那两只伸出来的握紧拳头的手臂。那两个老人已经赶在前面挪动了脚步，拜伦走到门口回头看了一下，发现海德华还是一点没动，他那秃顶的头颅，还有他那伸出的紧握拳头的手臂，在灯罩下面的灯光下舒展地摆放着。打开的窗户外面，昆虫仍然嗡嗡地叫着，没有丝毫的停歇。

十七

那是星期日的夜里。第二天早上，莉娜的孩子出生了。黎明时分，拜伦骑着他的骡子就赶到了，他离开这个房子还不到六个小时。停下一路小跑的骡子，他跳到地上，就已经跑了起来，沿着那条小路跑向那个黑漆漆的门廊。他似乎已经超然地置身事外，打量着他自己，尽管满是匆忙，心里还是不无好奇地想着："拜伦·庞奇要接生小孩了。要是两个星期之前，我能看到自己现在的这副模样，简直不会相信自己的眼睛。我一定会告诉他们，是他们说谎了。"

那扇窗户现在黑漆漆的，窗户里面，就是他六个小时之前离开的牧师。跑着，他想到了他那个秃顶的头，那握紧的拳头，还有那向前趴在桌子上松软的身体。"但是我看他没睡好，"他想道，"即使他不当……当……"，他想不出"接生婆"这个词了，但他知道海德华会用这个词。"我看我不用想这事了，"他想，"就像一个逃离枪口或冲着枪口迎上去的人，是没啥时间揣摩他做的事情是勇敢还是怯懦的。"

门没锁。很明显，他知道门不会上锁。他摸索着进入了前厅，走起来呼呼拉风，一点也不在意。他从来没有这么深入地走进过这间屋子，他上次看到它的主人在灯光下，向前趴在桌子上。但他还是几乎笔直地朝着那扇他要找的门口走去，好像他知道，或者能看见，或者有人领着他过去。"那是他给它的叫法，"他想道，黑暗中他匆忙地摸索着往前走。"她也会这样叫。"他指的是莉娜，她正躺在那边的小木屋里，已经开始生了。"只是他们两个对接生人的称呼不同而已。"他现在能听到海德华的鼾声，他还没有进入他的房间。"好像他并没受到大的影响，毕竟经历了这番折腾，"他想。然后他又立即想道，"不。不对。那样说不对。因为我不相信。我知道他睡着了，是因为他老了，经受不起我能承受的这番折腾。"

他朝床边走去。床上那个无法看清面孔的人，依然鼾声如雷。那鼾声中有一种深沉而彻底的屈服，不是疲惫，而是屈服，就好像他已经完全让步，并彻底放弃了那掺杂着骄傲和希望、虚荣和恐惧的一团糊状物，松懈了那种要么失败，要么胜利的倔强，放弃了那个**大我**，以至于通常迎来的结果就是死亡。站在床边，拜伦又一次想着**可怜的东西**。**可怜的东西**在他看来，现在如果把眼前的这个人从睡梦中叫醒，将是对他最痛苦的伤害。"可是，要等待的不是我，"他想道，"上帝知道这个事。因为我感觉他最近一直在看着我，就像他们其他人一样，要看我下一步怎么办。"

他碰了一下这个睡觉的人，并不粗鲁，但是却执意要碰。海德华一个鼾声没打完，就停了下来；在拜伦的手下，他的身子猛地抽搐了一下，突然就醒了，"噢？"他问，"什么？谁啊？是谁啊？"

"是我，"拜伦说，"是拜伦又来了。你现在醒了吗？"

"醒了。你……"

"是啊，"拜伦说道，"她说现在时间到了。要生了。"

"她？"

"跟我说一下灯在哪儿……海茵斯太太。莉娜在那儿。我想去请个医生。但是可能要花些时间。所以你可以骑着我的骡子过去。我看你能骑那么远没问题。你还有那本书吗?"

海德华动了一下,随之床发出"咯吱"的声响。"书?我的书?"

"你用的那本书,那个黑人小孩出生的时候。我只是想提醒你一下你可以带着它,万一需要的话,万一我找医生没有及时赶回来。骡子就在外面门口。它认识路。我就步行到镇上找医生。我会尽早回来。"他转过身,又穿过屋子。他能听到、感觉到另一个从床上坐了起来。他在屋子停了下来,直到找到了那个挂在上面的灯,把它打开。灯亮的时候,他已经朝门口走去了。他也没有回头看。在他身后,他听到海德华的声音:"拜伦!拜伦!"他并没有停下来,也没有应声。

天亮了起来。他沿着空荡荡的街道很快地走着,两边稀落地分布着昏黄的路灯,灯光的周围还萦绕着飞来撞去的飞虫。但是,天越发亮了,当他走到广场的时候,东边广场的轮廓在天空中显得鲜艳明亮。他突然想到,他还没有预约医生。这会儿,他一边走在路上,就像任何一个刚当上父亲的人,正经历着恐惧和憋屈,又一边因为相信自己的鲁莽和不可饶恕的疏忽,而不停地咒骂着自己。然而,这又不全是一个刚当上父亲的人的焦虑和牵挂,好像背后还有其他的什么事情,这一点直到后来他才意识到。好像潜藏在他心里的一个角落,由于他的匆忙,还有那模模糊糊的东西,似乎随时要扑到他的身上,把他紧紧攥住。但是他正想的是,"我要马上做出决定。他已经顺利接生了那个黑人的婴儿,他们说的。但是这次不一样。我上个星期就应该把这事办好,提前见一下医生,而不是一直等到现在,现在必须要做解释了,这么关键的时刻,要一家一家地找,一直到找到一个愿意来的为止,那他就要相信我必须要讲的谎话才行。最近说了这么多谎话，如果不像个人，那我就是狗了，我现在说谎已经能让任何人相信了，无论是男人还是女人。但是看上去我还是不会。我看十有八九是因为我说不出一个圆满的谎言，当然也因为不太善于说谎。"他走得很快，在那空荡荡的街道上，他的脚步声听起来空洞而孤独。他的决心已经下定，他自己甚至都没有意识到这一点。对他来说，那可没什么矛盾或者可笑的地方。这想法迅速进入了他的心里，当他意识到的时候，已经在那里牢牢扎了根。他的双脚已经听从了使唤。他的脚把他带到了那个接生黑人小孩的医生家里，就是因为他的迟到，海德华用刮胡刀，看着书，主持了整个接生的过程。

这一次这个医生也来得太晚了。拜伦还要等他穿好衣服。他现在似乎已经有点老态龙钟，而且急躁易怒，在这个钟点被人叫醒，似乎又有些心存不满。然后他就摸索着要找他的汽车钥匙，他说是放在了一个很小很结实的金属盒子里，找到了盒子，而又一下子找不到那个盒子的钥匙，而他又不同意拜伦把盒子的锁撬开。所以当他们最后到达那个小木屋的时候，东方已经是天色大亮，夏天的太阳正喷薄欲出。当两个男人，两个更加年迈的男人，在这个单间小木屋的门口相遇时，职业医生再一次败给了业余选手，因为当他走进房门的时候，就听见了婴儿的啼哭。医生朝牧师眨了眨眼睛，有些焦躁，"噢，大夫，"他说道，"我真希望拜伦已经告诉我，他已经请你过来了。那我这会儿就还在床上呢。"他径直从牧师身边走了过去，进入了房间。"好像这次你运气比上次好，我们一起聊过。只是看起来你自己也需要看医生了。或者也许你需要一杯咖啡。"海德华回了句什么，但是医生继续往前走了过去，并没有停下来听他说话。他走进了房间，里面有一个年轻的女人，他从来没有见过，躺在那张窄窄的行军床上，看上去苍白虚弱，还有一个老年女人，身穿紫色的裙子，他原来也没有见过，正把婴儿放在腿上抱着。旁边光线暗淡的地方还有一个老头儿，正睡在另外一张简易床上。当医生注意到他的时候，他嘀咕说，这个人看上去像是死了，睡得太深沉、太安静了。但是医生并没有立即注意到他。他走到那个抱着婴儿的老年女人身边。"好啊，好啊，"他说道，"拜伦一定非常激动。他可从来没有告诉我这一大家子团聚了，爷爷、奶奶也来了。"那女人抬头望着他，他想，"她看起来似乎和躺在床上的那个老头儿没有什么大的差别，尽管她是坐着的。看着不像有什么做父母的劲头，更不用说祖父母了。"

"是啊，"女人说道，她抬头看着他，又弯腰抚摸着孩子。然后，他看到她的脸并不呆笨迷茫。他同时看到那张面孔既慈祥又可怕，好像慈祥和可怕在她的脸上，很久以前就消失了，而现在又都同时活了过来。但是他一下注意到的是她的姿势，就像一块石头和蹲着的动物。她扭头转向躺在另一只小床上的老头儿，医生才第一次真正看清他。她立即机警而又紧张地小声说，语气中带着慢慢消失的恐惧："我骗了他。我告诉他，你这次来是从后门进来的。我骗了他。但是现在你来了，就可以照顾米莉了。我要去看一下乔伊[1]。"然后那表情就慢慢消失了，在他看的那当儿，所有的生机、生气，都消失了，从那张看起来凝滞的面孔上突然消失了，这张面孔太迟钝了，以至于无法容纳如此凝滞的神情；她那双眼睛向他质询着，目光中满是呆滞、缄默和迷惑，她弯腰俯在孩子上面，像是伸手要把孩子从她身边夺走一样。她的动作也许把它弄醒了，婴儿就哭了一

1　乔和乔伊是同一个名字，后者通常更加昵称化。

下。然后她迷惑的神情也一下子逃走了，就像影子一样溜走了。她低头看着孩子，沉思着，木头一般的脸上，有些滑稽。"是乔伊，"她说道，"这是我家米莉的小孩子。"

而拜伦，就在门外，当医生进门的时候，他就在那里站着，他听到了哭声，可怕的事情发生了。海茵斯太太是把他从帐篷里叫起来的。她的声音里像是有话要说，于是他在穿裤子的同时，就已经飞也似的跑了出来，海茵斯太太就在小木屋门口的里边，她仍然穿着衣服，拜伦从她身旁过去，直接走进了小屋。然后他就看到她，就像有面墙挡住了他，使他怔怔地钉死地上。海茵斯太太就站在他的旁边，和他说着话，也许他也回答了，应了声。不管怎样，他套上了骡子，一路小跑直奔镇上而去，然而他似乎仍然在看着莉娜，看着她的脸，她躺在那里，两只手臂支在床上，低头看着床单下面她身体的形状，哭泣着，满是绝望的恐惧。他一直看到他叫醒海德华的那一幕，还有他总是看到自己一直在催着海德华动身，而他的身体里，攥住他的那个东西一直潜藏在什么地方，等待着，而思绪走得太快，给不了他思考的时间。就是这样。那想法转得太快，无法思考，然后他和医生就回到了小木屋。然后，就在屋门的外面，他停了下来，他听到孩子哭了一声，然后可怕的事情就发生了。

他现在知道那是啥了，在他穿过那空荡荡的广场，去找由于疏忽而忘记预约的医生时，终于明白一直窝在他心里等待着、攥住他的那件事了。他现在知道，他为什么疏忽而没有提前预约医生。因为直到海茵斯太太把他从帐篷里叫起来的时候，他一直都不相信他（她）需要一位医生，认为没有这个必要。好像到现在已经有一个星期了，他的眼睛才开始接受她的大肚子，而不会在心里产生任何的想法。"然而，我过去确实就知道，也的确这样认为，"他想道，"我保准知道，把已经做的事都先做了：跑腿的、撒谎的，以及和乡亲们周旋。"但是，现在直到他从海茵斯太太身边跑进木屋看了一下，他才相信。当海茵斯太太的声音进入他的梦乡，他就明白是什么事，要干什么；他赶紧起来，匆忙套上一件工装，得赶快，他知道原因，到现在已经连续等了五个夜晚了。然而，他还是不相信。他现在知道如果跑去木屋往里面看上一眼，他希望看到她坐在那儿；也许能在门口看到她，恬静、从容、朝气。但是当他的手摸到那扇门的时候，他就听见原来从未听到的声响。那是一种呜咽的哀号，一度变得浓烈而凄凉，似乎正清楚地诉说着什么，而那语言他听不懂，其他任何人也都听不懂。然后，他就从海茵斯太太身边走了过去，他看见她躺在小床上。他以前从来没有见过她在床上，而且他相信要是他看见她在床上的话，她会感到紧张、警惕，也许会笑一下，并会完全意识到他在跟前。然而，当他进去的时候，她甚至连看都没看他。她甚至都没有意识到门开了，除了她自己以及她以一种人类无法理解的语言呜咽的哀号，诉说着什么东西，她都没有意识到屋里还有其他人或什么东西。她盖的毯子一直拉到挨着她的下巴，然而她的上半身还是用手臂撑了起来。她的头低着，她的头发披散着，眼睛看起来像两个孔，她的嘴现在一点血色也没有，就像她背后的枕头的颜色，她好像在那种恐慌和惊讶的姿势中，带着一种愤慨的难以置信，端量着毯子下面身体的形状；她又一次大声发出了那绝望的呜咽和哀号。海茵斯太太这会儿正弯身俯在她上面。她转过头，那木头一般的面孔，下面是她那紫色裙子的肩膀。"找，"她说道，"快去找医生。要生了。"

他都不记得自己是不是去了马棚。但是他确实去了，牵出他的骡子，把鞍子拿了出来，套在骡子上。他动作很快，然而思考却变得很慢。他现在知道原因。他现在知道是因为盘算着计划，才让思考变得很慢，却平稳顺利，就像油在水面上均匀缓慢地扩散，而水面之下正风起云涌、蓄势待发。"假如我早点知道就好了。假如早点弄明白就好了。"他悄悄地想着，充满深深的绝望和后悔。"是啊。我早应该转身往另外一个方向走了。人们永远也不会知道和记起这个，而且我看我早应该往那边走了。"但是他并没有走向那个方向。他骑着骡子，一路小跑，离开了木屋，"如果我正好能在她再次喊叫之前从这里走开，"他想，"如果我能提前离开，而听不到她的喊叫。"这样想着他就走了起来，踏上了那条公路，那匹结实的骡子现在跑得很快，思绪仍然像油一样均匀地扩散着："我要先去找海德华。我把骡子留给他。我必须要记住提醒他拿着那本医生用的书。我一定要记住。"那油仍然在扩散，带他走了这么远，到了地方，他从骡子上纵身跳下，走进了海德华的家里。然后他还有其他的什么事。"现在解决了那个问题，"想**即使我找不到专职医生**他走到了广场，然后又突然想起来还有什么事；他能感觉到，藏在他身体里攥住他的那个东西，想**即使我找不到专业的医生也没关系。因为我从来就认为我不需要。我根本就不相信**。他心里七上八下的，为了取到汽车的钥匙，他一直在帮那个老医生寻找那个坚固盒子的钥匙，心急火燎。但他们还是找到了，有那么一会儿，他的心急火燎和他的动作、速度都搅浑在一起，在那个空荡荡的黎明，他感觉自己已经把所有的现实、所有的恐惧和焦虑，拱手交给了那位坐在他身旁的医生。然而，当他们回到木屋时，两个人下了车，朝木屋的门口走去，里面的灯还亮着：在这片刻之间，他突然获得了片刻的安宁，然而打击很快接踵而来，一直攥住他的那个东西又从后面袭击了他。然后，他就听到了孩子的哭声。然后他就知道了。黎明的晨幕已经散去，他站在清冷的寂静中，苏醒之后的安宁——他感到弱小卑微、难以名状，无论是谁在任何地方都不想第二次再看到。他现在明白，他一直被什么东西阻挡着无法相信，就是那种想法阻挡着他。带着一种严峻而冷静的惊讶，他想**这好像直到海茵斯太太叫我、我听到她的喊声、看到她的脸，我才明白在这个世界上拜伦·庞奇对她来说无足轻重，以至于我才发现她不是一个处女**，然后他想道，那是挺糟糕的一件事，但是那并不是事情的全部。还有其他的事情。他昂着头。他站在愈来愈亮的晨曦中，一动不动，而思绪却静悄悄地运转。而这也是为我预留的，就像海德华牧师说的那样。我现在要给他说一下。我也必须要告诉卢卡斯·伯奇。这总算还有点稀奇。有点像青春期糟糕而又无法补救的绝望，**没错，甚至直到现在我才相信他就是那样的人。就像我一样，还有她，以及我不得不搅和在一起的其他人们，只是一些说法，甚至并不能代表任何意义，甚至都不能称之为我们，然而能称之为我们的总是一直继续一直延续下去的，而不会没有说法的。是的。直到现在我才相信他就是卢卡斯·伯奇。而且一直有这么一个卢卡斯·伯奇。**

"运气，"海德华说道，"运气。我不知道我是不是有过。"但是医生已经走进了木屋。回头看了一眼，海德华看到小床边围着的几个人，还听到医生欢快的声音。那个老太婆现在静悄悄地坐着，然而回想刚刚的她，他似乎还要和她争夺那个孩子，担心她在迷糊急躁之余，失手把孩子弄到地上。然而，因为迷糊而就显得急躁的她，在婴儿从母亲的身体里出来后，她就高高将其举了起来，扭着她那像熊一样笨重的身体，瞪着睡在另一张小床上的那个老头儿。在海德华来到时，他就是这样睡的。他好像根本不需要呼吸。海德华进来时，女人正蹲在床跟前的椅子上。她完全像一块石头，似乎保持着一端要马上跌落悬崖的姿势，有那么一瞬间，海德华就想，**她已经把他杀了。她这次已经做好了足够的准备**。然后他就忙碌起来。那老太婆就在他跟前，不过直到她一把抢过那个还没有开始呼吸的孩子，高高举起，板着一张老虎的面孔，瞪着那个躺在另一张小床上睡觉的衰老的老头儿时，他才意识到，她就站在自己身边。然后，孩子就开始了呼吸和哭叫，而且那女人好像也做了回应，不过听不懂她在说什么，话里能觉出野蛮而得意。他挣扎着，赶在她把孩子弄到地上之前，从她手里夺过了孩子，她的脸变得有些狂躁。"看，"他说道，"你看看！他躺在那儿没动弹。他这次不会把孩子抱走了。"她仍然睁大眼睛瞪着他，呆滞，像头野兽，好像她听不懂他的话。不过狂躁和得意已经从她的脸上消失了：她发出了一种嘶哑呜咽的叫声，想把孩子从他那里抱回去。"可要小心呢，"他说道，"你能小心点吗？"她点了点头，低声应着，轻轻地摸了一下孩子。但是她的手很牢稳，他就让她接着了。她现在坐着，把孩子放在了腿上，姗姗来迟的医生则站在小床前，声音欢快而又着急地说着什么，双手仍然在忙活着。海德华转身走了出去，走过残破的台阶时，就像老年人一样小心地弓下身子，走到平地上，好像在他松弛的肚子里，有种东西，致命而又高度戒备，就像炸药。现在已经过了黎明时分，已经是上午了：太阳已经出来了。他往周围看了看，停了下来，他喊道："拜伦！"没有回应。然后，他发现原先拴在栅栏旁边木桩上的那匹骡子，也不见了踪影。他叹了口气。"唉，"他想，"看来今天我要栽在拜伦的手上了，最大的羞辱就是要自个儿步行两英里回家了。拜伦不值得这样做，不值得这样记仇。但是，很多时候我们的行为又都是这么不值得。而且我们也不配做那些事。"

他就慢悠悠地往镇上走去——一个老人，形容枯瘦，挺着个松弛的大肚子，戴着一顶沾着泥巴的巴拿马草帽[1]，上身穿着粗棉质料的燕尾衬衫式睡衣，睡衣的下摆被束进了黑色的裤子里。"幸运的是我还花时间穿好了鞋子，"他想道，"感觉累，"他想着，有些懊恼。"感觉累，却睡不着。"他这样懊恼地想着，有些筋疲力尽，勉强撑着拐进了自家的大门。现在太阳已经升了起来，小镇从睡梦中醒了过来，他能闻到到处都有烹饪早餐的炊烟。他就想，"因为他没有给我留下那匹骡子，他最起码能赶回来帮我在炉子里生把火吧。因为他应该想到，我在饭前走上两英里的长路会更有食欲。"

他走到厨房，在炉子里生了火，慢腾腾的，笨手笨脚的。二十五年了，还是笨手笨脚，好像是第一次弄这玩意儿一样，然后他就把咖啡放了上去。"然后我就去睡觉，"他想，"但是我知道我睡不着了。"不过他注意到自己的想法，听起来像是发牢骚，就像一个牢骚满腹的女人在不停地抱怨，甚至她自己都听不到自己在说什么；然后他就发现他又在准备自己通常爱吃的早餐，他突然停了下来，一动不动地站着，咂着舌头，像是不太满意它的味道。"我感觉味道应该比这个还坏，"他想，但是他必须承认，他并非如此感觉。他站在那儿，高耸的个头，身型畸形怪异，显得孤独无依，周围是那孤独而又脏乱的厨房，手里端着只煎锅，锅里还是昨天的一点老油，已经凝成了一块，然而在他心里却涌上一股亮光，一股暖流，几乎是热乎乎的，有点得意扬扬。"我给他们看了！"他想道，"老年人也接生了新的生命，而医生却到的太晚了。他们到的时候，只能替他

---

1 巴拿马草帽原产于厄瓜多尔和墨西哥等地，经巴拿马运河上的工人佩戴而出名，质地柔软光滑，不易变形，戴上具绅士气质。

做扫尾工作了，拜伦可能会这样说。"但这是虚荣和空洞的骄傲。然而，那缓慢褪去的光亮却并不在意，丝毫不为自责所动。他想，"那又怎样？有这种感觉又怎样？得意扬扬，满腹骄傲？那又怎样？"但那种温暖和光亮，明显并不在意这种感觉，也不想获取谁的支持；也丝毫不会在橘子、鸡蛋和烤面包的现实中灰飞烟灭。他低头看着桌子上脏兮兮的空盘子，于是提高了嗓门说："上帝保佑我。我现在甚至都不用去洗盘子了。"他并没有去卧室睡觉，而是走到门口，往里面看了一下，脸上闪着那种目标和自豪的亮光，"如果我现在是个女人，那我要做的就是：上床休息。"他去了书房。现在他走着像个男人，有了明确的目标，二十五年了，每天醒来和再次睡着之间的时间里，他一直都无所事事。他拿了一本书，不是丁尼生的：这次他选择的是男人的食粮。是《亨利四世》[1]，然后他就走进了后院，躺在了桑树下面那张已经塌陷的躺椅上，他的身体沉甸甸地躺了进去，填满了整个椅子。"但是我睡不着，"他想，"因为很快拜伦就会过来把我叫醒，不过能知道他的想法，让我做点事情，还是值得醒的。"

他很快就睡着了，几乎立刻就鼾声大作。任何一个人如果从这里路过，停下来往椅子里看上一眼，就会发现，在那两片映出天空的镜片下，一张脸，天真、慈祥、自信。可是没有人过来，虽然当他醒来的时候，已经是六个小时之后了，他好像觉得已经有人过来找过他。他突然坐了起来，身子下面的躺椅咯吱地响着。"嗯？"他

---

1 莎士比亚剧作，剧中涉及亨利四世所具有的领导才能和个人气质。亨利四世（1553—1610），是法兰西波旁王朝的首位国王（1589—1610在位），原为胡格诺派教徒，为继承法国王位，改信天主教。1610年在巴黎被刺身亡，为人民所同情，被称为"贤明王亨利"，为法国的繁荣做出了重要贡献。此剧和丁尼生书中制造的催眠似的眩晕和萎靡很不相同。

说道，"嗯？谁啊？"但是没有人，虽然有那么一会儿，他往周围看了一下，像是在听着什么，等待着，神情中充满力量和自信。而且，脸上的光亮也还没有消失。"虽然我本来想着睡这一觉就睡过去了，"他想道，然后立即就又想道，"不。我的意思不是**想着**。我想说的是**担心**。所以我已经投降了，"他想道，静悄悄地，一动不动。他开始搓起手来，轻轻地搓着，带着些许的内疚。"我也已经屈服了。而且我要准许自己这样屈服。是的，也许这也是为我预留的。所以我要准许自己这样。"然后他说着，想着**那个孩子是我接生的。还没有跟我同姓的人呢。但是我之前知道有一个母亲为了感恩，以接生医生的名字，给孩子起的名字。但是还有拜伦。拜伦肯定要赶在我前面的。她肯定还会生孩子的，还会生很多**，并且想起了在那个年轻结实的身体里，甚至从她的阵痛中仍然可以看见她的安详和勇敢。**很多。还会生很多。那是她的生命，她的命运。良善的人们，安静地群居于这个大地上，并顺从于大地，从容地从她们子宫中孕育出一代又一代的母亲和女儿。但是，下一个该由拜伦来生了。可怜的孩子，虽然他是让我走着回来的。**

他走进屋子。刮了胡子，脱掉睡衣，穿上了昨天穿过的那件衬衫，戴上领圈，系上那条亚麻布的领带，戴上了那顶巴拿马草帽。去木屋这一趟用的时间并没有他回家用的时间多，尽管他穿过树林的时候，走得不是那么顺利。"我必须经常这样走才行，"他想，感受着那断断续续射进来的阳光，感受着热量，闻着大地和树林发出的野蛮而丰饶的味道，还有喧闹之中的沉寂。"我本来也不该丢掉这个习惯的。虽然这本身和祈祷不是一回事，但都可以重新捡起来。"

他从草场尽头的小树林边上走了出来，就在木屋的后面，在木屋的远处，他能看到在树木簇拥的地方，那座被烧毁的立在远处的房子，房屋曾经的板椽和木梁已经被烧成无声的灰烬，虽然站在这个位置，他看不到那些灰烬。"可怜的女人，"他想道，"可怜的，不下崽的女人。要是再多活一个星期，就能看到降临到这个地方的幸运。幸运和生命就会回到这片贫瘠和荒废的土地。"好像他能看到、感觉到，他的周围丰饶土地的幽灵，以及这一代丰饶旺盛的黑色生命，还有那圆润的喊叫，出现的旺盛生殖力的女人，以及门前那些光着屁股、在尘土中玩耍的旺盛的孩子；又是那座大房子，喧闹，充满着三代人的喊叫。他走向木屋，并没有敲门，已经伸手推开了房门，精神饱满几乎让人耳鸣地大声说道："能让医生进来吗？"

这屋里除了母亲和孩子别无他人。她靠在小床上，孩子被抱在母亲胸前。海德华进来的时候，她一边拉毯子遮掩她裸露的胸部，一边毫无惊慌地往门的方向看着，但还是有些警惕，凝滞在她脸上的表情平静而温暖，好像马上就要露出笑容。然后，他就看到那副表情慢慢消失了。"我以为……"她说道。

"你以为是谁？"他说，声音浑厚。他走到床边，低头看着她，看着婴儿那张皱巴巴的赤土色的小脸，像是悬挂在她的胸前，仿佛没有下身，仍然在安静地睡着。然后她又把毯子往胸前拉了一下，显得谦逊而安静，然而在她旁边站着的这个枯瘦、秃顶、大肚子的男人，脸上表情温和、笑容满面、得意扬扬。她正低头看着孩子。

"好像他一会儿也安定不下来。我想着他又睡着了，就把他放下来，然后他又马上开始叫起来，我就还得把他抱起来。"

"你不应该一个人待在这儿，"他说道。他打量着这间屋子，"那个谁去……"

"她也走了。去了镇上。她没说，但她确实是去了那儿。那老头儿先溜了出去，她醒了之后，就问我他去了哪儿，我就告诉她他出去了，然后她就跟着出去了。"

"去了镇上？溜出去的？"然后他就轻轻地说一声"噢"，他的脸开始变得严肃起来。

"她整天都看着他。他也看着她。这我可以说。他装出像是睡着的样子，而她就想着他睡着了。于是晚饭后，她就很累。昨晚，她一点都没休息，晚饭后她就坐在椅子上打起盹来。而他在观察着她，然后他就从小床上起来，小心翼翼，朝我咻着脸、眨着眼睛。他就朝门口走去，仍然还扭头朝我眨眼睛咻脸的。我可从来没有想着要拦他或者叫醒她。"她看着海德华，眼睛睁得大大的，目光有些暗淡。"我有些害怕。他讲话怪怪的。还有他看我的模样。就好像所有的眨眼和咻脸都不是让我不叫醒她，而是想告诉我如果我叫醒她的话，会怎么着我一样。所以我就害怕，我就和孩子躺在这儿，很快她就猛地一下醒了。那时我才知道她根本没打算睡着，好像她一醒就跑到了他躺的那个小床前，摸着那张床，好像根本不相信他已经溜走了。因为她站在床边，抚弄着那个毯子，好像她也许想着，他可能藏在毯子的哪个角落里。然后，她就朝我看了一下。她没有眨眼，也没有咻脸，可是我真希望她也是那样。她问我，我就告诉了她。她戴上了帽子，就出去了。"她看着海德华，"我倒乐意她走了。感觉我不应该这样说，毕竟她为我干了很多活儿。可是……"

海德华站在床前，他似乎并没有看她。他的脸非常严肃，他站在那儿的一会儿，似乎已经老了十岁。或者这会儿，他的脸看起来就该这样，和他进屋的时候完全不同。"去了镇上，"他说。然后，他的眼睛清醒了过来，又一次看向她了。"哦。现在已经没有什么用了，"他说道，"不过，市区的人，那些清醒的人……总有些这样的人……你为啥乐意让他们走呢？"

她往下看了一眼，她的手在婴儿的头上移动着，并没有碰他：一种本能的动作，没有必要，明显是下意识的动作。"她一直很好。不只是好。她抱着孩子，我还可以休息一下。她想一直抱着他，一直在那个椅子上坐着——不过你可要原谅我一下，我还没给你让座呢。"她看着他，他就把那把椅子拉到小床前，坐了下来。"……坐在那儿，她就能看着他在床上睡觉，能看出来他睡着了。"她看着海德华，她的眼睛充满疑问，想知道原因。"她一直叫他乔伊，可是他的名字不叫乔伊。而且她一直……"她盯着海德华。她的眼睛现在满是困惑、疑问和怀疑。"她一直在讲着——好像搅和到一起了。有时候，我也搅和到一起了，听着听着，一定要……"她的眼睛，她的话，迟疑起来，结结巴巴。

"搅和到一起了？"

"她一直说他，好像他爸就是那个……那个在牢里关着的人，就是那个克里斯默斯先生。她一直讲着，然后我就弄混了，好像有时候我也不能……我也弄混了，我也想着他爸也是那个克里……那个克里斯默斯先生……"她看着他，好像她是鼓起了巨大的勇气才说的。"可是我知道不是那回事。我知道那很蠢。可是因为她一直说，一直说，也许我还不够坚强，所以我也弄混了。但是我害怕……"

"害怕什么？"

"我不想弄混。而且我也害怕她把我搅乱了，就像他们说的，一旦你看岔眼，然后你就不能翻……"她不再看他，也没有动，她能感觉到他在看她。

"你是说婴儿的名字不是乔，那他的名字叫什么？"

有那么一会儿的工夫，她没有看海德华。然后她才抬起头来，就说道，几乎是脱口而出，没有丝毫犹豫："我还没给他起名呢。"

他知道原因，好像自从进这个屋子之后他才第一次打量她。他才第一次注意到她的头发刚刚梳过，而且她还洗了脸，而且他还注意到，有一把梳子和一片镜子藏在毯子的里面，好像是他进来的时候，她塞进毯子里面的，不过还有一点露在外面。"我进来的时候，你在等人过来。但不是我，你在等谁呢？"

她并没有躲避他的眼睛。她的脸上既没有做作，也没有掩饰，也不镇定，也不平静。"等谁？"

"你等的是拜伦·庞奇吗？"她的眼神仍然没有移开，海德华的面孔看起来冷静、坚定、温和。然而，仍然可以看出其中的无情，这一点在其他许多善良人们的脸上，她也看到过，通常是男人，她认识的男人。他向前探过身去，把他的手放在她那只支撑孩子身体的手上，"拜伦是个好男人。"他说。

"我觉得我了解他，和其他人一样了解。比大多数男人都好。"

"而且你也是个好女人。会是的。我的意思不是……"他很快地说道，然后他就停住了。"我刚才不是说……"

"我看我明白。"她说道。

"不。不是这个，这个不重要。这不算什么，这完全看你以后怎么做，看你自己，还有你以后和其他人怎么相处。"他看着她，她的眼神没有移开。"放他走吧。把他从你身边放开吧。"他们互相看着。"放他走吧，姑娘。你的年龄也许还没有他的一半大。可是你比他经历的两倍还多。他永远也超不过你，赶不上你，因为他浪费了太多的时间。而且，到现在他还都一事无成，就像你的所有事情无法补救一样。他也不能回头重新开始，你也一样，无法再回头把过去的一笔勾销。你还带着一个不属于他的男孩，另外一个男人的孩子，不是他的。而你要往他的生活里塞进两个男人，而只有三分之一的女人，而他到现在已经活了三十五年，就不应该再受到生活的侵扰了，如果一定要侵扰的话，也不要带两个目击者吧。放开他吧。"

"那可不是我做的事情。他是自由的。问他吧。我可从来没有想拴住他的意思。"

"就是这样。你也许并不能拴住他，即使你曾经想过。就是这样。如果你本来就知道怎么拴住他的话。可是，如果你知道的话，你也就不会躺在这张小床上，像这样把这个孩子抱在胸前了。那你的意思你不放手吗？你不愿意放句话吗？"

"我能说的就是那些。而且五天前我就拒绝了他。"

"拒绝？"

"他说让我跟他结婚。不要等了。然后我就拒绝了。"

"那你现在还说你拒绝吗？"

她坚定地看着他。"是的。我现在就这样说。"

他叹了口气，如释重负，瞬间不成样子；他的脸再次松弛下来，显得疲惫不堪。"我相信你。你要一直这样说，即使你见到……"他再次往她看过去，目光急切而坚定。"他在哪里？拜伦？"

她看着他。过了一会儿她才静静地说道："我不知道。"她看着他，突然她的脸变得非常迷茫，好像曾经积淀的坚韧和顽强开始流失。现在已经没有任何掩饰的必要，也不需要任何的警惕和谨慎了。"今天早上大约十点钟的时候，他来了。他没进来，只是站在门口，站在那儿，他只是看着我。从昨天夜里之后，我还没有见过他呢，他也没有看过孩子，我就说，'进来看一下孩子吧。'他看了一下我，在门口站着，他说，'我想过来看一下，你什么时候想见他。'我就说，'见谁？'他说，'他们可能一定要派个副手一起，才肯让布朗过来，但是我能说服肯尼迪让他过来。'我就说，'让谁过来啊？'

他就说，'卢卡斯·伯奇啊。'我就说，'好啊。'他说，'今天晚上？可以吗？'我就说，'好的。'然后他就走了。他只是站在那儿，然后他就走了。"在他看她的那会儿，能看出她的绝望，像所有的男人在女人流泪时所经历的绝望，她哭了起来。她直直地坐着，孩子在她胸前，哭着，声音不高，也不猛烈，也没捂脸，但从始至终却满是绝望的凄凉。"你担心我会不会拒绝，我已经拒绝了，而你担心我，担心我，现在他走了。我可再也不会见到他了。"他坐在那儿，她终于低下了头，他站了起来，他弯腰伸手摸了一下她低下的头，心想，**谢谢上帝，上帝帮我了。谢谢上帝，上帝帮我了。**

　　海德华找到了克里斯默斯穿过树林去往刨木厂的那条老路。他并不知道那条路在哪里，但是当他发现那条路往哪里走的时候，欣喜之下，他好像觉得那是一种预兆。他相信她，但他还是想夯实一下他再次听到那个消息的快乐。刚刚四点钟，他就到了刨木厂。他去了办公室询问。

　　"庞奇？"里面的会计员说道，"他已经不在这儿了，今天上午他已经辞工了。"

　　"我知道，我知道。"海德华说道。

　　"已经在公司七年了，星期六晚上也要加班。然后今天早上，他就进来说他要辞工。也没说原因。但是这些乡巴佬都是这个样子。""是啊，是啊，"海德华说，"虽然他们都是好人，男男女女的都是好人。"他离开了办公室。去往镇上的那条路经过刨工棚，拜伦就在那里面干活。他认识穆尼，那个工头。"我听说拜伦·庞奇已经不在这儿了。"他说着，就停了下来。

　　"是啊，"穆尼说，"他今天上午辞的工。"但是海德华并没有听他说话。那些身着工装的工人都打量着这位穿着寒碜、长相奇怪、他们并不认识的老人。只见他好奇地盯着墙壁、木板，还有那些神秘的机械，他可能对那堆玩意，以及怎么使用并不了解，甚至都没有听说过。"如果你想找他的话，"穆尼说道，"我看你去市里的法庭就可以找到他。"

"在法庭？"

"是的，先生。大陪审团今天开会。特别召集的，要起诉那个杀人犯。"

"是啊，是啊，"海德华说道，"然后他就去了。是啊。多好的一个年轻人。好天哪，好天哪，各位。祝你们开心啊。"他往前走着，他身后穿着工装的那些工人，有那么一会儿，在朝他身后看着。他背着手，迈着步子，静悄悄地想着，安详，而又伤感："可怜的人。可怜的家伙。任何人都不能，也没有理由剥夺一个人的生命，尤其是，现任授权的官员，他们都是在同胞面前宣过誓的公务员。如果一位民选的官员，清楚自己并没有遭受过受害人的侵害，却可以有权公开地给受害人随意定罪，那我们还怎么期待一个认为自己受到受害人侵害过的个体保持克制呢？"他继续向前走着，他已经走进了自己的街道。很快，他就能看见自己院子的篱笆，还有那块广告牌。然后，就是八月里茂盛的树叶遮掩的房屋。"那他就是离开了，也没有来给我道个别。不管怎样，他还是为我做了点事，带来了很多消息。唉，那么多，给我的生活带来了很多。这些似乎都是专门为我准备的。然后，这一切全部都结束了。"

然而，那并不是全部。为他准备的还有一件事呢。

十八

　　当拜伦到镇上的时候，他发现不到中午根本就见不到治安官，因为整个上午治安官都要参加特别陪审团的事情。"你得要等了。"他们告诉他。

　　"好吧，"拜伦说道，"我知道怎么弄。"

　　"知道怎么弄什么？"但他并没有回答。他离开了治安官的办公室，他站在面向广场南边的门廊下。那些铺着石板的低矮平台上，矗立着一根根石柱，形成了一个拱廊，风吹日晒，石柱已经不经意地沾满了几代人吸烟时留下的烟渍。拱形柱子的下面，总是有一些人，来来往往，持续不断，神色匆匆（有的人站着，一动不动，或者相互不动声色地谈论着什么，有一些年轻人，镇上的，拜伦知道他们是文职官员和年轻的律师，甚至还有店主，通常都会有一种类似的神气，就像身着便衣的警察，并不在意他们的衣服是否掩盖了警察的身份），还有身着工装的站着的乡下人，有点像隐居和尚一般的表情，悄悄地互相谈着收入和庄稼的事情，时不时地抬头望一眼顶上的天花板，楼上的大陪审团正闭门讨论，要剥夺一个他们中间很少有人认识的人的生命，因为这个人剥夺了一个他们中间更少有人认识的女人的生命。他们来到镇上驾驶的马车，沾满尘土的汽车，停放在广场的周围和街道的两边，和他们一起过来镇上的，还有他们的妻子、女儿，三三两两，笨拙地迈着步子，进进出出于各个店铺，慢慢悠悠，毫无目标，如耕牛或者浮云。拜伦在那儿站了好大一会儿，一动不动，身边什么也没靠着——一个身材矮小的男人，在这个镇上已经住了七年，然而认识他的人，无论是知道他名字的，还是了解他习惯的，都还没有认识那个杀人犯或者那个被害女人的多。

拜伦并没有意识到这一点。他现在也不在乎这个，虽然一个星期之前，情况还完全不同。然后，他也就不会在这儿站着了，让每个人都可以看他，也许会认出他：拜伦·庞奇，就是那个到别人荒废的庄稼地里去拔草的那个人，而且连个名分也没有。那家伙照顾另外一个人的婊子，而另外的那个家伙却忙着在外面挣那一千美元赏金呢。而他却一分钱也分不到。拜伦·庞奇护住了她的好名声，而且那个保住了名声的女人，还有她把这个名声给了他的那个男人，都把它扔到了一边，而他为另外一个人的孩子接生到平安落地，完全掏的是自己的腰包，而他得到的就是那个婴儿的一声啼哭。除了在那个人领到那一千美元赏金之后，她允许他把那个人给她带回来的许诺之外，其他的他什么也没得到；然后拜伦就没用了，拜伦·庞奇。"而现在我就可以走了。"他想道。他开始深深吸了一口气。他能感觉到自己深深的呼吸，好像每一次的呼吸，他都担心他的内脏无法承受下一次的呼吸，会有糟糕的事情发生，他一直低头看着自己呼吸，看着他的胸腔，却看不到任何的动静，像是炸药的引信开始点燃，爆发的威力正在累积，**爆炸、爆炸**，虽然这小子的外部表情并没有任何变化。路过他的人们，向他看过去，也不能看出任何变化：一个身材矮小的男人，你都不想去看上第二眼，你永远都不会相信他以往做过的那些事，更不会经历他所经历的那些感受，也更不会相信，他星期六在那边的刨木厂里干活，独自一个人，却能让受伤害的机会找到他。

他在这群人中间走着。"我得去个地方，"他想道。他能来得及赶到那里，"我得去个地方。"然后这就让他走了过去。他这样想着，已经回到了他的住处。他的房间临着街道。他不由自主地往外面看了一下，然后就移开了目光。"我也许会看到有人在窗前读书或吸烟呢。"他想道。他走进了门厅，刚从外面明亮的光线下走进来，他一下子看不清里面的东西，不过他能闻到油布和肥皂的味道。"还是星期一呢，"他想道，"我竟然已经忘了。也是后面的星期一。好像应该是这个样子。"他并没有出声。过了一会儿，他才看得清楚一点。他能听到拖把在门厅后面拖地的声音，也许是在厨房里。然后，借助那个开着的后门里反射出来的一块光线，他看到彼尔德太太探出头来，然后是她身子的整个轮廓，往门厅这边来了。

"嗨，"她说道，"是拜伦·庞奇先生。拜伦·庞奇先生。"

"是……嗯啊，"他嘴上说着，心里却想着，"只是个胖女人，平日里老老实实，她的麻烦不会比那个拖地的水桶装的多，应该不会去做……"他又想不起那个词了，但是海德华可能就知道，而且他还可以不假思索地就能用上。"这就好像我做什么事，都得把他搅和进来，没有他的帮助，我甚至连句话都想不出来。"——"是……嗯啊。"他说着。然后，站在那里，他甚至都无法告诉她他是过来告别的。"也许我不是，"他想道，"我觉得当一个人在这里的房间住上七年，他不是一天就能搬出去的。只是我觉得那不该影响她再出租他住的那个房间。"——"我觉得我还欠你一点房租吧。"他说。

她看着他：一副端庄舒心的面孔，并不是没有友善。"啥房租啊？"她说道，"我以为你已经安顿好了呢。这个夏天就住那个帐篷呢。"她看着他。然后她告诉他，很温柔，很细心，很体贴地说，"我已经收过那间房的租金了。"

"哦，"他说道，"是的，我知道，是的。"他悄悄地看着那被清洗得干干净净的楼梯，上面铺着的条状地板革，已经被他自己的鞋子磨得露出白色的痕迹。三年前，当那新的地板革铺好的时候，他是第一个把脚踏上去的租客。"哦，"他说，"噢，我看我最好把……"

她立刻明白了他的意思，不乏善意："我保管着呢。我把你留下的东西，都装在你那个提包里了。在我的房间里放着呢。如果你想上去看看，也可以。"

"不用。我看已经都把……噢，我看我……"

她正打量他。"你们男人，"她说，"难怪女人不耐烦你们。你们自己甚至连坏事的边界，都不知道在哪儿。就那么一点鬼心思，连个针头大都没有。我看要不是有女人掺和在里面帮你们的忙，你们呢，哪个人，十岁不到，都会哇哇哭着被拖到天堂去了。"

"我看你该不是听人说她什么不好的话了吧。"他说。

"我是没有说，我不需要。其他想说的女人也没有说，我并不是说只有女人才会去嚼舌根。如果你理解女人的话，你就会明白其实女人说话只是说说而已。只是男人们太把她们说的当回事了。女人里面没人认为你或者她不好的。因为女人们都清楚她没啥理由对你不好，哪怕丢掉那个孩子。男人们这会儿也都没啥的。她也没必要。难道你，还有那个牧师，还有了解她的另外的男人，所有的事情，她能想到的，都已经替她做了，这还不行吗？她还有啥必要不学好呢？你给我说说。"

"是啊，"拜伦说。他现在并没有看她。"我只是来……"

在他把话说完之前，她也明白了他的意思。"我看你会很快离开我们的。"她看着他，"他们今天上午在法庭干什么了？"

"我不知道。他们还没弄完呢。"

"那个我也肯定。他们能拖多长时间，就会拖多长时间，反正浪费的是县里的公款，来干一件我们女人星期六晚上花上十分钟就能干完的活儿。真是个蠢瓜呢。不是杰佛生镇需要他。也不是没他不行，却蠢得透顶，竟然相信杀个女人对男人的好处，竟然比杀个男人对女人的好处多……我看他们会放了另一个人吧，现在。"

"嗯，是啊，我看也是。"

"而且他们一度认为这件事，他也帮了忙。所以他们要给他那一千美元，以表达善意。然后，他们就可以结婚了。那还差不多，对不对？"

"嗯，是啊。"他能感觉到她在看他的反应，不过没有恶意。

"所以我看你要离开我们。我看你有点感觉在杰佛生镇已经待腻了，是不是？"

"有点吧。我看我要走了。"

"嗯，杰佛生镇是个好地方。可还不是最好的，而且像你，也没啥束缚，完全可以再找个地方，然后也可以找到足够多的事情和麻烦，让自己忙碌起来。……你可以把你的提包先放这儿，你准备好后再过来拿，如果你觉得这样可以的话。"

他一直等到中午，然后又等到中午之后。他等着，一直等到治安官吃完了午饭。然后，他就去了治安官的家里。他并没有进去。他只是在门口等着，然后治安官就出来了——一个身材肥胖的男人，长着一双精明的小眼睛，像是在他肥胖而沉稳的脸上，嵌进去两小块云母石。他们往旁边走了走，走到院子里一棵树的树荫下。那儿没有凳子，他们谁也没像往常一样蹲下来（他们都是乡下长大的）。治安官静静地听着眼前的这个男人说话，这个安静的小个子男人，在这个镇上已经待了七年了，对镇上的人们来说却一直有点神秘，而在过去的七天里，他却成了公众愤怒和侮辱的对象。

"我明白，"治安官说道，"你认为让他们结婚的时间已经到了。"

"我不知道。那是他的事情，还有她的。我的意思，他最好该出来去见她了，不管怎样。我就是那个意思。你可以派个副手跟他一起去。我告诉了她，他今晚会过去找她。至于他们怎么办，就是她的事，还有他的，和我没关了。"

"呵，"治安官说道，"和你没关。"他从侧面看着另外一个人的面孔。"你准备怎么办，拜伦？"

"我不知道。"他的脚在地上慢慢动了一下。他盯着他的那只脚看着。"我一直考虑着要去孟菲斯呢。想的有几年了，一直都在考虑这个事。我可能要去那儿。在这些小城市里，也没啥意思。"

"呵，孟菲斯可是不赖的城市，那里人过的才像城里的生活。当然，你不用拖家带口，没家庭拖累你。我看我要是再年轻十岁，也是孤家寡人的话，我也会那样干。可以多赚点钱，也许。你是打算立刻就走吗？我看。"

"很快吧，应该。"他向上看了一下，然后又低下头去。他说："我今天上午已经把刨木厂的活儿辞掉了。"

"呵，"治安官说道，"我看你是从十二点就大老远跑过来的吧，然后还打算一点之前回去呢。那个，看起来……"他不说话了。他知道今天夜里之前，大陪审团就会对克里斯默斯进行起诉，然后布朗——

或者伯奇——就会成为一个自由人，当然下个月他还需要在法庭上作为证人出庭。但是他的出庭甚至并不是完全必要的，因为克里斯默斯并没有做出任何否认，治安官认为他为了保住自己的脖子，可能会主动认罪[1]。"不管咋样，也不会有什么害处，然后把对上帝的敬畏一股脑地让那小子担着，哪怕就让他一生担一次也好。"他想道。然后他就说："我看那就这么定吧。当然，就像你说的，我还得派个副手跟他一起。即使只要能看到那么一丁点赏金的希望，他就不会跑。不过即使到了那儿，他也不知道要去见谁。他还不知道那回事吧。"

"是的，"拜伦说，"他还不知道呢。他不知道她已经在杰佛生镇了。"

"所以我看我只是让个副手把他送到那边就行了。不告诉他原因，把他送到那边。如果你不想亲自送他的话。"

"不，"拜伦说，"不用。不用。"但他并没有动。

"我会办的。那时候你就走了，我看。我会派一个副手跟他一起。四点钟可以吧？"

"可以。谢谢你这样做，谢谢你的好意。"

"呵。自从来到杰佛生镇，这边我见过很多人对她都不错。好吧，那我就不和你说再见了。我看在杰佛生镇哪天又会见到你的。还从来没有见过一个人，在这儿生活一段时间，然后就一去不回的。也许除了那个关在牢里的家伙。但是他也会认罪，我看。保命吧。但还是要把杰佛生镇的这个案子先了结了。苦的是那个老太婆，她觉得她是那个家伙的外婆。而那个老头儿，我回家的时候，发现他在市区还大喊大叫，说大伙儿都是胆小鬼，因为他们不把他从牢

---

1 在美国一些州，如果有人犯下谋杀罪，然后主动认罪的话，是不能被判处死刑的。

里拉出来，就地处死。"他开始嘿嘿地笑了起来，听着让人感觉很沉重。"他还是要小心，不然珀西格·林姆会带人把他搞起来的。"他的脸色变得严肃起来。"倒是苦了她了，苦的是女人。"他从侧面看着拜伦的面孔。"也苦了我们这些人。好吧，你哪天快点回来，也许杰佛生镇下次会对你好点的。"

那天下午四点钟的时候，他躲了起来，看见那辆汽车开过来，就停下了，那个副手和那个他认识的、名叫布朗的人从车里出来了，走向那个木屋。布朗现在没有戴手铐，拜伦看着他们走近木屋，副手就把布朗推进了木屋。然后，门就在布朗的身后关上了，那个副手就坐在台阶上，他从口袋里拿出一小包烟丝。拜伦站在那里。"我可以离开了现在，"他想道，"现在我可以走了。"他藏身的地方是在草地上，是原来房子边上的一大簇灌木丛。在灌木丛对面，从木屋和公路的两边都看不见，一匹骡子拴在那边。鞍子的后面绑着一个破旧的黄色提箱，不是皮的。他骑上骡子，转上公路。没有再回头。

淡红色的马路在午后静悄悄的斜阳下，向前延展开去，前面是一座山。"嘿，一座山我还是能爬上去的，"他想道，"一座山，我还是能爬上去的，男人能爬上去的。"祥和、安静，七年来他已经驾轻就熟。"就好像男人可以承受任何事情。他甚至可以忍受他从来没有忍受的事情。甚至濒临崩溃，放声大哭，他也能忍受。他甚至能忍受不回头，即使当他知道回头与否，并不会对他有任何益处。"

山势升上去了，直达山顶。他还从来没有见过海，所以他就想："这好像有点到了天边。好像我一旦跨出去，就会有去无回。那里看起来像树木的东西，却不叫树木，而人们看起来也是一样，除了不叫人，却可叫别的什么名字。所以，拜伦·庞奇甚至也不一定叫拜伦·庞奇，或者根本不叫拜伦·庞奇。拜伦·庞奇和他的骡子那么快落下去，一定会粉身碎骨，就像海德华牧师说的落下去的石头，落到半空中就会起火的，然后掉到地上连个灰渣也看不见。"

但是过了山顶后，开始出现了他熟悉的景象：那些树木仍然是树木，前面是刺激而又乏味的路程，血脉的搏动正带着他前行，他必须在这大地的两个无法逃脱的地平线之间永远地走下去，无法停息。它们越来越高，不过既不阴森，也不吓人。就是那样。它们已经忘记了他的存在。"它们对我既不了解，也不在乎，"他想，"就像他们说的**好吧。你说你受了罪。好吧。但是首先，我们得到的只是你的话而已。其次，你只说了你叫拜伦·庞奇。再者，你只是今天的这会儿，这个瞬间，你把自己称为拜伦·庞奇的那个人……**"好吧，"他想道，"如果就是这样结束了，我看我还是不回头看的好，这样会更开心一点。"他动了一下马鞍，停下了骡子。

他并没有意识到，他已经走了这么远，山顶是如此之高。七十年前曾经开垦、用作种植园的一片广阔空地，像个浅碗一样，就在他的下面，对面的山岭上就是杰佛生镇。而在昔日平坦的种植园上，如今零落地散布着黑奴的木屋，一块块补丁大小的菜园，还有水土腐蚀流失的沟壑边，杂乱地生长着鬼针草、黄樟、柿子树和荆棘草。但是，在那种植园的正中央，那一簇橡树仍然矗立着，就像那座房子刚建好的时候一样，虽然现在那簇树木的中间已经没有了房子。从这里，他甚至看不到那场大火留下的疮痍；如果不是那儿有一片橡树，还有那个废弃的马棚以及远处的木屋，他甚至都说不出房子过去所在的位置。他正朝着木屋的方向望着，在下午的阳光下，木屋一览无余、悄无声息，几乎像个玩具；坐在台阶上的那个副手也像个玩具。然后，就在拜伦遥望的那当儿，从木屋的后面好像魔法似的冒出了一个人，几乎是跑着的，是从木屋的后面跑着出来的，

367

而那个懵懂的副手，还坐在门口的台阶上，静悄悄地一动不动。有那么片刻，拜伦坐在那儿也是一动不动，斜跨在马鞍上，望着那个小小的人影，在木屋后光秃秃的斜坡上逃开，往树林里跑去。

然后，一阵寒凉透骨的风，好像从他的身体里穿过。立刻变得猛烈而又静寂，像是吹走了麦糠或垃圾或落叶一样，也吹走了他所有的欲望、绝望、失望、悲悯和自负的幻想。正是这一阵冷风的袭来，他似乎感觉自己又飞奔回去，又变得空空如也，现在他的心里什么也没有，就像两个星期之前，他还没有遇见她的时候。这会儿的欲望不仅仅是欲望，是安静而坚定的信念；在他意识到他的大脑给手发送指令之前，他已经让骡子掉过头，离开山路，沿着山脊，和那个跑进树林的人的路线相平行的方向一路飞奔过去。他甚至还根本不知道那个人叫什么名字。他也根本没有考虑这个人是要跑向哪里，跑的原因是什么。他的脑子里并没有立刻想到那是布朗的再次逃跑，虽然他此前曾做过那样的推测。如果稍微考虑一下，他也许就会相信布朗是根据自己特有的方式，正处理与他和莉娜之间某些完全合法的事情。但是他根本没有思考那个问题；他根本没有想到莉娜，她已经完全从他的大脑里消失了，好像他从来没有见过她的面孔，也没听说过她的名字。他想："我照顾了他的女人这么久，而且我还帮他接生了他的孩子，而忙活了一大阵子。现在我为他能做的只有一件事了。我没办法让他们结婚，因为我不是什么牧师。而且我可能抓不住他，因为他已经先跑了。即使有机会打他，我可能也打不过他，因为他的个头比我大。不过我倒可以试一下，我可以试一下。"

当副手到牢里找他的时候，布朗立刻就问他们要去哪儿。去看个人，副手告诉他。布朗有些退缩，一张俊俏、貌似勇武的面孔望着那位副手。"这里的人我谁也不想看。我在这儿也没什么熟人。"

"你到任何地方，都不会有什么熟人的，"那位副手说道，"即使在你家也是。走吧。"

"我是美国公民，"布朗说，"我看我是有自己的权利，即使我的吊裤袋上没别上什么警星。"

"呵，"那个副手说道，"那我现在就是要帮你实现自己的权利。"

布朗的脸上一亮：不过只是一闪而过。"他们已经……他们准备把钱给……"

"那个赏金？呵。我这会儿要亲自把你带到那个地方，如果你在那儿能拿到什么奖赏的话，你就会拿到的。"

布朗清醒起来。但是他的脚还是动了一下，虽然他仍然狐疑地看着那个副手。"这儿干事可真是有点奇怪，"他说，"把我关在牢里，而他们那帮杂种还想着算计我。"

"我看能算计得过你的杂种还没生出来呢，"副手说，"走吧。他们等着我们呢。"

他们从牢房里出来。来到阳光下，布朗眨着眼睛，不停地左顾右盼，然后他猛地扭头，像马一样往后看了过去。汽车等在路边，布朗看了一下汽车，然后又看了看那位副手，变得相当严肃，非常警觉。"咱们坐车去哪儿？"他说，"今天上午，我自己走到法庭，路并不算远呢。"

"瓦特[1]弄辆车是想把赏金带过来，"副手说，"上车吧。"

布朗咕哝道："他怎么突然那么关心我了呢。坐上辆汽车，还不戴手铐。而且才只有他妈的一个人跟着，防着我逃跑。"

1　指的是治安官瓦特·肯尼迪。

"我可不是防你逃跑的，"副手一边说着，一边正发动着汽车，他停了下来，"你这会儿想跑？"

布朗看着他，瞪着眼睛，阴沉着脸，显得怒气冲冲，疑虑重重。"我明白，"他说，"那是他的把戏。想故意让我逃跑，然后他自己去领那一千美元。他许诺给你多少钱？"

"我？我要和你拿的一般多，一个子也不能少。"

有那么一会儿，布朗一直瞪着那个副手。他飚着脏话，骂骂咧咧，虚弱而又暴戾。"走吧，"他说，"要走咱就走吧。"

他们驾车驶了出去，到了大火和凶杀的现场。就像在狭窄道路上奔跑的骡子，后面追着一辆行驶的汽车，几乎每隔固定的时间，布朗就会猛地抬头往后看上一眼："我们到这儿来干什么？"

"来领你的奖赏。"那个副手说。

"我要在哪儿领呢？"

"就在那边的小屋里。等着你呢。"

布朗朝四周看了看，看了看那曾经矗立着房子的地方，现在已经被烧成了黑色的灰烬，看了看那间他曾经住过四个月的光秃秃的小屋，正安静地暴晒在太阳之下。他的面容变得异常严肃，看起来相当警觉："这可真有意思，如果肯尼迪觉得他可以践踏我的权利，仅仅是因为他娘的戴了一枚小小的警星……"

"走啊，"那副手说，"如果你不喜欢奖赏的话，那我就等着把你带回牢里，任何时候都可以，随你便。"他推着布朗往前走着，打开了木门，把他推了进去，随手关上了门，一屁股坐在门口的台阶上。

布朗听到门在他身后关上了。他仍然往前移着步。然后，在进入屋内的那当儿，他就很快用眼睛扫了屋内一眼，好像他的眼睛要迫不及待地把整个屋子尽收眼底，他突然就直杠杠地呆住了，一动

370

不动。床上的莉娜发现他嘴角旁边的白色伤疤已经完全不见了，好像是里面血液回流的时候顺便把它带走了，就像从晾衣绳上拿走了一块布。她根本没有说话。她只是躺在那儿，斜靠在枕头上，用她那冷峻的眼睛打量他，她的眼睛里现在什么也没有——快乐、惊喜、责备、爱，都没有——而在他的脸上掠过的却是震动、惊讶、愤懑，然后就是彻头彻尾的恐惧，似乎都在接连嘲笑着那条小小的露出马脚的白色疤痕，而那双疲惫而绝望的眼睛不停地在空荡荡的木屋里游来荡去。她望着他，想收敛一下他那游荡的眼睛，像是安抚两只受到惊吓的野兽，驱使它们迎上她自己的眼睛。"哎哟、哎哟，"他说，"哎哟、哎哟、哎哟，是莉娜。"她望着他，朝着他的眼睛望过去，像两只马上要逃跑的野兽，好像他明白如果它们一旦逃脱，就再也无法找回，无法让它们再次转身，而且他本人也会杳无音讯。她几乎能看到他的心也在东躲西藏，烦躁不安，困窘而又恐惧，一直搜索着他的声音、他的舌头能说出来的话。"如果不是莉娜。是啊，是啊。那你收到我的信了。我一到这儿，上个月我一安顿下来，我就给你捎信了，我以为信弄丢了呢……是个我不认识的家伙，我也不知道他叫什么名字，看起来不太可靠，但是他说他会……不过我也没有办法，只得相信他，但是我想着给他十美元，让他带给你路上用，他……"他的声音在他绝望的眼睛后面消失了。然而，她仍然能看到他在东躲西藏，没有丝毫的遗憾，什么也没有，她直直地打量着他，目光庄重、难以承受，看着他结结巴巴、怯怯懦懦、唯唯诺诺，直到最后他身上仅存的那一点可怜的骄傲、那仅存的推诿搪塞的骄傲也逃之夭夭，抛下他赤裸裸的一面。然后，她第一次开口说话了。她的声音安详、镇定、冷静。

"过来，"她说，"来啊。我不让他咬你。"他移步的时候，是踮着脚尖靠上来的。她看出来了，虽然她现在已经不再望着他了。她知道他，就像知道他现在正带着难堪而矜持的畏惧，站在她和睡着婴儿的床边。但是她知道这不是因为孩子在旁边，也不是因为孩子的原因。她知道，如果从那个意义上说，他甚至还没有看到孩子。她仍然能够看到、感觉到，他的心在东躲西藏。她心想**他正表现出他并不害怕的样子**给她看。**为了掩饰害怕而撒谎他不会感到羞耻的，就像他不会因为撒谎而担心感到羞耻一样。**

"哎哟、哎哟，"他说道，"终于来了，呵呵。"

"是啊，"她说，"你要坐下吗？"海德华拉过来的那把椅子，还仍然在床边放着。他已经注意到了那把椅子。**她把椅子都已经给我准备好了，**他想。他又骂了起来，没有出声，喋喋不休，懊恼不已。那帮杂种。那帮杂种。但是他坐下的时候，脸倒是显得相当平静。

"好的，好的。我们又在一起了。和我原先计划的一样。我本来应该提前把这一切都给你准备好的，只是近来太忙了。这倒让我想起……"他突然又做了那种骒子一般、猛地向后回头的动作。她并没有看他，并且说道："这儿有位牧师。他已经来看过我了。"

"那就好，"他说，声音响亮，热情。然而那热情，就像他那说话的声音一样，短暂而不能持久，稍纵即逝，在耳朵或者心里都留不下一个明确的念想。"那还好。很快我一弄完这个事……"他猛地伸出手臂，做了一个模糊的手势，似乎要拥抱，看着她。他的脸平静，没有表情。他的眼睛淡漠、警惕、诡秘，然而在那双眼睛的后面隐藏着困惑和绝望。但是她并没有看他。

"你现在干啥工作？是在刨木厂吗？"

他看着她。"不是。我已经辞工了。"他的眼睛望着她。好像那不是他的眼睛，和他身体的其他部分没有关系，和他做的、他说的，都没有关系。"每天他妈的像个黑鬼一样要干上十个小时。我现在已经有安排了，肯定能赚钱。可不是那一丁点的每小时十五美分的活儿。等我拿到了，我很快就能做出清楚的计划，然后我跟你就……"那双淡漠、坚决、诡秘的眼睛望着她，她那低下去的面容。然后，她又听到那微弱而又突然、猛地抬头向后看的声响。"而且又让我想起了……"

她没有动，说："那会是啥时候，卢卡斯？"然后她可能听到、感觉到，紧接着是完全的沉寂、死一般的沉默。

"什么是啥时候？"

"你知道。像你说的。在家那会儿，只有我一个人还好。我从来没有担心过。但是现在不一样了。我感觉现在可真有点担心。"

"噢，那个，"他说，"那个。难道你还担心那个。让我只要把这里的事情处理清楚，然后拿到那笔钱。从权利上说，那是我的钱。他们哪个杂种也不能动……"他停住了。他的声音开始大了起来，好像他忘记了这是在什么地方，而且一直都在自言自语。他压低了声音说，"有事我担着呢。不用有啥担心的。我可从来没有让你有啥担心的理由，有吗？给我说一下。"

"不是。我过去没有担心过。我知道我可以靠着你。"

"呵，你还居然知道。这里的王八羔子……这里的这些……"他已经从椅子上站了起来。"这倒提醒了我……"

她既没有抬头看，也没有说话，而他就在她跟前站着，那双眼睛仍然困惑、绝望、烦恼。好像是她要求他留在那里一样，而她也知道他的这个感受。然后，她就故意放他走，完全是心甘情愿。

"我看你这会儿一定很忙吧。"

"事实上，确实是。那么多烂事，还有他们那帮杂种……"她现在正看着他。就在他往后墙窗户上望着的时候，她开始打量他。然后他又回头看了一下身后关闭的房门。然后他看了看她，看了看她绷起来的面孔，她的脸上看起来好像什么都没有，又好像知晓了所有的一切。他压低了声音。"我在这儿有敌人，他们不想让我拿到我已经挣到的那份钱。所以我想……"又好像是她再次拖住他一样，强迫他、考验他，让他最后说出那连他自己仅存的那点可怜的骄傲都要反感的谎言；拖住他的不是木棍，也不是绳索，而是他的谎言吹起的树叶或者垃圾挡住了他。但是她什么也没有说，她只是望着他踮着脚尖走到窗前，轻轻地打开了窗户。然后他又回头看了看她，也许他认为他那时是安全的，而且在她伸手摸到他之前，他就能从窗户里跳出去。或者也许那时，他已经露出了狐狸的尾巴，因为就在刚刚，他还是一本正经，满身骄傲。因为他看了看她，瞬间就完全暴露了他的谎言。他很小声地说道："外面有个人。在门口，等我。"然后他就走了，是从窗户里出去的，一点声音都没有，那个动作，几乎像条长蛇一样，窜了出去。从窗外，她能微弱地听到他开始跑起来的声音。然后她才动了一下，接着深深地叹了口气。

"现在，我又得要起来了。"她自言自语地说道。

布朗从树林里出来，走到了铁路边上，他已经气喘吁吁了。不是因为疲惫，虽然在过去的二十分钟，他已经几乎跑了两英里，而且脚下的路也并不顺畅；而是因为那是一只逃跑野兽发出的咆哮和恶毒的喘息：当他站在铁路上，往左右两边看的时候，他的脸，他的表情，犹如一头孤独的逃窜的野兽，不需要同伴的援助，只是独自依靠自己的力量，在偶尔的间歇里喘着粗气，他憎恨见到的每一棵树和每一片草叶，好像它们都是虎视眈眈的敌人，憎恨他踏到的每一片土地，以及他持续呼吸的每一口空气。

踏上这条铁路，再有几百米的距离，他就能到达他要去的地方了。这是上坡路的顶端，北行的货车在这里行驶得很慢，几乎爬行一般让人感到刺激，比人走得还慢。在他前面不远的地方，那两条明亮的线条看起来像是被剪刀剪断了一般。

有那么一会儿，他只是站在铁路边上，靠着树林做屏障，仍然隐蔽着自己。他站在那里，似乎焦虑而又绝望地盘算着什么，心里好像想着要在已经失败的赌博中，再做最后的孤注一掷。站了一会儿之后，一直听着周围的动静，然后，他转身又在树林里沿着和铁路平行的方向跑了起来。他似乎清楚地知道他要到的地方；很快他就踏上了一条路，仍然沿着那条路跑着，然后跑到一块空地上，那儿有一座黑人的木屋。前面就是木屋，他现在朝它走了过去。在门廊里坐着一位年老的黑人老妇，正吸着一个烟斗，头上用白布包着。布朗不跑了，但是他已经气喘吁吁，上气不接下气。他先定了定神才开始说话。"嗨，阿姨，"他说，"你是谁啊？"

那位黑人老妇把烟袋从嘴上拿开："是俺呢。你是谁啊？"

"我要送个信送到城里。很着急。"他屏住喘息说起话来。"我给你钱。你这儿有人愿意去送信吗？"

"要是你这么急，还不如你自己去送好。"

"我给你钱，我告诉你！"他说道，语气中带着一种要发飙的耐心。压着自己的声音，把呼吸也压了下来。"一个美元，要是他跑得快的话。你这儿有人愿意挣一个美元吗？有些男孩愿意的？"

那个老妇吸着烟，望着他。苍老的脸上，神秘莫测，她几乎带着神一般的超脱打量着他，一点也不和蔼，"一个美元的现金？"

他做了个手势，看不明白是什么意思，匆忙而又泄气，有点像是绝望。他转身正准备离去，那个黑人老妇又说话了。"这里没啥人，只有俺和两个小家伙。我看他俩对你派不上啥用场。"

布朗转过身来。"有多大？我只想找个人带个纸条给治安官，快一点，然后……"

"治安官？那你可找岔地方了。我可没有啥崽去给治安官那里讨钱。我原先有个崽，以为他认识治安官，就去找他。结果他可再也没能回来。你去其他地方看看吧。"

说着说着，布朗已经走开了。他开始并没有跑。他还没有想到要跑，这会儿他根本想不到。他现在的怒火和虚弱，几乎让他有些自我陶醉。他似乎在自己无法预料的挫折中，思索着一种永恒的神机妙算。那些被他们抛弃和拒绝的卑微的欲望和希望，他好像都超然于上，应付自如，这种莫名其妙的感觉让他有点得意扬扬。所以那个黑人老妇连着喊他两次，他才听到并转身过来。她什么话也没有说，连动都没动，只是喊他。然后她说："这儿有个人可以帮你。"

门廊里，现在，站着一个黑奴，像是从稀薄的空气里出现的一样，看起来像个成年的白痴，或者体型硕大的青年。他的脸是黑色的，没有表情，也几乎是神秘莫测。他们互相看着，或者更准确地说，是布朗看着那个黑奴。他不能确定那个黑奴是不是也在看他，而且那似乎看起来也符合他的需要：他最后的希望只好寄托在一只、在他看起来似乎并没有推理能力能够找到镇上的动物身上，更不用说去找到镇上的某个人了。布朗又做了个不清不楚的手势。他现在朝着门廊，几乎是跑着回来的，一只手在他的衬衫口袋里摸索着。"我想让你往城里带个纸条，然后给我带个回话，"他说道，"你能办到吗？"但是他并没有听他说话。他从口袋里掏出脏兮兮的一片纸，还有一截铅笔，俯在门廊边上就写了起来，费劲而又匆忙，那个黑人老妇就在旁边看着：

瓦特·肯泥迪先生亲爱的先生请给来人我的赏金为捉拿凶杀犯克里斯默斯的赏钱包好给完他你的真诚的

他没有签名，一把拿起纸条，瞪着眼看了一会儿，黑人老妇在旁边望着他。他瞪着眼看着那张脏兮兮的清白纸片，他看着那潦草而费劲的字迹，那些字瞬间网罗了他整个心灵和生命。然后他啪嗒一下放下来，写上**不签名了但是没关西你不会搞错的**，然后把纸片叠了起来，交给了那个黑奴。

"给治安官带过去。不要给任何人看。你看你能找到他吗？"

"如果找到治安官，"那个黑人老妇说，"就把信给他。他会找到他，如果他还在那儿活着的话。拿着你的美元，然后再走，孩子。"

那个黑奴已经迈开了步子。他停了下来。他只是站在那儿，什么也不说，垂着眼睛。门廊里坐着那个黑人老妇，吸着烟，低头看着眼前这位白人虚弱而如狼一样狰狞的脸庞：一张有型而英俊的面孔，却由于疲惫而扭曲，几乎快成了一面精疲力竭的狐狸面具。"我看你是太着急了。"她说道。

"是啊，"布朗说道，他从口袋里拿出一个硬币。"给。如果你给我带那纸条上的回话来，我再给你五个这样的。"

"去吧，娃儿，"那女人说道，"你没有一整天的时间了。你还想把回话带回来吗？"

有那么一会儿，布朗盯着她看，然后警醒和羞耻心统统又一次从他身上逃得一干二净："不。不是这儿。给我带到那边的山顶去吧。沿着铁路过去，然后我就叫你。我也会一直看着你的。不要忘了那事。听见没？"

黑奴出发了。但确实是被什么拦住了，他那时走了还不到半英里。是另一个白人，牵着一头骡子。

"是在哪儿？"拜伦问，"你是在哪儿见到他的？"

"就在刚才，在屋子那边儿。"那个白人牵着骡子，就继续往前走了。那个黑人在他后面看着。他并没有给那个白人他手里的纸条，因为他没有要求看它。也许那个白人没有要求看那张纸条的原因，是因为那个白人不知道他拿着那个纸条；也许黑人正想这个，因为过了有那么一会儿，他的脸映出一种刺激和隐秘的表情，然后就没有了。他喊了起来。那个白人转过身来，停在那里。"他不是在那儿，"黑奴喊道，"他说他要在那个铁路斜坡那里等着。"

"非常感谢。"那个白人说道。黑人就继续往前走了。

布朗就又回到了铁路上。他这会儿不再跑了。他自言自语地说道，"他办不成。他办不了。我就知道他找不到他，拿不到那个钱，带不回来。"他没提名字，也没想名字。对他来说，似乎他们都是各种形状的棋子而已——那个黑奴、那个治安官、那笔钱，所有的一切——都无法预测、毫无道理，又被一个能看清他步骤的对手，在他做出安排之前就推来挪去，而且这个对手能随时制定规则让他必须遵守，而这个对手本人却不遵守。他这会儿算是，甚至已经走出了绝望，因为他转身离开了铁路，走进了靠近山顶斜坡下面的一个灌木丛里。他现在不慌不忙地迈着步子，估摸着他走过的距离，好像除了刚刚的那个事，在这个世界上或者他的生活中，已经没有什么事情可以让他烦心了。他找了个地方，坐了下来，从铁路上看不到他，但是他可以看到铁路上的动静。

"只有我明白他办不成，"他想，"我甚至都没有抱啥希望。如果我要看他回来手里拿着那个钱，我肯定不相信。那肯定不是给我的。我就知道。我就知道那肯定弄错了。我就会对他说，'你再看看。你是不是找我跟上的其他人。你不是在找卢卡斯·伯奇吧。不是，先生，卢卡斯·伯奇不配拿到那笔钱，那笔赏金。他什么事都没干。不是，先生。'"他开始笑了起来，蹲在那里，一动不动，疲乏的脸上向下侧着，已经笑成了花。"是的，先生。卢卡斯·伯奇想要的就是公正。只要公正。难道他不是已经把凶手的名字告诉那帮杂种了吗？还告诉他们要去哪里找他，他们只是不愿意去找而已。他们从来不愿意去找，因为那样他们只能给卢卡斯·伯奇那笔钱了。公正。"然后他高声说了出来，声音刺耳而沙哑："公正。我只要公正。那是我的权利。他们那帮戴着警星的杂种，还都发过誓，要保护每一个美国公民。"他发狠地说着，几乎喊了出来，带着愤怒、绝望和疲惫："如果这不叫官逼民反，我就是狗。"他这样想着说着，根本没有听到其他的动静，然后他就听见拜伦在他身后说话的声音。

"站起来。"

没有持续多久。拜伦也知道不会持续很久。但是他并没有犹豫。他只是蹑手蹑脚地往前走过去，然后他就看到了他，停了下来，看着他蹲在地上、毫无防备的身影。"你比我个子大，"拜伦想，"但是我不在乎。你其他方面都比我强，我也不在乎。九个月里面，你两次抛弃了我三十五年都没有得到的。现在，我就挨他妈的一顿痛打，也不在乎。"

没有持续多久。布朗，急忙转过身来，震惊甚至给了他一种优势。他不相信，竟然还有人在他的敌人坐着时，还给他一个站起来的机会，甚至这个敌人还不是个头比较大的那一位。他自己肯定不会这么做。而事实上，这个矮小的男人确实给了他这样一个站起来的机会，这着实比侮辱还严重：这简直就是嘲讽。于是，他带着一种比拜伦从他后面突然袭击更为野蛮的暴怒，开始了战斗：就像一只被逼到墙角的饥饿的老鼠，使出盲目而绝望的勇猛，开始了战斗。

持续不到两分钟，拜伦就静悄悄地躺在了那堆被踩得杂乱不堪的灌木丛中，脸上还流着血，听到树丛下面的撞击声，然后慢慢停止，后来撞击声消失得无影无踪。然后，就他一个人。他现在已经感觉不到疼痛了，但好在他并不感到匆忙，也不着急去办什么事或者要去什么地方。他只是躺在那里，任凭血流满面，安静地躺着，他清楚，一会儿之后，就要到他要重新进入这个世界的时刻。

他甚至也不想知道布朗去了哪里。他这会儿不用考虑布朗了。他的心里又一次充满了各种凝滞不动的形状，就像已经抛弃的童年时代各种琐碎的玩具，随意堆积、聚集在一个被人遗忘的角落——布朗，莉娜·格罗夫，海德华，拜伦·庞奇——所有人都像那小小的物件，从来都没有真正地有过生命，就像他小时候曾经玩过的玩具，坏了就被遗忘在了一边。他那样躺着，然后他听到了火车的鸣笛声，那是火车正路过半英里之外的一个路口。

这不禁让他打了个激灵，顿时感觉到周围存在的世界和流淌的时间。他慢慢试探着坐了起来。"还好，我没有弄断什么东西，"他这样想着，"我的意思是，他没有弄断我身上的什么部位。"时间已经不早了：是时候了，还有距离，要走了，就这吧。"是的。我必须要走。我必须起来，然后我可以给自己找点什么凑合一下。"火车越来越近了。在爬那段斜坡的时候，发动机发出的声音变得短促而沉重，很快他就看到车头冒出的烟雾。他把手伸进口袋，想找块手绢。但是口袋里没有，于是他从衬衫上沿着下摆撕下一块，一边小心翼翼地用布擦着脸上的伤口，一边听着那边斜坡上发动机短促而爆炸似的冲击声。他往矮树丛边上挪了挪，挪到能看见铁路的地方。他现在能看见车头了，几乎正对着他，上面冒出了一股股浓重的黑烟，让人感到刺激的是，感觉它完全静止不动。然而它确实在移动着，缓慢地爬行，越过斜坡的顶部。他现在已经站在灌木丛旁边，看着车头慢慢靠近，然后又从他身旁经过，费劲地往前爬行，他是那样专注，几乎是在乡村长大的男孩都会着迷（也许是向往）一般的专注。它过去了，他的眼睛也跟着它往远处望去，望着那些车厢一节一节地越过斜坡的顶部，然后当他再次张望的时候，他看到一个人突然从空气中冒了出来，正使劲地跑着。

　　甚至那时候，他还没有意识到布朗就在附近。他在孤独和平静中陷得太深了，以至于连想都没想过这个问题。他只是站在那里，望着布朗朝火车奔去，弯腰、猛跑、抓住了一节车厢的扶手，然后往前一跳，就从视野中消失了，好像被吸尘器吸走了一般。火车开始提速，他望着那节向他面前驶来、布朗在里面消失的车厢。然后，它就开过去了。布朗紧贴着那节车厢的后面，站在它和后面一节车厢的中间，他的脸向外伸着，向灌木丛看过来。他们在同一个瞬间互相看着对方：两张脸，一张温和、普通，满面是血；另一张消瘦、烦躁、绝望，在火车的噪音中发出的喊叫变得悄无声息，只留下一张扭曲的面孔；两张脸像是在平行的轨道上交替闪现，生造出幽灵或鬼魂的效果。然而，拜伦的脑子里仍然没有任何想法。"我的上帝哪，"他说道，脸上带着孩子般、几乎是狂喜的惊讶，"他爬火车可真是太在行了。他肯定以前也干过。"他脑子里什么想法也没有。好像那行驶的车厢是一座堤坝，在堤坝那边的世界、时间、难以置信的希望以及无可置疑的确定性，在等待着，给了他那么一丁点的宁静。不管怎样，当最后一节车厢隆隆驶过的时候，速度现在已经很快了，他周围的世界像洪水或浪潮一样向他喷涌而来。

海阔天空，来日方长，因此没有折返的路可以走了，他牵着骡子走了很远，才记得骑上去重新赶路。他的心好像早已经走在自己的前面，已经等在木屋的门口，然后他的身体才赶上来。**然后我就站在那儿，我就**……他就试着想说下去：**然后我就站在那儿，我就**……但是他就没话说了。他又走到路上来了，一辆从镇上回家的马车迎面而来。时间大概是下午六点钟。然而他并没有放弃。**即使我没话可说：如果我打开门，进来，站在那儿。然后我就，看着她。看着，看她。看着她**——那声音又说起话来："——是激动吧，我看。"

"啥呀？"拜伦问道，马车已经停了下来。他正好站在马车的跟前，骡子也停了下来。马车上坐着的那个人又说话了，声音平淡，有些不满。

"真是走了狗屎运。正赶上我要回家的时候。我已经晚了。"

"激动？"拜伦问道，"是啥激动啊？"

那人看着他。"从你脸上看的，人家会说你自己激动着呢。"

"我摔倒了，"拜伦说，"今晚上城里有啥激动的事吗？"

"我看你可能还没听说吧。一个小时之前，那个黑鬼，克里斯默斯，他们把他杀了。"

十九

星期一晚上，在餐桌的周围，与其说人们谈论的是克里斯默斯怎么逃跑的，还不如说是他逃脱时，为什么会去那个地方躲藏，在那里他一定知道会被捉住的，而且有人发现他之后，他竟然既不投降也不抵抗。就好像他已经事先计划好了，就要这样被动地自杀。

对于他最终为什么跑到了海德华的家里，人们也提出了不同的原因和看法。"物以类聚，人以群分呗。"有些人不假思索，脱口而出，他们记起了牧师过去的种种往事。有些人认为那完全是巧合，其他人则说这是因为那人有智慧的表现，因为如果不是有人看到他从后面的院子跑进厨房，根本不会怀疑他会藏在牧师的家里。

然而，加文·史蒂文斯则有另外一种看法。他是地方检察官，哈佛大学的毕业生，是全国优秀大学生荣誉学会会员：高高的个子，有些松松垮垮，经常叼着一个根雕式烟斗，银灰色的头发凌乱不堪，总是穿着没熨过的宽松衣服。他的家族在杰佛生镇已经很古老了，他的祖上在那儿曾经有过奴隶，他爷爷就认识伯顿小姐的祖父和哥哥（而且对他们也怀有仇恨，当沙多里斯上校枪杀他们的时候，他向他公开表达了祝贺）。他对乡邻、选民以及陪审员们都随意而平和，你经常可以看到在乡村商店门前的台阶上，他蹲坐在那些穿着工装的人们中间，一坐就是整个一下午，用他们自己的语言漫无边际地东拉西扯。

就在这个星期一的晚上，从九点钟开往正南方的列车上走下来一位大学教授，是从邻近州的州立大学里过来的，是史蒂文斯在哈佛的校友，来这儿是想和他的朋友一起度过几天的假期。当他从火车上下来时，他立马就看到他的朋友，所以他当时就相信史蒂文斯是专门过来接他的，然而他却发现史蒂文斯正张罗着照顾着一对长相古怪的老年夫妇上火车。定睛看去，教授发现那男的是一个身材短小、脏兮兮的小老头儿，留着不长的山羊胡子，迷迷糊糊，像是昏迷似的，那个老太婆一定是他的妻子——胖墩墩的身材，上下跳动的脏兮兮的羽毛下面，一张脸就像个面团，穿着件过时的丝绸裙子，看不出身形，颜色华丽而怪诞。有那么一瞬间，教授既惊讶，又觉得有趣，不由自主地停了下来，望着史蒂文斯往那女人的手里放进了两张车票，就像放进一个小孩的手中一样。然后他就往前迈开了步子，他的朋友仍然没有看见他。车站信号员正帮着两位老人上车，他还听到他的朋友最后说的几句话："是啊，是啊，"史蒂文斯说着，简明扼要，语气中带着安慰，"他明天一早就在火车上了。我负责照看。你只要把葬礼和墓地安排好就行了。你先把老大爷带回家，安顿到床上。我明天早上就把那孩子送上车。"

然后火车就出发了，史蒂文斯转过身，看见了他的教授朋友。在他们开车回城里的路上，他开始讲起里面的故事，当他们在史蒂文斯家门廊坐下的时候，就把这个故事讲完了，他还做了简要的总结。"我认为我知道其中的原因，就是他最后跑到海德华家里躲藏的原因。我认为原因是在他外祖母身上。他们再次带他出庭之前，她就和他待在一起；她和他的外祖父——那个疯狂的小老头儿，就是那个想让他以私刑处死的那个老头儿，专程从摩兹镇赶来，就是为了那个目的。我看那个老太太来的时候，没有任何救他出来的想法，实际上什么希望都没有。我相信她所有想要的就是让他死得'体面'一些，就像她说的那样。交由警察体面地处以绞刑，按照法律来办，而不是烧死或者被众人砍死或者被一个什么东西撕扯而死，等等。我想她来这儿的目的，就是要看着那个老头儿，不让他成为掀起风暴的那根稻草，因为她不敢让他离开她的视线。并不是因为她怀疑克里斯默斯是不是他的外孙，你懂的。她只是不希望什么。也不知道怎么才能产生希望。我看，三十年了，产生希望的机制不是在二十四个小时里就能发动，然后运转起来的。

"但是我相信，从身体上来说，她已经被那个老头儿的疯狂和信念所激活，但在意识到这一点之前，她也已经不由自主地卷了进来。所以他们就都来了。他们是搭早班的火车过来的，大概是星期日凌晨三点钟到的。她并没有费劲去见克里斯默斯，也许她在一直盯着那个老头儿。但我却不这么看，我认为那时候，那台希望的机器还没有真正发动。我认为直到今天早上那个婴儿出生之后，它才真正启动，可以说她看见了孩子的出生，而且也是个男孩。之前，她也从来没有见过孩子的母亲，也根本没有见过孩子的父亲，她也没有见过她的外孙长大成人的模样。所以对她来说，那过去的三十年就没有了。当孩子一哭，三十年的时间就被一笔勾销。不复存在了。

"这一切对她来说来得太快了。有太多的现实，她的手和眼睛无法拒绝，太多的事情，她的手和眼睛无法证明，却必须想当然地接受；太多的东西难分难解，一切来得又那么突然，以至于她的手和眼睛无法不加辨别地接受和相信。三十年了，就像一个人一不小心突然单枪匹马闯进了一个满是陌生人的房间，看到大家都在交谈，而她却绝望地找着什么，让她的心智聚集起来，采取某种符合逻辑的步骤，又不能超出她的能力范围，以便确保这些步骤的实施。可以说，直到那个婴儿出生，她才发现站稳脚跟的办法，她才开始像个木偶，发出机械古板的声音，就像昨天晚上她被带去海德华医生家里，讲她故事的情形，完全是按照庞奇那个家伙给出的信号说话。

"她仍然还在摸索，你懂的。她仍然想寻找着什么，让那颗三十年来并没有明显运转的心灵能够相信、认可的真正而真实的东西。而且我认为她已经找到了，在海德华的家里，第一次找到了：一个她可以向其诉说的人，能倾听她的人。很可能的是，她也是第一次讲述自己的故事。而且很可能，她也是第一次亲身看待整个事件，事实上是和海德华一起，才对它看得真实而完整。所以我认为她不但弄混了孩子，而且连孩子的父母是谁都弄混了，这一点也不奇怪。因为在那个小屋里，过去的三十年是不存在的——她从来都没有见过孩子和他的父亲，而且她见到的外孙，当时还是个婴儿，就像刚出生的那个孩子一样，而且婴儿的父亲在她的大脑里也从来就没有存在过，所以一切都混在一块儿了。而且，当希望确实在她心里萌动时，她就应该立即带着她那特有的庄严和无限的信仰，转向那些甘愿献身上帝、誓为信民祈福的人们——转向了牧师。

"那也是今天，她在牢里告诉克里斯默斯的话，而那老头儿瞅准机会，又从她身边溜走了，然后她就追到镇上，发现他又在那街道的拐角处，疯得像个帽匠[1]，声音喊得完全嘶哑了，游说着大伙儿要使用私刑，告诉他们他是如何成为这个魔鬼孽种的外祖父，然后一直把他托管到现在。或者还有一种可能，就是她是在离开木屋去探监的路上看到他的。不管怎样，她看到围观的大伙儿，更多的只是看看热闹，而没有真正受到鼓动时，她就离开了那老头儿，去找治安官。治安官刚吃完午饭回来，有那么一会儿，他搞不明白她要干什么。她讲着自己的那些故事，穿着那件体面得一塌糊涂的礼拜服，似乎要谋划一场越狱，听起来可是相当疯狂。但是他还是让她去了监狱，和一个副手一起。在牢里，她跟他待在一起的时候，我相信她给他讲了海德华的事情，以及海德华能救他，以及准备出手救他的事情。

"但是，当然我也不知道她到底给他说了什么。我相信任何人都无法重构那个场景。我认为她对自己并不了解，也没有计划好要说什么，因为那些话在她生他母亲的那天晚上已经一字一句地准备好了，那个时候离现在已经太遥远了，好多东西都已经忘得无影无踪了，纵然她还偶有想起，也会忘记具体是怎么说的了。也许那就是他立刻相信她的原因，没有半点迟疑。我的意思是，因为她并不担心要说什么，不用担心他是否相信的合理性或者可能性之类的东西：总之，在某个地方，存在着这么一个落魄的老年牧师，不管他的形象，或者他的现状如何，无论是对警察和暴民来说，还是对于无法挽回的过去来说，都是一座神圣而不可侵犯的圣殿；也不管是任何的罪行铸就了他目前的状态，最终令他打入高墙铁栏的凄凉牢房，

---

1 该习语较早出现于刘易斯·卡罗尔的《爱丽丝漫游奇境记》一书中。据传在英格兰早期的制帽工厂中，制作毡帽需要用含汞的亚硝酸盐对毛皮进行处理，而制帽工人由于呼吸了含汞的有毒成分，神经系统受到损伤，就会出现口齿不清、步履蹒跚、神经错乱等被人认为"疯狂"的症状。

让他一眼看去周围满是刽子手开始执法的情形。

"于是他就相信了她的话。我认为，她给他的与其说是勇气，倒不如说给了他一个被动而耐心的忍受，承认并接受了那样的机会，让他不得不在拥挤的广场上从人群中窜出、戴着手铐逃跑了。但是和他一起跑的有太多太多了，一步一步地跟着他。不是追他的人，而是他自己：逝去的岁月、昔日的行为、忽略并犯下的各种事端，都跟着他齐头并进，一步一步，如影随形，伴随着每一次的呼吸，每一次的心跳，和他同用一个心脏搏动。那不仅仅是她不知道的三十年，还有在那之前好多的三十年，给他原本白人的血液或者黑人的血液沾染了污点，不管你怎么想，反正那最终害了他。但他一定是带着坚定的信念跑了一阵子的，不管怎样，那是希望。但是他的血液不愿意安宁，要他去拯救它。那不是非此即彼的选择问题，而是一定要用他的躯体拯救它自己。因为黑人的血液先是驱使他要去黑人的木屋，就像黑人的血液攥起了那把手枪，而身上白人的血液却不让他开火。而且他身上白人的血液，要把他送到牧师那里，那是在他身上最后一次涌起了，让他在理性和现实面前，投进了虚妄的幻想，一种在《圣经》上读到的盲目的信从。然后，我相信，就是在那一瞬间，他身上白人的血液背叛了他。就那么一秒钟，一眨眼的工夫，让他身上黑人的血液在最后的时刻涌了上来，让他转向希望的救赎。是他身上那黑人的血液让他自己的欲望征服了他，使他无法得到任何人的帮助，把他推进了黑色丛林的快感之中，那里生命在心脏停止跳动之前就已经终止了，而死亡就是欲望和完满。他并没有杀死牧师，只是用枪敲了他，然后他就继续跑，蹲伏在那张桌子的后面，最后一次背叛了他身上黑人的血液，就像过去三十年来，他一直背叛它的那样。他蹲伏在那张被掀翻的桌子后面，让他们一直开枪把他打死，而他手里，那把子弹已经上膛的手枪一直都没有开火。"

那时的镇上，住着一个年轻人，名叫珀西·格林姆。他大概二十五岁的年纪，是州国民警卫队的队长。他是在这个镇上出生的，除了夏季外出野营的时间之外，他从出生都一直在这里生活。欧战的时候，他年龄太小没有参加，虽然直到 1921 年或 1922 年，他才意识到他永远也不会因为这个事实而原谅他的父母。他的父亲是个五金店主，并不明白这个。他只是认为这个孩子懒惰，而且很可能以后毫无出息，事实上那时候这孩子不但经历着出生太晚的可怕悲剧，而且遗憾的是，又没有晚到可以对已经逝去的时代一无所知，也还遗憾的是他那时还是个孩子，没有长大成人。现在，那个歇斯底里的时代[1]已经过去，而在歇斯底里里叫得最响的那些人，甚至那些曾经为其操劳而遭受磨难的英雄，也开始有些怀疑地互相看着，他就没人诉说，没法倾诉他的衷肠。事实上，他第一次严肃的战斗是跟一个退役的战士开始的，因为对方提到如果再去参战，他就会站在德国一方，抵抗法国。格林姆就迎了上去，"那你也攻打美国吧？"他说。

"如果美国再像傻子一样去营救法国的话。"那个战士说。格林姆立刻就上去打他，他的个子比那个战士小，那时他还是在十多岁的年纪。结果显然是不言而喻的，甚至格林姆自己都清楚地知道结果。他被打得鼻青脸肿，但是仍然不肯罢休，后来那个战士只得恳求路人拉住这个孩子。于是他就带上了战斗的伤疤，骄傲得像是他

1　此处可能指的是发生在 1861 年至 1865 年之间的美国南北战争。

后来穿上了盲目战斗而得到的军装一样。

还是那个新军民条例挽救了他。他就像一个在黑暗中长期掉入泥潭的人。他好像不但看不到前面的路，而且他也知道前面并没有路。然后突然，他的生活就变得豁然开朗、柳暗花明。他在学校的那些桀骜不驯和碌碌无为的蹉跎岁月，一去不复返了，都被他抛在了脑后。他现在能看到生活正朝他敞开大门，轻松自在、一路坦途，现在再也没有了曾经必须经历的思虑和决定的烦扰，他现在履行的职责就像他肩上的黄铜肩章一样光亮、轻松而又耀武扬威：对生理的勇敢和盲目的服从，抱有崇高和不言而喻的坚定信仰，坚定地相信白种人高于任何其他人种，而美国白人又高于其他白种人，在美国穿着军装的人又高于所有其他人，这种信仰、这种优越，他愿意全力以赴来换取，甚至付出自己的生命也在所不惜。在每一个只要带点军事气味的全国性假日里，他总是会穿上那身上尉的军服，来到镇上。那些看到他的人，就会想到他那天和那位退役战士发生战斗的事情，神枪手的徽章（他是个射击好手）别在身上闪闪发光，还戴着显示他军阶的杠杠，显得笔挺而庄重。他走在市民中间，那股神气一半是好斗，一半是不成熟的男孩表现出的自我可以觉察的骄傲。

他不是美国退伍军人协会的成员，但那是他父母的过错，不是他的。但是那天下午，当克里斯默斯从摩兹镇被带回来的时候，他已经去见了驻地退伍军人协会的指挥官。他的想法、他的话，相当简单和直接。"我们必须要维护秩序，"他说，"我们必须顺应法治，法律即国家。哪个市民都没有权力来判处一个人死刑。而我们，杰佛生镇的战士们，要保障法律的实施。"

"你怎么知道有人在实施一个不同的计划？"协会指挥官说道，

"你听到有人说什么了吗？"

"我不知道。我没有听说。"他并没有撒谎。好像他对人们捕风捉影的传言并没有太在意，没有必要为此撒谎。"问题不是这个，而是我们这些人，作为穿着军装的战士，要表达我们自己的立场。要立刻给这些人显示一下，我们国家的政府在这些问题上的基本原则。甚至根本没有让他们谈论的必要。"他的计划相当简单。就是由军团把退伍军人编制成一个排，由他本人担任指挥官。"但是如果他们不想让我指挥的话，也没关系。我可以做二把手，如果他们同意的话。或者做个小队长或者班长什么的，都行。"他是认真的，他要的不是虚荣。他太诚恳了。相当真诚，相当严肃，以至于协会指挥官本来要一口回绝的话，结果愣是没有讲出来。

"我仍然认为没有必要那样做。而且如果有那个必要的话，我们也都应该以普通市民的身份行动。我不能随便使用退伍军人协会的牌子。毕竟，我们现在都不是战士了。不过即使能用，我想我也不会那样干。"

格林姆看着他，并不生气，但他倒像一种缠人的小虫。"但是你曾经穿过军装呢，"他说，颇带一点耐心。"作为普通的个人，我觉得你不会用你的权力阻止我跟他们说话，对吧？"

"不会。我没权阻止你，不管怎样。但是即使作为普通的个人，也要注意。你一定不能使用我的名义。"

这次格林姆直接把话给他顶了回去。"我不会那样干。"说完，他就走了。那是星期六，大概是下午四点钟的时候。在剩下的时间里，他一连串走访了退伍军人协会成员工作的商店和办公室，到夜幕降临的时候，他已经鼓动了足够编成一个排的人数，跟他站在了一起。他孜孜不倦、含蓄克制，却又雄浑有力；在他身上有一种无法抵抗的预言家一般的气质。不过所有答应参与的人员和指挥官有一点是一致的：那就是绝对不能使用协会的名义——所以这样，机缘巧合，他也就实现了自己的初衷：他现在成了真正的领导。晚饭前，他把他们叫到了一起，分成了小队，并任命了队长和工作人员。那些年轻人，没有去过法国的那批人，这下可就来劲了。他对他们发表了讲话，简短而冷峻："……治安……公正的程序……要让人们看到咱们穿着美国的军装……而且还有一个事。"这会儿他已经从居高临下的威严转变成了平易近人的亲切：变成了那个能叫出他每一个手下名字的军团长。"我现在把这个事交给你们大伙儿。我要按你们说的来办。我认为在这件事解决之前，能一直穿着军装，也许是件好事。然后他们就能看到'山姆大叔[1]'的存在不单单是精神方面的。'"

"但是他并不存在，"一个人心直口快地插话，他和指挥官的风格如出一辙，不过指挥官这会儿并不在场。"这麻烦可不是政府的。肯尼迪可能不喜欢管。这是杰佛生镇的麻烦，不是华盛顿的。"

"那就让他喜欢，"格林姆说道，"你的军人协会代表的是谁的利益呀，如果不保护美国和美国人？"

"算了，"另一个人说道，"我看我们最好还是别闹什么乱子了。没有那个我们也能做我们想做的事情。这样更好。不是吗，弟兄们？"

"好吧，"格林姆说道，"我就按你们说的办。但是每个人都要带把手枪。一个小时之后，我们要举行一个小型的武器检阅。每个人

1　"山姆大叔"是美国的拟人化绰号。据说来源于 1812 年的美英战争时期，经过发展已经成为美国人引以为豪的诚实可靠、吃苦耐劳和爱国主义精神的象征。

都要到这里报到。"

"要是每个人都带把手枪，肯尼迪会怎么说呢？"一个人说道。

"那个我负责，"格林姆说道，"一个小时后准时来这里报到，带上家伙。"他然后就解散了他们。他穿过安静的广场来到了治安官的办公室。治安官回家了，他们告诉他。"回家了？"他重复着，"现在？那他现在在家干什么呢？"

"正吃饭吧，我看。像他那么大的人，一天肯定要吃几顿饭才行。"

"在家，"格林姆重复着。他并没有瞪眼睛，这是那种他曾经看着军团长的那种冷漠而又事不关己的表情。"吃饭。"他说道。他走了出去，步子已经走得很快。他又重新穿过那空荡荡的广场，这时候广场上空无一人，人们都应该围坐在晚餐桌的周围，静悄悄地待在这个镇上以及附近村子的家中。他去了治安官的家里。治安官直接拒绝了他。

"十五或者二十来个乡亲，在广场上转来转去，裤兜里别着手枪？不，不。那不行。我不能同意。那不行。这事我可真的要管。"

有那么一瞬间的工夫，格林姆一直看着治安官。然后他头也不回地走了，走得很快。"好吧，"他说，"如果你想那样。我也不想干涉，那么你也不要干涉我。"这话听起来并不像个威胁，太平淡了，也没有回旋的余地，也没个热度。他继续很快地往前走着。治安官打量着他的背影，然后他叫住了他。格林姆转过身来。

"你也要把你的家伙放在家里，"治安官说道，"听见我的话了吗？"格林姆没有说话。他继续往前走了。治安官看着他消失的背影，皱起了眉头。

那天晚饭之后，治安官回到了市区——他发现了一些事情不同寻常，一些在紧急或者必要条件下才会发生的事情。他发现格林姆的人在监狱设立了纠察线，还有一队人在法庭，第三队人在广场和附近的街道上巡逻。还有一些，那些供给保障人员，在格林姆受雇的棉花厂办公室，那儿成了他们的指挥部。治安官在街上遇到了正忙着巡查的格林姆。"过来，孩子，"治安官说道。格林姆停下来。他并没有走上前去，治安官却走到了他的跟前。他用他肥大的手掌拍了一下格林姆的屁股。"我告诉你要把那个放在家里。"他说。格林姆什么也没说。他看着治安官，不置可否。治安官叹了口气，"唉，如果你不愿意放的话，我看我必须要让你当个特别副手了。但是你可不能再掏那把枪，除非我让你掏出来。听明白了吗？"

"肯定不会，"格林姆说道，"你，肯定……不会让我掏枪的，如果我看不出有任何必要。"

"我的意思是，不要掏，除非我让你掏。"

"肯定，"格林姆立即说道，语气平淡、耐心。"我们两个说的是一个意思。你不用担心。我会到场的。"

后来，随着夜幕的降临，镇上安静下来了，电影院的人们也都走空了，街上的药店[1]一个接一个地也关门了，格林姆的人马也开始打起盹来。他并没有表达不满，只是冷冷地看着他们；他们变得有点局促不安，彷徨拘谨。这样不知不觉，他又打出了一张王牌。因为他们感到局促不安，以及他们好像辜负了自己那份冷漠热情的事实，可能会让他们明天再次回来，哪怕只是为了在他面前露一下脸。有一些人留了下来，毕竟还是星期六的夜里，有人不知从哪里搬来了一些椅子，坐在那里打起了扑克。然后一直持续整个夜晚，虽然

---

1 一般为卖生活日用品的杂货店。

格林姆（他没有像其他人那样打牌，他也允许他的二把手参与，那里唯一一个和他具有同等委任军阶的人）时不时地派出一个小队去巡逻一下广场。这个时候，参与夜班巡逻的人也加入了进来，虽然，他也没有参与到打牌的游戏中来。

星期日静悄悄的。那一整天扑克牌游戏也一直悄悄地进行着，只是被定期的巡逻打断，教堂的钟声响了起来，三三两两的信众走向教堂，身着夏日绚丽的盛装，开始了他们的集会。在广场的周边，大家都知道大陪审团明天就要开会了。不知道怎么的，一听到大陪审团几个字，脸上就现出某种神秘而又无法挽回的神情，似乎有一只隐蔽、警觉而又无处不在的眼睛在注视着人们的一举一动，这开始让格林姆的人更加相信自己的幻觉。人总是在他们毫无意识的时候，不经意而又不可预测地发生变化，镇上的人们突然接受了格林姆，带着尊敬，也许还带着那么一点点恐惧以及一定的信任和信心，好像他的看法、爱国之心，对这个小镇以及这种场面的自豪，要比他们自己来得更加迅速，更加真实。不管怎样，他的人是这样想的，而且也接受了这一点。经过这个不眠之夜之后，神经的紧张、假期的松弛，再加上意志的薄弱，他们几乎到了如果需要，就甘愿为他卖命的地步。他们现在迈着的步伐在灯光的映衬下，显得庄重而又有点令人生畏，就像格林姆希望他们穿着的黄褐色军装一样触手可摸，希望他们穿着，好像他们每次回到指挥部，都身着他曾经梦想的服装，全身上下文雅而庄重地焕然一新。

这在星期日的夜里彻夜未停，扑克游戏一直进行着。先前笼罩的小心翼翼、鬼鬼祟祟的氛围没有了。取而代之的则似乎是自命不凡和接近狂妄的泰然自若。当天夜里，当他们听到巡夜人踏在台阶上的声音，有一个人就说道，"咱们是宪兵队。"然后他们互相瞟了一眼，目光粗鲁狂妄、神采飞扬、冒失而又邪恶。然后一个人说道，声音很高："把那个婊子养的扔出去！"另一个则撅起嘴发出古怪的声响。于是，第二天早晨，星期一，当第一批从乡下来的汽车和马车开始聚拢的时候，那个队伍又再次完整无缺。他们现在穿上了军装，尤其是他们的面孔，大多数人都是一个年龄，属于一个年代，有着一样的经历。但是，还不仅仅如此，他们现在有一种浑厚而又荒凉的引力，站在人群晃动的地方，显得庄重、严肃、冷漠，他们空飘而荒凉的眼睛，注视着人们从他们身旁缓慢地走过。人们能感觉到、体会到，而却不知道，就在他们眼前晃来晃去，如果放慢步子，定睛凝视，他们的面孔显得专注、空虚、一动不动，就像牛头马面，慢慢地靠近来，漂浮着，静待着下一波的到来。整个上午，嘈杂的声音来了又去，有问有答："他走了。带自动手枪的那个年轻的家伙。他是他们的队长。是州长委派的特派员。这整个事他说了算。治安官今天都没发言权。"

后来，已经很晚了，格林姆告诉治安官："如果你要是听我的话，让我带队把他从牢里带出来，而不是只让一个副手带着他从广场上穿过去的话，甚至连手铐都不给他戴，人又那么多，而那该死的布福德又不敢开枪，即使让他对着一头牛打，他也不敢。"

"我怎么知道他会逃脱，会想着利用那个时机呢？"治安官说道，"史蒂文斯早就告诉过我，他会认罪，然后接受终身监禁的。"

但是那时候已经太晚了。那时一切都结束了。就发生在广场的中间，从人行道到法庭的路途中间，在那群犹如赶集的密不透风的人群中，虽然格林姆先听到的是副手放出的两声枪响，朝着上边的空中打的，他就马上知道出了事，虽然他那时正在法庭里。他的反应果断而又迅速。他已经朝着枪响的地方跑了过去，一边跑，一边朝着后面几乎跟了他四十八个小时、半是助手半是勤务兵的人大声喊着："快打火警报警器！"

"什么……"，助手说，"打火警报警器？"

"打火警报警器！"格林姆回头大声喊道，"不要管大伙儿怎么想，只要他们知道出事了就行……"他还没说完，就跑远了。

他闯进了奔跑的人们中间，赶上了他们，又超过了他们，因为他有目标，而他们没有；他们只是跑，而他的那支黑色笨重而又巨大的自动手枪为他开辟了一条路，就像犁子在田里耕出深深的沟壑。他们望着他那紧张而又严厉的年轻面孔，禁不住面色苍白、目瞪口呆；他们发出一声低低的长叹："那边……往那边跑了……"但是格林姆马上就看到了那个副手，在前面跑着，手枪正举在他的手上。格林姆往周围看了一下，再次扑上前去。在人群中，与副手和囚犯一起奔跑的明显还有一个块头很大的年轻人，穿着西部联盟电报公司的制服，推着他的自行车往前走着，像头温顺的奶牛。格林姆把手枪啪嗒一下塞进枪套，猛地把那个小伙推到了一边，跳到自行车上，飞也似的往前冲去。

那辆自行车既没有喇叭，也没有铃铛。然而，他们还是能感觉到他来了，主动让开了一条路。在这件事上他的信念，即他对自己行动的正义和永远正确的盲目，以及坚定不移的信念，又让他义无反顾。他先是赶上了前面跑着的副手，就放慢了自行车的速度。副手满头大汗转向他，一边跑着，一边呜呜啦啦地大声喊着。"他转弯了，"他大声叫着，"进了那条胡同在……"

"我知道，"格林姆说道，"给他戴手铐了吗？"

"戴了！"副手说道。自行车嗖的一下冲过去了。

"那他就跑不快了，"格林姆想道，"他一定很快要找个地方藏起来。不管怎样，一定会躲开空旷的地方。"他转进了胡同，速度很快。胡同在两排房子中间，其中一边是木板围成的院墙。就在那时，火警的警报第一次响了起来，开始缓慢不停歇地尖叫起来，最后似乎超越了听力的极限，像无声的震动，进入了人们的肺腑。格林姆继续往前骑着，他按逻辑很快地思考着，充满了一种强烈的抑制不住的喜悦。"他要做的第一件事情，就是要逃离大家的视线。"他想着，往周围张望。那条路的一边没有围墙，另一边立着六英尺高的围栏。围栏的尽头则有一个低矮的木门，木门那边有一片牧场，然后就是标识小镇边界的深泥沟。有一些树木长在沟底，树梢刚好伸到了泥沟边缘和路平行的位置，这里可以隐蔽和部署一个团的兵力。"啊！"他大声喊道。没有丝毫的停歇或减速，他一溜烟地折了回去，又沿着那条路，朝他刚刚离开的街道骑了回去。火警笛声的呜呜已经减弱了很多，又回落到听力所能承受的范围，当他骑车回到街道，慢下来的时候，他发现奔跑的人们和一辆汽车从身后冲了过来。虽然他用尽全力往前冲着，但那汽车还是赶上了他；站在车上的人朝着他的脸大喊，"上车来！""上来呀！"他不答话，也不看他们。然后汽车就超过了他，慢了下来。现在他又默不作声，快速沉稳地赶了上来，然后汽车再次加速超过了他，车上的人们向外探着身子，往前看着。他也骑得很快，默不作声，以鬼魅一般灵巧的身姿，犹如世界末日或命运之神降临般地分毫不让。在他的身后，那警报的呜呜又开始尖叫起来。当车上的人们再次回头看他的时候，他已经消失得无影无踪。

他已经全速骑进了另外一条小道。他的脸像石头一般沉静，不过仍然闪烁着满足的神情，严肃而鲁莽的快乐。这条路比另外一条有更多更深的车辙。路的尽头是一个光秃秃的小土丘，车子冲了上去，然后就掉了下去，这让他得以看清了沿着小镇边缘整个峡谷的全貌，他的视线只是偶尔被三两间挨在小镇边缘的黑人木屋所打断。他一动不动，钉在地上了一般，独自一个，命中注定似的，像个地标。从他身后的镇上传来的，那火警笛声的尖叫，又开始慢慢地降了下来。

然后，他就看到了克里斯默斯。他看见了那个人，很小——因为距离太远，从泥沟里出现了，他的双手挨在一起。当格林姆定睛看过去的时候，看到太阳照在手铐上，那个亡命之徒的手上，就像什么刺眼的东西闪烁了一下，从他站的地方，似乎就能听到他气喘吁吁和穷途末路的呼吸，甚至直到现在还听不出他有丝毫的自由。然后那个小小的人影，又一次跑开，消失在那个最近的黑人木屋附近。

格林姆现在也跑了起来。他动作迅速，却并不慌张，也没有费劲。他现在也没有什么仇要报，既不暴躁，也不生气。克里斯默斯本人也看了出来。因为有那么一会儿，他们几乎是面对面相互看了一下。那是在格林姆跑着经过木屋转角的时候。就在那个瞬间，克里斯默斯从窗户的后面跳了出来，像变魔法似的，他那戴着手铐的双手高举着，现在闪闪发光，像是着了火一样。有那么一瞬间，四目相撞，一个刚刚跳过来、正要蹲下去，另一个正跑着迈开步子、顺势跨过房角的那当儿。就在那个瞬间，他看到克里斯默斯正拿着一把沉重的镀镍手枪。格林姆嗖的一下，就转身跳回到房角的那边，去掏他的那把自动手枪。

他飞快而沉稳地思考着，沉静中带着喜悦："他可以做两件事。要么再次跳回沟里，要么我们就围着这个房子躲来躲去，直到我们中间谁先吃颗子弹。而那个泥沟就在房子那边靠近他的那一边。"他立即做出反应，全速跑了过去，转过房角。他跑过去的时候，要么好像是受了魔法或者神明的保护，要么好像是知道克里斯默斯不会拿枪在那儿等着他。于是他又直接跑过下一个屋角。

他到了泥沟边上，停了下来，迈开的步子还没有收拢，就一动不动地停在了那里。在那生硬冰冷的自动手枪的上方，他的面孔严肃庄重、超凡脱俗，有点像教堂窗户上的天使。他又动了一下，不过马上又停了下来，他动作敏捷、轻快，就像一枚盲目顺从的棋子，棋手想让他往哪里移动，他就往哪里挪动。他跑向那个泥沟。但是就在跳下去的那个瞬间，他发现稠密的树丛阻止了他的纵身跳下，于是他想转身折回，爬了上来。他这时才发现木屋就坐落在约莫高出地面两英尺的地方。他竟然没有留意到这个，太匆忙了。他知道他现在失策了。那个克里斯默斯正一直看着他留在房子下面的腿呢。他说了一声："是个男人。"

他这一跳，下去之后还冲出了一段距离，才停下来往后爬上去。他似乎不知道疲倦，不是血肉之躯，就好像那操纵他的棋手在给他加油打气。马不停蹄，一鼓作气，又让他爬出了泥沟，他又跑了起来。他绕着那个木屋跑了起来，正好看到克里斯默斯在三百码的远处翻身越过一个栅栏。他并没有开枪，因为克里斯默斯现在跑进了一个小花园，径直跑向了一座房子。他跑着，看到克里斯默斯跃身跳上台阶，进了那个房子。"哈，"格林姆说道，"是牧师的房子。海德华的房子。"

他没有放慢脚步，转了个弯，绕过房子，跑到了街上。那辆抛下他的汽车，把他远远地甩在了后面，现在又折了回来，停在了棋手想让它停靠的地方。车毫无征兆地停了下来，从里面下来三个人。一句话也没说，格林姆转身跑进院子，闯进了那个丢人的老牧师单独居住的房子，那三个人跟在后面，匆匆进了前厅，停了下来，好像随之给这个陈腐而孤独的空间带进了野蛮的夏日阳光。

就在他们的身上，在他们的骨子里，满是恬不知耻的野蛮。从外表来看，他们的面孔似乎悬在上面，而他们的下面却没有躯体，目光逼人，当他们俯身扶起海德华的时候，像是环绕着神的荣光。海德华的脸上流着血，克里斯默斯是沿着门厅跑过来的，他那举起的戴着手铐的双手拿着武器，像是闪电打出的火球，寒光刺眼，头晕目眩，以至于他就像一个复仇的愤怒神灵，发出了终极的诅咒，把他打翻在地。他们把这个老人扶了起来。

"哪个房间？"格林姆说道，用手摇着他，"哪个房间，老家伙？"

"绅士们哪！"海德华说道，"你们！你们！"

"哪个房间，老家伙？"格林姆喊道。

他们扶着海德华站了起来。门厅里昏暗一片，借着透进来的阳光，他的秃头，他那又大又苍白的面孔上，布满了一条一条的血痕，很难看。"你们！"他喊道，"听我说，他那天夜里在我这儿。凶杀发生的那天夜里他是和我在一起的。我向上帝发誓……"

"耶和华啊！"格林姆叫道，他年轻的声音清晰洪亮，义愤填膺，像个年轻的牧师。"难道这杰佛生镇上，每个牧师和老处女都跟这个黄肚皮的杂种有一腿吗？"他把这个老头儿一把推开，又跑了起来。

就好像，他只是在等待棋手移动他的位置，因为他带着不容置疑的确定，径直朝厨房的方向跑去，刚跑到门口，就已经开火了——他几乎还没有看清那张掀翻的桌子，斜靠在屋角的一边，还没有看清蹲在它后面的那双明亮闪烁的双手，正放在桌子上方的边缘。格林姆朝着桌子打空了他手枪里的所有子弹，后来有人用一块叠起来的手绢盖上了桌子上的那五个枪孔。

然而棋手的任务似乎还没有完成。当其他人到厨房之后，他们看到桌子现在已经被掀到了一边，格林姆正俯在那个尸体上面。当他们靠近去看他在干吗的时候，他们发现那个人还没有死，当他们看到格林姆的动作时，其中一个人就"啊"地喊了一声，似乎卡住了喉咙一般，跌撞着往后边的墙上退去，然后就开始吐了起来。然后格林姆也往后跳了过去，把那把血淋淋的切肉刀从身后扔到了一边。"现在你再也不会骚扰白种女人了，即使到了地狱。"他说。但是地板上的那个人已经不动了。他只是躺在那儿，睁着眼睛，除了意识，其他的什么也没有，还有一点东西，一个影子，就在他嘴角的周围。有那么很长的一会儿，他一直抬眼看着他们，眼睛里安详而又深不可测，让人无法承受。然后他的面孔、身体，所有的一切，似乎都垮了下来，浑身已经没有了支撑，从他那腰及臀部周围划破的衣服里，那一直被压抑的黑色血液喷涌而出，像是被释放的一股气息。从他苍白的身体里喷涌而出的血液，就像上升的火箭喷出的火花。在那喷涌而出的黑色波浪中，那个人似乎腾空升起，永远地进入了他们的记忆，永远。他们不会忘记，无论时光的峡谷多么幽静，无论岁月的河流多么平淡安详，在任何一个孩子的面孔上，总能映出他们对过去的灾难和新的希望的沉思。它总是在那儿，苦思冥想中，挥之不去，一点也不消停，可是也不是特别害怕，但它本身却只是平静安详，得意扬扬。从镇上又一次传来火警汽笛的尖叫声，虽然隔着墙的阻碍，有所减弱，但还是上升到了难以置信的高度，渐渐越过了人们听觉的范围，传到了无法企及的远方。

二十

现在，最后一抹黄铜色的阳光慢慢地褪去了，低矮的枫树和低矮的招牌那边的街道，已经准备好了，空无一人，书房的窗户给它固定了形状，像个戏台。

他还能记起年轻的时候，他从神学院来到杰佛生镇之后的情景，他似乎能听得见那慢慢褪去的黄铜色的阳光，就像小号发出的声响，闪烁着铜一样颜色的黄光，慢慢跌进了沉默和等待的间隙，然后，即刻又从里面响了起来。然而，甚至就在那跌落的声音停止之前，他似乎能听到开始响起的雷鸣，还不够响亮，和耳语没有多大差别，像是窃窃的私语，在空气中萦绕飘荡。

但是，他从来没有告诉过任何人，甚至也没有告诉过她。甚至，在那些他们仍然夜里缠绵的时候，他也没有告诉过她，羞耻和分离还没有到来，她知道，也没有忘记分离、遗憾以及随后而来的绝望，以及他坐在这个窗户前等待着夜幕降临的那一刻。甚至，都没有告诉过她，没有告诉女人，那个女人。女人（不是神学院，虽然他曾一度这样认为）就应该被动和无为，上帝创造了她，目的是不但要接受他身体里的精液，做他精液的容器，还要接受他的精神，这是真理，或者说这几乎是他敢于接近的真理。

他是家里唯一的孩子。他出生的时候，父亲已经五十岁了，他的母亲几乎二十多年来一直体弱多病。他长大后认为这是她在内战的最后一年，是吃赖以生存的食物引起的病症。也许就是因为这个原因，他的父亲并没有豢养黑奴，虽然他的祖父那时候还在蓄奴。他本来也可以有黑奴的，成长于那样的时代，生活在那片土地上，没有黑奴的开支比豢养黑奴的开支来得更加昂贵，即使如此，他仍然不愿意吃黑奴种的粮食、做的饭菜，也不愿意睡他们铺的床铺。所以内战期间，他不在家的时候，除了力所能及或者邻居偶尔的帮忙之外，他的妻子在花园里没有种植任何东西。然而邻居的这些帮助，她的丈夫也是不想让她接受的，因为毕竟无法以同样的方式予以回报。"上帝会帮忙提供[1]的。"他说道。

"帮忙提供什么？蒲公英和沟里的杂草吗？"

"然后**他**会给我们提供消化它们的肠胃。"

他是个牧师。有一年，他每个星期日早晨，都会赶在当时已在圣公会教堂[2]颇有影响的父亲之前，早早离开家（这发生在儿子结婚之前），虽然父亲当时已经是教会的成员，但自从他记事起，他却从没有进过教堂，然后父亲就发现了他的行踪。他发现这个儿子，那时才仅仅刚满二十一岁，每个星期日都要骑马赶上十六英里的路程到小山深处的一个长老会小教堂里布道。父亲哈哈笑了起来。儿子听着那笑声就像听到了吼叫和诅咒：他什么也没说，冷淡而又知分

---

1 《圣经》里的话。

2 圣公会为盎格鲁教会的美国分支教会（又称主教制教会），是带有盎格鲁－撒克逊人礼仪传统的宗徒继承教会，在中国清代被译作"圣公会"。

寸地敬而远之。接下来的星期日，他仍然去参加了他的集会。

战争开始时，儿子不是第一批去参军的，也不是最后一批。他在军队里待了四年，却从没有开过滑膛枪，也没有穿过制服，而是始终穿着那件他买来结婚和布道用的礼服。1865 年[1]他退伍回家的时候，仍然穿着它，虽然自从那天马车停在他的家门口，两个人把他从车上抬了下来，然后又进屋把他放到了床上，他的妻子把那大衣脱了下来，收好放在了阁楼的一个箱子里。这一放就是二十几年，直到有一天他的儿子打开了箱子，把那件大衣拿了出来，抚平那用手精心叠起的褶痕，而那双手却已逝去远矣。

他现在记起来了，在安静的书房里，坐在那个黑漆漆的窗户旁，等待着暮色的停歇，等待着夜色和那飞驰的马蹄声的来临。那黄铜色的光线现在已经完全消失了，整个世界悬浮在一片绿色之中，就像光线穿越在彩色玻璃的纹理之中。很快就要说**很快了现在。现在很快了**。"那时候我八岁，"他想道，"正下着雨。"他似乎能闻到那雨水的味道，十月的土地，湿漉漉的有些哀伤，冷不防的哈欠，就像那箱子的盖子重新盖了回去。然后是那件大衣，那整齐的褶痕。他不知道怎么回事，因为起初想起母亲那双摩挲在礼服褶痕中逝去的双手，他几乎有些崩溃。然后它就被打开了，慢慢地展开来。对他，那个孩子，那礼服显然是太大了，大得难以置信，好像那是专门为巨人设计的一样；好像只要他们中间有人穿过，那衣服本身就沾上那些幽灵的气息，在隆隆的炮火、缭绕的烟雾，以及破碎旗帜的背景中，慢慢地变得英勇无比，魁梧高大，充斥着他清醒和沉睡的生命。

大衣上打满了补丁，几乎无法辨认。皮革质料的补丁，用手缝

1　美国南北战争在 1865 年结束。

得比较粗糙，南部联盟的灰色标记现在已经泛黄，有个地方让他绷住了心跳：是一块深蓝色的补丁，北部联军的蓝色。那个男孩，在他父母秋天的生命中出生时，他们的器官已经需要无微不至的精心照料，孩子看着那块补丁，缄默而又普通的补丁，感到一阵静谧而又得意的恐惧，这让他感到有点恶心。

那天的晚饭，他几乎无法再吃下去。抬头望着已经是六十多岁的父亲，父亲发现孩子正盯着他，眼神中带着恐惧和敬畏，还有别的什么。然后父亲就问："你现在想什么呢？"孩子没能回答，也没法说话，只是盯着他的父亲，脸上带着地狱般的表情。那天夜里他在床上无法入睡，僵硬地躺在漆黑的床上，连动都没动一下，而那个做他父亲的人，也是他在这个世界上仅存的亲人，他们之间的距离甚至用几十年的时间都无法测量，他们甚至都没有外表上的相似，就在间隔几个房间的另外一间房里睡着。第二天，他就患上了肠道疾病，但是他什么都没有说，甚至也没对那个操持家务、既当妈妈又当保姆的黑奴女人讲。他的体力慢慢就恢复了。然后有一天，他又偷偷地跑到了阁楼上，打开了那个箱子，拿出那件大衣，抚摸那块深蓝色的补丁，带着惊骇的得意和病态的快感，他不知道他的父亲是不是把穿着蓝色制服的北方联军战士给杀死之后，才从他的蓝色大衣上取下的那块布，同时他还更加惊骇地意识到自己有刨根问底、追根溯源的欲望和恐惧。然而，就在第二天，当他得知他的父亲去乡下看望他的一个病人，不到天黑不可能回来时，他就走进厨房，对那个黑女人说："再给我讲一些爷爷的事吧。他杀了多少北方佬？"现在他再听她说话时，不再感到害怕了，甚至还不是得意，而是自豪。

这个爷爷是他儿子的眼中钉。儿子心里懒得想，嘴上也懒得说了，虽然他们彼此心照不宣：儿子希望有一个不同的爸爸，爸爸也希望有一个不同的儿子。他们的关系倒是相安无事，儿子这边冷漠、无趣，又能自觉地敬而远之，而父亲招摇率直、粗俗躁动的脾气，常常是无的放矢，了无生趣。他们住在镇上一座两层楼的房子里，彼此相安无事，虽然儿子有时候会拒绝黑奴女仆准备的食物，就是这个女仆把他从小带大的。让黑奴女仆愤恨不已的是他自己下厨做饭，又自己把饭菜端上餐桌，然后和他的父亲面对面地坐下来吃饭，他的父亲就会举起一杯波本威士忌，向他示意一下：儿子丝毫不为所动，碰也不碰一下酒杯。

　　儿子结婚那天，父亲让出了那栋房子。当新郎和新娘到达的时候，他正在走廊上等着，手里是那栋房子的钥匙。他戴着帽子，穿着大衣，他的周围堆满了他自己的行李，身后还站着他自己的两个黑奴：一个是为他做饭的黑奴女仆，还有一个是他的"伙计"，比他年纪还大，头上连一根头发也没有，是厨师的丈夫。他不是种植园主，他是个律师，他在儿子要学医的时候，不知道怎么就学习了法律，就像他说的那样，"靠的是力量、魔鬼的恩典和运气。"他在两英里远的乡下已经给自己买了一套小房子，他的马车、他整齐的马匹都在走廊前面等着，他自己也站在那里，他的帽子向后翘着，双腿叉开站着——是个身材魁梧、健壮吓人、红鼻子的男人，蓄着土匪头子才留的胡子，而那个儿子，还有那位他从未见过面的儿媳妇，正从大门口走来。当他躬身向她致意时，他闻到了威士忌和雪茄的味道。"我看你真可以。"他说。他的眼睛大胆而莽撞，却充满善意。"原来，这个道貌岸然的兔崽子想要的也就是一个可以从长老会赞美诗书中唱出女低音的人，结果连善良的上帝自己也没办法插进去任何音符。"

他坐着镶着流苏的马车走了，他的周围满是自己的行李——他的衣服、装威士忌的酒罐、他的黑奴。那个黑奴厨师甚至都没有留下来准备一次饭，她既没有要求留下，也没有人拒绝她。父亲活着的时候，再也没有来过那座房子。他本应该受到欢迎的。他和儿子都知道，这一点是不用说的。而且那个妻子——她出生在一个有教养的家庭，是众多子女中的一个，她的父母也从未取得过什么特别的进展，就像在教堂里找到了餐桌上缺少的东西，她喜欢他、爱慕他，沉默静谧而又惊世骇俗：喜欢他那大摇大摆、健壮唬人的模样，以及对简单规则的强烈遵守。不过，他们总是还能听到他的事情，比如他搬到乡下后的第二年夏天，他如何闯入附近的一个树林，那里正举办一场户外教堂复兴布道会，他把它变成了长达一个星期的业余赛马比赛；面对越来越少的信众，那些骨瘦如柴、面带狂热的乡村牧师从那简陋讲坛的后面，对着他那简单易忘、顽固不化的脑袋，发泄着雷霆一般的诅咒。他对不去看儿子和儿媳妇的原因也显然是直言不讳："你看我没意思，我也看你没意思。谁知道呢？也许这个兔崽子会气死我。也许要把我这老骨头弄进天堂里。"但那并不是真正的原因，儿子也知道那不是。如果脏水真的从对方泼来了，他知道谁是第一个来反击脏水的人：这个老人的行为和想法可是有些微妙。

那个儿子是个废奴主义者，早在这种情绪从北方渗透过来并成为一个词之前就是这样。虽然他听说共和党对这已经有了专门的说法，他完全改变了他信仰的名称，却没有丝毫改变他的原则或行为。那时候，他甚至还不到三十岁，他有着超越自己年龄的斯巴达人般的清醒和自律，虽然他的祖先并不是特别地投机取巧，却嗜酒如命。也许那也解释了他直到战后才要孩子的事实，从此之后，他就像变了一个人似的，"脱去了"圣洁的味道，他死去的父亲这样评论。在那四年里，虽然他从没开过一枪，但他的服役并不仅仅是在星期日的早上，向部队祈祷和布道。当他负伤回家，伤好后就奠定了一个医生的身份，他只做外科和医药，他曾经帮助前线的医生，在战友和敌人的身体上实践过、学习过这些东西。这也是让那位父亲对儿子所有事情当中最为得意的一点：儿子从自己国家的侵略者和破坏者那里学来了一门谋生的职业。

"但是，'神圣'这个词显然不太适合儿子。"那位儿子的儿子转而想道。他坐在那黑乎乎的窗户里面，外面的世界悬在了一片绿色之中，越过了远处渐渐消失的小号吹起的声响。"爷爷他自己就是第一个反对任何人使用那个词的人。"那是倒退到了不太久之前，那些简朴而又不算太黯淡的岁月，那时候的人可没有什么可以浪费，也没有时间去浪费什么，而且还必须防卫和保护着那一点仅有的东西，让它们不但免受自然的侵害，而且也要免受人类的侵害，依靠的就是纯粹坚强的毅力，整个一生都是这样，虽然那并没有回馈他以物质的丰裕。那也是他不赞同奴隶制的地方，也是不赞同他那贪婪和亵渎神灵的父亲的地方[1]。他积极参与了一场党派的战争，他支持的这边所奉行的原则和他自己的原则完全相反，而他却看不出这之间有丝毫的矛盾，这个事实本身说明他是独立完整的两个人，其中一个沉浸在并不现实的清明规则组成的世界中。

但是他身上的另外一个部分，也就是生活在现实世界里的那个人，和其他任何人一样，甚至比大多数人做得更好。他按照自己的

---

[1] 海德华父亲生活的年代还非常受传统的影响，即强调用个人的勤劳自律来维持生计，豢养奴隶需要时间和精力，而他觉得自己无法满足。而且奴隶制又让奴隶主在别人做工的同时，自己也要参与劳动，以享受物质上的丰裕。

原则安静地生活，当战争来临的时候，他带着自己奉行的原则参加了战争，并把这些作为他生活的标准。每当星期日，在安静的小树林中布道的时候，他总是要提前做好准备，也不需要特别的设备，靠的就是他的意志和信念，以及他一路走来所学到的东西；当要挽救战火下的伤员，而又没有合适的治疗工具的时候，他也是如此，除了使出自己的力量、勇气，还有就是有什么就用什么。然后，战争就失败了，其他的人都回家了，他们拒绝相信死亡的过去，眼睛对此却视若无睹；而他则展望未来，把自己从失败中的所学应用于实践。他成了一名医生。他的首批病人中的一个，就是他的妻子。他尽可能让她活了下来。至少，让她产下了生命，虽然当儿子出生的时候，他已经五十岁了，而她也过了四十。那个儿子在幽灵的环绕下，伴随着有关爷爷传说的鬼魂，长大成人。

这些幽灵就是他的父亲、他的母亲以及那个黑奴女人。那个父亲，曾经做过牧师却没有教堂、做过战士却没有敌人，虽然战败了，却从双方受益而成了一名医生，一名外科医生。就好像正是冷静和毫不妥协的信念支撑他的外直内方的个性，可以说，让他矗立于清教徒和风度翩翩的骑士之间，既没有失败，也没有沮丧，而是变得更有智慧。就好像在硝烟弥漫、炮声隆隆中，有人把手放在了他的身上。好像他突然相信，耶稣是想让他明白只有他自己的精神才需要治疗，而他本人则不值得拥有，也不值得拯救。此为第一个幽灵。第二个幽灵是他开始和最后记起的母亲，一张消瘦的面庞，一双硕大的眼睛，铺在枕头上乌黑的头发，还有一动不动的、几乎枯柴一般的蓝色的双手。如果在她去世的那天，要是有人告诉他，他还在别的地方，而不仅仅看见过躺在床上的她，他根本不会相信。后来，他记起来了，虽然是不一样的情形：他的确记得她在屋里走动过，打理房间里的家务。可是在他八九岁、十来岁的记忆里，他感觉她没有腿、没有脚；只有那张消瘦的面孔，还有两只似乎每天都会变得越来越大的眼睛，好像用她那充满挫折、痛苦和有预见性的可怕眼光，要看清楚世间所有东西，所有的生活。而且当那眼光真的扫过时，他似乎能听到声响，好像是一声喊叫。在她去世之前，他已经能透过所有的墙壁，感觉到它们的存在。它们充满整个房子：他就在房子里住着，住在身体的背离形成的黑暗里，充满了无所不包、忍气吞声的余波。他和她住在里面，就像两只弱小的野兽住在洞穴里、山洞里，有时候父亲会走进来——那个人对他们两个来说都是陌生的，一个外来者，几乎是个威胁：躯体的健康如此之快地改变着一个人的精神。他不仅仅是陌生人：他是敌人。他的身上散发出和他们不一样的气味。他用不同的声音说话，说的话也不一样，好像他就在一个不同的环境，一个不同的世界。孩子蹲在床边，他能感觉到那个男人粗犷的体魄和无意识流露的不屑，他和他们一样，无助而懊恼。

　　第三个幽灵是那个黑奴女人，那个奴隶，就是那天早晨，当儿子和新娘来到家里，坐着马车离开的那个黑奴女人。她坐马车走的时候是个奴隶，而在1866年回来的时候，还是个奴隶，不过是步行回来的——一个身材高大的女人，面孔看起来暴躁而又平静：这是一个随不同场景切换的黑人悲剧的面具。在她的主人死后，她终于相信最终再也见不到他了，也见不到她的丈夫了——那个"伙计"，曾经追随主人去了战场，然后再也没有回来——她拒绝离开她的主人搬去乡下的那座房子，主人坐车离开时把房子交给她负责。他的父亲死后，那个儿子过去了，关闭了那座房子，清理了他父亲的私人遗物，而且他主动提出供她生活。她拒绝了，她也拒绝离开。她修了一个自己的小菜园，独自一人住在那里，等着她丈夫回来，有关她丈夫死了的传言她拒绝相信。那只是传说，模糊的传说：在范·多恩[1]的骑兵队突袭格兰特将军[2]在杰佛生镇的军需库时，他的主人死了，这个黑奴伤心欲绝。有一天夜里，他从外面的军营消失了。很快，就听说有一个疯狂的黑奴在接近敌人前线的地方，被南部盟军的哨兵截住，他讲了一个同样含糊其词的失踪主人的故事，说北方佬为了勒索赎金把他抓走了。人们几乎没办法让他思考一下，他的主人可能已经死去的想法。"不，先桑，"他说道，"那不是盖尔老爷。不是他。他们可不**敢**杀姓海德华的人。他们不**敢**。他们就是叫他藏到啥地方了，想唬他说出他和俺，把夫人的银咖啡壶和银托盘藏在啥地方了。那就是他们想要的。"他逃跑了好多次。然后有一天从北方联邦阵线上传来消息，说有一个黑奴用铁锹攻击了一个北方联邦的军官，迫使军官朝他开枪自卫。

很久一段时间那个女人不相信这个。"不会那样的，他不会傻到那样的，"她说，"他哪里晓得啊。要是能见到他，也不会拿铁锹打的。"就这些话，她说了一年多。然后有一天，她出现在那儿子的家里，那座房子她是十年前离开的，自从那之后还没有来过，手里提着一个布兜，里面是她的东西。她走进房子就问："我来了。你家里的柴火够煮饭不？"

"你自由了，现在。"那个儿子对她说。

1　范·多恩是当时南部盟军的一位将军，曾经率骑兵队摧毁了由格兰特将军率领的北方联军在霍利斯普林斯的军需库。福克纳在小说中把这个事件搬到了杰佛生镇。海德华的祖父就死于这场突袭，这也是那位前牧师想象中的"飞奔的马蹄声"的来源。

2　格兰特将军是美国内战时期北方联邦军队的最高统帅，内战胜利后，曾出任美国第十八任总统（1869—1877）。

"自由?"她说道,语气中带着平静和若有所思的不屑。"自由?自由是啥子东西,除了把盖尔老爷给杀了,把波普[1]给弄成了大傻子,就是上帝爷他自己也没法子让他那么傻吧?自由?不要给俺讲自由。"

这是第三个幽灵。说完这个幽灵,这个孩子("他和幽灵也没有什么大的差别",其实,现在坐在晦暗的窗户旁边的就是这个孩子)要讨论爷爷的鬼魂。他们从未疲倦过:孩子聚精会神、大开眼界,半是恐惧、半是喜悦,那个老年的黑奴女人则若有所思,带着野蛮的悲伤和骄傲。但她对于这个孩子,可以说是又惊又喜。当有人告诉他,他也相信他的爷爷杀死的人"成百上千",或者当那个黑人奴仆波普死的时候要杀人,他也丝毫感觉不到恐惧。没有恐惧,也是因为他们只是传说中的鬼魂,从来没有亲眼见过他们的血肉之躯,也没感受过他们的英勇、朴素和温暖;而他的父亲,他知道他、害怕他,因为他是一个从来没有死去的幽灵。"所以,"他想道,"也难怪我错过了一代人。也难怪我没有父亲,而且二十年前在我出生的那天夜里,就已经死了。而且我唯一的救赎,就是回到我生命开始前就已经终止的地方死亡。"

在神学院的时候,他刚刚去到那里时,他常常想该如何告诉他们,那些长者,那一群高尚而圣洁的人,心甘情愿地把命运托付于教会的未来。他该怎么走向他们,并说:"嗨。上帝一定要让我去杰佛生镇,因为我的生命是在那儿死去的,二十年前的一天夜里,我还没出生,就在杰佛生镇的一条街道上,从一匹奔驰战马的马鞍上,被射来的子弹打死了。"他想他应该可以将这个说法作为开场白。他

---

1 她丈夫的称呼,这种名称往往是由主人起的。

认为他们应该会理解。他去了那里，把那作为自己的职业，把它作为他的目标，但是他的信念里不仅是这些。他也一直信仰教会，信仰教会衍生和引发的一切东西。他的信仰带着一种平静的快乐，如果这世界上有庇护的存在，那一定是教会；如果真理能够赤裸地行走，而不会有羞耻或恐惧，那一定是在神学院里。当他认为他已经听到了召唤，他似乎能够看到自己的未来，在那里，他的生命，完美无缺、神圣而不可侵犯，就像一个玲珑剔透的典雅花瓶，精神可以获得重生，免于遭受生活的风吹雨打，然后安详地死去，听任遥远的风声霹雳，悠然于尘世的无谓纷争。那就是神学院这个词的意思：在安静和安全的墙壁内，受束缚的灵魂可以再次学着平静下来，不再担心缺衣少穿，从而有机会坦然从容地思考灵魂的赤裸。

"但是天地之间，除了真理，还有很多其他的东西，"他这样想着，分析着，安静中没有嘲弄，没有幽默，而又不无嘲弄，不无幽默。坐在正在褪去的暮色中，他那裹在白色绷带中的头颅越来越大，比平时更像鬼魂，他想，"确实还有很多其他的东西。"想着人类如何被赋予聪明才智，以便在危险中用各种形状和声音来保护自己，以免受到真理的伤害。他至少有一件事不感到后悔：那就是他并没有告诉长老们，他本打算要告诉他们的事情，他没犯这个错误。他在神学院住下的时间还不到一年，就比原来明白了很多，而且知道得越多，越感到糟糕：明白那些事情，虽然没有失去什么东西，却也让他逃避了一些事情，而那些收获又给他爱情的面貌和形状增添了些许的颜色。

她是一位牧师的女儿，这位牧师也是学院的一个老师。就像他一样，她也是家中唯一的孩子。他立刻相信她是漂亮的，因为他原来就已经听说过她，他还没见过她，就已经在心里形成了她的模样。

他几乎无法相信如果她不漂亮的话，怎么可能一直生活在那里。整整三年他都没有见到那张脸。他到那儿两年的时候，发现一个树洞，他们可以把自己写的纸条放在里面，互相传递给对方。如果他相信这一切的话，那就是他认为这个想法是从他们中间自然而然地冒了出来，而不是哪个先想到的或者首先说的。但是事实上，他想到这个主意不是从她那里来的，也不是来自他自己，而是来自一本书上。但他从来没有看到过她的脸，没有看见过那张突然往下变得尖削的小小的椭圆，一张会因为不满而变得激情的小脸（她比他大一岁或者两三岁，而他不知道这个，也从来不知道）。三年了，他一直没有发现她的眼睛一直在观察他，几乎带着绝望的算计，就像饱受折磨的赌徒的眼睛。

然后一天夜里，他见到了她，他朝她看了过去，她突然疯狂地谈起了结婚。这没有任何的提示和征兆，这个话题在他们之间从来没有提起过。他甚至想都没想过，连这个词都没有想过。然后他就接受这个提议，因为学院里面大部分的教工都结婚了。但对他来说，结婚不是男人和女人的身体圣洁而亲密地生活在一起，而是一种死亡的状态，在活着的人们中间不断地延伸，并且静止地停留在中间，就像被一条铁链的阴影拴着的两个阴影。他已经习惯了，他是伴随着鬼魂的影子长大的。然后有一天晚上，她突然谈起了这个话题，显得疯狂。当他最后发现，她真实的意图是逃离她现在的生活，他丝毫不感到吃惊。他太天真。"逃避？"他问，"逃避什么？"

"这个！"她说。他第一次看到了她的脸，那是一张充满鲜活的面孔，一张隐藏着欲望和仇恨的面孔：被激情扭曲，闭目塞听，冒失莽撞。并不是愚蠢：只是闭目塞听，莽撞绝望。"所有这一切！一切！一切！"

他并不奇怪。他立刻就认为她是对的，而他了解的还不够清楚。他立刻认为他自己有关神学院的想法，一直都是错误的。虽然不是严重的错误，却是不对的。也许他已经开始怀疑他自己，但是直到现在才知道这个。也许那就是他还没有告诉他们，他为什么必须要去杰佛生镇的原因。他已经告诉了她，一年前已经告诉了她，他想去杰佛生镇的原因，一定要去那里，他也打算告诉他们这个原因，她打量着他，那双眼睛，他还从来没有见过。"你的意思是，"他说，"他们不会派我到那里吗？不会安排我去那里？我说的理由还不够充分？"

"当然不够充分。"她说。

"可这是为什么？那可是事实。虽然也许听起来有点愚蠢，却是真实的。教会的作用是什么，如果不是为了帮助那些愚昧并渴求真理的人们？他们为什么不让我去？"

"为什么，要是我，我也不会让你去，如果我是他们，你仅仅把那个当作你要去那里的理由。"

"哦，"他说，"我明白了。"但他其实并不明白。

"哦，"他说道，"我明白了。"但他其实并没有彻底明白，尽管他认为自己可能是错的，而她是正确的。然后一年之后，她突然又向他谈起了结婚和逃避的话，他毫不奇怪，也没感到受了伤害。他只是静静地想，"原来这就是爱情，我明白了，我原来把它搞错了。"这样想着，就像他之前那样想的一样，现在又重新思考起来，就像其他任何人所想的那样：那博大精深的书本一旦用于现实，竟然变得如此错误。

他完全变了。他们计划结婚了。他现在知道，他已经看清了她眼中一直以来所有绝望的算计。"也许他们把爱情放进书中是对的，"

他静悄悄地想，"也许它根本无法存在于其他地方。"那种绝望仍然出现在她的眼睛里，但是现在已经有了确定的计划，安静多了，大部分就剩算计了。他们现在谈论的是他的任命，以及怎么才能争取去杰佛生镇任职。"我们最好现在就去工作。"她说。他告诉她，他从四岁的时候就已经开始准备了，也许他想幽默一下，显示一下奇谈怪论。她几乎是漫不经心地对此不予置评，激情而又严肃地嘟囔着，仿佛是自言自语，念叨着一些人的名字，需要去见，需要去讨好，或者去吓唬，并向他罗列一大堆求情和计谋的活动。他听着，甚至那微弱的微笑，古怪、嘲弄，也许是绝望，还留在他的脸上。在她说着的时候，他就说："对，对，我明白，我理解。"好像他在说**是的，是的，我现在明白了。他们一直就是这样做的。这样得到了他们想要的东西。这是规则。我现在明白了。**

于是，他们在教会的上层开始游说、说情、唯唯诺诺、真真假假，不过还是取得了一些反响，甚至他们的请求和意见，最后还以威胁的形式出现在他们中间，最终他拿到了去杰佛生镇任教职的任命，可是他很快忘记了他最终是怎么得到这个任命的。直到他在杰佛生镇安顿下来，他才记起来，这当然不是在他所乘列车的最后一段的旅程，掠过一个和他出生地相似的土地，然后奔向他人生的顶峰。但是，这个地方看起来是不同的，虽然他知道这种差异不是窗外的景色，而是在车窗里面的人，他的脸正抵着车厢的窗户向外看着，像个孩子，而他的妻子坐在他的旁边，她的脸上同样也有一种渴望的表情，接近于饥渴和绝望的表情。他们已经结婚六个月了。他一毕业，他们就结婚了。自从那时，他再也没有看见她脸上裸露的绝望，但也再没看过她脸上的激情。他又一次静悄悄地想着，没有什么惊奇，没有感到受伤：**我明白，那就是这个样子。是的，**

我现在明白了。

火车飞奔着。他靠着窗户，望着外面向后飞奔的乡村，轻快地说起话来，快乐得像个孩子："我早应该来杰佛生镇了，几乎一直都在想，但是我没来。我本来随时都可以过来的，但是作为平民和军人，来这里是不一样的，你知道。军人能玩忽职守吗？啊，就是那种绝望的玩忽职守。一队人马（他不是长官，我想那是父亲和老辛瑟说法唯——致的地方：爷爷没带长刀，不带长刀，就飞奔着冲到其他人的前面）像小学生一样，轻浮地表演了如此庄重又如此愚蠢的恶作剧，以至于四年来一直反对他们的军人，根本不相信他们能做如此的尝试。骑着马跑了一百多英里，穿过每一个都有北方佬驻扎的树林和村庄，进入了重兵把守的镇上——我知道那条他们骑马进入又骑出的街道。我从没有见过那条街，但是我清楚地知道，它会是什么模样。我还清楚地知道，我们拥有并居住的房子是什么样子的。开始的时候，肯定没有，就一段时间。我们开始肯定要住进牧师的宿舍里，但是很快，很快，我们就能望到窗外，看到那条街道，甚至还可能看到街道上的马蹄的印迹，或者它们在空气中的形状。因为同样的空气还在那里，即使灰尘、泥土都没有了——饥肠辘辘、面容憔悴、振臂高呼，放火烧毁了那场精心动员和策划的军需库，又骑马冲了出去。根本没干过那种抢劫的事情，甚至连系个鞋带、抽支烟都没停下来。我告诉你，他们不是那种追求物质和荣誉的人；他们是骑着战马一路狂奔的战士。好家伙。**因为这个**，干得漂亮。听，也看看吧。这就是造就英雄的永恒青春和纯洁欲望的美好模样。那使得英雄的行为如此令人难以置信，难怪他们的事迹必须现在涌现出来，然后就像烟雾中枪支的子弹闪出的火花，在他们断气之前，那转瞬即逝的闪烁，就能成为有着成千上万不同面孔的传说，以免似是而非的事实和曲解占了上风。要知道这些都是辛瑟告诉我的，而且我也相信，我知道。太美好而无法怀疑。太美好，太简单，以至于从白人的思维里无法编造出来。也许黑奴会编得出来，如果真是辛瑟编的，我仍然会相信。因为即使事实也无法与之媲美。我不知道爷爷的骑兵队是不是迷失了方向，不过我想不会。我想他们是故意那样做的，弟兄们放火烧了敌人的粮仓，走的时候连块木瓦或门闩都没有带走，他们也许在途中停下来，从邻居或朋友那里偷几个苹果。要知道，他们可是饥肠辘辘，挨饿整整三年。也许他们已经习惯了。不管怎样，他们点燃了那堆积的食物、衣服、烟草和酒水，什么也没带走，虽然并没有不准抢夺东西的命令。他们转身就跑，留下身后所有那一切：惊慌失措，熊熊烈火，直冲云天，天空也好像着火了一般。你能看见，听到：呼喊声、枪声、胜利和恐惧的尖叫声，铮铮的马蹄声，挺拔的树木在血红的火舌的压迫下，好像被吓得目瞪口呆，那房屋尖尖的山墙，就像爆炸后大地的边缘呈现出锯齿一样的形状。现在你就近在眼前：黑暗中，你能感觉到，听到战马的骤停，猛冲；武器的撞击；低声地呼叫，沉重的呼吸，胜利的声音依旧清晰；在这一切的背后，剩下的骑兵策马奔向号角吹响的方向。你一定听到了，也会感受到：然后你也就看到。你看到，在崩塌之前，那突发的火舌里，那些战马圆睁的眼睛和鼻孔，不住地摆着头，汗渍满身；兵器寒光闪闪，稻草人一般的士兵形容枯槁，记忆中没有吃过一次他们想吃的东西；也许他们中有人已经下了马，也许一两个已经钻进了鸡舍。这一切都是你看到的，然后就是一声枪响：然后又漆黑一片。就是那一枪。'当然他正好挡住子弹的路了，'辛瑟说道，'正在偷鸡。一个老大的兵，儿子都结婚了，还去打仗，打北方佬和他有啥关系啊，然后就被杀死在别人家的鸡舍里，手里还握着一把鸡毛：正偷鸡呢。'他高声说着，像个孩子，兴奋得很。其实他的妻子已经攥住了他的手臂：**嘘嘘！嘘嘘！人家都看着你呢！**但是他好像根本就没有听见她说话。他瘦削、病态的面孔，好像要渗出一种红光。就是那样。他们不知道是谁开的枪。他们永远也不知道。他们也不想去查。可能是个女人开的，很可能就是一个南部盟军战士的妻子。我是这样想的。很可能是这样。任何士兵都有可能在激战中被敌人杀死，那武器就是战争的裁决者或者规则的制定者所允许的。也有可能被卧室里的女人杀死。但不至于被猎枪打死在鸡舍里，那是打鸟用的玩意儿。所以这个世界上主要是由死人来住着，还能有啥奇怪吗？肯定，当**上帝**看向他们后代的时候，他不会不愿意和我们分享一下**他**看到的芸芸众生。"

"嘘嘘！嘘嘘嘘嘘嘘！他们都在看咱呢！"

然后火车就缓缓地进了镇，肮脏的郊区地带从车窗外面闪了过去。他仍然向外看着——一个身材消瘦、衣衫不整的男人，然而俨然身负光辉的使命，这是他的职业在静悄悄地包围着他，把他封在里面，守卫着他那颗急不可耐的心灵，他静悄悄地想着天堂总应该有点色彩、有点形状，最起码要有信徒们所说的村庄、小山或者茅舍的模样吧，这里就是我的天堂。火车停了下来：过道的人流很慢，仍不时被人打断，向外望着，然后从那些严肃、优雅和庄重的面孔中走了下来：走入了一阵说话声中，悄悄的耳语和断断续续的词语中不失决断，还没有表现出（我们现在说的）任何的偏见。"我承认，"他想道，"我认为我接受了。但是，也许那是我做的所有事情，上帝请原谅我。"远处的土地慢慢地从视野中消失了，现在夜幕已经降临了。他那因绑着绷带而变形的头颅看不清晰，有些模糊；一动不动，似乎悬挂在一对苍白的斑团之上，就是他的那双手，放在开着的窗台上。他的身体向前倾着，显然他已经感觉到即将触摸的两个瞬间：一个是他生命的全部，就是在黑夜和黄昏之间更新自我的瞬间，另一个就是悬停的瞬间，其中即将开始的**马上就要来临**。当他年纪还小的时候，经常没有足够的耐心等待，在这样的时刻，他有时候就会假装听到了铮铮的马蹄声，然后他才意识到时间的流逝。

"也许那就是我过去做过的所有事情，迄今已经做过的所有事情，"他想着，回忆着那些面孔。那些年老的面孔，很自然会对眼前的这个年轻人充满疑虑，对已经被放到他手中的教堂心生嫉妒，就像一个父亲把新娘交到了新郎的手上：他们的脸上排列着堆积的挫败和疑虑，那可是硬朗和可敬的完美岁月的另一面——顺便提一下，那一面的主题是主人不得不面对，又不可能视而不见。"他们也尽了自己的责任，他们也是按照规则行事，"他想，"我就是失败的那个人，是侵犯的那个人。也许那是所有社会性罪恶中最严重的那个。哎呀，也许是道德的罪孽。"思维就这样静悄悄地、平和地向前流淌，然后破碎成不同的形状，悄悄地、犹豫着，没有责备，没有遗憾。他把自己看作一个影子般的存在，是许多影子中的一个，矛盾重重，带着一种错误的乐观主义和利己主义，他相信能在教会中，在人们高举的双手、狂热的声音和梦幻的激情中，找到他在尘世教堂的神学经典中不曾找到的东西。他好像对此一直看得很清楚：破坏教会的人，不是里面的人们向外的摸索，也不是外面的人们向内的摸索，而是那些控制着教会的神职人员，是他们摘去了教堂塔顶的铃铛。他好像看到了那无数的教堂，空空荡荡，空有象征，塔尖高耸，空旷凄凉，了无快乐和激情，却充斥着祈求、威胁和毁灭。他好像看到尘世的教堂就像一个用于防卫的壁垒，就像中世纪借以钉死和削尖的木桩搭起的路障，把人类生命赖以犯错和宽恕的真理与和平，拒之门外。

"而且我接受了人们的反应，"他想道，"我默默接受。不，我做得更糟：我为它服务。我服务的目的就是用它实现我的愿望。我来到这儿，满满的困惑、饥饿和渴望等着我，等待着信仰，而我却视而不见。这儿，举起了手臂，他们相信我会带来他们的期待，而我对他们的期待却视而不见。我来这里，肩负着一个任务，也许是人类的首要任务，这是我在上帝面前，心甘情愿接受的任务，而我却认为那个承诺和任务不值一提，以至于我甚至都不知道曾经接受过那个任务。如果那是我为她所做的一切，我还能期待什么呢？除了羞耻和绝望，还有上帝感觉羞耻而转过去的面孔，我还能期待什么呢？也许就在那个时刻，我不但向她表明了我身体深度的饥渴，她永远都无法在缓解那种饥渴中发挥任何作用；也许就在那个时刻，我变成了她的诱惑、谋杀犯、造成她耻辱和死亡的始作俑者和工具。毕竟，一定会有一些事情，人类是不能责怪上帝，让他来负责的。一定会有这样的事情。"思维现在开始慢了下来，就像一个车轮走进了沙子里，车轴、车辆，以及推动车子前进的动力，都好像还没有意识过来。

他似乎是在不同的面孔中打量自己，总是被不同的面孔封闭、包围着，处于他们中间，好像他正从教堂的后面观察着讲坛上的自己，或者他就像盆里的一条鱼。而且不仅仅如此：这些面孔好像一面面的镜子，他从中看到了自己。从他全部认识的那些面孔中，从他们的脸上，他能看到自己的作为。他好像看到，从这些镜子里映出一个滑稽的小丑一样的人物，有点狂野：一个江湖骗子，他宣讲的东西比异端还要糟糕，全然不顾他面前这个争取过来的舞台，给众人献上的不是钉在十字架上的怜悯和关爱，而是一个在和平的鸡舍里被杀死的暴徒，而杀死他的只是一把猎枪，他那时正肆无忌惮做着杀人之外的副业。思维的车轮慢了下来，车轴已经知道了，但是车辆本身依然没有意识到。

他看见他周围的面孔映出了震惊、困惑，然后就是愤怒，还有恐惧，好像他们透过他滑稽的表演，从他的身后看他，轻视他，而他却毫无察觉，而那张终极的崇高的**面孔本身**，由于它无处不在的超然，现在却冰冷得可怕。他知道他们看到的不仅仅是那些：他们看到他辜负了他们的信任，应该对他施以惩罚；他似乎是对着那张至高无上的**面孔**说道："也许我接受的东西，超过了我的能力所及。可这算是犯罪吗？我应该为那受到惩罚吗？我应该为超出我能力范围之外的事情负责吗？"那张**面孔**说："你接受它，并不是为了履行职责。你把它当作你实现自己自私目的的工具。作为一个能够被分配到杰佛生镇的工具；不是为了**我的**目的，完全是为了实现你自己的目的。"

"是那样吗？"他想道，"原本可能就是那样吗？"他再次把自己置于耻辱来临的境况。他记得当他能感觉到事情来临之前，就有所察觉，但他故意躲避着不愿意去想。他认为自己表现出的是刚毅、隐忍和尊严，而他放弃布道的讲坛给人的感觉是他出于殉道的理由，然而就在那个时刻，他的心里涌出一种得意扬扬的自我否定，藏在那张背叛他的面孔后面，自我感觉前面有那本赞美诗书挡着，在后面会是安然无恙，然而就在那时，摄影师却按下了他的快门。

他似乎在打量着他自己，机智敏捷、苦口婆心、游刃有余、应付自如、任劳任怨，好像看起来他似乎是受人驱使，才做出那样的选择，而他那时，甚至不愿意承认那其实就是他在进入神学院之前一直就有的夙愿。他仍然施予着他的小恩小惠，就像他把腐烂的水果扔到一群猪的面前：他继续从父亲那里得到的微薄收入中，拿出一小部分，分给孟菲斯的教导院；却听任自己被骚扰、夜里被人从床上拽起来、拉入树林并用棍子殴打，他的身上总是聚集着人们的目光，成为人们的谈资；可他忍辱负重，带着殉道者的耐心和自我满足的快感，那空气，那行为，**还有漫长的时间，唉，上帝**，然后再次直到他回到家里，锁上房门，他揭掉了那自我满足、得意扬扬的面具：**啊。现在终于结束了。现在终于过去了。所有殉道的买卖都已完成。**

"但是，那个时候我还年轻，"他想，"我也只是做事，不是做我能做的，而是做我所理解的事情。"现在思维有些沉重不堪，他应该知道，而且感觉到。然而，整个车辆还没有意识到它要走向哪里。"总之，我已经付出了代价。我已经买来了我自己的鬼魂，虽然，我用我的生命付出了这个代价。谁能禁止我那样做？毁灭自己是每个人的权利，只要他不损害其他人，只要他能够为自己而活……"他突然停了下来。一动不动，屏住了呼吸，表现出一种突然的惊慌失措，而这即将要成为真正的恐怖。他现在已经意识到车轮下的沙子，意识到它正积蓄着巨大的力量。虽然车辆仍在往前走着，但是它现在和刚刚碾压的过去已经无法区分，就像攀爬时沾在车轮上的沙子，正飒飒地往后落下，而这他却来不及得到任何的警告："向我的妻子表明我的饥渴，我的自私……成为她绝望和羞耻的工具……"他之前从来都没想过，有一个句子却似乎完整地萦绕在他的头颅周围，就在他的眼睛后面：**我不想考虑这事。我一定不能想这事。我不敢想这事。**他正坐在窗户前面，身子向前倾着，下面是他一动不动的手，他开始出汗了，就像鲜血一样跳了出来，奔流而出。就在那时，沾满沙子的车轮转了起来，就像中世纪的刑具缓慢无情，上面是他精神、生命的扭曲和残破的枷锁："那么，要真是这样，如果我是她绝望和死亡的工具，那么反过来我又成为另外一个人的工具。而且我知道五十年来，我从未做过真正的肉身：我已经成了黑暗的一个瞬间，在这个瞬间战马奔驰，一声枪响。如果我就是我那死亡瞬间的爷爷，那么我的妻子，他孙子的妻子……那么他也是勾引和谋杀我孙子妻子的人，可是我既不能让我的孙子活着，或者也不能让他死亡……"

那车轮，一旦放开，似乎就一直叹气前行。他坐在那里，一动不动，大汗淋漓，余悸未消，而且汗水还在不停地向外倾倒着。车轮旋转着，现在走得飞快而平稳，因为它已经卸掉了负担，卸掉了车身、车轴和所有的一切。在八月轻轻摇曳的微光中，夜晚正悄悄地来临，似乎正产生一种微弱的光晕，把它包裹起来。光晕里露出很多面孔。那些面孔的形状并没有露出苦难或者任何其他成型的模样：没有恐惧，没有痛苦，甚至也没有责备，安详平和，好像它们已经解脱，进入了出神入化的境界；他的面孔也在其中。事实上，那些面孔都有些相似，融汇了他见过的所有人的特征。但是他能一个一个地分辨得清：他妻子的；镇上的人们，还有那信众里面否定过他的人，以及那天那些在车站带着渴望和饥饿迎接他的人；拜伦·庞奇；生孩子的那个女人；还有那个叫克里斯默斯的人。唯有这张面孔不清晰，它比任何其他面孔都更加困惑，好像现在正处于一种平静的阵痛和无法分解的胶着之中。然后他能看到有两张面孔似乎在挣扎着（但不是他们自身的努力挣扎或渴望：他知道那一点，而是因为车轮本身的抖动和渴望），试图相互解脱，然后慢慢消失，然后又融在一起。但是他现在看到了另一张面孔，不是克里斯默斯的那张面孔。"啊，那是……"他想着，"我见过它，就是最近……啊，就是那个……男孩。带着那把黑色的手枪，自动手枪，他们这样称呼它。那把他……进了厨房，在那里……杀了，谁开的枪……"然后他心里就像开了闸的洪水，奔流而去。他似乎在打量它，好像感觉自己已经和脚下的土地失去了联系，越来越轻，身体被慢慢地掏空，飘了起来。"我正在死去，"他想道，"我应该祈祷。我应该试着祈祷。"但是他并没有祈祷。他也没有尝试。"空气里，天堂里，充满了曾经活着的人们的迷失和不被关注的哭喊，静静地抽泣着，像是在星光满天的寒夜里迷失的孩子……我想要的是如此少。我要求的是如此少。这好像……"车轮继续往前滚动。它旋转着，慢慢地消失，终于没有一点进展，好像是由他身体里喷涌而出的血液在推动，而他的身体空空如也，轻如一片被人遗忘的叶子，甚至比疲乏的残骸更加微不足道，苟延残喘地躺在窗台上，在那双轻飘飘的手底下，让人感觉不到它的质感和重量。所以现在可能就算彻底停下了，**现在就停**。

他们好像只是在等待，直到能找到可以喘息的东西，用那残存的最后一点荣誉、骄傲和生命，以再次实现胜利和渴望。他听到了他心脏越来越响的雷鸣，数以万计，鼓声大作。就像风吹过树林发出的哀鸣，然后它们就卷入了人们的眼帘，现在又形成了一团尘埃的幽灵。它们呼啸而过，在马鞍上向前俯冲，挥舞着手臂和鞭子，腰上挂着跃跃跳动的长矛；周围是骚动和无声的呐喊，它们席卷而过，好像潮水的浪涛中点缀着狂暴的马头和挥舞的手臂，就像世界喷发的火山口。他们奔腾而过，不见了；卷起的尘土飞向了天际，消失在即将来临的夜幕中。然而，他从窗户里往外探了一下身子，在他放在窗台上两只手形成的斑团上，他那绑着绷带的头颅，显得巨大而又模糊，他好像仍然能够听到远处的声响：狂野的号角、铿锵的格斗、"嗒嗒"的马蹄，汇成了隆隆的雷鸣，渐行渐远。

二十一

　　在这个州的东部住着一位家具修理工兼经销商，最近他去了趟田纳西州，拉回一些他邮购的旧家具。他是开着卡车去的，由于这个卡车是新买的（车后带着一间可以从后面开门的板房），他并不打算让车速超过每小时十五英里，为了节省旅馆的费用，他还随车带着宿营的用品。回到家后，他告诉了妻子他在路上的经历，这个经历很有意思，让他感觉很有讲出来的必要。也许他觉得有趣，而且觉得把这个故事讲出来也许会更有意思，可能还因为他和他的妻子都还年轻，他已经离家一个多星期了（因为他那自作聪明的限制性车速）。这个故事和他在路上搭载的两个乘客有关，他提到了那个镇的名字，就在密西西比州，后来他开进了田纳西州。

　　"我决定弄些汽油，然后就开进了加油站，我看到有个年轻好看的姑娘正站在那边的角落里，正等人过来，好搭她一程。她怀里好像抱着什么东西。我开始的时候并没有看到抱的是什么，我也没有看见那个跟她在一起的家伙，后来他走近和我说话的时候，我才看清楚。我估计开始我并没有看见他的原因，是他并没有跟她站在一

427

起。然后我才看到，仿佛他是一个人待在水泥游泳池的底部，如果不仔细看，你永远也看不见的那种人。

"然后他就走过来，我就有些着急地说：'我可不去孟菲斯，如果你们想去那儿的话。我倒路过田纳西州的杰克逊。'然后他就说，'很好啊。我们正好也去那里。正好顺路。'于是俺就说，'你们到底去哪儿啊？'他就看着我，看起来想编一个他自己都不太可能相信的理由，他看着不像一个习惯说谎的家伙。'你刚才就在附近瞅着，是吗？'我说。

"'是啊，'他说，'对啊。我们正旅游呢。你随便把我们带到哪儿都行，随便去哪里都行。'

"所以我就对他说上车。'我看你们不会抢劫俺或害了俺吧。'他回去把她领了过来。然后，我就看到她怀里抱的是个婴儿，看起来还不到一岁的模样。他就帮着让她从车的后门上了车，俺就说，'你们两个中有谁想坐在这里的座位上吗？'他们好像商量了一下，然后她就过来坐在了座位上，然后他就又回到加油站，拿回了一个皮革模样的纸箱子，把它放进车里，也进来了。然后我们就出发了，她在座位上，抱着孩子，时不时地回头张望一下，好像是看他是不是有什么已经掉下车了或者别的什么掉下去了。

"我开始想着他们是夫妻呢。其他的我什么也没想，就是觉得一个像她那样年轻、个头高大的姑娘怎么会和他在一起。他也没啥毛病。看起来倒是个好人，就是那种干活总是能一直干的人，也不会闹着涨工资的那种，只要他们能给他活儿干就行。他看起来就是那样子。他看着除了干活的时候，就是那个样子，和周围其他的东西没啥差别。我可不能想象任何人、任何女人，可愿意和他一起睡过觉，更不用说还要有啥东西给大伙儿证明一下。"

你不知道羞吗? 他妻子说，**在女人跟前讲这个**。他们在黑暗中闲聊。

反正，我是看不到你害羞，他说。然后他就继续说:"我就什么也没再想了，然后到那天夜里我们宿营时，她就坐在我跟前的座位上，我就跟她聊，男人都会那样，然后很快我就知道他们是从阿拉巴马州来的。她一直说着，'我们来，'所以我当时想着她指的是她和后面的那个家伙，说他们在路上到现在快有八个星期了。'你有这个小家伙还不到八个星期吧。'俺就说，'如果我没看错颜色的话，肯定还不到。'她就说他是三个星期之前出生的，在杰佛生镇那边生的，然后我就说，'噢，那他们是在那儿弄死的那个黑鬼，那时候你就在那儿吧?'然后，她就不说话了。好像是他告诉了她不要讲这个。我就知道是那回事。所以我们继续往前走，然后就到了晚上，我就说，'我们很快就到镇上了，可是我不想在镇上睡。但是如果你们还想明儿个跟我一块走，我就明天早上六点钟过来旅店接你们，'而她就静悄悄地坐着，好像等着他发话，过了一会儿，他才说话。

"'我看你这儿有车，你可不用担心住宾馆的事，'然后，我可什么都没说，然后我们就到了镇上，然后他就说，'这个镇很大吗?'

"'我不知道，'俺就说。'我估摸着他们应该有寄宿的旅馆之类的，不管怎样。'

"然后他就说，'我在想他们是不是有什么旅游宿营的地方。'我可啥也没说，然后他就说，'有一些帐篷可以租用。这地方的旅店价钱很贵，而且还要赶很远的路呢。'他们从来没说过他们要去啥地方。看起来，他们好像还不太清楚自己要去哪儿，他们好像只是随便等着，走到哪儿就算哪儿，但是我那时可不晓得。但是我却晓得他想让我先说，而他自己又不想直接跟我说。好像上帝就是让我说，我就说，如果上帝想让他掏钱去旅店，一个房间也就三美元吧，他也会去。于是我就说，'嗨，今天夜里还算暖和。如果你们不怕蚊子，也可以躺在这车上的光板上凑合一下。'然后他就说，'哈，好。如果你能让她睡，那就最好了。'我注意到他说**她**的时候那个表情。然后我开始注意到他很滑稽，还有点紧张，像是一直鼓着劲儿要做什么，应该是他一直决定要做的事，可是又害怕去做。我不是说他害怕自己会发生什么事，而是如果到彻底不行了才去碰，好像他到死了之后，还不知道去想一下。那时他们的事我都还不知道。我只是不明白到底是怎么回事。要不是那天晚上，还有发生的那些事，我看即使他们在杰克逊镇下车时，我还彻底不知道呢。"

他到底要干啥呢？妻子说道。

你等我给你讲到那个时候再说，也许你自己也会明白的。他就继续说："于是我们就停在了那个商店的前面。卡车还没停稳，他就从车里跳了下去，好像他害怕我要抢在他前面，脸上闪着光芒，就像个孩子得到了大人的某种承诺，要在他们改变主意之前，就把事情做成一样。他一路小跑地跑进商店，回来的时候怀里抱回了很多纸袋和麻布袋等东西，以至于他几乎快要看不到我们了。于是我就自己嘀咕道，'瞧，好家伙。你这架势，好像要准备在我车上一直安家似的。'然后我们就继续往前开，很快就来到一个可以把车开到离开公路的地方，开进了路边的一些树中间，他从车上跳了下来，跑到前面，扶着她下车，好像她和婴儿是玻璃或像鸡蛋做的一样。而且他脸上仍然还是那种表情，像是他已经下定了决心，只要我或者她不事先做什么阻拦他的事，只要她从他的脸上看不出来他的急不可耐，无论如何他都要豁出去了。可是即使是那时候，我仍然不清楚他到底要干什么。"

是干什么啊？妻子说。

我刚刚已经给你说过了。你是想让我再给你说一遍，是不是？

我看如果你不说，我也不介意。但是我仍然觉得那没有什么可笑的。到底他为啥花那么多时间和精力呢？

那是因为他们没有结婚，丈夫说道，那孩子甚至都不是他的。那个时候我还不知道，不过，直到那天晚上他们坐在那堆火旁，我听到他们聊天才知道这事的，可是他们想着我可能听不见。然后他一直都很着急，但是我看他是急得受不了，肯定是的。我看他是想再给她一次机会。他继续说道："于是他就四处倒腾着，准备宿营，然后他就把我弄得也有点紧张——他想把所有的事情都包下来，但好像又不知道从哪里开始似的。我就叫他弄些柴火来，然后我把我的毯子铺在车上。我有点生气，气自己，怎么弄成现在这个样子，我自己倒是要睡在地上了，脚对着那堆火，身子底下啥也没有铺。于是我估计我是有点生气，转悠了一下，就把东西收拾好。她正背靠树坐着，上面罩着一块头巾给孩子喂奶，不住地跟我说给我添麻烦了，说她本打算一直坐在火边的，说她一点也没感到累，只是坐了一天车，又没做其他的事。然后他就回来了，抱回来了一大堆柴火，够烤个牛犊的那么多，她就开始和他说了起来，让他去卡车那里，拿回一个手提箱，打开，从里面拿出了个毯子。然后我们开始了，毫无疑问。这就有点像以前登在滑稽报纸上的两个家伙，那两个法国佬总是向另一个人点头哈腰地要对方先走，好像我们从家里一路风尘仆仆，都是为了争着睡在地上才赶过来的，每个人都想着比其他人赶快稳稳当当地躺下。有那么片刻，我就想，'好吧。既然你愿意睡在地上，那就睡吧。我才不想睡地上呢。'但是我估计你可能会说我赢了。或者说我和他赢了。因为最后是他把他们的毯子铺在了卡车上，好像我们都事先知道就应该这样做似的，而我和他则把我的毯子铺在了那堆火的旁边。不管咋样，我估计他知道就应该这么做才好。如果照她说的，他们是从阿拉巴马州南部来的，我看那也是他抱过去那么多柴火，才煮了一壶咖啡，热了几盒罐头的原因。然后我们就一起吃，然后我就晓得了整个事。"

晓得了什么呀？他到底想干什么？

还不是时候。我看他比你还有耐心。他继续说道："所以我们吃完东西，我就在毯子上躺了下来。我累了，伸展一下感觉很舒服。我并没有打算听他们说话，虽然躺在那里像是睡着了，其实还没有。但是他们要我载他们一程的，也不是我坚持要他们坐我车的。要是他们觉着合适，就会聊起来，也不管别人是否会听到他们说话，再说也不关我的什么事。所以我就发现他们正要找一个逃跑的什么人，正追他，或者试着找他。或者说是她在追，是这样的。于是我就突然对自己说，'噢噢。这一定是个擅自做主的姑娘。'他们从来没有提他的名字。他们不知道他往哪个方向跑了，而且我知道即使他们已经知道他跑到了哪儿，那也不是逃跑者的过错。我很快就明白了。我就听到他给她说的话，是关于他们这样可能会一直走下去的，从一辆卡车到另一辆卡车，从一个州到另一个州，余生就这样持续下去，也不会见到他的影子，她就坐在那根木头上，抱着那个小家伙，静静地听着，安静得像块石头，又很恬静，只是一副快要感动或者被说服的样子。然后我就心里说，'嘿，好家伙，我看这可不只是一路上都是她坐在前面车厢的座位上，而你把脚耷拉后面车厢里的样子。'但是我什么也没说。我就躺在那儿，听着他们说话，或者听他正小声说话。他甚至都没有谈过结婚的事情，从头到尾都没提。但是他一直就那样讲着，她很平静地听着，好像她以前都听他说过，而且她知道她甚至都无须回答行或者不行。她脸上挂着微笑，但是他看不到。

"然后他就放弃了。从那根木头上站了起来，他走开了。但是他转头时，我能看到他的脸，我知道他并没有放弃。他知道他只是又多给了她一次机会，现在他可能已经绝望到孤注一掷的程度了。那时候其实我应该鼓动他一下，就干该干的事吧。不过我估计他也有自己的原因。不管咋样，他就走开了，我也看不见他了，留下她一个人坐在那里，她的脸微微地向下低着，仍然挂着一丝微笑。她都没朝他身后看一下，一次都没有。也许她知道他走开只是想让自己重振旗鼓，去做她可能一直建议他要做的事情一样，她本人并没有说出来，当然女人是不能那样说的，即使是一个擅自做主的女人也不会那样说。

"只是我觉得那也不一定对。或者是因为时间和地点对她不适合，更不用说跟前还有一个观众呢。过了一会儿，她就站了起来，朝我看了一下，但是我没动，然后她就往卡车走过去，爬进车里，又过了一会儿，我就听见她没有动静了，我知道她一定是已经睡着了。我就躺在那儿——我现在一直没睡着，已经有好久一段时间了。但是我能感觉到他就在附近，在等着，也许等着那堆火灭下来，或者等着我睡着。因为，可以肯定，就在火完全一灭下来，我就听到他回来了，静悄悄地，像猫一样，在我跟前站了一下，低头看着我，听我是不是睡着了。我一点声音也没有发出来，我不能，肯定，我也许假装给他打了一两个鼾。不管怎样，他就往卡车那里走了过去，走的时候蹑手蹑脚，好像脚底下有鸡蛋一样，我就躺在那儿观察着他，我就在心里说道，'伙计，如果你昨天夜里把这事干了，就我所知，今天你肯定会比现在往南至少要多走六十千米了。如果你是前天干的这事，估计我也不会盯着你们任何一个多看一眼。'然后，我就有点担心。我倒不是担心他要伤害她或者她不想接受之类的事情。实际上，我就是替那小子着想。就是那样。要是她喊起来，到底我该怎么办，我拿不定主意。我知道她会喊，要是我跳起来，跑到卡车那里，就会把他吓跑，但是如果我不跑过去，他就会知道我醒着，一直都在盯着他，然后他可能逃跑得更快。可是我不该那么担心。我应该从一开始看到她和他的第一眼，早就该知道。"

我看你知道，你不担心的原因是因为你发现她自己会处理这种事情。妻子说道。

那当然。丈夫说，我并没有指望你能明白这个。是的，先生。我想这次我算是明白了。

那，赶快说。后来发生了什么？

你觉得能发生什么，像那么强壮高大的姑娘，他事先也没给她吱个声，就他，可怜那么小的个子，要是再突然哭出来，不就成了另外一个婴儿了？他继续说："也没有大声喊叫什么的。我只是看着他悄悄轻快地爬进了卡车，然后就看不见他了，然后有那么片刻也没有发生什么，大约又等能数十来个数的工夫，我就听见她惊醒的声音，是她发出的，好像她只是感到好奇，感觉受到了打扰，并没有受到惊吓的感觉，她就说，声音并不高：'咋了呀，庞奇先生。你一点都不害羞啊，这样会把孩子吵醒的。'然后他就从卡车的后门出来了。不是很快，他肯定不是用腿爬下来的。我敢保证肯定是她把他提起来，再放到外面地上的，就像她对付那个婴儿一样，比如说，那个婴儿要长到五六岁的样子，然后她就说，'你过去，现在就躺下，休息一下。我们明天还有好长的路要走呢。'

"唉，我真有点不好意思看他，也不好意思让他知道有男人已经

434

看到或者听到他们之间发生的事情。我要是不想找个洞和他一起爬进去，我就是小狗。我说这个可真是个事实。他就站在她把他放下去的地方。现在火堆已经完全地灭了，我几乎看不见他了。要是我，我也知道站在那儿的滋味。那就等于要服服帖帖，等着法官发话，'把他带走，马上绞刑。'我什么声音也没敢弄出来，过了一会儿我又听见他走开了。我听见灌木丛里呼呼啦啦的声音，好像他在树林里到处乱撞。天亮的时候，他还没回来。

"唉，我什么话也没说。我不知道要说什么。我一直相信他会露面的，会从那些灌木丛中走出来，管他脸面不脸面的。于是我就升起一堆火，开始做早餐，过了一会儿，我听到她从卡车上爬了下来。我一点都没往四周看，但是我能听出她站在那儿往四周张望，好像她也许根据升起的火堆或者我的毯子，来判断他是不是还在这里。可是我什么也没说，什么都没说。我想收拾一下，准备出发。当然，我知道我不能把她丢在路上。可是我老婆要是听说我和一个长得好看的乡村姑娘一起旅行，那该怎么办呢，还有一个仨星期大的婴儿，即使她一直说在找她的男人，或许她现在要找的是两个男人。于是我们就一起吃了饭，然后我就说，'嘿，我还有很长的路要走，我看我最好要上路了。'她什么也没说。我朝她看的时候，发现她的脸看起来和原来一样，还是那么平和安静。如果她有一点好奇或者惊奇什么的，我就是小狗。然后你知道，我真的不知道该怎么办，她已经把自己的东西收拾好了，甚至在把那个纸手提袋放进去之前，还用胶树枝打扫了一下车厢，还把毯子叠成了一个墩子一样的东西，放在车厢后部。我心里说，'这可不，你还要继续走啊。他们都跑了，你还要捡起他们剩下的东西，继续往前走。''我看我就坐在后面这里算了。'她说道。

"'这可有点对孩子不好啊。'我说。

"'我看我能把他抱起来的。'她说。

"'那随你吧。'我就说。然后我就开车上路了，我偶尔探出座位向后观望，希望他在我们转弯之前出现。却没见他的踪影。经常听说有人困在车站，手里莫名其妙地多出个孩子的故事。现在我车上就出现了一个奇怪的女人，还有一个孩子，当时多希望从后来开过的每一辆汽车，都满载着丈夫和妻子从我们身边路过，更不用说治安官了。我们那时很快就到田纳西州的边界了，我现在已经下定决心了，要么这辆车我就不要了，要么找一个大点的城市，里面有妇女福利社之类的安置地方，能够把这娘儿俩给送过去。而且我还时不时地往后看，想望着他会从我们后面跑着追过来，然后我还可以看到她坐在那里，面孔沉静得就像在教堂守礼拜，向上抱着婴儿，方便让他吃奶，同时让他免受颠簸。你可拿他们没办法。"他躺在床上，开心地笑着。"是啊，先生。如果你要拿他们有办法，我就是小狗。"

"然后呢？那时候她干啥呢？"

什么也没干。就是坐在那儿，坐车上，向外看着，好像她第一次看到乡村的模样——公路、树、田野，还有电线杆——以前从来没有见过。好像她也根本不是在看他，然后是他跑到卡车后门这里的。她根本不需要。她所做的只是等待。而且她知道那个。

他？

是啊。他就在我们转弯的路边站着呢。站在那儿，灰头土脸、猥琐鬼祟，却很坚定沉着，好像他现在是已经孤注一掷了，来碰最后一次运气了，而且现在这次他知道他会绝处逢生。他继续说道："他连看我一眼都没看。我只是停下了卡车，他已经跑到后面去了，她坐在那儿。他到了后面，站在那儿，她好像一点也不感到奇怪。'我已经跑了老远的路了，'他说，'我要是再走我就是小狗。'她呢，正看着他，好像她一直什么都知道，她知道他要干什么，比他自己都清楚，知道无论他干了什么事，他都不是那个意思。

"'没人说你要走啊。'她说。"他大声笑着，躺在床上，一直笑。"是啊，先生。你真拿女人没办法。因为你知道我的想法吗？我在想她只是想旅行，我想她根本没有任何想找到谁或者追踪谁的想法。我觉得她可从来就没有这个想法，只是她还没讲给他听。我估计这是她第一次离开家这么远，是她一生中在太阳下山之前，没办法走着回家的一次。而且这一路上，她还感觉不错，都有人照顾她。所以我觉得她是借着这个机会想走远一点，想尽可能多看看，因为我觉得她这次要是安定下来，那她的余生就是这样了。我是那样想的。坐在卡车的那个地方，现在他坐在她跟前，那个婴儿还在不停地吃着，现在都已经走了十英里了，他还在享用他的早餐，好像是在火车的餐车上，而她向外看着，望着外面闪过的电线杆和围栏，好像那些都是巡演的马戏表演。过了一会儿，我就说，'沙斯伯雷到了。'

"然后她就说，'什么？'我说，'沙斯伯雷，到田纳西州了。'然后我就往后瞧了一下，瞧见了她的脸。好像她脸上的表情是固定的，正等待着惊奇，而且她知道当惊奇到来的时候，她就会很开心。然后惊奇真的来了，也确实让她感到满意。因为她说，'上，上帝。身体确实是可以四处走动的。我们两个月前才从阿拉巴马州过来，现在已经是在田纳西州了。'"

译者后记

　　严格说来，这个"后记"并不能算作后记，只能算些"前言"之类的文字，因为我并不准备在这里谈小说的翻译过程，也不准备谈翻译中的困难。称之为"前言"，但我又不准备把它放到正文的前面，主要是因为不想让这样的"前言"影响读者的阅读体验，更不想给读者带来这是"导读"之类引导性文字的感觉。著名语言学家赵元任先生在他翻译的《阿丽思漫游奇境记》的前言中曾经说，会读书的人可能不一定喜欢看序，因为序言如果说了不该说的话，反而让人感觉它没有存在的必要。在这个"后记"中，我倒可以说一些题外话，但并不是不相关。因此，还是希望它能对读者的阅读及对小说的理解，起到有益的促进作用。

　　初次试图深入了解福克纳的这本小说，是在2013年的夏天，我接受香港理工大学学术型研究生交流项目的安排，在英国曼彻斯特大学（以下简称"曼大"）翻译与跨文化研究中心，以博士生的身份交流学习。英伦的夏天凉爽舒心。七月的一天中午，我从曼大附近的 Blackwell 书店买了一本福克纳的英文原版小说 The Sound and the Fury（中译为《喧哗与骚动》）准备回宿舍读。从书店回宿舍 Whitworth House 的路上，边走边翻看书里的内容，在路过曼大正门的路上，竟然没有发现旁边还走着一位和我年龄差不多的三十来岁的年轻人，黝黑的肤色，好奇的神情，一直盯着我的书看，他好像是曼大的教师，后来我才了解到他是曼彻斯特大学 John Rylands 图书馆的职员，他看出我手里拿的是福克纳的小说《喧哗与骚动》，就和我聊了起来。他告诉我，福克纳的另外一本小说 Light in August 更难懂，情节也更神秘，里面有凶杀案的情节。当时我在曼大度过的三个月，完全把时间花在了博士毕业论文的写作上，初到异国他乡，既没有朋友，也基本没有其他的娱乐活动，不但枯燥，而且难熬。他的话引起了我的兴趣。第二天，我就又过去书店把这本小说买了回来，准备好好读一下，打发一下平淡的时光，也算和这本书正式结缘。

熟悉福克纳的读者可能都知道，他的语言是非常晦涩难懂的。在 2013 年夏季的那天中午，在和曼大图书馆职员的交谈中，我们也谈到了理解福克纳语言的困难。也正是因为这一点，激起了我当时挑战这种困难语言的决心，三十多岁的年纪，似乎还没有失去迎接困难和挑战的勇气。读完之后，我觉得很有意思，认为很有必要把它翻译过来，以彰显福克纳这位作家的语言文体在汉语中的存在，推动读者对其小说的认知和接受。幸运的是，我了解到在我国流行的中文版本已经有了蓝仁哲先生的翻译，经典文学应该常读常新，本着不同译者能给原著带来新鲜解读和后续生命的观点，我认为经典文本也应该常译常新。不过由于博士学习的忙碌，以及后来工作的各种繁忙，翻译这本小说的愿望就被一放再放。直到 2018 年我接受国家留学基金委员会的派遣，前往曼彻斯特大学访学研究，才再次拾起原来的翻译愿望，开始断断续续地翻译这本小说，整个翻译过程时断时续，历时近 4 年之久。可能正是因为持续这么长的时间，对小说的语言文体和故事情节的理解也更为深刻。就小说的语言文体来说，在访学期间，我曾向英国本地受过大学教育的普通居民（感谢 Keith Wood 安排的在当地居民家里的 homestay 给我提供了这样的机会和条件），以及曼大的翻译学教授 Luis Pérez-González 做过访谈。他们对福克纳小说语言的难度表达了类似的感受，作为一个并非以英语为母语的读者，对这些语言文字我是深有体会的。

翻译小说，尤其翻译像福克纳这样曾经获得过诺贝尔文学奖的著名小说家的小说，我是很慎重的。不仅把其当作一位作家和艺术家，还把他当作一位思想家来对待，因而他的小说很自然地就是一部经典，而不仅仅是一个情节故事。正是出于对威廉·福克纳作品的信任，我相信他写出的每一个词，每一个句子，每一个段落，以及对句式的组织和语篇的布局可能都有自己的意图。带着这种想法，我在翻译的时候，在每一个地方，尤其是比较难懂、比较难以处理的地方都会考虑：作者为什么这样写？而不会轻易改动作者的语言组织或句法安排。英国有位叫纽马克（Peter Newmark）的翻译研究学者，曾经在他的论著中把严肃的文学写作归为表情文本的类型，也就是说，这类文本表达的是作者的个人情感，因此在翻译的时候就需要特别关注作者表达的语言策略，尤其是原作者的文体风格。在翻译方法和翻译策略的使用上，作为一位对翻译研究还算有点感悟的译者，我对自己手中的语言材料，还是相当谨慎的。这一点可以从本书的书名上看得出来，原文是 *Light in August*，这个书名和福克纳的另外一本小说《喧哗与骚动》里昆丁所讲述的内容构成映照：

"在老家八月底有几天也是这样的，空气稀薄而热烈，仿佛有一种悲哀，让人怀念家乡熟悉的东西。人不过是气候经验的总和而已。这是父亲说的。"福克纳1957年在弗吉尼亚大学演讲时也提到：

> 在密西西比州，八月的中旬，会有几天表现出秋天将临的迹象：天气凉爽，空气中弥漫着柔和的光线，仿佛是从古老的往昔降临，或者从希腊，或奥林匹亚山某处来的农牧神或其他神祇降临而得。这种天气一般只持续几天就消失了。在我的家乡，每年的八月都会出现这样的光线。这也是小说标题的来源。在我看来，那是令人愉悦和唤起我遐想的。使我回忆起那段时光，感受到比基督教更为古老的光泽。

从这些文字上来看，小说的标题显然也有深刻的含义，不能随意改动它的语言形式。正因为如此，我并没有遵照国内译者的翻译习惯，把其译为"八月之光"，虽然这样译很通顺，但从语义上说，可能并不太符合原文作者的意图表达。小说命名为《八月里的光》，不但指涉美国南部神奇的自然之光，同时也指涉人性的善良之光，小说中对光线的描写，不但表达了福克纳对人性寄托的希望，也揭示出福克纳对现代人异化问题的关注。这部小说，一方面可以加深我们对人性的理解，另一方面，它对当代的社会问题也可能有深刻的启示。

如前所述，作为表情类型的小说文本，福克纳的情感表达也表现在他对人性的深刻理解和洞察之上。这种洞察随时随地都体现在他对小说语言的操纵之上。比如，小说主人公克里斯默斯的成长过程，这位主人公由于混血而变成社会他者的人格发展历程，对于当代的社会和家庭教育，具有明显的启示意义。此外，值得一提的是，在小说的第十九章出现的珀西·格林姆也是一个比较典型的人物形象，这种人在我们的生活中从来没有真正地消失过，只要读者认真观察，他们总会在社会的不同阶段出现，应和着社会的不同氛围或活跃、或低落，但他们就在那里，他们的存在总是昭示着社会的发展变化。

最后，值得提出的是，小说初稿译出后，我也得到了几位朋友的热情帮助，尤其感谢的是，王富银兄积极帮我联系协调出版事宜，鲁杨勇兄欣然做了我译作的第一位读者，给译文提出了一些文字方面的宝贵意见。在此，一并表示诚挚感谢。

译者
2023 年 5 月于广州